Alexander Oetker

REVANCHE

Luc Verlains geheimnisvollster Fall

Ein Aquitaine-Krimi

Roman

Hoffmann und Campe

1. Auflage 2023

www.hoffmann-und-campe.de
Umschlaggestaltung: © Hoffmann und Campe
Umschlagfoto: Westend61 GmbH / Alamy Stock Foto
Illustrierte Vorsatzkarte: Stefanie Bokeloh
Satz: Pinkuin Satz und Datentechnik, Berlin
Gesetzt aus der Albertina MT Pro
Druck und Bindung: GGP Media GmbH, Pößneck
Printed in Germany
ISBN 978-3-455-01652-9

HOFFMANN UND CAMPE

Ein Unternehmen der
GANSKE VERLAGSGRUPPE

Prolog

MINIATURES

Fähranleger Blaye in Richtung Lamarque
Vendredi, 8 juillet, 6:12

Keine Sorgen. Keine Ängste. Keine Hektik. Nur sie und der Strom. Deborah Galhaud gab noch ein wenig Schub. Der PS-starke Bootsmotor unter ihr reagierte sofort, indem er noch lauter grummelte als ohnehin und die *Sébastien Vauban* spürbar vorwärts schob. Sie nahm die Hände vom Steuerrad, faltete sie ineinander und streckte die Arme. Sie reckte sich und gähnte einmal lang und ausgiebig, bevor sie nach der Tasse griff, die in einer kleinen Mulde auf ihrer Kapitänsbrücke stand. Der starke schwarze Kaffee hatte jetzt genau die richtige Temperatur. Perfekt.

Um sie herum war nur Dunkelheit, die Lichter des Hafens von Blaye lagen schon weit hinter ihr, genau wie die Industrieanlagen südlich der Stadt. Es gab nur noch den schwarzen Fluss, der nach dem Schiff griff und es in seine Strömung zog. Die Flut drückte das Wasser aus dem Atlantik in Richtung Bordeaux, der alte Schiffsmotor musste gar nichts mehr tun. Deborah Galhaud zog den Hebel nach hinten. Das Motorengeräusch wurde merklich leiser, nun tat die gute alte Gironde ihren Job und trug die Fähre ein Stück flussaufwärts. Die Kapitänin musste kaum steuern, um das gegenüberliegende Ufer zu erreichen; es war ein Kinderspiel.

Viel lieber wäre sie den Fluss komplett hinaufgefahren, eine lange Fahrt in dieser wunderschönen Morgenstimmung, einfach getragen von der Flut, eingehüllt in die sanften Klänge der Wellen, die gegen das Schiff schlugen, und die Gesänge der Möwen über ihr.

Hier draußen gab es keine Sorgen, keine Ängste und keine Hektik. Die reale Welt war weit weg. Deborah Galhaud war sich ganz sicher: Wenn alle Menschen so in den Tag starten könnten wie sie an diesem Morgen, dann gäbe es keine Kriege und keinen Streit mehr. Sie fühlte sich von Harmonie durchflutet.

Ihr Blick fiel auf das Deck unter ihr. Dort standen nur zwei Autos, ein weißer Kleinbus und ein grauer Renault Mégane. Von hier oben sahen sie wie Spielzeuge aus. Um die beiden Fahrzeuge herum waren viele Plätze leer. Auf der Ladefläche der Fähre hätten hundert Autos Platz gefunden – selbst dann reichten an den Wochenenden in der Hochsaison die Plätze nicht aus, und die Touristen mussten am Anleger ewig auf die nächste Überfahrt warten. Dennoch ersparten sich die Urlauber auf diese Weise ermüdende Stunden im Stau, der seit den Bauarbeiten auf der Rocade, der Ringautobahn um Bordeaux, dauerhaft herrschte. Also nahmen sie lieber die Fähren, entweder die nördliche von Royan nach Verdon-sur-Mer oder diese hier, die kleinere über den engeren Teil der Gironde-Mündung. Doch heute war es noch viel zu früh, als dass die Fähre von Blaye nach Lamarque schon Touristen, die mit Fahrrädern die Médoc-Halbinsel erkunden wollten, an Bord gehabt hätte. Nein, die erste Fähre des Tages nutzten nur die Arbeiter aus Blaye und Umgebung, die auf den Weinfeldern der berühmten Châteaus des Médoc ihre Brötchen verdienten. Dazu vielleicht noch Putzleute und der junge Frühstückskoch des Hotels Cordeillan-Bages, den die Kapitänin gut kannte, weil er jeden Morgen die Fähre nahm. Gleich würde er den steinreichen Gästen des noblen Fünfsternehotels ihre Omeletts zubereiten, nach einer viel zu kurzen Nacht in seiner kleinen Wohnung auf der anderen Gironde-Seite.

Sie mochte diese Fahrten mit den Einheimischen, denen ihr Schiff den Alltag erleichterte. Manchmal trat sie dann an die Reling und nickte hinunter, manchmal winkte sie sogar. Als der Hafen von Lamarque in den Blick kam, kniff sie die Augen zusammen, um zu erkennen, wie viele Autos am *quai* warteten. Aber es war zu dunkel, sie sah nur Scheinwerfer mit Standlicht, wie ferne Tieraugen in dunkler Nacht.

Fähranleger Lamarque / Médoc
Vendredi, 8 juillet, 6:42

Eben noch war der Fluss ruhig gewesen, eine ölig schimmernde Fläche. Jetzt aber tauchten Lichter hinter der kleinen Insel auf und bewegten sich langsam auf ihn zu. Nach einer Weile schlugen die ersten Wellen an. Er hörte sie bloß, weil es noch dunkel war. Es waren nur Schatten im Wasser, kleine schwarze Wellen, die ankündigten, dass die Fähre gleich auf dieser Seite des Flusses anlegen würde. Pünktlich auf die Minute – wie stets.

Nun gut, wie stets zu dieser morgendlichen Stunde, korrigierte er sich in Gedanken und musste lächeln. Wenn nachher, zur Mittagszeit, die Holländer wieder versuchen würden, ihre Ungetüme von Wohnmobilen auf der Fähre zu verstauen und dabei komplett überfordert hin und her rangierten, dann würde es vielleicht etwas länger dauern.

Aber jetzt war noch die Zeit der Bordelais.

Benjamin Forestier saß in seinem weißen Fiat Fiorino und hatte die Heizung eingeschaltet. Es war zwar Juli, doch seit er die fünfundvierzig überschritten hatte, war ihm ständig kalt. Die Klimaanlage blies warme Luft auf seine Füße, was sich sehr schön anfühlte, obwohl er dicke Stiefel trug. Handwerkerschuhe eben. Seit ihm mal ein Farbeimer auf den Fuß gefallen war, achtete er penibel auf die Sicherheitsregeln.

Er liebte die erste Fähre des Morgens, und er freute sich auf diesen Tag. Mal wieder hatte er einen Auftrag drüben zu erledigen – auf dem Festland, wie die Leute im Médoc scherzhaft sagten. Scherzhaft, weil das Médoc natürlich auch Festland war – aber es war auch eine Presqu'île, eine Halbinsel, umgeben von zwei Meeren. Dem echten, dem Atlantik nämlich, und der Gironde.

Sein Auftraggeber zählte auf ihn: Benjamin sollte dessen altes Herrenhaus renovieren, weil der Mann es künftig als *chambres d'hôtes* vermieten wollte. Mit seiner Einmannfirma hatte Benjamin schon oft für den reichen Pariser gearbeitet, und zwar immer allein, weil nur so, wie sie beide befanden, die Qualität stimmte. Das Herrenhaus war groß, hatte bestimmt dreihundert Quadratmeter Wohnfläche, verteilt auf fünf Zimmer mit angrenzenden Bädern und einer *gîte,* die als Ferienwohnung vermietet werden sollte. Dieser Auftrag würde ihn also den ganzen Sommer über beschäftigen – mindestens.

Benjamin freute sich auf Blaye. Er mochte die Stadt mit der römischen Zitadelle am Hafen. In der Altstadt gab es einen sehr schönen Markt, und die Leute waren freundlich, wenn auch unverbindlich. Vor allem aber mochte er, dass es dort nicht bierernst zuging. Zwar kelterten auch die Einwohner von Blaye Wein, den Côtes de Blaye, aber sie schienen es eher aus Spaß an der Freude zu tun und nahmen auch nur wenig Geld dafür. Sie wussten, dass ihr Wein nur etwas für Eingeweihte war: Franzosen, die ihre Rebsorten schätzten. Der Wein aus Blaye wurde so gut wie nie exportiert, und groß von sich reden machte er auch nicht.

Hier im Médoc hingegen ging es verbissener zu. Um den Wein wurde ein riesiges Brimborium gemacht: Wann wird geerntet? Welche Preise wollen wir gewinnen? Wer darf überhaupt eine Flasche kaufen? Als ginge es um Leben oder Tod. Benjamin konnte diese Strenge nicht leiden. Schließlich ging es um Wein – das musste man doch genussvoll angehen!

Das Horn der Fähre riss ihn aus seinen Gedanken. Sie tutete so laut, dass er vor Schreck mit dem Fuß von der Bremse rutschte und sein Wagen einen Satz vorwärts machte. Benjamin musste lachen. Das war ihm ja noch nie passiert. Er sah zu, wie der Maat der Hafenwache die Leine zuwarf. Der Mann nahm das dicke Tau und wickelte es um einen Poller. Das große weiße Schiff näherte sich langsam dem *quai*.

Zeigte sich allmählich ein Lichtgesprenkel drüben auf der Festlandseite? Die Sonne würde bald aufgehen, man sah bereits ein gelbes Schimmern, das aus dem Dunkel auftauchte, gleich würde der neue Tag beginnen. Er schaute auf die kleine Fischerhütte, die *carrelet*, die auf Stelzen im flachen Wasser des Gironde-Ufers stand. Das riesige Netz hing davor, quadratisch und so montiert, dass es einfach in die Fluten hinabgelassen werden konnte, um die vorbeischwimmenden Fische zu fangen. Früher gehörten diese Hütten den Fischern, heute waren die Eigentümer Freizeitangler und Leute aus Bordeaux, die reichlich Kohle hatten und gerne auf den Fluss hinaussahen.

Die Autos verließen die Fähre. Es waren nur zwei, und auf sie folgten die Fußgänger, die sich zur Bushaltestelle und dann zu ihrer Arbeit im Médoc aufmachten. Schließlich ertönte das Horn der Fähre erneut. Das klare Zeichen für Eingeweihte: Es war Zeit zum Hinaufrollen. Benjamin trat die Kupplung und legte den Gang ein, dann fuhr er langsam an, nahm den Pier, der zum *quai* führte, und rollte auf die Brücke. Die Reifen knarzten auf dem Metall. Er manövrierte nach vorne zum Tor und schaltete den Motor aus. Erst jetzt hatte er Zeit, um nach oben zu sehen, zur Brücke. Doch er sah nur einen Schatten;

schwer zu sagen, wer das Schiff heute führte. Aber an diesem schönen Morgen konnte ihm das auch egal sein.

Er würde jetzt an Deck gehen und sich den Sonnenaufgang ansehen. Wenn doch jeder Tag so beginnen würde!

Fähre Sébastien Vauban auf der Gironde
Vendredi, 8 juillet, 7:01

Dies war der schönste Moment des Tages. Denn sie sah die Sonne als Erste. Weil sie ganz oben auf der Brücke saß, zwei Decks höher als die Passagiere. Und dort drüben, gleich hinter den Häusern und Weinfeldern von Blaye, schob sich die gelbe Sichel empor. Sie bewegte sich viel langsamer als beim Sonnenuntergang, so schien es ihr jedenfalls immer, auch wenn das natürlich Quatsch sein musste. Die kleine glänzende Scheibe wanderte Zentimeter um Zentimeter nach oben und vermochte es bereits jetzt, den Fluss um sie herum in ein leichtes Gold zu tauchen. Auf einmal flogen Möwen um den Schornstein der Fähre herum. Einige folgten ihr, einige flogen sogar voraus, als wollten sie ihr den Weg weisen.

Doch Deborah Galhaud kannte das Ziel. Sie wusste nicht, wie oft sie diese Strecke schon gefahren war. Mindestens zweitausendvierhundertmal? Ihr Jubiläum der zweitausend Fahrten war irgendwann um Ostern gewesen.

Sie hatten auf der Brücke mit einem Glas Champagner angestoßen, sie und ihre Mannschaft. Das war zwar gegen die Regeln, aber … Herrgott, das hier war immer noch Frankreich!

Sie waren nun in der Mitte des Flusses, und Deborah steuerte das Schiff ein wenig nach links. Es gab hier eine kleine Untiefe, die auf den Seekarten verzeichnet war. Aber sie brauchte die Karte nicht, sie wich einfach aus, steuerte in Richtung der Île Nouvelle, die nicht bewohnt war. Dort gab es nur Bäume, die Nistplätze seltener Vögel und pure Natur. Auf der anderen Seite der Fahrrinne lag die Île Paté, auf der ein Fort lag, eine alte Befestigungsanlage – Deborah war als junges Mädchen einmal auf der Insel gewesen, mit einem Jungen aus der Nachbarklasse. Sie dachte gerne an diesen Nachmittag zurück, den sie, verborgen vor fremden Blicken, mitten im Fluss verbracht hatten.

Sie fuhr hart nach Steuerbord, es galt nun, die Gezeiten ideal auszunutzen, um praktisch ohne Motorhilfe die Anlegestelle von Blaye zu erreichen. Gerade hatte die Ebbe eingesetzt und zog das Salzwasser des Ozeans, das die Flut in Richtung Bordeaux gedrückt hatte, wieder zurück gen Westen, gen Atlantik. Sie musste die Fähre nur richtig in den Fluss stellen und den Gashebel zurückziehen, damit die Strömung das Schiff nach draußen zog. Es waren nur noch sechshundert Meter, die Strömung ersetzte die Kraft des Motors.

Sie betrachtete kurz die Passagiere auf dem Deck. Es waren nicht viel mehr als vorhin auf der ersten Fahrt. Handwerker standen an der Brüstung und rauchten, die Alten hatten es sich in der warmen Kabine gemütlich gemacht, wo der Kaffeeautomat stand. Gleich würde auch sie sich einen weiteren Kaffee aufbrühen.

Kurz vorm Hafen sah sie, wie die Lichter von Blaye erloschen. Die Straßenlaternen wurden ausgeschaltet, jetzt begann auch offiziell der Tag. Und mit einem Blick auf die goldgelbe Sonne und den wolkenlosen Himmel wusste sie, dass es ein strahlend schöner werden würde. Deborah würde noch achtmal hin- und zurückfahren. Sie hatte Frühschicht, es würde zwar schon viel los sein – aber gottlob weniger als nachher bei Jean, der die Spätschicht übernahm. In der Hochsaison gab es ab Freitagnachmittag keine Pause mehr. Es ging unablässig hin und zurück, nur beim Beladen hatte man kurz Zeit zum Durchschnaufen. Massenhaft Urlauber aus Deutschland, Holland, Belgien und der Schweiz kamen mit ihren Autos, Wohnwagen und Wohnmobilen, die Surfer mit Bullis – und alle wollten ans Meer, um dort ihren mühsam ersparten Urlaub zu verbringen. Ab Freitagnacht kamen dann auch die Hauptstädter, die nach Feierabend in Paris losgefahren waren. Der Samstag war immer die Hölle. Bettenwechsel, das hieß: volle Fähren bei der Hin- und Rückfahrt. So ging das von Anfang Juli bis Ende August – bis in der ersten Septemberwoche urplötzlich fast alle Urlauber verschwanden und die Fährgesellschaft den saftigen Sommerzuschlag auf den Preis der Überfahrt wieder strich.

Deborah brauchte nicht zu überlegen, wann sie das letzte Mal Urlaub gemacht hatte, denn sie brauchte keinen. Schließlich lebte sie da, wo andere ihren Urlaub verbrachten. Nach der Schicht würde sie auf ihren Motorroller steigen und an den Strand fahren. Eine Runde schwimmen und dann ein Nickerchen auf dem nackten, heißen Sand, bevor es auf ein frühes Bier ins Apérock ging. Sie musste pünktlich im Bett sein, denn morgen hatte sie erneut die Frühschicht.

Deborah war nun auf Höhe der Hafenmole. Sie legte den Gashebel wieder ein, drehte nach Backbord und gab Schub. Der kräftige Schiffsmotor meldete sich sofort mit Getöse, dann zog die Fähre an, und Deborah lenkte sie mit der Erfahrung des Profis bis kurz vor den *quai*. Sie sah, wie der Maat an die Reling trat und versuchte, die Leine herüberzuwerfen. Beim ersten Mal landete sie im Wasser. Er holte sie wieder ein und schien dabei zu fluchen. Deborah grinste. Dann der zweite Wurf, ein zielgenauer Treffer. Der Hafenmann nahm die Leine auf, band sie fest, und die Fähre zog sich wie von selbst an die Mauer.

Deborah wartete, bis der Maat grinsend zu ihr hochsah und mit dem Daumen ein Zeichen gab: alles fest, alles gut. Sie schaute zum Heck des Bootes: perfekt. Runde zwei war erledigt.

Sie drückte den Knopf. Es knarzte, und die riesige metallische Bordwand senkte sich ab, auf dass die Autos die Fähre verlassen konnten.

Fähranleger Blaye
Vendredi, 8 juillet, 7:17

Zuerst dachte Denise, der Fahrer im Auto vor ihrem würde noch auf sein Handy schauen, deshalb wartete sie. Der Maat am Bug winkte, doch es tat sich nichts. Allmählich reichte es ihr. Der Typ sollte runterfahren, was war denn los mit ihm? Sie musste pünktlich sein, sonst würde der Chef wieder meckern. Verdammter Chef! Er meckerte ohnehin ständig. Dabei war sie zuverlässig und pünktlich, meistens jedenfalls. Dass sie als echte Médocaine ausgerechnet auf die andere Seite des Flusses verbannt worden war, um dort die Post auszutragen, fand sie bis heute unerhört.

Sie konnte Dinge sehr lange unerhört finden, denn sie trug nun schon seit zwölf Jahren die Briefe dort drüben aus, in den kleinen Gemeinden nördlich von Blaye. Dass sie das gelbe Postauto jeden Nachmittag mit der Fähre wieder auf die andere Gironde-Seite brachte, wo sie wohnte, hätte ihren Chef bestimmt gestört – wenn er davon gewusst hätte. Doch die Jahreskarte hatte sie aus eigener Tasche bezahlt. Er hatte sie einmal auf die hohen Dieselkosten angesprochen, woraufhin sie sich damit herausgeredet hatte, dass die vielen kleinen Bauernhöfe so weit auseinanderliegen und sie nun mal von Hof zu Hof fahren müsse. Die alten Leute könnten ihr schließlich nicht entgegenkommen.

Denise Malesquier war nicht auf den Mund gefallen – und nie um eine Ausrede verlegen. Das war immer so gewesen, schon in der Schule. Und sie war stolz darauf, dass das so war. Wie hatte schon Papa immer gesagt? Große Leute kennen den Weg, kleine müssen sich ihren Weg durchs Leben suchen. Und Denise war eine Meisterin darin, Wege zu finden. Natürlich keine, die sie im Lauf ihrer sechsundvierzig Lebensjahre reich gemacht hätten – aber Wege, um einigermaßen gut zu leben, sich und den Kindern ab und zu einen schönen Urlaub zu gönnen und am Wochenende in Bordeaux die Sau rauszulassen. Wozu war sie schließlich geschieden?

Dass ihr Chef sie nicht leiden konnte, war der einzige Schatten in ihrem Leben – der Typ nervte gewaltig. Leider war er als Leiter der Post im Département Gironde sehr mächtig – und hatte sie seit Jahren auf dem Kieker.

Zwei Verspätungen hatte sie sich diesen Monat schon geleistet; eine Abmahnung konnte sie gar nicht gebrauchen. Nicht nach den beiden im letzten Jahr. Deshalb nervte sie dieser Dummbatz im Auto vor ihr enorm. Schlief er, oder was?

Sie drückte die Hupe und rief: »Nun komm aus den Hufen!«, bis ihr auffiel, dass ihr Fenster geschlossen war. Sie drehte es runter, doch dann kniff sie die Augen zusammen. Etwas war merkwürdig.

Auch der Maat kniff die Augen zusammen. Dann ging er auf den Wagen zu und schaute durchs Fenster. Denise lehnte sich durch die offene Scheibe aus dem Wagen und rief: »Was denn, Cédric, hat er 'n Herzkasper?«

Der junge Maat schaute in den Wagen, dann zu ihr und sagte: »Hmm, komisch. Das hat so gespiegelt eben, ich hab nichts gesehen. Aber … es ist überhaupt niemand im Auto.« Er griff zum Funkgerät an seinem Gürtel und drückte den Knopf. Es piepte, dann hörte Denise ihn hineinsprechen, während er um den Wagen herumging. Es dauerte nur Sekunden, dann ertönte das laute Horn der Fähre, so kräftig, dass sie zusammenzuckte. Schon dröhnte die blecherne Stimme der Kapitänin aus den Lautsprechern: »Verehrte Passagiere«, sie räusperte sich, »*Messieurs-dames,* der Fahrer des Transporters Fiat Fiorino mit dem amtlichen Kennzeichen FY-039-BU soll sich bitte dringend zu seinem Fahrzeug begeben. Die Fähre hat angelegt, und Sie blockieren die Ausfahrt.«

Denise sah, wie Cédric an der Fahrerseite den Türgriff betätigte. Die Tür ging auf. Immerhin etwas. Wieder beugte sie sich hinaus und rief:

»Steckt der Schlüssel drin? Dann fahr den Wagen weg. Wahrscheinlich hält er noch seine Morgenandacht auf dem Klo.« Sie lachte ihr tiefes Lachen.

Doch der Maat drehte sich kopfschüttelnd zu ihr um.

»Kein Schlüssel«, sagte er. »Du wirst warten müssen. Ich geh mal nachsehen.«

Er stieg die weiße Metalltreppe hinauf an Deck. Sie sah ihm nach, dann stieg sie aus dem Wagen. Denise war eine Frau, die nur glauben konnte, was sie mit eigenen Augen sah. Also ging sie um den Transporter herum, der ihrem eigenen ähnelte; dieser hier war weiß, ihrer gelb. Als sie beim Führerhaus angekommen war, musste sie feststellen, dass der Wagen tatsächlich leer war.

Fähranleger Blaye
Vendredi, 8 juillet, 7:40

Nach zehn Minuten war sie von der Brücke gegangen, um sich selbst zu überzeugen. Sie hatte das Passagierdeck überquert und die Toilettentüren geöffnet, alle waren leer. Dann war sie drinnen gewesen, beim Kaffeeautomaten. Hier war niemand mehr. Alle warteten unten auf den Ausstieg. Immer wieder hupte es. Mann, waren die ungeduldig. Sogar unter den Stühlen auf dem Außendeck hatte sie nachgesehen; nicht dass er nach einem Schwächeanfall daruntergerutscht war. Sie war über das Fahrzeugdeck gegangen, hatte hinter allen Autos nachgesehen. Doch der Fahrer blieb verschwunden. »Wart ihr unter Deck? Maschinenraum und Co?«

Cédric und der Bootsmann Philippe nickten. »Niemand unten.«

»Ich gehe gleich auch noch mal nachsehen.« Sie vertraute ihren Mitarbeitern. Doch sie war die Kapitänin. Sie hatte die Verantwortung. Und bevor sie sich auf andere verließ, sah sie lieber selbst nach. Sie blickte kurz hinüber zu den Autos, die an der Rampe hinter dem weißen Transporter standen. Die Postbotin lehnte an ihrem Wagen und rauchte, obwohl das hier unten strengstens verboten war.

»Lasst uns mit kühlem Kopf überlegen. Wo könnte er sein? Es war doch Benjamin, ich meine, Monsieur Forestier, oder? Wer hat ihn abkassiert?«

»Das war Enzo«, sagte Philippe.

»Dann hol Enzo her«, antwortete die Kapitänin.

Als zwei Minuten später der alte Kassierer vor ihr stand, nickte er ohne Umschweife. »Klar, das war der Maler. Er war bei mir am Kassenhäuschen und hat für eine Hin- und Rückfahrt bezahlt. Beides heute.«

»Wie war er?«

Enzo verstand die Frage, es brauchte keine Erklärung. »Lustig wie immer. Und sehr nett.«

»Hm«, sagte Deborah und atmete tief durch. »Etwas anderes hab ich auch nicht erwartet. Okay, ich werde jetzt unter Deck nachsehen, und dann gehe ich noch mal die ganze Fähre ab. Ihr beide auch. Enzo, du bleibst hier und …«

Wieder hupte es. Jetzt reichte es ihr. Sie wandte sich wütend um und schrie die Postbotin aus der Ferne an: »Wir können nicht zaubern, Herrgott! Jetzt wart halt mal!«

Ohne eine Antwort abzuwarten, nahm sie die metallischen Treppenstufen, deren weiße Farbe an vielen Stellen abgeplatzt war. Sie könnten mal wieder einen Anstrich vertragen. Im Winter, mahnte sie sich, im Winter. Jetzt gab es Wichtigeres. Sie ging durch den Maschinenraum, atmete den Geruch von Öl und Diesel, sah die schweren Maschinen, den Motor, das Getriebe, blickte hinter jeden Kasten und jedes Gerät – doch Benjamin Forestier blieb verschwunden. Dann tat sie das Gleiche auf dem Oberdeck, in der Kabine und auf dem Fahrzeugdeck, bis sie schließlich sogar die Brücke durchsuchte. Nach weiteren zwanzig Minuten kam sie wieder aufs Autodeck. Die drei Männer sahen sie erwartungsvoll an, genauso wie sie die drei Männer ansah.

»Habt ihr was?«

»Nichts. Und Sie, Capitaine?«

Deborah Galhaud machte ein gequältes Gesicht. »Ich fürchte, wir müssen Hilfe holen.«

Sie stieg die Treppen empor und betrat die Brücke, dann griff sie zum Funkgerät. Bevor sie den Sprechknopf drückte, schloss sie kurz die Augen. Wirklich? War wirklich etwas passiert? Sie konnte es sich nicht vorstellen. Sie wollte es sich nicht vorstellen. Sie sah das graue Wasser des Flusses unter sich. Sie spürte, wie sich ihr Atem beschleunigte. Beruhig dich, mahnte sie sich. Erst dann drückte sie auf den Knopf.

»Leitstelle Bordeaux für Gironde-Fähre *Sébastien Vauban*?«

»Leitstelle hört, guten Morgen, Capitaine.«

»Nein, kein guter Morgen, fürchte ich. Ich brauche die Police nationale hier. Wir haben einen vermissten Passagier am Hafen von Blaye.«

Café du Marché, Carcans Plage
Vendredi, 8 juillet, 8:12

»Gaston, machst du mir bitte einen Kaffee, *mon cher*?«, fragte Luc.

»Und mir auch – den größten, der deiner Kaffeemaschine möglich ist.« Anouk hatte sich kurzerhand angeschlossen.

Der alte Wirt stand lächelnd vor ihnen, die Hände auf den Tisch gestützt, seine liebste Geste. »Ein kleiner Espresso und ein riesiger Becher mit einem *allongée*. Das habe ich verstanden. Und die *petite princesse*, will die auch etwas? Ein bisschen Milchschaum?«

Zum sechsten Mal an diesem Morgen steckte Gaston seinen Kopf in den Kinderwagen, doch Aurélie hatte kein Herz für schockverliebte Wirte, sie schlief einfach weiter.

»Sollte sie in den nächsten sechs Stunden aufwachen, fragen wir sie, in Ordnung?«

»So lange wollt ihr bleiben? Macht mir bloß die Terrasse frei, bevor die Touristen kommen.« Gaston zog scherzhaft die Stirn in Falten, dann ging er nach drinnen, wo seine Frau an der Kaffeemaschine wartete, um die Bestellungen der frühen Kundschaft entgegenzunehmen.

Hier draußen streifte der leichte Morgenwind durch die Bäume, sodass die Blätter sanft knisterten. Die Gäste saßen unter einem grünen Dach. Zum hellgrünen Flimmern kamen die weißen Möwen, die über ihnen ihre Kreise zogen, Frühsport am Himmel gewissermaßen.

Abgesehen von ihnen und dem Kinderwagen war die Terrasse tatsächlich leer. Die Urlauber schliefen in ihren Ferienhäusern, Chalets und Wohnungen wohl noch aus.

Doch Anouk und Luc hatten es nicht ausgehalten in ihrer Cabane. Schon als Luc um kurz nach sieben die Fensterläden geöffnet hatte, waren die ersten Worte seiner Freundin: »Wow, was für eine schöne Morgensonne.« Dann hatte sie sich noch einmal an ihn geschmiegt und gemurmelt: »Noch im Bett bleiben oder ein Spaziergang?«

»Hm«, hatte Luc gemacht und Anouk zu streicheln begonnen, »ich finde, wir sollten noch etwas liegen…« Und genau in diesem Augenblick hatte Aurélie begonnen sich zu regen, mit ihrem ganz leisen Glucksen. Luc hatte Anouk angesehen, und sie mussten beide lachen.

»Da ist jemand wohl schon länger wach, hm?«, sagte Luc, nachdem er sich aus dem Bett geschwungen hatte und zum Kinderbettchen hinübergegangen war, in dem die Kleine mit weit aufgerissenen Augen vor sich hin giggelte, offenbar bester Laune, weil sie ihren Eltern das Schäferstündchen verdorben hatte.

»Also doch ein Spaziergang!«, hatte Anouk gerufen und war schon aus dem Bett.

Eine halbe Stunde später nahmen sie den Strandübergang über die Düne – und genau dort hatte es sich Aurélie noch einmal überlegt und war wieder tief und fest eingeschlafen. »Erst wirft sie uns aus dem Bett, und nun sind wir die Einzigen, die wach sind«, grinste Anouk. Doch als sie über die Düne kamen, verstummte sie. Der Anblick machte sie beide sprachlos – jedes Mal, an jedem neuen Tag.

Erst war da der Strandhafer, der sich sanft im Wind wiegte, waren da die Büsche und Sträucher, die den Deich stabilisierten. Dann der goldene Sand, endlos, angestrahlt von der Sonne hinter ihnen – und davor der Ozean, gerade in einem ganz hellen Blau, weil der Einfallswinkel des Sonnenlichts die Wellen wie fein geschnittene weiße Kronen aufleuchten ließ, schnittige Kronen, die heranrasten, majestätisch und wunderschön.

»Wow«, murmelte Luc nur. Sie standen da und genossen den einmaligen Anblick. Einmalig, weil es hier oben auf der Düne einfach jeden Morgen anders aussah – nie glich der Atlantische Ozean sich selbst, jeder Tag brachte neue Wellen, ein neues Panorama, mal aufgewühlt vom Sturm, mal klar und windstill, mal rau und lieblich zugleich – das gab es nur hier, an dieser Westküste, die keine Wünsche offenließ.

»Da juckt es in den Fingern, hm?«, fragte Anouk und hatte den Kinderwagen hin- und hergewiegt, damit Aurélie weiterschlafen konnte. »Willst du gleich mal surfen gehen? Du musst ja nicht so früh ins Büro wie ich.«

»Wenn ich mir das noch länger ansehe, dann hole ich wirklich gleich das Board raus«, antwortete Luc.

»Mach das doch«, ermunterte ihn seine Freundin. »Nachher sind die Urlauber da – und surfen dir alle Wellen weg.«

»Da du meine Chefin bist«, sagte Luc und legte den Arm um ihre Hüfte, »muss ich den Befehl befolgen, oder?«

»Ansonsten würde es zu einer Abmahnung führen.« Sie lächelte wieder und gab ihm einen Kuss auf die Wange. Noch ein paar Minuten betrachteten sie die Wellen, die tosend den Strand erreichten. Diesen Strand, den Luc liebte, seit er denken konnte. Er war hier aufgewachsen, in diesem kleinen Dorf hinter der Düne, er hatte als Kind jeden Tag an diesem Strand verbracht. Immer noch betrachtete er ihn mit derselben Begeisterung wie damals. Inzwischen war er selbst Vater geworden, Vater dieser wunderschönen kleinen Tochter, die nun schon ein Dreivierteljahr alt war. Und den Kinderwagen hielt Anouk in ihren Händen, die in so kurzer Zeit, in nur zwei Jahren, ein elementarer Bestandteil seines Lebens geworden war. Noch vor drei Jahren hatte er nicht gewusst, ob er sich jemals fest binden wollte – und nun war es geschehen, Hals über Kopf, eine Liebe wie ein Blitzschlag, am Tag seiner Ankunft in der Aquitaine.

»Jetzt brauche ich aber dringend einen Kaffee«, hatte Anouk gesagt, die seit dem Abstillen geradezu koffeinsüchtig geworden war. Sie waren also wieder die Düne hinuntergelaufen und hatten ihre Stammplätze am Rand der Terrasse von Gastons Bistro eingenommen.

Drinnen war das Zischen der Kaffeemaschine zu hören, ein herrliches Geräusch, das sich vermischte mit dem Klang der Wellen auf der anderen Seite der Düne. Der Wirt pfiff ein heiteres Lied.

»Das wird ein richtig heißer Tag«, sagte Anouk und blickte zum Himmel, der noch mit kleinen Wölkchen überzogen war, Schäfchenwolken, die sich langsam durchs Blau schoben. Luc nickte. »Ja, ich glaube, ab heute Nachmittag wird es am Strand reichlich eng zugehen.« Er wusste natürlich, dass die ganze Küste vom nördlichen Médoc bis hinunter ins Baskenland ein einziger Sandstrand von fast dreihundert Kilometern Länge war. Deshalb war hier genug Platz für alle: Urlauber und Einheimische, Familien und Ruhesuchende. Es wurde niemals so eng wie an den Stränden der Provence und der Côte d'Azur, auch wenn die Strände an den Wochenenden in der Hochsaison definitiv gut besucht waren. Mit Grauen dachte der Commissaire an den Verkehr, der ab heute Nachmittag herrschen würde, wenn die Bordelais ihre Büros verlassen und sich direkt in ihre

Autos setzen würden – ab gen Westen, ab an den Strand. Es würde eine schier endlose Odyssee werden, immer in Richtung Lacanau und Carcans. Mangels anderer Verbindungen wurde die Départementale zu einer gigantischen Staufalle. Züge gab es in diesem Teil des Médoc Atlantique nicht, und der Linienbus konnte sich um den Stau kaum herummogeln. Luc würde also nach Feierabend noch eine Weile in Bordeaux bleiben und erst spät am Abend wieder in den kleinen Strandort fahren.

»Sie schläft echt wie ein Murmeltier«, bemerkte Anouk und warf einen Blick in den Kinderwagen. Gaston kam mit dem Tablett, darauf standen die dampfenden Tassen und zwei Teller. Anouk schaute fragend zu ihm auf, doch Luc ahnte schon, was sie erwartete – und schwelgte in Vorfreude.

»Zwei Kaffee für meine Freunde«, sagte der Wirt. »Und du weißt es ja, Luc, Freitag backt Evelyne immer, weil die Boulangerie so überfordert ist mit dem Andrang der Urlauber. Deshalb machen wir unser Baguette selbst im Pizzaofen – und heute hat sie noch *torsades* mitgebacken. Hier, ich hab euch zwei mitgebracht, sie sind noch warm.«

Er stellte die Teller vor ihnen ab, und Anouk strahlte Luc an. »Ich komme nur noch freitags hierher!«, rief sie fröhlich aus und riss sich ein Stück von der *torsade* ab.

Luc mochte eigentlich keine süße Sachen, aber bei diesem Anblick und diesem Duft musste er einfach eine Ausnahme machen.

Torsade wurde dieses Gebäck nur hier im Südwesten genannt, im Rest des Landes war es schlicht eine *suisse*: ein längliches Gebäckstück aus Briocheteig, das in Kringel gelegt wurde. Es war mit einer feinen Schicht Crème pâtissière und kleinen Kugeln aus Schokolade sowie etwas Hagelzucker gefüllt. Luc konnte es nicht abwarten und biss herzhaft in dieses süße Teilchen, dann schloss er einen Moment die Augen, weil das Aroma, der warme Teig, die feine Süße, die leckere Creme ihn regelrecht überwältigten und er in diesem Augenblick so glücklich war – hier, auf dieser Terrasse hinter dem Strand, mit der Frau seines Lebens, seiner kleinen Tochter, dem Wirt und seiner Frau, die genau wie die anderen Händler und Bewohner des Dorfes Teil seiner Familie waren. An diesem Ort, den er endlich Heimat nannte.

»Sag Evelyne, sie soll nie wieder etwas anderes backen«, sagte Luc und griff nach der kleinen Espressotasse. Gaston lächelte stolz. Dann verschwand er, um das Kompliment auszurichten.

Als Luc den ersten Schluck Kaffee nahm, surrte es auf einmal. Anouks Handy. Sie stand auf, um in ihre Hosentasche zu greifen, und während sie das tat, surrte auch sein Telefon. »Was denn jetzt?«, murmelte er und sah Anouk fragend an, die auf das Display blickte und die Stirn in Falten legte.

»Präfekt«, flüsterte sie.

»Hugo«, flüsterte Luc nach einem Blick auf sein Handy.

Er hörte der Stimme seines Capitaine sofort an, dass etwas ganz und gar nicht stimmte. Um diese Zeit war niemand im Büro, aber Capitaine Hugo Pannetier hatte in dieser Nacht Bereitschaftsdienst in der Brigade criminelle gehabt.

»Luc, die haben mich eben angerufen, ihr müsst schnell kommen. Auf der Gironde-Fähre ist ein Passagier verschwunden.«

»Wie das?«

»Keine Ahnung. Er ist auf die Fähre hinaufgefahren, aber nun ist er wie vom Erdboden verschluckt. Sein Auto stand ganz vorne an der Ladebordwand, sodass niemand herunterfahren kann.«

»Na, wenigstens etwas«, bemerkte Luc trocken. Alle Zeugen an Bord, war sein erster Gedanke gewesen. Jedenfalls diejenigen, die ihren Wagen nicht missen wollten. Und …

»Blaye oder Lamarque?«, fragte er.

»An der Mole von Blaye.«

»Die sollen niemanden von Bord lassen.«

»Sage ich den Gendarmen, die schon da sind. Soll ich mich auf den Weg machen?«

»Fahr lieber ins Büro, Hugo. Falls der Gesuchte noch gefunden wird, sollten wir dort besetzt sein. Wir fahren sofort los – da die Fähre nicht mehr fährt, müssen wir um Bordeaux herum. Wird also etwas dauern um diese Zeit.«

»Alles klar, haltet mich auf dem Laufenden.«

»Ja, das machen wir, Hugo. Und danke.«

Anouk bedankte sich ebenfalls, dann legten Luc und sie fast gleichzeitig auf. Die Commissaire divisionnaire sah ihren Untergebenen und Freund besorgt an.

»Die Fähre?«

Luc nickte.

»Der Präfekt weiß es auch schon. Er ist in großer Sorge. Ein verschwundener Passagier auf einer Urlauberfähre zu Beginn der Hochsaison – das ist gar nicht gut.«

Luc trank den Espresso aus und stand auf. »Na, dann fahren wir mal hin. Aber die hier nehmen wir mit.«

Luc griff nach der *torsade,* dann sah er auf seine Armbanduhr.

»Alain müsste gleich kommen, um Aurélie zu nehmen. Dann können wir zusammen fahren.«

Fähranleger Blaye
Vendredi, 8 juillet, 9:47

Deborah Galhaud betrachtete das Hin und Her unter ihr auf dem Schiff. Der größere Teil der Passagiere stand oder saß auf dem Deck und hatte sich in das Schicksal gefügt, hier noch ausharren zu müssen. Nur drei Passagiere redeten an der Ladebordrampe wild auf eine junge Gendarmin ein. Die Kapitänin sah, wie ein Mann sie fast anstieß, so wütend gestikulierte er, doch die junge Frau blieb ganz ruhig, hatte die Arme vor der Brust verschränkt und blockierte den Ausgang. Die Crew stand unten auf dem Autodeck und sah den Gendarmen zu, die noch einmal das ganze Schiff absuchten. Sie sahen von hier oben wie kleine blaue Ameisen aus, die fleißig und zielstrebig auf und ab gingen. Sie hoben alles an, was sich anheben ließ, öffneten die Kammern der Schwimmwesten und Rettungsboote, sahen hinter jede Tür. Deborah hatte mitgezählt, die Toiletten waren nun schon ein Dutzend Mal gründlich durchsucht worden – doch das Ergebnis war immer dasselbe.

Sie lehnte sich in ihrem Kapitänsstuhl zurück. Verdammt, war das ein Albtraum. Sie hatte sich so auf einen pünktlichen Feierabend gefreut nach der üblichen Anzahl ereignisloser Hin-

und Herfahrten, auf einen schönen Nachmittag am Strand, aber den konnte sie sich jetzt wohl abschminken. Was war hier passiert?

Sie konnte nicht glauben, dass Benjamin wirklich etwas geschehen war. Sie war auch gar nicht besonders unruhig. Warum auch? Das war Benjamin, der Maler, der Lackierer, der Mann, den sie schon so lange kannte. Natürlich konnte er gut schwimmen.

Und sicher war er auch überhaupt nicht im Wasser. Oder? Das konnte doch nicht sein.

Er musste wieder von Bord gegangen sein, bevor sie abgelegt hatten. Eine andere Erklärung gab es nicht. Vielleicht war bei ihm zu Hause etwas passiert. Eine unvorhergesehene Sache, vielleicht war eines der Kinder krank geworden. Ja, das musste es sein. Und er war Hals über Kopf aufgebrochen, sein Auto hätte er in Lamarque eh nicht wieder von Bord bekommen, es stand ja ganz vorne, wenden ging nicht. Aber dann wiederum war die Frage: Warum hatte er nicht Bescheid gesagt? Sie per Telefon informiert oder jemandem von der Crew den Schlüssel zugeworfen, damit der den Wagen wegfahren konnte? Eigentlich war Benjamin immer freundlich und handelte sehr überlegt – was konnte passiert sein, das ihn dazu gebracht hätte, egoistisch von Bord zu stürmen?

Wenn er das Schiff allerdings nie verlassen hatte … So ein Mist. Sie spürte, wie ihre Hand zitterte. Sie müsste den Polizisten sagen, dass sie bei Benjamin zu Hause anrufen sollten. Seine Frau war sicher noch daheim. Deborah blickte in ihre leere Kaffeetasse. Sie hätte gut noch einen Kaffee gebrauchen können. Andererseits würde sie dann noch aufgeregter. Wenn sie doch nur noch rauchen würde …

Sie riss sich aus ihren Gedanken, als unten vor der Mole ein alter grüner Jaguar hielt, sehr schönes Modell, toller Zustand.

Ein Mann und eine Frau stiegen aus. Sie waren in Zivil und schienen wichtig zu sein, denn die Gendarmen salutierten und ließen sie auf die Fähre. Sofort wurden die beiden von den drei Passagieren an der Rampe bestürmt. Der Mann sagte etwas, was Deborah nicht hören konnte, und sofort verstummten die aufgeregten Fahrgäste und zogen sich endlich in eine Ecke des Autodecks zurück. Dann hörte sie Schritte auf der metallenen Treppe, sie kamen näher, und schließlich klopfte es an ihrer Tür.

»Ja?«

Die Tür öffnete sich, und die Frau trat zuerst ein, hinter ihr der Mann. Deborah nickte ihnen zu.

»Madame Galhaud, Sie führen das Schiff?«, fragte der Mann mit einer angenehm tiefen und warmen Stimme, die sehr ernst klang.

»Ja, ich bin die Kapitänin.«

»Das ist Commissaire Anouk Filipetti, Leiterin der Police nationale in Bordeaux, ich bin Commissaire Luc Verlain von der Brigade criminelle. Wir haben Grund zu der Annahme, dass auf Ihrem Schiff ein Verbrechen geschehen ist.«

VENDREDI, 8 JUILLET

MANN ÜBER BORD

Kapitel 1

»Sie müssen uns ganz genau erzählen, was geschehen ist – während der Verladung in Lamarque, beim Ablegen, bei der Überfahrt. In Ordnung?«

»Natürlich, Commissaire.« Die Kapitänin sprach sehr ruhig und gab ihren Worten einen selbstsicheren Klang, doch ihre zitternden Hände straften die Worte Lügen.

»Kannten Sie den Passagier?«

»Natürlich. Monsieur Forestier. Die Crew und ich kennen alle, die zu dieser Zeit die Fähre nehmen. Das sind fast ausschließlich Stammgäste. Deshalb kann ich gar nicht glauben, dass ihm etwas zugestoßen sein könnte. Haben Sie schon bei seiner Familie angerufen?«

»Das konnten wir noch nicht – es ist nicht Aufgabe der Gendarmen, uns über den Toten zu informieren, und so fangen wir gerade einfach von vorne an«, sagte Anouk. »Also, wer ist der Vermisste?«

»Er heißt Benjamin Forestier und ist ein Malermeister aus Pauillac. Er hatte wohl wieder einen Auftrag hier drüben, ich glaube, in Saint-Christoly, deshalb war er so früh unterwegs.«

»Er hat Familie?«

»Ja. Eine Frau und drei Kinder. Die sind noch klein. Sie müssen fragen, ob er nach Hause zurückgekehrt ist – vielleicht war eines der Kinder krank …«

»Kommt man denn noch von Bord, wenn man einmal auf die Fähre aufgefahren ist?«

»Na ja, nicht mit dem Auto.« Sie schüttelte energisch den Kopf. »Wir sind eine Roll-on-roll-off-Fähre. Wir haben zwei Luken, anders würde es im Hochsommer auch gar nicht gehen. Da können Sie nicht rangieren. Hier wird die Luke runtergelassen, und die Autos fahren raus, dann fahren die Autos in die andere Richtung wieder drauf. Und dann lassen wir die gegenüberliegende Luke am nächsten Hafen runter. Wenn die Autos also drauffahren, stehen sie ganz nah an der geschlossenen Luke, so wie Benjamins Wagen, sehen Sie?« Sie wies auf den weißen Transporter vorne an Deck. »Aber meine Crew ist dann natürlich damit beschäftigt, sich um die richtige Position der nachfolgenden Wagen zu kümmern, die sind alle hier vorne unterwegs und sehen nicht, wenn jemand hinten von Bord geht.«

»Okay, er könnte die Fähre also verlassen haben. Aber wie soll er ohne Auto nach Pauillac gekommen sein?«

»Die Busse sind mit der Ankunftszeit der Fähre synchronisiert«, erwiderte die Kapitänin. »Als wir anlegten, war der Bus da, um die Arbeiter aus Blaye in die Weinberge zu bringen – oder in die Hotels zum Frühstücksservice. Vielleicht ist er da eingestiegen.«

Luc nickte. Das klang logisch. Auch wenn er sich nicht erklären konnte, warum der Mann das Auto auf der Fähre hätte stehen lassen sollen, ohne jemandem Bescheid zu sagen. Andererseits: Wenn man in Sorge um ein Kind war, vergaß man vielleicht alles um sich herum. Seit er Aurélie hatte, konnte er sich das gut vorstellen.

»Gut, wir werden die Familie anrufen und nachfragen«, sagte er. »Und Sie sind sich ganz sicher, dass Sie Monsieur Forestier nach dem Ablegen nicht mehr gesehen haben?«

»Ich habe das Deck nur bis zum Hochklappen der Ladeluke im Blick. Wenn die Autos rangieren, wissen Sie? Ich prüfe, ob noch ein Wagen raufpasst, und gebe den Kollegen unten Bescheid. Aber so früh am Morgen ist das nicht nötig, weil wir dann ohnehin nie voll sind. Und wenn wir einmal abgelegt haben, konzentriere ich mich nur noch auf die Fahrt.«

»Mit anderen Worten, Sie haben ihn nicht gesehen.«

»Nein«, bestätigte die Kapitänin. Luc hatte nun Zeit gehabt, sie zu studieren: Sie war klein und drahtig, die Uniform mit der dunklen Stoffhose und dem blauen Hemd mit den Schulterstücken mit den drei blauen Streifen saß sehr locker. Die Kapitänsmütze hatte sie auf ihr Pult gelegt. Es sah nicht aus, als legte sie Wert darauf, sie zu tragen. Sie war nicht geschminkt und trug auch keinen Nagellack, stattdessen hatte sie Ölflecken an den Händen, so als hätte sie heute schon im Maschinenraum gearbeitet. Sie wirkte wie eine Frau, die gerne mit anpackte – und sie war jung, jünger als er sich eine Kapitänin mit einer so verantwortungsvollen Tätigkeit vorgestellt hatte. Luc fragte sich unwillkürlich, ob er darüber auch bei einem Mann nachgedacht hätte – und ja, auch bei einem Mann in so jungem Alter hätte ihn diese Position erstaunt.

»Okay, danke Ihnen, Madame la Capitaine.« Anouk wies auf das Deck. »Wir werden jetzt die Familie anrufen. Vielleicht fahren wir sogar besser dort vorbei. Jedenfalls dürfen Sie vorerst nicht auslaufen, und wir werden auch niemanden von Bord lassen können. Wie viele Passagiere hatten Sie an diesem Morgen dabei? Sie müssen doch alle zählen, oder?«

»Ja natürlich, Commissaire«, sagte die junge Frau, »hier hat alles seine Ordnung. Auf der Hinfahrt nach Lamarque waren wir sieben Passagiere und vier Mann Besatzung, auf der Rückfahrt nach Blaye waren es sechzehn Passagiere und vier Mann Besatzung. Na ja, sechzehn wären wir mit Benjamin gewesen. Wenn er wirklich von Bord gegangen ist, waren es nur fünfzehn.«

»In Ordnung, das ist ja übersichtlich. Ein Glück. Hören Sie, wir werden an Deck zuerst die Daten aller Crewmitglieder und Passagiere aufnehmen, und dann müssen wir sie einzeln befragen. Sollte er wirklich von Bord gegangen sein, dann hat das hoffentlich jemand gesehen. Und wenn nicht …«

Anouk und Luc hoben gleichzeitig den Kopf und sahen hinaus auf die graue Gironde, die in ihrem breiten Becken träge dahinfloss. Sie mochten beide nicht darüber nachdenken, was wäre, wenn Benjamin Forestier nicht daheim bei einem kranken Kind war.

Kapitel 2

»Ich fahre gerne zu der Familie … also, natürlich nicht gerne, aber … ich würde hinfahren.« Doch Luc sah, dass Anouk schon den Kopf schüttelte. »Ich mache das. Hoffen wir, dass ich klingele und er einfach die Tür öffnet, sich kurz wundert, was wir von ihm wollen und ihm dann siedend heiß sein Wagen einfällt. Du machst hier weiter. Auf diese geifernden Kunden dort habe ich wirklich keine Lust.«

Luc folgte ihrem Blick und sah, dass es nun eine Frau war, die wütend auf die Gendarmin einredete, die ihrerseits ein genervtes Gesicht machte. Es stimmte – er würde intervenieren müssen.

»Danke, Anouk«, sagte er, weil er wirklich nur ungern mit ihr tauschen wollte. Sie legte ihm kurz die Hand auf den Arm, dann nickte sie der Kapitänin zu. »Drückt mir die Daumen, dass er einfach zu Hause ist.« Sie öffnete die Tür zur Brücke und verschwand.

Luc überlegte kurz, ob er die Lautsprecheranlage der Fähre benutzen sollte, entschied sich dann aber dagegen. Manche Dinge besprachen sich besser von Angesicht zu Angesicht.

»Kommen Sie bitte mit hinunter«, bat er die Frau, die ihm,

ohne zu zögern, folgte. Sie stiegen die Treppe hinab aufs Sonnendeck, und sofort wandten sich ihnen sämtliche Gesichter zu. Ein Mann in Zivil, wohl ein Polizeibeamter, und die Kapitänin des Schiffs in Uniform – den Passagieren war die Hoffnung anzusehen, endlich mehr zu erfahren.

Luc positionierte sich so, dass er sowohl auf dem Ober- als auch auf dem Fahrzeugdeck gehört werden konnte, dann sagte er laut, langsam und deutlich: »*Mesdames et messieurs,* ich bitte Sie um Ruhe. Ich bin Commissaire Luc Verlain, und ich bin hier, weil ein Passagier dieser Fähre verschwunden ist. Die Crew und meine Kollegen haben nach ihm gesucht, bisher leider erfolglos. Deshalb können Sie die *Sébastien Vauban* erst einmal nicht verlassen. Wir werden Sie jetzt eingehend befragen – und so lange wir das tun, bitte ich Sie, die Ruhe zu bewahren und unsere Beamten nicht weiter zu bedrängen.« Dabei sah Luc die Frau an der Reling scharf an. »Es wird noch eine Stunde dauern, vielleicht auch länger. Ich muss Sie deshalb bitten, Ihre Vormittagstermine abzusagen und – falls nötig – Ihre Familie oder Arbeitsstelle zu informieren. Ich kann Ihnen versichern: Sie sind hier in Sicherheit, und wir tun alles dafür, dass Sie schnell von Bord gehen können – am schnellsten wird es aber gehen, wenn Sie jetzt mitarbeiten und meine Fragen beantworten. Wir treffen uns dazu auf dem Oberdeck. Die Kollegen werden Sie zu mir führen, sobald Sie an der Reihe sind. Sollten Sie versuchen, von Bord zu kommen, werden wir Sie verhaften müssen, haben das alle verstanden?«

Luc sah in aufgeregte, verständnislose und ängstliche Gesichter – aber er hatte diesen letzten Satz mit Absicht ausgesprochen. Denn ein bisschen Aufregung vor dem Verhör konnte nicht schaden. Wer auch immer etwas mit dem möglichen Verschwinden dieses Mannes zu tun hatte, musste auf dem Schiff sein, daran hatte er keinen Zweifel. Aber vielleicht würde auch gleich Anouk anrufen – und alles wäre in Ordnung. Er sah auf die Uhr: Sie war seit zehn Minuten unterwegs. Bis Pauillac würde sie sicher noch eine Stunde brauchen. Selbst mit Blaulicht war die Strecke von Blaye rund um Bordeaux und dann wieder nach Norden ins Médoc eine halbe Weltreise. Die Fähre wäre eine echte Zeitersparnis. Aber auf dieser Fähre saßen er – und die Verdächtigen.

Verdächtige. So nannte er sie also schon. Weil er – zugegeben – nicht sehr optimistisch war, dass Anouks Hoffnung sich erfüllte.

Er wandte sich, diesmal leiser, an die Kapitänin: »Wenn Ihnen noch etwas einfällt, Madame la Capitaine, ein Aufblitzen seines Gesichts, nachdem Sie abgelegt haben, irgendetwas in der Art, dann kommen Sie sofort zu mir, in Ordnung? Und jetzt wäre es gut, wenn Sie mir die Crew hochschickten, einen nach dem anderen. Fangen wir doch mit dem Kollegen an, der die Karten verkauft.«

»Enzo Pasquelli. Den schicke ich Ihnen sofort.«

Luc blickte ihr nach, wie sie die Treppe hinunterging, und dann hörte er sie sprechen. Er suchte sich einen Platz an der Reling auf der anderen, landabgewandten Seite. Als er nach unten sah, bemerkte er, wie schnell die Gironde floss. Das war kein träger Fluss, sondern ein ziemlich reißender Strom, der sich seinen Weg in Richtung Atlantik bahnte. Vierzig, vielleicht fünfzig Kilometer nördlich von hier endete die Halbinsel des Médoc, dort war die Mündung knapp vier Kilometer breit – und dort ergoss sich der Fluss in den riesigen Ozean. Das war auch der Grund, warum die Gironde so grau war wie der Sandstein in Bordeaux. Es lag nicht daran, dass der Fluss besonders schmutzig war, ganz im Gegenteil: Wäre er nicht so gefährlich, ließe sich darin sogar vortrefflich baden. Die graue Farbe wurde durch das Salz im Meerwasser hervorgerufen, das bei Flut in die Gironde gedrückt wurde. Dort traf es auf die Tonpartikel, die der Fluss Garonne aus den spanischen Pyrenäen mitbrachte, und Salz und Ton reagierten dann zu dieser hellgrauen Farbe, mit der die breite Gironde gen Nordwesten strömte. Luc überlegte: Wenn Benjamin Forestier wirklich über Bord gegangen war, dann wäre er bei dieser Fließgeschwindigkeit wahnsinnig schnell abgetrieben, selbst als erfahrener Schwimmer.

Er hörte wieder Schritte auf der metallenen Treppe, es klang nach schweren Stiefeln. Der Mann, der diese Arbeiterstiefel trug, war ein kleiner, dicker Zeitgenosse mit sehr dunklem Teint. Seine Arme waren stark behaart, und er wirkte wie ein Mann, der sein ganzes Leben draußen verbrachte.

»Enzo Pasquelli?«

»Ja, der bin ich. Seit dreiundfünfzig Jahren.«

»Sind Sie Italiener?«

»Viel besser: Korse.«

»Die Insel der Schönheit.«

»Schöne Insel, schöne Bewohner«, entgegnete der Mann und grinste über den eigenen Scherz.

Auch Luc lächelte und wies auf den Platz ihm gegenüber. Der Korse ließ sich auf den Plastikstuhl fallen, der bedrohlich knarzte.

»Sie verkaufen die Fahrkarten an Bord?«

Pasquelli nickte. »Aber nicht nur das. Ich putze und prüfe das Sonnendeck und die Automaten in der Kabine, also den Kaffeeautomaten und den mit den Süßigkeiten. Manchmal bin ich sogar mein bester Kunde.« Wieder grinste er. »Aber hauptsächlich bin ich, wenn's losgeht, in meiner kleinen Billetterie auf dem Autodeck und verkaufe den Leuten die Karten, erkläre den Fahrplan – und das in zehn Sprachen. Durch die vielen Touristen im Sommer kann ich mittlerweile auch auf Holländisch und sogar auf Persisch sagen: Achtundzwanzig Euro, bitte. So viel kostet die Überfahrt für ein Auto mit zwei Leuten in der Hochsaison.«

»Aber zu dieser frühen Stunde waren ja keine Touristen an Bord, also eher kein Persisch?«

»Nee, um die Uhrzeit brauchen Sie auf dem Hinweg nur Rumänisch. Dann fahren die Arbeiter in die Weinberge – und das sind alle *gens du voyage*.«

Luc nickte. Fahrendes Volk. So wurden die Roma genannt, die traditionell in Wohnwagen durchs Land reisten, um Gelegenheitsarbeiten zu verrichten.

»Und auf dem Rückweg nach Blaye waren nur Einheimische an Bord.«

»Sie kannten Benjamin Forestier?«

»Vom Sehen.« Der Mann blinzelte. »Manchmal fährt er mit, wenn er drüben Aufträge hat. Er kommt aus Pauillac, oder? Ich hab da manchmal sein Schild gesehen. Er macht Werbung für seine Malerfirma. Aber er fährt nicht so häufig mit, dass er eine Jahreskarte hat. Die kostet achthundertvierzig Euro, das muss sich lohnen. Da kommt er billiger weg, wenn er Einzelkarten kauft.« Pasquelli beugte sich nach vorne und sprach leiser: »Wir sind ja ein Unternehmen, das dem Département gehört, also staatlich. Und da die Leute von hier eh Steuern zahlen, knöpfe ich den Einheimischen morgens nicht den Tarif der Hochsaison ab, sondern den niedrigeren vom Winter – sonst werden die doch arm. Aber das muss ja keiner wissen, oder, Commissaire?«

Luc nickte ihm beruhigend zu. »Nein, das braucht niemand zu erfahren, Monsieur Pasquelli. Also hat Monsieur Forestier bei Ihnen heute Morgen ein vergünstigtes Ticket gekauft?«

»Na klar, Benjamin war ja der Erste, der aufgefahren ist, oder?« Er kratzte sich am Kopf. »Ja, so war es. Und da kam er gleich an meine Kabinentür und hat mir durchs Fenster fünfundzwanzig Euro gereicht. Und dann hab ich gesagt: Nee, nee,

Monsieur, lassen Sie mal, und dann hab ich ihm zwölf wiedergegeben. Dreizehn Euro kostet die Passage im Winter für Auto und Fahrer und 24,50 Euro im Sommer. Und dann hat er gesagt: ›Na, dann machen wir halbe-halbe‹, und hat mir gedankt und zugezwinkert und mir fünfzehn Euro gelassen. ›Der Rest ist für Sie‹, hat er gesagt, ›ist ein guter Auftrag, den ich drüben habe.‹ Das war schon nett von ihm.«

»Gut, Monsieur Pasquelli. Und er wirkte ganz normal, als er das Billett gekauft hat?«

»Na, wenn ich es Ihnen doch sage – normal und sehr freundlich.«

»Haben Sie gesehen, wohin Monsieur Forestier danach gegangen ist?«

»Ich glaube, er ist wieder zu seinem Wagen, wahrscheinlich wollte er noch etwas rausholen. Zigaretten oder so.«

»Also haben Sie ihm nicht nachgesehen?«

»Nein, vor meinem Fenster standen ja schon andere Gäste, die Tickets brauchten.«

»Hätte Monsieur Forestier das Schiff verlassen können?«

Enzo Pasquelli strich sich durch die schwarzen Haare.

»Hm, keine Ahnung, na ja, klar, können hätte er schon. Cédric und Philippe sind ja vorne an den Wagen beschäftigt, und hinten ist die Fähre offen wie ein Scheunentor. Ich hatte mit den Gästen zu tun, also möglich wär's. Aber er wirkte überhaupt nicht in Eile, der Monsieur Forestier, und auch nicht irgendwie panisch oder so.«

»Gut, ich danke Ihnen, Monsieur. Wenn Ihnen etwas Zusätzliches einfällt, vielleicht wenn Sie noch einmal darüber nachdenken, dann kommen Sie einfach wieder zu mir hoch, ja?«

Der Kartenverkäufer sah kurz nach draußen, dann nickte er. »In Ordnung, Commissaire. Glauben Sie, ihm ist etwas passiert?«

»Ich weiß es nicht, Monsieur Pasquelli. Würden Sie mir jetzt den Maat hochschicken?«

»Na klar.«

Der Korse verschwand, und eine Minute später kam ein junger Mann die Treppe herauf, auch er in schweren Stiefeln, doch weil er nur halb so viel wog wie der Kartenverkäufer, waren seine Schritte kaum zu hören. Er trug die Schwimmweste mit der Aufschrift »Sécurité«, die nötig war, wenn die Bootsmänner das Schiff an- und ablegten. Er lächelte ein wenig schüchtern, trat dann aber näher und nahm auf dem Plastikstuhl Platz, den Pasquelli eben verlassen hatte.

»Monsieur le Commissaire?«

»Sie sind Cédric, der Maat?«

»Cédric Biolay, ganz genau.«

»Sie wissen schon, was wir befürchten?«

»Dass Monsieur Forestier über Bord gegangen ist …«

»Das ist meine Sorge, ganz genau. Sie haben sein Auto eingewiesen?«

Der junge Maat zeigte über den Fluss, und Luc folgte seinem Blick. Wenn er ganz genau hinsah, konnte er auf der anderen Flussseite die kleinen Hütten der Angler erkennen und ein Stück rechts daneben ein befestigtes Stück Mauer mit Pollern. Dort war der Anleger von Lamarque.

»Er war der erste Wagen, das war schon oft so. Er war immer etwas früher da als die anderen. Er war sehr gewissenhaft, glaube ich, und wollte pünktlich bei der Arbeit sein. Manche Leute sind da ganz anders, für die zählt jede Sekunde zu Hause im Bett – kann man ja verstehen. Dann brausen sie total spät los, und während wir schon das Tor schließen, hupen die aus der Ferne, damit man weiß, dass sie noch kommen. Manchmal wartet die Capitaine dann wirklich noch, aber nur, wenn sie 'n guten Tag hat.«

Der junge Mann lächelte, und Luc hatte Zeit, ihn zu mustern. Er war vielleicht Anfang, Mitte zwanzig, ein gut aussehender Typ, sein Haar war dunkelblond mit einem winzigen Stich ins Rötliche, und er trug es kurz geschnitten. Er war nicht sehr groß, aber sah sehr sportlich aus. Seine Waden waren so muskulös wie sein Rückgrat breit war, als würde er viel schwimmen oder Rad fahren.

»Gut, und als Sie Monsieur Forestier eingewiesen hatten: Ist er gleich aus dem Wagen gestiegen?«

»Ja, ich habe ihn ganz vorne ans Tor fahren lassen, nicht so zentimetergenau wie am Mittag – wissen Sie, dann zählt jeder Fingerbreit, damit möglichst viele Autos draufpassen. Er ist gleich ausgestiegen, das habe ich noch gesehen, aber dann hab ich Denise auffahren lassen.«

»Denise?«

»Ja«, er grinste und zeigte mit der Hand nach unten, »das ist die, die sich vorhin so aufgeregt hat. Auch eine Stammkundin. Denise von der Post. Die fährt fast jeden Tag mit, außer wenn sie krank ist oder frei hat.«

»Sie haben also nicht gesehen, wohin Forestier gegangen ist?«

»Na, zu Enzo, nehme ich an. Aber gesehen habe ich ihn nicht mehr.« Der junge Mann kniff die Augen zusammen und überlegte. »Nein, wirklich nicht. Ich habe die fünf Wagen eingewiesen und bin dann nach hinten zum Tor gegangen, um die Leinen loszumachen.«

»Und Sie sind sich ganz sicher, dass Monsieur Forestier nicht doch noch an Ihnen vorbeigegangen ist? Von Bord?«

Der junge Mann schüttelte den Kopf. »Ausgeschlossen. Als ich hinten stand, hätte ich ihn doch aufgehalten. Wir hatten seinen Wagen ganz vorne – das wäre mir auf jeden Fall klar gewesen, dass der alles blockiert.«

»Also haben Sie die Leinen losgemacht, und das Schiff hat abgelegt.«

»Genau, Capitaine Galhaud hat die Maschinen auf volle Fahrt gesetzt, und dann ging's los.«

»Und Sie gehen dann wohin?«

»Die Fahrt ist ja nicht sehr lang. Philippe und ich, wir bleiben auf dem Autodeck und gehen schon mal nach vorne, um dann, wenn wir in Blaye ankommen, die Leinen dem Hafenmeister zuzuwerfen und das Schiff an den *quai* zu ziehen. Während der Fahrt machen wir einfach Pause – ich hab mir den Sonnenaufgang angesehen, ja, genau.«

»Und Sie haben nichts gehört?«

»Was meinen Sie?«

»Na ja, ein Körper, der ins Wasser fällt, den müsste man doch hören?«

Cédric Biolay überlegte wieder, doch dann sagte er leise: »Das ist ja eine schreckliche Vorstellung – aber von wo hätte er denn ins Wasser fallen sollen? Er war definitiv nicht auf dem Autodeck, da bin ich mir ganz sicher. Und auf dem Oberdeck – da waren doch Leute, die anderen Passagiere, und auch Madame Galhaud hat das im Blick. Also, das kann ich mir nicht vorstellen.«

»In Ordnung, ich danke Ihnen, Monsieur Biolay. Ach …«, Luc ärgerte sich, dass er erst jetzt daraufkam, »gibt es an Bord Kameras?«

Der junge Maat wies nach oben unter die Brücke. »Hier ist eine am Eingang des Oberdecks, und es gibt noch je eine an jedem Zufahrtstor, damit die Kapitänin sieht, dass sie wirklich geschlossen sind. Es sind ja schon schlimme Unglücke passiert.«

Luc nickte, weil ihn das an etwas erinnerte, an ein Schwarz-Weiß-Bild wie aus alten Fernsehnachrichten. »Das war in Belgien, oder?«

»Zeebrügge, genau. Da konnte man die Laderampen von der Brücke aus nicht sehen, aber der Maat, der achtgeben sollte, dass sie geschlossen sind, lag seelenruhig in seiner Koje. Damals sind fast zweihundert Menschen gestorben. Also, unser Job ist echt nicht ohne.«

»Das merke ich. In Ordnung, haben Sie vielen Dank, Cédric. Schicken Sie mir bitte Ihren Kollegen Philippe herauf?«

»Klar, das mache ich.«

Wieder dauerte es keine Minute, dann kam ein junger Mann die Treppe heraufgesprungen, mit jedem Schritt zwei Stufen nehmend. Er trug Turnschuhe, Luc erkannte die Marke: Veja – ein veganer Schuh mit einem großen V als Logo, den die jungen Leute in Paris, Bordeaux und Nizza geradezu als Uniform trugen. Der Junge trug keine Schwimmweste, nur ein geringeltes T-Shirt mit der Aufschrift »Marin«, Matrose. Luc musste kurz lächeln. Dieser junge Mann mit den verwuschelten dunklen Haaren war sicher der Hit an Bord, wenn die jungen Damen zur Urlaubsfrische anreisten. Er wäre nicht verwundert gewesen, wenn dieser Philippe in der Hauptsaison in keiner Nacht alleine blieb – zwanzig Minuten Überfahrt war eine gute Zeitspanne, um eine Verabredung für den Abend zu treffen.

»Bitte nehmen Sie Platz, Monsieur …«

Der Junge sah ihn fragend an, dann setzte er sich und sagte: »Philippe, das reicht. Alle nennen mich nur Philippe.«

Luc hob entschuldigend die Hände. »Tut mir leid, aber für die Ermittlungen wäre es schon gut, Ihren vollen Namen zu kennen.«

»Oh, na klar, Entschuldigung, Philippe Delattre.«

»Monsieur Delattre, in Ordnung. Würden Sie mir kurz sagen, wie der Morgen verlaufen ist?«

Luc versuchte ganz genau zuzuhören, aber er hatte alles nun schon dreimal gehört. Seine Gedanken schweiften ab zu

Anouk. War sie schon angekommen? Machte er all die Befragungen umsonst, weil Benjamin Forestier gerade mit einem fiebernden Kind im Arm aus der Haustür gekommen war? Sie musste längst da sein. Doch dann zwang er sich wieder in die Gegenwart zurück und hörte, wie der junge Matrose seine Antwort beendete.

»… von Enzo schon gehört. Also, ich habe den Malermeister auch nicht mehr gesehen. Er ist ausgestiegen, und weg war er.«

»Enzo hat ihnen schon davon erzählt?«

Der Junge zuckte die Schultern. »Na ja, wir sind ja schließlich eine Crew. War das falsch?« Er sah zu Boden. Er wirkte nun so schüchtern wie ein junger Welpe – aber es konnte auch einfach nur Show sein.

»Also hätte er das Schiff verlassen können?«, fragte Luc ernst.

»Wieso hätte er das tun sollen?«

»Das fragen wir uns auch. Wo waren Sie, als das Schiff ablegte?«

»Ich bin kurz nach oben aufs Sonnendeck gegangen und hab mir einen Kaffee gezogen. Dann bin ich wieder runter und hab mich an die Reling gestellt. Backbord.«

»Allein?«

»Na ja, Cédric is immer in meiner Nähe. Von ihm lerne ich ja. Aber ich studier auch noch, ich will ja nicht ewig auf dem Schiff hocken. Kunstgeschichte an der Uni in Bordeaux. Und da nutz ich jede freie Minute, um in meine Hefte zu gucken.«

Ein fleißiger Student, dachte Luc – und er hatte ihn für einen Filou gehalten. So konnte der Eindruck täuschen.

»Haben Sie irgendetwas gehört? Jemand, der ins Wasser fiel? Ich weiß, es ist eine schlimme Frage, aber …«

In der Tat wirkte Philippe Delattre etwas erschrocken, doch dann sagte er: »Sie sind noch nicht mit dieser Fähre gefahren, oder?«

»Ist lange her«, gab Luc zu, »ich wohne in Carcans Plage, das liegt nicht ganz auf der Strecke. Wenn ich eine Fähre nehme, dann die in Royan.«

»Na ja, die ist auch etwas leiser. Aber unser Kahn ist ziemlich alt, und die Maschinen sind sehr laut. Wenn hier einer ins Wasser fallen würde, bezweifle ich, dass man ihn hören würde.«

Der Motorenlärm – daran hatte Luc gar nicht gedacht.

»In Ordnung, vielen Dank. Da ich die Besatzung nun vollständig befragt habe, schicken Sie mir bitte den ersten Passagier herauf. Beginnen wir mit der Dame, die es am allereiligsten hat.«

»Sie meinen Denise von der Post? Na, das ist echt 'ne Persönlichkeit.«

Der junge Matrose zwinkerte Luc komplizenhaft zu. Dieses Machogehabe passte gar nicht zu ihm, fand Luc. »Ja, genau sie. Bitten Sie sie hoch, ja?«

»Mach ich, Commissaire.« Er ging zur Treppe, dann warf er einen Blick auf seine Uhr und drehte sich noch mal um. »Wissen Sie schon, wann wir von Bord kommen? Ich habe noch ein Date am Nachmittag.«

Luc lächelte ihn zurückhaltend an. »Sie werden es bestimmt zu Ihrem Date schaffen.« Also doch ein Filou, dachte der Commissaire.

Noch einmal sah er nachdenklich auf den Strom, dann holte er sein Handy aus der Tasche. Irgendwie hatte er ein schlechtes Gefühl – und nun würde er auf dieses Bauchgefühl, das ihn nur selten getrogen hatte, hören. Er wählte die Nummer des Büros in Bordeaux, stellte sich vor, wie in dem modernen viereckigen Bau mit dem vielen Glas oben in der dritten Etage ein Apparat klingelte und Hugo mit einem Kaffeebecher in der Hand zu seinem Schreibtisch eilte. Und tatsächlich, als er abnahm, klang Hugo ziemlich atemlos.

»Police nationale, Capitaine Pannetier?«

»*Mon cher,* ich bin es.«

»Und, Luc? Habt ihr ihn?«

»Leider nicht. Und ich habe bisher auch keine Aussage, die mich weiterbringt. Anouk ist auf dem Weg zur Familie des Mannes, sie müsste schon eingetroffen sein. Wenn sie gute Neuigkeiten hat, umso besser. Aber ich würde ungern warten. Kannst du bitte die Tauchereinheit der CRS herschicken? Die Kollegen sitzen in Cenon, die haben es nicht weit. Sie sollen Technik mitbringen, Boote, alles.«

Hugo räusperte sich, bevor er nachfragte. »Das große Besteck? Jetzt schon?«

»Ich glaube, es wäre besser«, sagte Luc mit leichtem Zögern, denn er wusste, wie groß der Aufwand war, den er mit diesem Anruf auslöste – und wie groß die Rechnung wäre, die die Compagnies Républicaines de Sécurité, die Bereitschaftspolizei des Innenministeriums, seiner Einheit vorlegen würde, sollte Monsieur Forestier unversehrt gefunden werden. All das müsste er dann erklären und verantworten – aber Luc hatte irgendwann entschieden, bei der Frage von Leben und Tod nie nach wirtschaftlichen Kriterien von Aufwand und Ertrag zu entscheiden, sondern alles in die Waagschale zu werfen, was Frankreichs überbordender Polizeiapparat hergab.

»Und wenn du das gemacht hast, könntest du bitte mit dem Hintergrundcheck zur Familie Forestier beginnen? Sie wohnen in Pauillac, er hat einen Malerbetrieb. Er ist so Anfang vierzig, nach allem, was ich gehört habe.«

»Klar, Luc. Ich setze mich sofort daran. Sonst noch etwas?«

»Erst mal nicht. Ich melde mich, sobald ich mehr weiß.«

»Sehr gut. *À tout à l'heure,* Commissaire.«

Hugo legte auf, und Luc war wieder alleine. Nein, war er

nicht, bemerkte er, als er aufsah und vor ihm eine Frau nervös von einem Bein aufs andere trat, sich dabei immer wieder räuspernd.

»Na endlich, Commissaire«, fauchte sie, »ich warte hier schon 'ne Ewigkeit, mein Chef macht mir die Hölle heiß, ich muss die verdammte Post ausliefern.«

Luc sah zu ihr auf und sagte leise und betont langsam: »Sie sind also die Postbotin, na wunderbar.« Dann wischte er sich den Schweiß von der Stirn und fuhr fort: »Gut, dass Sie hier sind. Sie sind ja sehr meinungsstark, was man so hört – deshalb bin ich gespannt, was Sie mir gleich alles erzählen werden. Aber wir können das nicht hier tun, weil ich sonst gleich zerfließe, sondern wir gehen nach dort oben.« Er wies hinauf, stellte sich an die Reling und fing den Blick der Kapitänin auf. »Madame Galhaud!«, rief er, »ich werde auf Ihrer Brücke weitermachen, hier ist es zu heiß. Einverstanden?« Die junge Frau zeigte ihm einen nach oben gereckten Daumen. Also stieg er die Treppe empor und hörte hinter sich die Schritte der Postbotin, die immer noch vor sich hin murmelte. Er vernahm die Worte »unerhört« und »meine Zeit stehlen«.

Es war kurz vor halb elf, die Sonne stand mittlerweile sehr hoch und brannte unerbittlich aufs Deck. Von den zarten Wölkchen des Morgens war nichts mehr zu sehen, keine Schattenpause in Sicht, nirgends. Deshalb atmete Luc auf, als er die Tür zur Brücke öffnete und ihm kühle Luft entgegenschlug. Die Fähre mochte zwar alt sein, aber die Klimaanlage in den geschlossenen Räumen funktionierte – anders hätte es hier auch kein Kapitän aushalten können.

»Kommen Sie, treten Sie ein, Madame …«, begann Luc, der ihren Namen natürlich wusste, aber sie zwingen wollte, sich auf dieses Gespräch einzulassen und ihre Wut ein wenig runterzukühlen.

In diesem Moment vibrierte sein Telefon. Er war kurz hoffnungsvoll und nahm es aus der Tasche, doch da stand nicht Anouks Name auf dem Display, sondern ein anderer. Er steckte es wieder weg und sah von der Brücke aus Richtung Hafen. Sie waren weit oben, von hier hatte die Kapitänin wirklich einen herrlichen Ausblick über den ganzen Fluss und die Stadt Blaye. Und von hier oben konnte er auch sehen, wer dort am *quai* stand, das Handy, mit dem er gerade angerufen hatte, noch in der Hand. Er stand hinter der Polizeiabsperrung und hatte den Commissaire sehr genau im Visier: Es war Robert Dubois, der junge Journalist der Regionalzeitung *Sud Ouest*, der Luc sowohl im Fall des verstorbenen Winzers in Saint-Émilion als auch im Fall der Austerndiebe am Bassin d'Arcachon sehr geholfen hatte. Er war sehr gewitzt und dazu rasend freundlich, und doch war er jedes Mal so schnell am Tatort, dass Luc allmählich annehmen musste, dass er den Polizeifunk abhörte. Robert winkte, und auch Luc hob kurz die Hand, ein Zeichen des Erkennens, mehr nicht. Solange sie noch nichts wussten, würde er nicht mit der Presse reden, auch nicht mit Robert.

»*Alors*, Madame …«, riss sich Luc aus seinen Gedanken. Die Frau sah ihn unverwandt an.

»Malesquier«, sagte sie, »Denise Malesquier. Können Sie mir endlich sagen, wie lange wir hier noch warten müssen?«

»Ich weiß es nicht, Madame Malesquier, und ehrlich gesagt: Je besser Sie mir helfen, desto schneller sind Sie frei. Um Ihren Chef brauchen Sie sich keine Sorgen zu machen, das klären wir mit der Post. Die Bürger von Blaye werden es sicher überleben, wenn sie ihre Briefe heute erst nachmittags erhalten.«

»Na, aber es sind ja meine Überstunden, Commissaire, nicht Ihre.«

»Glauben Sie mir«, sagte Luc und atmete schwer, »ich werde

auch Überstunden machen, wenn wir Monsieur Forestier nicht finden.«

Die Anmerkung saß. Denise Malesquier sah ihn durchaus betroffen an.

»Nun also der Reihe nach: Sie standen drüben in Lamarque hinter dem Wagen von Benjamin Forestier?«

»Ja, Benjamin ist immer der Erste, wenn er drüben Arbeit hat. Wie so ein richtiger Streber. Als hätte er daheim 'ne feuchte Wohnung. Ich war diesmal aber auch früh dran, also hab ich noch meine Zigarette geraucht, und dann ging's auch schon los. Apropos, darf ich hier rauchen?«

Luc wies auf das große rote »Interdit de fumer«-Schild an der Wand. »Ich denke nicht«, sagte er. »Was haben Sie dann gemacht, sobald Sie an Bord waren?«

»Ich bin raus und aufs Oberdeck. Dort hab ich mir 'n Kaffee geholt und mich an die frische Luft gesetzt und …«

»… und noch eine geraucht, ich verstehe. Haben Sie Monsieur Forestier gesehen?«

»Der stand am Schalter. Ich brauche ja kein Ticket, die Post zahlt mir ein Jahresticket, wissen Sie? Wär ja noch schöner, wenn ich mich jedes Mal anstellen müsste.«

»Aber nach dem Ablegen? Wo war Monsieur Forestier da?«

»Keine Ahnung«, sagte sie und zuckte mit den Schultern.

»Sie haben ihn bis Blaye nicht mehr gesehen?«

»Nee. Ich hab überhaupt nicht mehr über ihn nachgedacht, bis ich gehupt habe – aber er nicht in seinem Auto war. Und dann begann der ganze Nonsens hier.«

»Sie kennen Monsieur Forestier?«

»Na ja, ich bin auch aus Pauillac, wie so viele, die jeden Morgen die Fähre nehmen. Ich kenne Benjamin von den Veranstaltungen im Ort, Weinfest, Feuerwehrfest, Marathon du Médoc. Man sieht sich halt immer mal. Und seine Kinder waren mit meiner Tochter in der *crèche*, bevor sie in die Schule kamen. Aber es ist nur eine flüchtige Bekanntschaft. Wir kennen uns nicht näher.«

»Also sind Sie keine Freunde?«

Denise Malesquier zuckte wieder mit den Schultern, es schien eine Geste zu sein, die sie häufig machte. »Nee, keine Freunde. Er ist 'n Schicker, der Benjamin. Aber ich hab aufgehört, es bei verheirateten Männern zu versuchen. Das hat nie Glück gebracht. Haben nur nicht alle verstanden.«

»Was meinen Sie damit?«

Wieder zuckte sie die Schultern, antwortete aber nicht.

»Madame Malesquier, was meinen Sie damit?«

»Na ja, dass Benjamin Frauen schon sehr gern hat. Aber welchem Mann in Frankreich geht's da schon anders.«

»Hat er eine Affäre?«

»Keine Ahnung.«

Ihr Gesichtsausdruck hatte sich verändert, als wäre ihr klar geworden, dass sie schon zu viel erzählt hatte. Nun sah sie ihn verkniffen an, und er ahnte, dass er in diesem Moment nichts weiter aus ihr rausbekommen würde. Luc überlegte kurz, ob er sie unter Druck setzen sollte – aber nein, es war noch nicht nötig.

»In Ordnung, Madame Malesquier. Dann bitte ich Sie nun, mir den nächsten Passagier heraufzuschicken. Sie haben ja schließlich nicht vor, das Land zu verlassen, nicht wahr?«

»Was?« Sie sah ihn erschrocken an. »Jetzt wird's ja wie in 'nem Krimi. Haben Sie Angst, ich haue ab? Wieso sollte ich?«

»Die Frage können nur Sie selbst beantworten. Aber es wäre gut, wenn ich Sie in der allernächsten Zeit immer in Pauillac erreichen kann. Einen schönen Tag.«

Der Nächste war ein junger Mann mit dunklem Haar und dunklen Augen, sein T-Shirt war schweißnass. Die immer stärker glühende Sonne schien den Passagieren zu schaffen zu machen.

»Ihr Name?«, fragte Luc.

»Guillaume Gérardin.«

»Sie sind aus der Gegend?«

»Aus Pauillac, Monsieur.«

»Und was wollten Sie so früh in Blaye?«

»Ich arbeite auf einem Weingut und soll Korken besorgen, es gibt einen Großhandel am Stadtrand.«

»Und das machen Sie ohne Auto?«

»Der Lieferwagen des Château ist kaputt. Ich soll nur bestellen und bezahlen – die Lieferung kommt dann von dem Händler.«

Luc zögerte kurz, erwiderte aber nichts darauf. Der junge Mann suchte etwas zwischen seinen Schuhen.

»Haben Sie den Fahrer des ersten Wagens noch gesehen, nachdem er ausgestiegen war?«

»Ich war sehr spät an Bord. Ich weiß gar nicht, um welchen Mann es geht.«

»Um Benjamin Forestier, den Malermeister aus Pauillac.«

»Den kenne ich nicht.«

»Noch nie gesehen, noch nie den Namen gehört?«

»Ich arbeite von früh bis spät im Château, ich kenne nicht viele Leute aus Pauillac.«

Luc ließ den Blick schweifen, dann sagte er: »Ihre Adresse nehmen die Beamten unten an Bord auf. Sie bleiben bitte im Département und erreichbar, Monsieur Gérardin, falls wir noch Fragen haben. In Ordnung?«

Der junge Mann nickte.

»Gut. Dann können Sie gehen.«

Luc schaute ihm nach, als er die Brücke verließ und blickte dann gedankenverloren auf die Steuergeräte der Fähre. Es gab jede Menge Knöpfe und Hebel, darunter auch der Gashebel und das Steuerrad, ein kleines aus Kunststoff, nicht zu vergleichen mit dem riesigen hölzernen Steuerruder eines Segelboots. Der Stuhl der Kapitänin war sehr bequem, und Luc konnte sich vorstellen, wie wunderbar es sein musste, hier oben dieses große Schiff frühmorgens über einen menschenleeren Fluss zu navigieren. Zumindest an normalen Tagen. Heute aber …

Er blickte sich um und musste feststellen, wie gut die Sicht von hier oben war. Aufs Sonnendeck, aufs Autodeck, auf den Fluss, eigentlich überallhin. War es vorstellbar, dass jemand ins Wasser fiel und Madame Galhaud nichts davon mitbekam? Eigentlich sah man doch immer instinktiv dorthin, wo es eine schnelle oder irgendwie ungewöhnliche Bewegung gab. Und ein guter Schwimmer wie Benjamin Forestier hätte sich doch gegen den Fluss gewehrt, wenn er aus Versehen hineingestürzt wäre. Er hätte doch zumindest versucht, ans Ufer zu gelangen – all das hätte sie bemerken müssen. Entweder sie war abgelenkt, weil sie mit etwas anderem beschäftigt war, oder sie hatte es gesehen – und nicht reagiert. Was war es gewesen? Das müsste er rausfinden.

Wenn Benjamin denn überhaupt ins Wasser gefallen war.

Luc sah auf die Uhr an der Wand. Es war viel Zeit vergangen. Ob Anouk schon eine Antwort hatte? Er hätte sie gern angerufen und nachgefragt – aber er wollte sie nicht stören. Nicht in dieser Situation. Nicht, wenn Benjamin die Fähre wirklich nicht lebend verlassen hatte.

Kapitel 3

Eigentlich war es herrlich hier in der Aquitaine. Jeder Ort war einzigartig, schön, pittoresk oder zumindest authentisch. All die kleinen Strandorte mit ihren wettergegerbten Bewohnern, den Surfern, den alten Fischern, all die kleinen Weindörfer mit ihren Sandstein-Châteaus und den Weinfeldern überall, die kleinen Gemeinden in den Landes, umgeben von sonnendurchflutetem Wald, vereint in ihrer Tradition und der Liebe zu Qualität und gutem Leben – und natürlich weiter südlich das Baskenland mit seinen grünen Hügeln und den besonders stolzen Einwohnern, mit den Bergen, Flüssen und den beschaulichen Dörfern mit ihren schmucken roten Balken in den Hausfassaden.

Doch als Anouk die gewundene Départementale 2 nach Pauillac hineinfuhr, erinnerte sie sich: Nicht jede Gemeinde fügte sich in diese schwärmerische Beschreibung der Aquitaine ein. Es gab auch ganz wenige Ausnahmen – und das waren wirklich vergessene und abgehängte Orte. Pauillac war so ein Städtchen.

Dabei war seine Lage ganz wunderbar: direkt am Fluss, der grau und schwer an den *quais* vorbeifloss, und umgeben von wunderschönen Weinanbaugebieten mit den berühmtesten, wichtigsten, wertvollsten Châteaus der Welt: Latour, Rothschild, Lafite, Lynch-Bages. Nur die Stadt selbst hatte von dem Glanz der Grand Crus nicht viel abbekommen. Ja, es gab auch hier in der Innenstadt Manoirs, alte Herrenhäuser aus Sandstein. Doch wo es sich dabei anderswo um gutbürgerlich sanierte Patina handelte, bröckelte hier der Putz. Viele Häuser wurden einfach dem Verfall preisgegeben. Die Stadtväter hatten wohl vor ein paar Dutzend Jahren vergessen, nachfolgenden Generationen etwas zu bieten. Deshalb waren die meisten weggezogen. Manche nach Paris, manche nach Bordeaux. Wer etwas von Wein verstand, lebte in den kleinen Dörfern ringsum oder war gleich nach Saint-Émilion gegangen, wo nicht nur der Wein, sondern auch die Stadt boomte.

Zurückgeblieben waren all jene, die nicht wegziehen konnten: die Alten, die ihr ganzes Leben in Pauillac verbracht hatten. Die sozial Schwachen, die keine Kraft oder kein Geld hatten, um weiterzuziehen, und die nur in den wenigen Monaten ein Auskommen fanden, in denen die Châteaus Leute brauchten, rund um die Weinlese zum Beispiel. Und dann gab es noch jene, die irgendwie an diesem Ort und seinem mittlerweile morbiden Charme hingen.

Gerade fuhr Anouk durch eine Gasse, in der es außer verfallenen Häusern nichts mehr gab. Die Schaufenster der einstigen Läden waren mit Holzbalken verrammelt, und am Café, dessen Markise von der Sonne gebleicht war, hing ein großes Schild: *À vendre* – zu verkaufen. Nur ein absolut unverbesserlicher Optimist würde in dieser heruntergekommenen Gasse ein Café kaufen, dachte Anouk. Aber vielleicht bräuchte Pauillac genau das: viele unbeirrbare Optimisten.

Noch um eine weitere Straßenecke musste sie fahren. Obwohl sie an diesem verlassenen Ort ganz sicher keinen Zusammenstoß befürchten musste, hielt sie ganz kurz am Stoppschild. Sie parkte den Jaguar am Straßenrand, stieg aus und orientierte sich. An einem Haus fehlte die Nummer, aber am nächsten war eine angebracht. Drei Häuser weiter musste es sein. Dort vorne, sie sah sogar schon das Schild. Es war ordentlich, sauber, die Schrift gut lesbar: ein Pinsel als Logo, zehn bunte Farben im Halbkreis wie ein Regenbogen, darunter der Name: *Artisan Peintre Forestier*. Malermeister.

Anouk blieb einen Moment stehen und bemerkte, wie sehr sich dieser Vorgarten von den benachbarten unterschied. Obwohl er winzig war, hielten ihn die Forestiers sehr gut in Schuss. Es gab Blumen, Sommerblütler, Rosensträucher, einen kleinen Steingarten. Die Tür war frisch gestrichen. Hier wusste jemand ganz genau, dass er mit seinem Haus Werbung für sein Unternehmen machte. Anouk zögerte nur einen winzigen Moment, dann drückte sie auf die Klingel am Zaun.

Es dauerte keine halbe Minute, dann wurde die Tür geöffnet, und eine junge Frau erschien darin. »Ja?«

Ihre Stimme war ohne Misstrauen, ohne Zögern.

»Entschuldigen Sie, Madame«, sagte Anouk sanft, »sind Sie Madame Forestier?«

»Ganz genau.« Die Frau war blond, ihre Haare wurden sanft vom Wind umspielt. Sie sah Anouk aus ihren blauen Augen freundlich an. »Wie kann ich Ihnen helfen?«

Anouk fuhr sich mit der Hand durchs Haar. »Ist Ihr Mann zu Hause?«

»Wollen Sie ihn buchen? Da bräuchten Sie Geduld, er hat gerade einen dicken Auftrag begonnen, gerade heute. Er ist drüben bei Blaye – und da hat er bestimmt zwei Monate zu tun. Aber klar, wenn Sie so lange warten können, worum geht es denn?«

»Also ist er nicht hier?«

Jetzt kniff die junge Frau die Augen zusammen, die nochmalige Nachfrage irritierte sie sichtlich.

»Nein, das sagte ich doch gerade, er ist drüben in Blaye. Wer sind Sie denn?« Ihre Freundlichkeit war der Vorsicht gewichen.

Anouk öffnete die kleine Holztür im Zaun und trat hinein.

»Können Sie bitte draußen bleiben?« Die junge Frau war nun alarmiert, und Anouk holte ihren Ausweis aus der Tasche.

»Madame Forestier, es tut mir leid, Sie zu überfallen. Mein Name ist Anouk Filipetti, ich bin Commissaire der Police nationale in Bordeaux. Wir sind auf der Suche nach Ihrem Mann – und ich hatte gehofft, er wäre bei Ihnen.«

»Ich …« Die junge Frau schwankte, alle Farbe war aus ihrem Gesicht gewichen, und sie hielt sich an der Haustür fest. Sofort war Anouk bei ihr und wollte ihren Arm greifen, doch die Frau riss sich los und schrie: »Aber … wieso suchen Sie ihn denn … Hatte er einen Unfall?«

Anouk wich ein Stück zurück, gleichzeitig machte sie sich Sorgen, die Frau könnte einfach umkippen oder zusammensacken. Deshalb blieb sie ein wenig entfernt stehen, sprungbereit, und sagte leise:

»Nein, er hatte keinen Autounfall. Ihr Mann war auf der Fähre nach Blaye, ist aber am Hafen nicht angekommen. Sein Auto steht auf dem Schiff, aber er ist nicht an Bord – und wir hatten gehofft, Sie wüssten, wo er ist.«

»Auf der Fähre …« Sie sagte es tonlos, ihr Gesicht war leichenblass, und Anouk sah, dass ihre Finger weiß waren, weil sie die Türklinke so stark umklammert hielt. »Auf der Fähre …«, wiederholte sie und verstummte wieder.

»Hier ist er also nicht, Madame Forestier? Und könnte ihn eines der Kinder angerufen haben, damit er es abholt?«

»Was? Nein … Unsere Kinder sind in der Grundschule, die haben kein eigenes Handy. Und wenn etwas mit ihnen wäre, dann hätte man zuerst mich angerufen. Nein, er ist garantiert auf die Fähre gefahren – aber das heißt ja …« Sie erstarrte, als die Erkenntnis sie überfiel. »Glauben Sie, dass er ins Wasser gefallen ist?«

Als sie sah, wie Madame Forestier die Tränen in die Augen schossen, ging Anouk doch auf sie zu. Widerstandslos ließ sich die junge Frau in die Arme nehmen. Die Commissaire fühlte ihren schmalen Körper zittern.

»Aber das kann nicht sein, wir haben doch eben noch gefrühstückt, und da war er ganz, ganz lieb – und jetzt … Wo soll er denn sein?« Sie machte sich wieder los. »Sie haben nicht überall nachgesehen!« Sie stockte. »Haben Sie wirklich überall nachgesehen? Vielleicht ist er irgendwo in einem Teil des Bootes, der nicht öffentlich ist? Es kann nicht sein, Benjamin kann nicht über Bord gegangen sein.«

»Wir haben das ganze Schiff abgesucht, Madame, die öffentlichen Bereiche, aber auch den Maschinenraum – und zwar nicht nur einmal.«

»Die Brücke – was ist mit der Brücke?«, kam es wie aus der Pistole geschossen.

»Beruhigen Sie sich bitte, ich war eben selbst auf der Brücke, auch dort ist Ihr Mann nicht.«

Madame Forestier wischte sich die Augen. »Und wenn Benjamin, wenn er vielleicht aus einem Grund, den ich mir jetzt nicht vorstellen kann … vor der Abfahrt von Bord gegangen ist?«

»Auch um das zu prüfen, bräuchte ich bitte einmal seine Handynummer.«

Die Frau brauchte nicht nachzusehen, sie sagte die Nummer aus dem Kopf auf. Anouk tippte sie direkt in ihr Handy ein und wählte. Wie schön wäre es, wenn er jetzt einfach abhob und sagte, er sei von Bord gegangen und würde auf einem Weinfeld in der Sonne liegen. Doch die Leitung blieb stumm. Sehr lange war es still, bis die Ansage kam: »*Die Nummer, die Sie gewählt haben, ist momentan nicht erreichbar. Bitte versuchen Sie es zu einem späteren Zeitpunkt noch einmal.*«

»Nein«, sagte Anouk kopfschüttelnd, »das Handy ist ausgeschaltet, oder es hat keinen Empfang.«

Sie wählte eine andere Nummer und wandte sich ein wenig von der jungen Frau ab.

»Hugo«, sagte sie, als Capitaine Pannetier den Hörer abhob. Er saß am Schreibtisch im Hôtel de Police im westlichen Stadtzentrum von Bordeaux. »Kannst du eine Mastenanalyse von der folgenden Handynummer machen?« Sie gab die Nummer durch.

»Klar, mach ich sofort. Ich ruf dich gleich wieder an. *À tout de suite!*«

Sie mussten wissen, wo das Handy zuletzt eingeloggt war, nur dann kamen sie hier weiter.

»Wollen wir reingehen, Madame Forestier?«, fragte Anouk und wandte sich wieder der jungen Frau zu. »Ich weiß, das ist jetzt alles sehr viel auf einmal, aber wir wollen wirklich herausfinden, wo Ihr Mann steckt. Und ich würde Ihnen gern noch zwei, drei Fragen stellen. Wenn das in Ordnung für Sie ist?«

Die junge Frau nickte nicht, sondern ging voraus und ließ dabei die Tür offen stehen. Das Haus war drinnen so hübsch eingerichtet, wie es von außen wirkte: Der Flur war sauber und hell gestrichen, Kinderspielzeug lag auf dem Fußboden. Im Wohnzimmer standen schöne Möbel aus hellem Holz, ein großformatiger Fotodruck eines Atlantikstrands hing an der Wand, das Sofa war mit einladendem dunkelgrünem Stoff bezogen. Die Frau ließ sich darauf fallen, und Anouk setzte sich ihr gegenüber in einen Sessel.

»Kann ich irgendjemanden anrufen, der zu Ihnen kommen kann? Damit Sie gleich, wenn ich gehe, nicht allein sind?«

»Ich rufe meine Mutter an«, sagte Madame Forestier. »Sie wohnt in Saint-Laurent, sie wird sicher gleich kommen.«

»Ja, das klingt gut«, sagte Anouk. »Möchten Sie ein Glas Wasser, Madame?«

Doch die Frau des Malers blickte Anouk wütend an. »Ich möchte kein beschissenes Wasser. Ich will, dass Ben wiederkommt, verstehen Sie? Ben soll hierherkommen. Und zwar jetzt. Sofort.«

Kapitel 4

Luc machte eine Vernehmung nach der anderen. Er hatte sich aus dem Logbuch der Kapitänin eine leere Seite herausgerissen und machte darauf Notizen. Als der vorletzte Passagier hinausgegangen war, schrieb er:

Romain Tuillon, Angestellter im Atomkraftwerk Blaye, Fahrt zur Arbeit, kein eigenes Auto, mit dem Bus nach Lamarque und weiter mit dem Transfer der Électricité de France zum Kraftwerk. Hat auch eine Jahreskarte, deshalb direkt aufs Sonnendeck, hat B. Forestier nicht wahrgenommen. Kontakt bei Gendarmerie, wohnt in Bages.

Luc zählte kurz, wie viele er schon verhört hatte: vier Crewmitglieder und vierzehn von fünfzehn Passagieren. Sechzehn mit Benjamin Forestier, wenn er denn an Bord geblieben war.

Aber niemand hatte den Malermeister nach dem Ablegen gesehen. Das war doch nicht möglich, dachte Luc nun zum tausendsten Mal und war kurz davor, wieder mit dem Rauchen anzufangen. Herrgott, was für eine vertrackte Sache. Es schien noch zu dauern, wahrscheinlich war der Passagier, den er noch nicht verhört hatte, auf der Toilette.

Da sah der Commissaire aus dem Augenwinkel Bewegungen unten am Hafen. Drei Fahrzeuge hielten an, das Blaulicht flutete den *quai* von Blaye, und naturgemäß kamen sofort Schaulustige angelaufen. Weiter hinten konnte Luc die Hauptstraße der Stadt sehen, gegenüber war der Markt aufgebaut, zig Stände mit weißen Planen, die von hier oben wie Spielzeuge wirkten, genau wie die Autos, die auf der Départementale hin- und herfuhren.

Die Transporter trugen allesamt das Wappen der CRS, zwei von ihnen hatten Anhänger, auf denen große Schlauchboote festgeschnallt waren. Die Türen öffneten sich, und Dutzende Uniformierte stiegen aus, aber auch vier Männer in Zivil. Wahrscheinlich die Taucher, dachte Luc. Er sah, wie die Männer zum Heck des einen Fahrzeugs gingen, um die Ausrüstung herauszuholen. Anzüge, Sauerstoffflaschen – das große Besteck, wie Hugo es genannt hatte.

Lucs Blick scannte den Hafen, aber er musste nicht lange suchen. Neben Robert Dubois hatte mittlerweile ein Fotograf Stellung bezogen, der die Ereignisse mit seiner Kamera festhielt, während der Journalist telefonierte. Luc würde gleich mit ihm reden müssen.

Die Tür ging auf, und ein blasser älterer Mann trat ein, ganz vorsichtig, schüchtern geradezu. Luc hatte ihn nicht kommen hören.

»Commissaire?« Der Mann kam mühsam näher. Er hatte einen Krückstock in der Hand und ließ sich langsam auf dem Stuhl nieder. Luc stand auf, um ihm notfalls helfen zu können.

»Genau, Commissaire Verlain«, sagte er, als er selbst wieder Platz genommen hatte. »Und Sie, Monsieur?«

»Jean Salie. Ich wohne in Pauillac.«

Kapitel 5

»Wie war Ihr Mann heute Morgen drauf? Und in den letzten Tagen? Wirkte er irgendwie unruhig? Hat er etwas erzählt, was ihn besorgte? Oder war er vielleicht in einer psychischen Ausnahmesituation?« Sie sprach die Worte wie beiläufig aus, doch wieder fuhr die junge Frau auf.

»Er war nicht depressiv, wenn Sie das meinen, das ist totaler Quatsch. Er war super drauf vorhin, wir haben zusammen Kaffee getrunken, und er hat eine Tartine mit Konfitüre gegessen, Reineclaude, die hab ich vorletzte Woche mit den Kindern eingekocht. Er hat noch einen Scherz gemacht; die Augen verdreht und gestöhnt: *Boah, ist die sauer,* und dann haben die Kinder gelacht und probiert, und natürlich war die Marmelade total süß – und dann haben wir alle gelacht.«

Sie lächelte bei dem Gedanken an die Szene, und Anouk musste schlucken. »So war Ben, verstehen Sie? Obwohl er losmusste, hat er noch einen Spaß gemacht, und dann hat er uns allen der Reihe nach einen Kuss gegeben, und erst danach ist er ins Auto gestiegen, und ich hab die Kinder zur École maternelle und École primaire gebracht – und jetzt stehen Sie vor der Tür, Commissaire, und sagen, dass Ben weg ist.«

»Ich sage, dass wir ihn suchen.«

»Das habe ich verstanden. Aber ich muss wirklich betonen, dass es ihm gut geht – er ist nicht depressiv, und er hat ganz sicher nicht vorgehabt, sich in die Gironde zu stürzen. Also los, finden Sie ihn. Finden Sie meinen Mann!«

In diesem Moment klingelte Anouks Telefon so laut, dass sie beide zusammenzuckten. Die Commissaire bemerkte, dass die junge Frau sie durchdringend ansah. Dennoch nahm sie das Telefonat direkt im Wohnzimmer an. Sie hoffte, Hugo würde nicht so laut sprechen, dass alles zu hören war.

»Ja?«

»Ich bin's.«

Madame Forestier stand auf und ging zu einer Kommode, auf der ihr Handy lag. Sicher würde sie versuchen, ihren Mann zu erreichen, in der Hoffnung, alles wäre nur ein böser Traum.

»Anouk?« Hugos Stimme im Telefon.

»Ja, 'tschuldige, ich bin hier. Nun sag schon …«

»Es war ganz einfach, weil es nur eine simple Funkzellenabfrage war, die ich von hier aus selbst machen konnte. Wenn ich erst auf die Zentrale hätte warten müssen …« Anouk erwiderte nichts, manchmal zog es sich bei Capitaine Pannetier etwas, aber sie wollte ihn nicht unterbrechen oder antreiben, dann hätte es noch länger gedauert. »Na ja, also, das Handy von Monsieur Forestier war um sieben Uhr acht das letzte Mal eingeloggt, und zwar mitten auf der Gironde zwischen Lamarque und Blaye, ungefähr auf der Höhe der Île Nouvelle, ganz genau wissen wir es nicht, die Funkmasten messen ja immer nur einen Quadranten. Aber dort war er – und dann hat sich das Telefon ausgeloggt. Es ist nie am Funkmast von Blaye angekommen. Entweder es wurde ausgeschaltet …«

Hugo beendete den Satz nicht, es war auch nicht nötig,

Anouk wusste um die einzige andere Möglichkeit, die blieb. Welch andere tragische Möglichkeit.

In diesem Augenblick brach die junge Madame Forestier erneut in Tränen aus. Mit erstickter Stimme flüsterte sie: »Er war an Bord.« Dann hielt sie Anouk ihr Telefon hin. Es zeigte ein Foto, ein sehr schönes Foto: der Bug der Fähre, vor ihr die Insel mitten im Fluss und dahinter die Morgensonne. Dazu ein Herz und die Worte: *Was für ein schöner Morgen, chérie.*

Kapitel 6

»Meine Ärztin ist letztes Jahr umgezogen. Und ich wollte nicht mehr wechseln, verstehen Sie? In meinem Alter kann man sich nicht mehr gut umstellen, Commissaire, das werden Sie schon noch erleben. Na ja, und seitdem fahre ich einmal die Woche nach Blaye, frühmorgens, wenn ihre Praxis öffnet. Eigentlich bin ich gesund, aber ich sehe Madame le Docteur so gerne. Wenigstens eine, die sich mit mir austauscht. Außerdem tut mir die frische Seeluft so gut, wenn ich an Bord bin.«

»Ich verstehe, Monsieur Salie. Haben Sie ein Ticket gekauft?«

»Nein, brauchte ich nicht. Ich habe eine Zehnerkarte, da muss ich nicht jedes Mal zum Schalter.«

»Kennen Sie Monsieur Forestier? Er ist ja auch aus Pauillac.«

»Ja, natürlich. Jeder in Pauillac kennt Monsieur Forestier. Ich kenne ihn noch als kleinen Jungen. Er ist sehr freundlich – und was man so hört, scheint er auch ein guter Handwerker zu sein.«

»Haben Sie Monsieur Forestier an Bord gesehen?«

»Der Bus aus Pauillac war etwas spät, und ich kann nicht so schnell laufen, deshalb hat der Junge, Philippe, noch auf mich gewartet, bis er die Ladeklappe hochgemacht hat. Ich war also der Letzte, der zugestiegen ist. Und da habe ich Monsieur Forestier gerade seine Autotür schließen sehen.«

Luc war wie elektrisiert. »Er war an Bord, als die Klappe geschlossen wurde?«

»Ja, natürlich. Deshalb bin ich ja so schockiert. Ich habe ihm zugenickt. Er war an Bord.«

»Haben Sie gesehen, wo er dann hingegangen ist?«

»Ich bin zur Treppe und habe mich mühsam nach oben gequält, wissen Sie. Meine Knie sind sehr rostig, da ist so eine Treppe wirklich Gift, die Doktorin wollte mir heute Hyaluron spritzen, danach geht's immer ein bisschen besser, aber ich habe Monsieur Forestier dann nicht mehr …«

Er brach ab, weil Lucs Telefon auf dem Pult vibrierte. Der Commissaire murmelte: »Verzeihen Sie, Monsieur …«, und griff danach. Anouk. Aber nach der Aussage des alten Herren brauchte er eigentlich nicht mehr zu hoffen.

»Ja?«

»Ich bin es.« Ihre Stimme war ernst, im Hintergrund hörte er ein Schluchzen, das so verzweifelt klang, dass er sofort den Knoten in seiner Brust spürte, der sich immer fester zuzog.

»Er war an Bord.« Sie sprach ganz leise. »Er hat seiner Frau ein Foto geschickt, kurz nach Sonnenaufgang. Sie hat es erst jetzt gesehen. Da war die Fähre schon auf dem Wasser.«

»*Incroyable*«, Lucs Stimme war belegt, und er räusperte sich. »Ich habe eben den letzten Passagier vernommen, und er war der Einzige, der mir bestätigte, Forestier gesehen zu haben, als das Schiff ablegte.«

»Also müssen wir wohl wirklich im Wasser suchen, was?«

»Ich habe schon die Taucher hier. Sie sind eben aus Cenon gekommen. Die Suche startet gleich, ja.«

»*Horrible*«, murmelte Anouk. »Die Mutter von Madame Forestier ist auf dem Weg, aber ich werde noch einen Arzt hinzurufen. Sie ist völlig fertig. Außerdem muss sich jemand um die Kinder kümmern. Ich organisiere das noch, und dann komme ich zu dir, einverstanden?«

»*D'accord.* Bis gleich.«

Luc legte auf und sah den alten Monsieur Salie mit traurigen Augen an.

»Ich danke Ihnen sehr für Ihre Aussage, Monsieur, uns wurde eben von Madame Forestier bestätigt, dass ihr Mann an Bord war. Sie haben also recht. Leider sind das sehr, sehr schlechte Nachrichten, weil wir annehmen müssen, dass der Maler in den Fluss gestürzt ist …«

»*Mon dieu*«, murmelte der Mann und stützte sich auf seinen Krückstock, dann murmelte er leise: »… oder hineingeworfen wurde.«

Kapitel 7

Die nächsten Minuten liefen ab, als hätte sich in Lucs Kopf der Autopilot eingeschaltet. Zuerst rief er Hugo an und bestätigte seine Befürchtung, Monsieur Forestier sei ertrunken. Dann ging er wieder an die Reling, entschied sich aber doch gegen eine weitere öffentliche Ansprache, weil schon zu viele Schaulustige am *quai* standen, Robert Dubois eingeschlossen. Also ging er hinunter zum Autodeck.

»*Mesdames et messieurs*«, begann er ruhig und mit gedämpfter Stimme, als sich alle um ihn geschart hatten, »Sie werden noch ausharren müssen. Benjamin Forestier war an Bord, als die Fähre ablegte. Wir werden das Schiff nun ein weiteres Mal systematisch durchsuchen, genau wie wir Taucher auf dem Fluss einsetzen werden. Bleiben Sie ruhig – ich werde wieder zu Ihnen kommen.«

Er sah, wie sich Madame Galhaud die Hand vor den Mund schlug vor Schreck. Enzo, Philippe und Cédric waren alle drei blass geworden und sahen sich entsetzt an. Selbst Denise Malesquier sah sehr erschrocken aus. Sie steckte eine neue Zigarette an der Glut der alten an. Doch Luc konnte sich nicht lange mit den Passagieren aufhalten, sondern ging beherzt den Weg von Bord, den er zwei Stunden vorher in entgegengesetzter Richtung genommen hatte.

Von einem jungen Gendarmen lieh er sich das Funkgerät aus.

»Gendarmerie Blaye für Commissaire Luc Verlain.«

»Zentrale in Blaye hört«, knisterte die Stimme in der Leitung.

»Der Gesuchte war an Bord, er wird im Fluss sein. Wir müssen die Absperrung vergrößern. Ich brauche hier das große Besteck. Wir ermitteln nun offiziell.«

»Verstanden. Ich schicke Ihnen Verstärkung, Commissaire.«

»*Merci*.«

Luc gab das Funkgerät zurück und ging in Richtung der Uniformierten und der Taucher, als sich jemand zu ihm gesellte.

»Luc.«

»Robert.«

»Schön, dich zu sehen.«

»Immer schön, dich zu sehen.« Dennoch hielt Luc nicht an, sondern schritt schnell weiter aus.

»Was ist los, mein Lieber? Sieht ja nach einer großen Sache aus.«

Luc blieb stehen und sah Robert ernst an. »Jetzt noch nicht. Wirklich. Ich verspreche, wenn ich etwas habe, dann bist du der Erste. Aber jetzt noch nicht. Okay?«

Sofort nickte der Journalist und sagte: »Klar. Wir ziehen uns erst mal zurück. Aber ich brauche was bis zum Nachmittag, in Ordnung? Ich muss damit rausgehen.«

»Ich behalte es im Hinterkopf«, sagte Luc und ging zu dem Uniformierten am vorderen Transporter, dessen Schulterstücke die meisten Streifen trugen.

»Major?«

Der Mann mit der Polizeimütze salutierte. »Commissaire … Ich habe schon gehört, dass noch Einheiten nachrücken sollen – wir stehen Ihnen zur Verfügung.«

»Haben Sie vielen Dank. Ein Passagier ist in Lamarque auf die Fähre gegangen, aber nicht in Blaye angekommen.«

»*Mais non …*« Der Major war ein paar Jahre älter als Luc und trug die schneidige Uniform der ehemaligen Militäreinheit, aber egal was er an Erfahrung und Drill mitbrachte – jetzt sah er den Commissaire tief betroffen an. Luc schätzte diese wahrhaftigen Momente, wenn die professionelle Distanz aufriss und der Mensch hinter der Uniform sichtbar wurde.

»Sie müssen den Fluss absuchen, erst einmal im Bereich der Fahrrinne, von drüben bis hierher.«

»Wir sollten besonders an den Inseln suchen, in Fließrichtung. Die Fähre ist um kurz nach sieben ausgelaufen, da herrschte Flut. Also müssen wir uns die Île Nouvelle ansehen. Dort ist viel Bewuchs, dort würde ein Körper hängen bleiben.«

»Wenn er denn dort von Bord gefallen ist …«

»Wir gehen sofort auf den Fluss.« Der Major rief die Taucher zu sich, und Luc sah zu, wie er die jungen Männer, die schon in den Neoprenanzügen steckten, instruierte. Alles ging schnell, fast militärisch vonstatten, und nach kaum fünf Minuten saßen je zwei Taucher in einem Schlauchboot, dazu je ein Steuermann und ein anderer Beamter. Die Boote wurden ins Wasser geschoben, die Motoren gingen an, und dann beobachtete Luc, wie sie den Fahrweg der Fähre abfuhren. Kurz vor der Insel in der Flussmitte setzten sich die Taucher auf den Bootsrand und ließen sich nach hinten in den Fluss fallen. Nun wurde der Malermeister von Pauillac, Benjamin Forestier, unter Wasser gesucht.

Kapitel 8

Da der Fährverkehr noch immer eingestellt war, hatte Luc um ein Polizeiboot gebeten, das Anouk von Lamarque aus abholte, damit sie nicht noch einmal den riesigen Umweg über Bordeaux fahren musste. Eben sah er das Boot näher kommen und trat an den *quai*, um ihr von Bord zu helfen, aber Anouk war eben Anouk: Kaum hatte das kleine, wendige Boot angelegt, sprang sie mit einem Satz auf die Betonmauer und stand gleich darauf neben Luc.

»Und?«, fragte er besorgt, »wie geht es Madame Forestier?«

»Sie ist völlig aufgelöst«, antwortete Anouk. »Aber ihre Mutter ist jetzt da, und das hat sie merklich beruhigt. Oh Mann, Luc, ich hab unaufhörlich ihre Worte im Ohr: *Finden Sie ihn. Finden Sie ihn.* Sie hat mich regelrecht beschworen. Wobei ihr, glaube ich, klar ist, dass wir ihn nicht lebend finden werden.«

Luc sah sie überrascht an. »Du denkst das auch?«

Anouk nickte. »Ich habe ein ganz mieses Gefühl. Das war kein Unfall. Und auch kein … na ja, kein Selbstmord. Er war bester Laune, hier, sieh doch …« Sie hatte die Textnachricht abfotografiert und hielt sie Luc vor die Nase. Der Commissaire besah sich das Bild und den kurzen Text und nickte. »Ja, so einer springt nicht eine Minute später mit Anlauf in den Fluss.«

Luc wandte sich wieder dem Wasser zu, und auch Anouk verstummte. Beide hingen ihren düsteren Gedanken nach.

Der Commissaire betrachtete das Schlauchboot, dessen Bootsmann regungslos nach unten sah. Er hielt die beiden Leinen in der Hand, die Taucher und Boot verbanden, damit sie in der Strömung nicht abgetrieben wurden. Beim anderen Boot waren die Taucher gerade wieder aus dem Wasser geklettert. Nun nahm es Kurs auf die weiter nördlich gelegene Inselmitte, um dort nach dem Maler zu suchen.

»Es ist so lähmend, nichts tun zu können«, sagte Anouk nach einer Weile der Stille, die nur begleitet war vom Flüstern der kleinen Wellen, die an den *quai* schwappten, und vom Gemurmel der Leute, die noch am Hafen standen. Die meisten Schaulustigen waren weitergezogen, weil es hier wohl doch nicht so spannend zuging wie erhofft. Luc konnte Anouk nur beipflichten, auch er fühlte sich ohnmächtig.

Nach weiteren zehn Minuten surrte Lucs Handy, und er nahm ab, ohne zu zögern.

»Robert«, murmelte er, »ich habe dir doch gesagt, dass ich mich melde.«

»Ich fahre jetzt in die Redaktion, Luc«, sagte der Journalist mit gedämpfter Stimme. »Ich werde ein bisschen herumtelefonieren, um herauszufinden, was passiert ist. Aber ich komme wieder, wenn ihr die Leute von Bord lasst. Wenn du heute irgendeine Stellungnahme abgeben willst: Ich hab heute Abend um sieben Redaktionsschluss. Danach ist es zu spät. Okay?«

»Ich sage dir etwas, wenn ich dir etwas sagen kann, *mon cher.*«

»Komm schon, Luc«, beharrte der Mann, »einen Namen, gib mir einen Namen.«

»Vergiss es. Wir haben ihn noch nicht gefunden – und so lange kriegst du von mir natürlich keinen Namen.«

»Okay, verstehe. Ich warte auf deinen Anruf.« Dann legte er auf. Luc schüttelte genervt den Kopf. Aber auch Robert Dubois machte nur seinen Job.

Anouk hatte sich ein paar Meter entfernt und telefonierte ebenfalls. Ihre Worte drangen durch den leichten Wind zu ihm herüber: »Ja, Monsieur le Préfet, ich werde Sie sofort informieren … Wenn es eine Nachricht ist, die eine Pressekonferenz nötig macht, dann werden selbstverständlich Sie diese halten, natürlich …«

Nach einer Weile legte sie auf und stellte sich wieder neben Luc. »Ich hätte nicht gedacht, dass ich als Leiterin der Polizeibehörde von Bordeaux gleichzeitig auch die Babysitterin des Präfekten sein muss.«

»Was meinst du, warum sich Preud'homme immer so gut um uns gekümmert hat? Er war es gewohnt, andere zu umsorgen.« Beide mussten lächeln, und Luc bemerkte, dass es das erste Mal seit Stunden war, dass er aus diesem Schleier aus Sorge und innerer Anspannung gerissen wurde. Der Gedanke an Commissaire Preud'homme munterte sie beide auf: Der alte Leiter des Hôtel de Police von Bordeaux war von allen Posten zurückgetreten – nach einem Aufsehen erregenden Fall im Baskenland, der Luc beinahe das Leben gekostet hatte. Danach hatte es ein kurzes Intermezzo eines jungen Karrierebeamten aus Paris gegeben – bis Preud'homme selbst Anouk als Nachfolgerin durchgesetzt hatte. Nun war Lucs Freundin zugleich seine Chefin – und das fühlte sich ganz und gar nicht falsch an.

Der Commissaire wurde aus seinen Gedanken geholt, als der Leiter der CRS-Einheit sich hinter ihm räusperte. »*Excusez-moi.*« Luc wandte sich um.

»Commissaire Filipetti, Commissaire Verlain … Wir haben

nichts gefunden, nichts und niemanden. Wir haben die neuralgischen Punkte an den Inseln und in den Uferlagen abgesucht, aber da ist nichts. Es tut mir leid, das festzustellen, besonders für die Angehörigen muss das sehr schwer sein, aber wir müssen der Wahrheit ins Auge blicken: Die Gironde ist hier schon sehr breit, und die Strömung ist stark, der Mann kann überall sein. Womöglich ist er schon in den Atlantik getrieben worden. Mit Ihrer Erlaubnis würden wir die Suche jetzt einstellen. Wir können aber natürlich sofort wieder anrücken, sobald es neue Anhaltspunkte gibt.«

Anouk und Luc nickten ihm beide zu. »Sie haben getan, was Sie konnten. Haben Sie vielen Dank, Major.«

Der Mann salutierte, dann nahm er die Trillerpfeife in den Mund und stieß einen Pfiff aus. Sofort wendeten die beiden Boote auf dem Fluss und steuerten Richtung Ufer.

Die Suche war also vorbei, für den Moment jedenfalls. Luc ging zur Fähre, die Gendarmin ließ ihn sofort durch. Die Stimmung an Bord war niedergeschlagen: Passagiere und Crewmitglieder hatten sich in kleinen Grüppchen im Schatten versammelt, manche saßen zusammengekauert unter der Bordwand, andere auf dem Oberdeck im Schatten der Brücke. Sie schienen erschöpft zu sein, zermartert von der langen Warterei.

Als sie Luc sahen, brach sofort Gemurmel los, und es war wieder die Postbotin, die zuerst auf den Beinen war und auf ihn zustürzte.

»Commissaire, jetzt reicht es aber, wir wollen …«

Doch Lucs Miene ließ sie verstummen. Er stellte sich in die Mitte der Wartenden und sagte:

»*Mesdames et messieurs,* ich weiß, wir haben Ihnen viel abverlangt. Und es tut mir leid, dass Sie so lange warten mussten. Wir müssen die Suche nach dem vermissten Passagier jetzt erst einmal einstellen und werden Sie nun von Bord gehen lassen.

Danach werden wir die Fähre noch einmal systematisch auf Spuren untersuchen. Allerdings sind Sie alle weiterhin Zeugen in diesem Fall – und wir müssen Sie deshalb auffordern, das Département Gironde nicht zu verlassen, bis wir die Ermittlungen abgeschlossen haben. Dafür gibt es eine Rechtsgrundlage im französischen Polizeigesetz. Sollten Sie sich dieser Aufforderung widersetzen, werden wir nach Ihnen fahnden, und Sie können automatisch in Untersuchungshaft landen. Haben das alle verstanden?«

Luc widerstrebte es, allzu freundlich mit den Passagieren zu sprechen. Natürlich wusste er, dass sie sehr lange ausgeharrt und sich dabei überwiegend ruhig verhalten hatten. Andererseits gab es eine oder einen an Bord, die oder der sehr genau wusste, was mit Benjamin Forestier geschehen war. Davon war Luc mittlerweile überzeugt.

Als sich fünf Minuten später die Bordwand der *Sébastien Vauban* senkte, gingen die Passagiere schnell von Bord, fast als wären sie in Sorge, jemand könnte es sich im letzten Moment anders überlegen. Allein der alte Monsieur Salie drehte sich um und nickte Luc wohlwollend zu.

Die Crewmitglieder holten ihre Taschen aus dem Maschinenraum, denn die Spurensicherung scharrte am *quai* schon mit den Hufen. Nur die Kapitänin stand neben dem Commissaire.

»Meinen Sie, Sie werden ihn finden?«

»Wir werden nicht aufhören, nach ihm zu suchen«, erwiderte Luc.

»Wasser kann sehr unbarmherzig sein«, sagte Deborah Galhaud, und es lag tiefe Sorge in ihrer Stimme. Luc war so viele Jahre Surfer gewesen und hatte so viele Menschen im Meer verschwinden sehen, dass er sehr genau wusste, was sie damit meinte.

Kapitel 9

Sie hatten mit dem Polizeiboot wieder nach Lamarque übergesetzt. Bei der Fahrt hatten Anouk und Luc den Fluss abgesucht, als könnten sie den Vermissten mit bloßem Auge entdecken.

Als sie im Jaguar saßen, Luc am Steuer, Anouk neben ihm, hatten sie erst geschwiegen, dann hatte Anouk das Fenster heruntergelassen und ihren Kopf in den Fahrtwind gehalten. Auf halber Strecke nach Bordeaux sagte sie leise:

»Vielleicht hat er es irgendwie an Land geschafft. Wenn er einfach so das Gleichgewicht verloren hat und hineingefallen ist, dann könnte das doch sein. Er ist sicherlich ein guter Schwimmer und könnte durchaus irgendwo flussabwärts an Land geschwommen sein. Er hat kein Telefon und muss erst ins nächste Dorf laufen.«

Luc wünschte sich in diesem Moment nichts sehnlicher als solch einen harmlosen Ausgang der Sache, aber ihnen war wohl beiden klar, dass das mehr als unwahrscheinlich war.

Luc trat gehörig aufs Gas, und die Häuser an der Départementale 2 flogen förmlich vorbei. Der Commissaire wollte sich im Büro so schnell wie möglich einen Überblick über alles verschaffen, was Hugo herausgefunden hatte. Das wiederum ahnte Hugo offenbar, denn in diesem Moment rief er auf Anouks Nummer an.

»Ja, Hugo?«, fragte sie. »Okay …«

Am Ernst ihrer Stimme erkannte Luc schnell, was passiert war.

»Wo genau?«

Noch wusste er nicht, ob sie auf die andere Flussseite mussten oder auf dieser Seite der Gironde bleiben konnten, also fuhr er erst mal an den Straßenrand und schaltete die Warnblinkanlage ein.

»In der Farm, ja? Wir fahren hin.«

Sie legte auf und sah Luc ernst an.

»Man hat einen Mann gefunden.«

»Ist er es?«

Anouk schüttelte den Kopf. »Ist noch unklar. Wir werden die Ersten am Fundort sein. Ein Züchter von einem Garnelenpark hat sich gemeldet. La Petite Canau, du weißt schon, oben bei Saint-Vivien-de-Médoc.«

Luc hatte genug gehört. Er sah kurz in den Rückspiegel, dann wendete er in einem Zug und raste die D2 entlang, diesmal in nordwestliche Richtung. Anouk öffnete das Handschuhfach und nahm das Blaulicht heraus, schaltete es ein und setzte es aufs Dach des Jaguars.

Die Départementale war nicht sehr voll, es war kurz nach vierzehn Uhr. Zu dieser Zeit saßen die Menschen entweder noch in ihren Büros in Bordeaux und warteten sehnsüchtig auf den Feierabend – oder sie hatten sich schon längst aus dem Médoc an die nahen Strände verzogen. Wer wollte bei dieser Hitze schon über ein flirrendes Weinfeld laufen?

»Der Notruf ging bei der Leitstelle in Pauillac ein, die haben dann direkt an Bordeaux verwiesen, so landete die Nachricht bei Hugo«, erklärte Anouk. »Der Züchter wollte gerade die Ernte einholen, um die Guinguette für den Dîner-Service vorzubereiten. Und dann sah er den Toten in seinem Becken schwimmen. Er ist aber nicht näher ran, er hat gesehen, dass da nichts mehr zu retten war, deshalb hat er direkt angerufen.«

»Der Park liegt meiner Erinnerung nach ziemlich genau am Fluss, kurz vor der Mündung.«

»Ja, es sind dreißig Kilometer von Lamarque dorthin. Aber es wäre ein Wunder, wenn er es nicht wäre, oder?«

Außerdem wäre es dann ein anderer Toter, dachte Luc einen unsinnigen Gedanken. Er trat das Gaspedal durch, und der dunkelgrüne Wagen tat einen Satz nach vorne. Die wenigen Autos auf der Straße machten beim Anblick des Blaulichts sofort Platz, und so kamen sie gut voran: durch Saint-Julien, dann durch die Weinfelder vor Pauillac mit ihrem dichten grünen Laub. Es blitzten schon die ersten Trauben hindurch, blassgrün und noch längst nicht erntereif; das würde noch mindestens zwei Monate dauern.

Als sie Pauillac durchfuhren, wies Anouk an einer Kreuzung nach rechts: »Da in der Altstadt wohnt die Familie«, sagte sie, »ich werde nachher dorthin fahren, wenn er es wirklich ist. Das sollte kein Gendarm übernehmen müssen.« Luc nickte und nahm sich vor mitzukommen.

Sie rasten wieder aus der kleinen Stadt hinaus. Direkt dahinter begann die Appellation von Saint-Estèphe, nördlich davon lag das Kernland des Médoc. Die Dörfchen ähnelten sich alle: Backsteinkirchen, Häuser aus hellem Sandstein, kleine Läden, Fleischer, Bäcker, Lebensmittelgeschäft, zu dieser Tageszeit aber alle geschlossen. Die Ortskerne waren menschenleer.

Alles hier war Weinanbaugebiet, Rebflächen, so weit das Auge reichte, und links und rechts der Straße standen die schönsten Châteaus, aufgereiht wie auf einer Perlenkette. An den endlosen Weinfeldern nannten Schilder die Namen der

Güter, die die Herzen der Weinkenner aus aller Welt höher schlagen ließen: Monrose, Cos d'Estournel, La Rose Brana und Calon-Ségur. Nach einer Weile kam der runde Turm des Château La Tour de By in Sichtweite. Er schmückte das Etikett der Flaschen dieses sehr besonderen Weines. Luc hatte einmal gelesen, dass dieses Gut seit dem sechzehnten Jahrhundert Wein anbaute. Was für eine große Geschichte!

Dass es hier auf dieser Halbinsel ganz vortrefflich klappen würde mit dem Weinbau, das hatten die Menschen schon früh begriffen. Der Boden bestand aus Kieseln, Kalk und spröder Erde, die Weinstöcke besonders herausforderten. Große Weine brauchten karge Böden, auf denen sie sich gut entwickeln konnten – mit Steinen, die Wärme speicherten, Kalk, der die geschmacksfördernden Tannine begünstigte, und Kiesel, die Wasser speicherten. Und dann gab es noch den nahen Fluss. Dorthin fiel das raue Land ab, hier waren besonders viele Kiesellagen im Boden, wodurch der Wein besonders gut mit Wasser versorgt wurde. Zudem bildete der Fluss eine natürliche Frostgrenze. Die größten Châteaus lagen alle nahe der Gironde. Dank des Flusses und des einmaligen Bodens waren ihre Weine früh zu Weltruhm gelangt.

Was Luc auf dieser Halbinsel besonders einzigartig fand, war, wie schnell die Landschaft wechselte. Eben noch waren sie an Rebstöcken vorbeigefahren, Kilometer um Kilometer, und nun, kurz hinter Janton, endete auf einmal die menschengeschaffene Vegetation, und ein ganz anderes Panorama tat sich auf: wilde Büsche und kleinere Bäume, immer wieder führte die Straße nun über kleine Kanäle, unten in den Rinnsalen schaukelten die Boote auf einem letzten Rest Wasser. Die Gironde zu ihrer Rechten musste mit der Ebbe alles Wasser mit sich genommen haben. Dort standen kleine Holzhütten wie jene, in der Luc mit Anouk wohnte, und wie jene, in der sein Vater bis vor wenigen

Jahren sein Geschäft betrieben hatte. Die Hütten hier gehörten ebenfalls Austernzüchtern und Menschen, die ihren Lebensunterhalt mit Hilfe des Wassers bestritten – und mit allem, was im Wasser lebte.

»Da vorne ist schon der Leuchtturm, es kann nicht mehr weit sein!«, rief Anouk gegen den Fahrtwind. Immer noch war das Fenster geöffnet, weil die Hitze allmählich unerträglich wurde. Immer wieder flogen Fliegen und Mücken in den Wagen. Die Mischung aus dem Salzwasser des Ozeans, dem Süßwasser der Gironde und den flachen Moorflächen mussten die Biester unwiderstehlich finden.

Kurz vor dem Dorf Saint-Vivien bog Luc scharf nach rechts ab. Die asphaltierte Straße endete, sie waren nun auf einem Feldweg. Luc hatte geglaubt, er sei noch nie hier gewesen, doch als sie am Hafen vorbeiruckelten, der an einem weiteren kleinen Kanal lag, erinnerte er sich dunkel: Er war als junger Mann hier gewesen, weil sein Vater von den Garnelen geschwärmt hatte, die hier gezüchtet wurden. Er erkannte die kleinen Trikolorefahnen wieder, die sich von Holzhütte zu Holzhütte rankten. Überall gab es Mückennetze gegen die fliegenden Eindringlinge und kleine Terrassen, die mit Pergolen überspannt waren, bewachsen mit wildem Wein, um die Gäste vor der Sonne zu schützen. Auf den Terrassen saßen Dutzende Menschen mit Tellern und großen Platten vor sich. Luc konnte glänzende Weinflaschen in Eiskühlern erkennen. Wie gerne hätte er jetzt angehalten! Aber sie mussten weiter.

Der Wagen fuhr über eine kleine Brücke, und plötzlich befanden sie sich in der absoluten Einöde. Rechts und links des Weges gab es nur noch sandige Steppen und kleine Gräben, die zu dieser Zeit kein Wasser führten. Es waren Salzwiesen. Solche endlos weiten Landschaften gab es auch in Holland oder in der Bretagne. Dort oben weideten sie Schafe auf solchen Wiesen, hier nutzten sie die abgelegenen Flächen anders. Es sah aus wie in einem Wildwestfilm. Dort vorne endete der Weg. Sie kamen an ein Gatter mit einem verblichenen Schild, auf das eine Garnele gemalt war. Darunter stand:

La Petite Canau – Éleveur des crevettes – Dégustation directe

Anouk stieg aus und öffnete das Gatter. Dann rasten sie auf die beiden Gebäude zu, die am Ende dieser Einöde standen. Die Staubwolke hinter ihnen stieg meterhoch auf. Weiter vorne konnte Luc ein großes Becken sehen, dahinter, nur ein- oder zweihundert Meter entfernt, lag der graue Fluss, der hier bereits ein breiter Strom war. Die Mündung in den Atlantik war nur wenige Kilometer entfernt.

Tatsächlich war noch kein Gendarm hier, sie waren die Ersten. Da stand nur ein alter Citroën, dem ebenfalls das Logo mit der gemalten Garnele auf dem Heck klebte. Das vordere Gebäude war das Restaurant. Luc erinnerte sich; es hatte sich seit seinem Besuch vor über zwanzig Jahren nicht verändert. Deshalb war *Restaurant* auch ein zu großes Wort für diese *guinguette*, dieses einfache Lokal, in dem es eigentlich nur ein Produkt zu verkosten gab. Es gab schlichte Stühle an langen Holztischen, einen Kühlschrank mit Wein und Bier, eine Theke, mehr nicht. Das Restaurant wirkte verlassen. Doch jetzt öffnete sich eine Tür an der langen Halle daneben, die aussah wie eine Produktionsstätte. Heraus trat ein Mitte, Ende Fünfzigjähriger mit langem grauem Bart und sehr dunkler wettergegerbter Haut. Er trug eine Basecap, auch die verziert mit dem Garnelenlogo, dazu ein T-Shirt und eine schmutzige Jeans und streckte erst Anouk, dann Luc die Hand hin.

»Polizei, oder?« Seine Stimme war nur ein Grollen. Er fingerte einen Zigarillo aus einer zerknüllten Schachtel und zündete ihn an. Der würzige Geruch vermischte sich mit der Luft, in der es nach Fisch, Salz und Jod roch. »Ich konnte bei der Hitze nicht die ganze Zeit bei dem Toten warten«, fuhr der Mann fort, »deshalb bin ich rein und hab gearbeitet. Der kann ja eh nicht mehr weglaufen.« Er zeigte ein knappes Lächeln, in seinem Gebiss fehlten zwei Zähne. »Na, dann kommen Sie mal.« Er ging voran, und Anouk und Luc folgten ihm. »Ich kann meinen Laden für heute zulassen, oder? Ihr rückt doch gleich noch mit mehr Leuten an, richtig? Da kann ich ja niemandem *crevettes* servieren. Is echt ärgerlich, ich hab schließlich nur die paar Monate, um mir mein Jahreseinkommen zusammenzuverdienen. Und ich bin gut gebucht, muss also einigen Leuten absagen.«

»Wir werden sehr schnell sein und Sie bald wieder in Ruhe lassen«, versprach Luc. »Aber erst einmal müssen wir sehen, was Sie …«

Er verstummte, weil der Mann zum Becken wies, an dessen Rand sie nun standen. Da lag er. Am anderen Ufer des Beckens auf einer kleinen Landzunge. Seine weiße Hose wies ihn unverkennbar als Maler aus. Seine Unterschenkel und Füße lagen noch im Wasser. Der Oberkörper steckte in einer Malerjacke. In der Mittagssonne strahlte ihr Weiß blendend hell, was inmitten des grauen Wassers und dem Staub der trockenen Umgebung, vor allem aber in dieser Situation unglaublich makaber wirkte.

»Haben Sie den Mann angefasst oder bewegt?«, fragte Anouk.

»Was denken Sie denn?«, blaffte der Mann. »Ich bin doch nicht verrückt. Ich wollte die Garnelen aus dem Becken holen, die ich morgen brauche. Die werden gewaschen, kurz gekocht und dann direkt serviert. Aber dann hab ich ihn da gesehen und bin gleich umgedreht. Also, ich bin natürlich vorher kurz runtergestiegen und hab nachgesehen, ob er noch atmet, ob sich da noch irgendwas rührt … Aber – na ja, sie sehen ja selbst: Totenstille.«

Luc betrachtete das Becken und den Zulauf. »Das ist der Kanal, der nach Norden führt?«

»Die Lebensader unserer Zucht«, erklärte der Mann. »Das ist die Verbindung zur Gironde. Bei jeder Flut haben wir einen Wasserwechsel, der unsere Garnelen mit sauberem frischem Salzwasser versorgt, sodass sie gut wachsen – so tolle Bedingungen haben sie nirgendwo sonst in der Aquitaine. Deshalb kommen die Leute ja von überall, um unsere *crevettes roses* zu bestellen.«

»Gut. Sie bleiben hier.«

Der Mann trat sofort einen Schritt zurück. Luc und Anouk gingen über den sandigen Untergrund um das Becken herum. Der Commissaire hatte die Landschaft für karg gehalten, aber weit gefehlt: Hier standen viele verschiedene Salzwiesenkräuter, es gab dorniges Gestrüpp und kleine Blüten wie auf einer Gebirgsblumenwiese. Als sie auf der anderen Seite ankamen, mussten sie einen Abhang von etwa anderthalb Metern hinunterrutschen. Luc hielt Anouk fest, damit keiner von beiden auf den Toten stürzte. Endlich erreichten sie ihn.

Der Mann musste schon eine Weile im Wasser liegen. Ein furchtbarer Anblick. Wenige Stunden hatten ausgereicht, um seine Haut aufzublähen, seine Züge schimmerten bläulich.

Anouk holte Gummihandschuhe aus ihrer Tasche, ein Paar für Luc, ein Paar für sich selbst. Wortlos zog Luc sein Handy hervor und fotografierte den Leichnam und die Auffindeposition, anschließend ging er näher heran und machte einige Detailaufnahmen der Umgebung des Toten, damit nichts übersehen werden konnte.

Luc wusste, dass er eigentlich auf die Spurensicherung hätte warten müssen, aber die Kollegen kamen aus dem Süden von

Bordeaux – und so lange konnten sie den Toten in dieser Hitze nicht liegen lassen.

Schließlich streiften sie die Handschuhe über. Anouk nahm die Arme des Mannes und Luc seine Beine, sie hoben den Körper aus dem Wasser und trugen ihn nur einen Meter weiter auf den trockenen Sand. Luc blickte Anouk an. Sie verstand wortlos und nickte, also nahmen sie nun die linke Seite des Toten, drehten ihn vorsichtig um und legten ihn mit dem Gesicht nach oben auf die Erde. Luc musterte ihn kurz, dann blickte er fragend Anouk an, die im Haus des Mannes sein Foto gesehen hatte. Sie nickte knapp. Dann senkten beide den Kopf, Anouk, um die Bilder aufzunehmen, Luc, um ein Stoßgebet gen Himmel zu schicken. Anschließend bekreuzigte er sich und zeichnete das Kreuzzeichen auf die Stirn des Toten.

»Keine äußeren Verletzungen, oder?«, fragte Luc Anouk.

»Nichts, was auf den ersten Blick auffällt«, antwortete sie. Sie sprach im gleichen professionellen Ton wie er, aber Luc wusste, dass das nur ein ganz dünner Schutzmantel war, um es an diesem Ort und mit einer Wasserleiche überhaupt aufnehmen zu können.

Er blickte kurz auf und sah, dass der Züchter zu ihnen herabsah. Na ja, wenigstens machte er keine Fotos, dachte der Commissaire, der schon schlimmere Tatortzeugen erlebt hatte. Als der Mann Lucs Blick sah, wandte er sich sofort um.

»Kurze Durchsuchung?«

Anouk nickte. Sie griff in die Hosentaschen des Mannes. »Nichts«, sagte sie schließlich, »das Handy wird sicher rausgefallen sein.«

»Wenn er es noch hatte«, fügte Luc hinzu. Er wollte sich schon abwenden, doch dann stutzte er. »Was ist das?«

Die Hemdtasche der Malerkluft war ausgebeult. Er ging vorsichtig näher, dann zog er den Klettverschluss des Oberhemdes auf. Er schüttelte behutsam, aber es kam nichts heraus. Also griff er in die enge, kleine Tasche, die ihm reichlich unpraktisch vorkam. Es war etwas Scharfes, Spitzes darin. Luc zog daran, und langsam glitt es heraus, länglich, hellbraun, mit einem Stich ins Rötliche. Perlmutt glänzte in der Sonne.

Er schaute auf den Gegenstand, dann sah er auf zu Anouk, die fragend den Kopf schüttelte. Er legte das Fundstück vorsichtig auf die Brust des Mannes, um es zu fotografieren. Aber erst einmal zog er die Handschuhe aus und fuhr sich durch die Haare. Was sollte das denn?

Und dann sprach er es laut aus: »Warum, um alles in der Welt, hat Benjamin Forestier eine Rasiermessermuschel in der Hemdtasche?«

Kapitel 10

Eine halbe Stunde später wirkte die sonst so verlassene Krevettenzucht total verändert. Nun war sie ein Tatort. Da standen Dutzende Streifenwagen: dunkelblaue mit weißen Streifen der lokalen Gendarmerieeinheit aus Soulac-sur-Mer, weiße und jene in der neuen silbernen Optik der Police nationale aus Bordeaux. Auch die zwei CRS-Transporter mit Booten auf den Anhängern waren angekommen; Taucher sollten die Kanäle nach Beweisen absuchen. Jetzt, wo die Flut langsam in das Becken drückte, waren die kleinen Wasserstraßen wieder schiffbar.

Rund um den Toten hatten die Beamten der Spurensicherung aus Bordeaux ein weißes Zelt aufgestellt. Zwar waren sie hier so weitab vom Schuss, dass keine Schaulustigen zu befürchten waren, vor deren Blicken man den Leichnam hätte schützen müssen. Aber die Hitze zerstörte alle Spuren, außerdem schritt der Verwesungsprozess zu schnell voran. Deshalb hatten sie rasch eine mobile Klimaanlage ins Zelt gerollt, was auch die Arbeit einigermaßen erträglich machte.

»Ich stelle dem Züchter mal ein paar Fragen«, sagte Luc zu Anouk, die zuerst die Taucher und dann die Spurensicherer einweisen wollte. Sie nickte, und er ging hinüber zur Produktionshalle. Als er die Tür öffnete, schlug ihm der unverkennbare Geruch der Meeresfrüchte entgegen. Er sah den Mann in einer Ecke der riesigen Halle, in der es dunkel und kühl war. Er trug eine weiße Schürze. Staubfünkchen tanzten durch die Luft.

»Monsieur?«

»Ja, Commissaire?«

Er ließ von seinem Werk ab und hob den Blick.

»Entschuldigen Sie, dass ich noch mal stören muss. Wohnen Sie hier auf der Farm?«

»Hier in der Einöde? Nein, auf keinen Fall. Ich wohne drüben in Soulac.«

»Wann sind Sie heute hier angekommen?«

»Na, so vor zwei Stunden. Ich hab nur aufgeschlossen, meine Eimer geholt, und dann bin ich zum Becken. Und da lag er. Dann hab ich gleich die 15 angerufen, und dann kamen Sie.«

»Sie haben niemanden gesehen?«

»Nein, hier war ganz sicher niemand. Sehen Sie doch, hier ist es flach wie die Küste bei Ebbe. Hier fällt jeder Mensch auf, Fremde sowieso. Und mein Restaurant öffne ich erst in einer Stunde. Na ja, normalerweise.«

»Wir wissen, wer der Tote ist: ein Mann aus Pauillac, der heute Morgen auf einer Gironde-Fähre über Bord gegangen ist.«

»Dann war es ein Unfall?«

Luc zog die Augenbrauen hoch.

»Das glaube ich ehrlich gesagt nicht. Der Mann war nüchtern, er war ein guter Schwimmer, und er kannte die Fähre – es fällt mir schwer, mir die guten Gründe vorzustellen, aus denen er über Bord hätte gehen können.«

»Das heißt, wir reden womöglich von Mord? *Putain*«, murmelte der Mann. »Warum das denn?«

»Wir wissen noch gar nichts, Monsieur. Aber sagen Sie …«

Luc kratzte sich wieder am Kopf. Er rang mit sich, ob er dieses Detail der Ermittlungen teilen konnte. Aber irgendwie kam er einfach nicht drum herum. Er brauchte eine Antwort.

»… sagen Sie, kann man hier irgendwo *couteaux* finden?«

»Sie meinen *moules couteaux*?« Der Mann sah Luc so überrascht an, als hätte er nach einem rosafarbenen Elefanten gefragt. *Couteaux*, Messer: So lautete der kulinarische Name der schmalen, langen Muscheln, die einem Rasiermesser täuschend ähnlich sehen – und die in Teilen der Aquitaine als echte Delikatesse galten. Aber der Züchter schüttelte den Kopf. »Nee, die finden Sie hier nicht. Ich hab hier am Ufer noch nie *couteaux* gefunden. Weiter unten am Bassin von Arcachon, da können Sie die sammeln. Da muss man aber bei Ebbe nach graben. Hier oben am Fluss gibt es die nicht. Aber wieso fragen Sie?«

Luc hob entschuldigend die Arme. »Das kann ich Ihnen leider noch nicht sagen. Aber ich danke Ihnen für die Antwort – und dafür, dass Sie uns so schnell gerufen haben. Für heute müssen Sie das Geschäft leider geschlossen halten, aber wenn wir weiter nichts finden, dann können Sie morgen Abend wieder öffnen.« Luc senkte die Stimme. »Und so makaber es ist – keine Sorge: Wenn in der Zeitung steht, dass wir hier eine Leiche gefunden haben, dann kommen danach nie weniger Besucher, sondern eher mehr.«

Der Mann winkte ab: »Ich bin ausgebucht, Monsieur le Commissaire, immer. Also keine Sorge. Und wenn Sie mit den Ermittlungen fertig sind, dann kommen Sie mal rum. Ich neige bestimmt nicht zu Eitelkeit, aber solche *crevettes* wie hier, die kriegen Sie an der ganzen Küste nicht.«

Luc dankte ihm für die Einladung und trat hinaus in die erbarmungslose Sonne. Anouk war noch immer am Zelt der Spurensicherung beschäftigt. Er blickte auf die Uhr. Kurz nach fünf. Jetzt oder nie. Er wählte die Nummer, die ihn vorhin mehrfach angerufen hatte.

»Commissaire, ich hatte die Hoffnung schon aufgegeben.«

»Solltest du bei mir nie tun, Robert.«

»Also, was hast du für mich?«

»Wir haben den Mann – leider als Leiche.«

»Verdammt. Wo denn?«

»Keine Fotos, okay? Wir wollen erst mit der Familie reden – und die soll morgen in der Zeitung nichts Traumatisches sehen müssen.«

»Versprochen.«

Luc fasste kurz zusammen, was sie schon wussten; viel war es ja nicht. Schließlich atmete er einmal tief durch, bevor er hinzufügte: »Ich habe noch etwas, aber du darfst nur schreiben, was ich dir sage.«

»Was denn?«

»Es ist eine Nachricht an den Täter, wenn es stimmt, was ich glaube.«

»Was glaubst du denn?«

»Dass uns jemand eine Nachricht übermitteln wollte. In der Tasche des Toten steckte etwas. Ein besonderes Fundstück. Schreib das so. Und dann schreib, dass wir aus ermittlungstaktischen Gründen nicht sagen, um welches Fundstück es sich handelt. Nur dass es etwas war, was dort nicht hingehörte.«

»Und was war es, Luc? Sag es mir, nur mir.«

»Du bist mein Freund, Robert. Das weißt du. Aber das … Nein, das kann ich dir nicht sagen. Ich muss jetzt los zur Familie des Toten. Schreibst du, was ich dir gesagt habe?«

»Natürlich, Luc. Sofort. Jedes Wort.«

Sie legten auf. Anouk trat an Lucs Seite. »Ich hab mich noch ein wenig hier herumgetrieben, um es hinauszuzögern. Aber jetzt gibt es nichts mehr, was ich tun könnte. Deshalb gibt es leider nur noch eines.«

Luc nickte und sah sie betroffen an. »Okay. Fahren wir zur Familie Forestier.«

Kapitel 11

»Wir müssen Aurélie abholen«, sagte Luc in die Stille hinein, als sie gerade aus Maubuisson hinausfuhren und hinein in den Fôret domaniale, hinter dem der Strand des Ozeans und ihr Dörfchen Carcans Plage lagen.

Bis hierher hatten sie kein Wort verloren, und Anouk antwortete erst, als hinter den letzten Kurven bereits die ersten Dächer zu sehen waren. »Ich kann noch nicht. Ich brauch noch einen Moment.« Und Luc war erleichtert über diese Aussage.

Sie umfuhren die Avenue des Dunes und hielten auf dem Parkplatz beim Restaurant Chez Heidi, in dem die Erben einer alten deutschen Dame noch immer traditionelle deutsche Küche servierten, etwa fette Schweinshachsen und gegrillten Schinken, der sich vorm Restaurant in einem Ofen am Spieß drehte. Hier waren trotz der auch jetzt am Abend noch sehr großen Hitze alle Bänke besetzt – der Appetit der Urlauber kannte keine Grenzen.

Sie stiegen aus und gingen Hand in Hand durch den Vordereingang von Gastons Restaurant La Plage. In stillschweigendem Einverständnis mieden sie die hintere Terrasse an der Düne, beide wollten sie niemandem begegnen. Sicher hatte sich der

Vermisstenfall auf der Fähre schon unter den Einheimischen herumgesprochen.

Als Gaston mit einem leeren Tablett hereinkam, lächelte er, aber sein Blick änderte sich schlagartig, als er Anouk und Luc näher ansah.

»Meine Lieben, wie schön euch hier zu haben … aber … Ist alles in Ordnung? Eben war Alain mit Aurélie auf seiner Abendrunde hier, ist etwas …«

»*Non*, Gaston«, erwiderte Luc rasch, »mit den beiden ist alles wunderbar. Wir hatten nur einen sehr heftigen Tag und möchten noch nicht nach Hause. Kannst du uns schnell etwas zum Mitnehmen machen?«

Sofort lebte der alte Wirt auf, und er klopfte Luc auf die Schulter. »Setzt euch da hinten in die Ecke, in zehn Minuten bringe ich euch etwas, und dann ab mit euch an den Strand.«

Es wurden nicht mal acht Minuten, schließlich war die *plat du jour* an jedem Freitag die gleiche, die Urlauber waren ganz verrückt danach und der Vorrat entsprechend. Und so gingen Anouk und Luc schon wenig später über die Düne. In der Hand hatten sie den Korb, den Gastons Frau gepackt hatte, denn Einmalverpackungen aus Plastik lehnte sie rundheraus ab.

Beim Anblick des Meeres atmete Luc einmal tief durch und spürte, wie die salzige Luft seine Lungen füllte. An diesem Abend lag der Ozean ruhig vor ihnen. Der Turm der Rettungsschwimmer war schon verwaist, und unten am Strand saßen vereinzelte Grüppchen junger Leute, die nach dem Sonnenuntergang noch hiergeblieben waren. Zwischen ihnen standen Weinflaschen und Gläser, eine Gruppe hatte ein kleines Feuer entzündet. Lachen wehte zu ihnen herüber. Es war ein friedlicher Abend, und Luc fragte sich wieder einmal, warum er ausgerechnet diesen Beruf ergriffen hatte, der sein Leben jeden Tag aufs Neue verdunkeln konnte.

Sie gingen ein kleines Stück und ließen sich dann nieder. Anouk öffnete den alten Picknickkorb und entnahm ihm ein Abwaschhandtuch in Blau-Weiß-Rot. Luc musste lächeln: Gaston war einfach ein großer Patriot. Sie stellte einen großen schwarzen Topf auf das Tuch, daneben legte sie ein Päckchen aus Zeitungspapier. Sie öffnete den Topf, und sofort schlug ihnen der würzige Duft entgegen. Luc lief das Wasser im Mund zusammen, als er die *moules marinières* sah, die Muscheln, die bis zur Oberkante im Topf lagen. Er war gefüllt mit dem Sud, in dem die Muscheln zubereitet worden waren. Alles lag in diesem Dampf: der Muscadet, der würzige Weißwein, in dem die Meeresfrüchte gekocht wurden, Schalotten und Knoblauch, Petersilie, aber auch das Jod des Meeres, das die Muscheln abgegeben hatten. Weit geöffnet, glänzten sie nun orange und hellgelb.

Er schlug die Zeitung auf, und darin dampften kross und heiß die Pommes frites – Gastons Frau Evelyne wusste als alter Kochprofi, dass sie im Papier nicht matschig wurden.

Anouk und Luc griffen gleichzeitig zu, ihre Händen stießen aneinander, und sie mussten lachen.

»Hunger, was?«

Luc nickte, ließ Anouk den Vortritt. Dann nahm auch er eine Pommes, die warm und salzig war und wirklich noch knusprig. Dann schälte er eine Muschel mit einer leeren Schale heraus und probierte: Es war himmlisch. Perfekt gegart, und man schmeckte, dass Evelyne morgens Meerwasser aus dem Ozean holte, um die Muscheln darin zu kochen. Weil nur echtes Atlantiksalz den Meeresfrüchten diesen genialen Geschmack gab. Angesichts des warmen und leichten Essens und den heute Abend kleinen und gleichmäßig heranrollenden Wellen des Ozeans lehnte Luc sich zurück und schloss einen Moment die Augen.

Sie aßen schweigend. Von Bissen zu Bissen spürte der Commissaire, wie er sich langsam beruhigte und wie sich die Wärme des Mahls in ihm ausbreitete. Es stimmte: Essen heilte die Seele.

Als Anouk in den Korb griff und zwei kleine Flaschen Bier hervorzauberte, murmelte er nur leise: »Evelyne und Gaston sollten echt 'n Orden kriegen.« Sie öffnete die blauen 1664-Flaschen mit dem Autoschlüssel und reichte ihm eine davon, dann stießen sie an. Luc trank einen Schluck. Das Bier war eiskalt und passte mit seinem herben Geschmack perfekt zu der leichten Süße der Muscheln. Sie tranken und sahen dabei zu, wie das letzte Licht des Tages vom Ozean verschluckt wurde.

»Ich kann nicht vergessen, wie sie mich angesehen hat«, sagte Anouk nach einer Weile.

»Du hast sie aufgefangen«, erwiderte er leise. »Das war gut.«

»Puuh«, stöhnte Anouk. »Ich hatte so gehofft, dass alles nur eine große Verwechslung ist.«

Luc nickte, und seine Freundin fuhr fort: »Seitdem wir … Na ja, seitdem wir Aurélie haben, ist es noch schlimmer geworden. Wenn ich daran denke, wie es den Kindern der Familie heute Nacht geht …«

Wieder nickte er stumm, dann sagte er leise: »Ich kann das nur verdrängen. Anders geht es einfach nicht. Das würde mich kaputtmachen.«

Auch er hatte seit zweieinhalb Stunden die Bilder aus dem kleinen Haus vor Augen. Den Blick von Madame Forestier. Sie war des letzten Fünkchens Hoffnung beraubt, nur noch ein Häufchen Elend. Dann waren da noch die Kinder, denen sie die Nachricht irgendwie beibringen musste – keine Erklärung der Welt würde ausreichen, um diese Katastrophe auch nur annähernd verständlich zu machen. Sie waren eine ganze Weile bei der Familie geblieben, hatten einen Arzt hinzubestellt, der ein

Beruhigungsmittel gespritzt hatte. Dann, als Madame Forestier auf der Couch irgendwie zur Ruhe gekommen war, hatten sie sich verabschiedet. Und nun würden sie diese Bilder mit sich nehmen – und konnten nichts tun. Dagegen jedenfalls nicht.

»Wir finden ihn«, sagte Anouk leise, weil sie offenbar seine Gedanken erraten hatte – wie so oft.

»Ja, das werden wir.«

»Los, holen wir unsere Kleine.« Sie stand auf und half Luc auf die Beine. Er nahm den Korb, dann gingen sie Richtung Düne und hinauf in die Nacht.

SAMEDI, 9 JUILLET

PLACE DES VOSGES

Kapitel 12

»Ich gehe an den Strand«, hatte er gesagt, und Anouk hatte ihm nur sanft zugelächelt und genickt. Sie wusste, dass er diese Momente brauchte, in denen er ganz für sich war, vor allem nach dem Anblick der Leiche am Nachmittag zuvor – aber noch mehr nach diesem schrecklichen Moment, in dem die junge Madame Forestier in Anouks Arme gesunken war. Erst spät in der Nacht, als Luc seinen Arm um Anouks Hüfte geschlungen hatte und sie doch endlich eingeschlafen waren, hatten sie etwas Ruhe und Frieden gefunden.

Jetzt ging er in Flipflops, T-Shirt und Badeshorts um die Hütte herum. Auf der Rückseite lehnte sein Surfboard an der Wand. Er klemmte es sich unter den Arm, trat durch das kleine Tor auf die Avenue des Dunes und lief dann über den gepflasterten Weg die Düne hinauf. Der Anstieg wurde immer steiler. Es war lustig: Früher, als er noch in Paris gewohnt hatte und nur zum Urlaub hierherkam, hatte er immer schnaufen müssen, weil dieser Weg so anstrengend war, aber jetzt, wo er ihn jeden Tag ging, spürte er die Steigung gar nicht mehr. Und dann, oben angekommen, gab es eh die Belohnung: der Anblick des Ozeans, der heranrauschte mit großen Wogen. Es war ein schöner, windstiller Morgen. Die Wellen waren perfekt für einen Mann wie ihn, der nicht mehr ganz jung war. Keine Kabbelei, keine windgepeitschten Schaumkronen, sondern schöne, gerade Wellen, die nicht abenteuerlich hoch waren. Er zählte die Sekunden von einer Welle zur nächsten. Je länger diese Sequenz war, umso schöner ließen sie sich surfen. Heute waren es sage und schreibe zwölf Sekunden, die zwischen den einzelnen Wellen lagen – einfach perfekt.

Er klemmte sich sein Brett wieder unter den Arm und wollte hinunterrennen zum Strand, da hörte er hinter sich den leisen Ruf: »Luc.«

Er blieb sofort stehen und wandte sich um. Auch sie war nicht außer Atem, obwohl sie noch schneller gegangen war als er, um ihn einzuholen. Er ging auf Anouk zu, die wiederum auf ihn zurannte, sie hielt sein Telefon in der Hand. Als sie vor ihm stand, sagte sie: »Sorry, *mon cher*, es klang so dringend, dass ich nicht wollte, dass du ihn warten lässt.«

Er legte sein Shortboard in den Sand, damit die feine Spitze nicht abbrach, dann nahm er das Handy entgegen und sagte: »Ja, Luc hier?«

»Ey, tut mir echt leid, Chef. Ich wollte dich sicher nicht beim Surfen stören. Sorry, wirklich.«

Luc musste lächeln. Der Slang, in dem er sprach, die Atemlosigkeit und dass er ihn allen Ernstes immer noch *Chef* nannte – wenn Yacine jetzt neben ihm stehen würde, hätte er ihm einen Knuff in den Bauch verpasst. Aber er hatte ihn nun mal so gerne, seinen ehemaligen Mitarbeiter aus der Mordkommission in Paris, deshalb hätte er Yacine selbst dann nicht böse sein können, wenn der ihn nachts um drei geweckt hätte.

»*Salut, mec*«, sagte er, »kein Problem. Ich bin froh, dass ich nicht ins kalte Wasser muss.« Es war eine Lüge, und sie alle – Luc, Anouk, Yacine – wussten es. Schließlich surfte der Commissaire selbst im Spätherbst noch im dann eiskalten Atlantik. »Aber sag schon, was ist so dringend?«

»Hm«, murmelte der Capitaine, »ich … Ich hoffe, ich mach hier keinen riesigen Fehler und bring bei euch alles durcheinander, aber …«

»Nun sag schon«, beharrte Luc, der keine weiteren Vorreden oder Entschuldigungen hören wollte.

»Du weißt, ich hab doch von dir gelernt, morgens erst mal die Nachrichten zu hören oder zu lesen, na ja.« Luc hörte seinen jungen Kollegen schwer atmen. »Und weil ich dich so vermisse, hab ich mir angewöhnt, morgens als Erstes die Zeitung von dir da unten durchzusehen.«

»Du liest die *Sud Ouest?*«

»Online, mein Lieber, nur online. Na ja, da stehen immer so lustige Sachen drin, von der Austernpolizei oder von den neuesten Problemen bei der Produktion von Gänsestopflebern – und da denk ich mir dann: Verrückt, das ist auch Frankreich. Aber heute Morgen war ich wie elektrisiert – ich hab den Artikel gelesen über euren Leichenfund.«

»Das ist schlimm. Wir waren gestern den ganzen Tag damit beschäftigt«, bestätigte Luc. »Ein junger Familienvater.«

»Ja, das habe ich gelesen«, bestätigte Yacine. »Und jetzt frage ich dich: Was ist das besondere Fundstück?«

Luc durchfuhr es. Was kam denn jetzt? Er hatte diese Information als Nachricht an den Täter übermittelt – auf diesen Anruf war er nicht gefasst. Er überlegte einen Moment und schämte sich sogleich dafür. Natürlich brauchte er nicht zu zweifeln, ob er dieses Geheimnis aus den Ermittlungen mit Yacine teilen dürfte – denn er hätte diesem jungen Mann sein Leben anvertraut. Deshalb sagte er:

»Wir haben in seiner Brusttasche eine Rasiermessermuschel gefunden, du weißt schon, so eine längliche Muschel, die sie hier in der Region so gern essen. Sie ist ziemlich sicher in die Tasche hineingeschoben worden – und die war so gut verschlossen worden, dass die Muschel nicht rausgespült werden konnte. Natürlich gibt es einen Funken Restwahrscheinlichkeit, dass das Opfer sie selbst hineingesteckt hat, aber mein Gefühl sagt mir, dass es ein Zeichen ist, das gefunden werden sollte.«

»*Merde*«, murmelte Yacine.

»Was ist?« Luc spürte, wie sich die Haare auf seinen Armen aufstellten. Und das lag nicht an der Kälte.

»Habe ich also nicht danebengelegen. Und ich dachte schon, ich wäre verrückt geworden.«

»Yacine. Sag schon, was los ist.«

Der Algerier sprach nun mit viel tieferer Stimme, selbstsicherer, so als habe er endlich bewiesen, wie viel er taugte, weil seine Befürchtung sich als wahr herausgestellt hatte. Deshalb hörte Luc jedes Wort so klar und deutlich, als stünde Yacine neben ihm.

»Wir haben gestern im Marais eine Leiche gefunden. Eine junge Frau. Bis vor vier Jahren hat sie in Bordeaux gewohnt. Da bin ich gleich hellhörig geworden und hab an dich gedacht.«

»Na ja, viele Leute kommen aus Bordeaux.«

»Das stimmt. Aber sie ist in einer Badewanne ertrunken. Na ja, ist sie nicht: Sie *wurde* ertrunken. Und in der Wanne, über der Leiche, schwamm eine Rasiermessermuschel.«

Luc brauchte einige Sekunden, um diese Information zu verdauen. Ihm kam es vor, als schwiege er minutenlang. Irgendwann fragte Yacine: »Hallo? Bist du noch da?«

Luc straffte die Schultern und antwortete:

»Ich werde zu dir kommen, okay?«

»Klar, Chef.«

»Und lass alles in der Wohnung, wie du es vorgefunden hast. Wer ermittelt?«

»Zucchetti ist krank. Ich bin Teamleiter. Unglaublich, oder?«

»Du kannst das, deswegen bist du es, *mon cher*. Also, ich mach mich gleich auf den Weg.«

Er legte auf. Anouk sah ihn überrascht an. »Du willst nach Paris?«

»Sie haben eine Frauenleiche, bei der sie eine *couteau* gefunden haben. Das ist doch …«

Anouk runzelte die Stirn. »Ja, das ist wirklich unglaublich. Was das wohl bedeutet?«

»Willst du mit?«

»Nein, ich muss hierbleiben. Der Präfekt will zweimal am Tag informiert werden. Und außerdem können wir Aurélie nicht zwei Tage bei deinem Papa lassen.«

»Nicht, wenn wir nicht wollen, dass sie vergnügungssüchtig wird, das stimmt.«

Sie mussten beide lächeln.

»Fährst du mit dem Wagen?«

»Es eilt. Ich fahre mit dem Auto zum Zug. Sofort.« Er klemmte sich das Surfbrett unter den Arm und nahm Anouk bei der Hand. Ein letzter Blick aufs Meer – immer noch sah es perfekt aus, die Wellen glatt gezogen wie mit dem Lineal. Nur leider hatte er an diesem Morgen einfach keine Zeit für die perfekte Welle.

Kapitel 13

Mysteriöser Tod auf Gironde-Fähre – Polizei ermittelt

Malermeister aus Pauillac tot aufgefunden – seine Leiche wurde in Garnelenbecken angespült

Von Robert Dubois, Blaye

Die Passagiere der ersten Fähre von Lamarque nach Blaye hatten gestern eine Überfahrt, die sie nicht mehr vergessen werden. Nach ihrer Ankunft mussten sie noch mehrere Stunden auf der Sébastien Vauban ausharren, erst nach 14 Uhr durften sie das Schiff verlassen.

Was war passiert? Das Auto eines Passagiers stand noch an Bord und behinderte das Entladen der anderen Wagen, doch auch nach langer Suche wurde der Mann nicht gefunden. Die Besatzung verständigte die Polizei. Commissaire Luc Verlain von der Brigade criminelle, der Einheit für schwere Kapitalverbrechen aus Bordeaux, rückte mit seinem Team an.

Bei dem Vermissten handelte es sich nach Angaben von Zeugen um den 37-jährigen Benjamin F. aus Pauillac, einen beliebten Handwerker, der nach Aussagen von Bekannten ein fröhlicher und freundlicher Zeitgenosse war. Ein Selbstmord konnte als Ursache seines Verschwindens ausgeschlossen werden. Nach Zeugenaussagen war F. zweifelsohne an Bord gewesen, als die Fähre abgelegt hatte, doch in Blaye kam er nie an.

So muss die Police nationale von einem Mord ausgehen. Die rätselhafte Geschichte kam zu einem tragischen Ende, als die Beamten am späten Nachmittag zur bekannten Guinguette La Petite Canau ins nördliche Médoc gerufen wurden. Dort, zwei Kilometer vor der Mündung der Gironde, war ein Toter angespült worden, genau ins Krevettenbecken des allseits beliebten Spezialitätenrestaurants.

Dass es sich bei dem Leichnam um Benjamin F. handelte, wurde schnell klar. Commissaire Luc Verlain persönlich hatte den Toten identifiziert. Die Polizei gab bekannt, dass sie von einem Verbrechen ausgehe, da der Tote mit einem besonderen Fundstück versehen worden war. Um welches Fundstück es sich handelte, dazu wollte die Brigade criminelle aus ermittlungstaktischen Gründen keine Angaben machen.

Commissaire Luc Verlain wird mit seiner Einheit das mutmaßliche Tötungsdelikt untersuchen. Sollten Sie Zeuge des Vorfalls geworden sein, bitten wir Sie, das Büro der Brigade criminelle im Hôtel de Police zu kontaktieren. Auch andere Hinweise zum Toten sind dort willkommen. Die Kontaktinformationen finden Sie im Anzeigenteil dieser Zeitung.

Luc ließ die Zeitung sinken und nahm einen Schluck des schrecklichen Kaffees, den sie im TGV verkauften. Er war erst drei Minuten vor Abfahrt des Schnellzugs nach Paris am Gare Saint-Jean angekommen und hatte es nicht mehr geschafft, sich ein verträglicheres Morgengetränk zu kaufen.

Robert hatte wieder ganze Arbeit geleistet. Den Namen des Toten hatte er nennen müssen, er war eh in allen Nachrichten. Vorhin am Bahnhof hatte Luc aus dem Augenwinkel beim Nachrichtensender *BFM-TV* sogar schon ein Foto des Malers gesehen, zwar mit verpixeltem Gesicht, aber trotzdem gut erkennbar. Der Weg, den diese Familie jetzt gehen musste, war einfach schrecklich. Doch der Journalist der *Sud Ouest* hatte so gut wie nichts über die Familie geschrieben und zudem all das beachtet, worum Luc ihn gebeten hatte. Der Commissaire hatte in Paris zu oft Journalisten kennengelernt, mit denen diese Form des Nehmens und Gebens unmöglich gewesen wäre, weil sie keine Regeln beachteten – außer der, stets den eigenen Vorteil zu suchen. Robert Dubois aber hielt sich an Absprachen. Er hatte genau das geschrieben, was Luc brauchte – und würde deshalb später als Erster über die Auflösung des Falls berichten dürfen.

Wenn es denn eine Auflösung gab, dachte Luc einen bitteren Moment lang. Denn bislang hatten sie nicht den geringsten Hinweis – bis auf die merkwürdige Rasiermessermuschel. Immerhin kam nun Bewegung in den Fall. Dass Roberts Artikel so schnell einen unverhofften Fortschritt brachte, der Luc nun nach Paris führte, damit hatte er nicht gerechnet.

Paris. Wie lange war er nicht in der Hauptstadt gewesen? Bestimmt ein ganzes Jahr nicht. War das möglich …? Luc rechnete nach und stellte fest, dass er tatsächlich seit vergangenem Juli nicht mehr in Paris gewesen war. In seiner Stadt. Wohin er vor vielen, vielen Jahren vor der Enge der Aquitaine geflohen war. Vorm Müßiggang in den kleinen Dörfern. Vor der tragischen Geschichte mit Hélène. Bevor seine Mutter verschwunden war.

All das hatte er hinter sich lassen wollen. In der Anonymität der Großstadt. Es war ihm gelungen. Zunächst war ihm Paris zu laut und zu voll gewesen. Aber dann war er dem Charme und der Schönheit der unverkennbarsten Stadt der Welt erlegen. Hatte sein Leben genossen, war auf seiner Vespa durch die engen Gassen gerauscht, hatte gefeiert, gegessen, getrunken und sehr viel geliebt. Um dann, Jahre später, doch wieder in die Aquitaine zu ziehen, weil er seinen schwer kranken Vater pflegen musste. Alain Verlain, den alten Austernzüchter, bei dem Luc aufgewachsen war. Anfangs war seine Pflege auch nötig gewesen, Alain war es wirklich schlecht gegangen. Aber Lucs Fürsorge hatte den älteren Herrn wieder aufgerichtet – dass sein Sohn bei ihm war, hatte wie ein Lebenselixier gewirkt.

Vor einem knappen Jahr hatte Alain seinem Sohn sogar bei Ermittlungen geholfen, so gut war es ihm schon wieder gegangen. Damals, als die Rue de Paradis unter Wasser stand und Luc einen Moment dachte, sein letztes Stündlein habe geschlagen.

In jener Nacht war Luc Vater geworden, Vater von Aurélie – und mittlerweile war es Alain, der Anouk und Luc half, wann immer es ging, der sich um seine Enkelin kümmerte, wenn die beiden arbeiten mussten, der sogar seine eigene Cabane geräumt hatte und eine Straße weiter in eine Wohnung gezogen war, um ganz nah bei seinem Sohn und seiner Familie sein zu können.

Was war das für ein Ritt gewesen, diese letzten vier Jahre! Luc hätte nie gedacht, dass das Leben in seiner alten Heimat so abwechslungsreich, bunt und aufregend werden würde.

Aber nun, er musste es zugeben, freute er sich sogar ein kleines bisschen auf Paris, auch wenn der Grund seiner Reise ganz und gar nicht erfreulich war.

Er sah die Landschaft am Zugfenster vorbeirasen. Es war, als flögen die Felder ihm entgegen, die Tunnel, die Brücken. Die Strecke war hier schnurgerade und führte minutenlang über freies Feld. Rechts und links war der Raps bereits verblüht, und die Hitze flirrte. Ein Wahnsinn, wie schnell dieser TGV war, dachte Luc wieder einmal. Dieser hier war einer von einem Dutzend täglichen Schnellzügen, die zwischen Bordeaux und der Hauptstadt nicht einmal anhielten. Sie sausten einfach vorbei an Angoulême, Poitiers, Tours und Orléans, und so schaffte dieser rasende Zug die Strecke von sechshundert Kilometern in sage und schreibe zwei Stunden und sechs Minuten. Deshalb war auch jeder Platz besetzt. Seitdem dieses merkwürdige Virus durchs Land gefegt war, hatten sehr viele Hauptstädter erkannt, dass das Leben und Arbeiten in Paris nicht nur teuer, sondern auch sehr unkomfortabel war. Viele hatte sich deshalb aufs Land zurückgezogen, irgendwo in ihre alte Heimat, und pendelten nun mit dem TGV ein-, zweimal pro Woche hin und her. Denn Frankreich blieb ein zentralistisches Land – wer hier etwas werden wollte, musste wohl oder übel in der Hauptstadt sein, wo alle Ministerien, Verbände, Organisationen und großen Konzerne saßen.

So fand sich Luc in seinem leichten Sommerhemd und der Jeans in einem Abteil mit sehr fein angezogenen Anzugträgern wieder. Die Frauen trugen dunkle Kostüme und Kleider, und alle saßen geduckt über ihren Laptops oder lasen Nachrichten auf dem Handy. Luc hingegen genoss es, die Landschaft anzuschauen. Irgendwann legte er seinen Kopf an die Scheibe – genau über der kleinen, wunderbar altmodischen Lampe, die hier traditionell jeden Tisch schmückte – und schlief bald darauf ein. Er erwachte erst durch das Geräusch der Zugbremsen. Als er die Augen öffnete, sah er, dass der TGV gerade das Technicentre Atlantique passierte, die riesige Halle südlich der Hauptstadt, in dem die Züge gewartet und repariert wurden. Zwei Minuten später, der Zug wurde immer langsamer, fuhr er hinter Montrouge unter dem Périphérique durch, der Ringautobahn, in der quasi die historische Befestigungsmauer von Paris fortlebte. In der Kernstadt, *intra-muros*, lebten etwa eine Million Menschen; jenseits der alten Stadtmauern in den armen Quartiers nördlich und östlich der Stadt, in den schillernden bürgerlichen Vierteln im Westen und Südwesten, überhaupt auf der ganzen Île de France lebten allerdings insgesamt zwölf Millionen – was für ein Moloch das war.

Nach weiteren fünf Minuten bremste der Zug schärfer ab und kam, auf die Minute pünktlich, unter dem weiten Dach des Gare Montparnasse zum Stehen.

Luc stieg aus, durchquerte die Halle und war wieder einmal erstaunt, wie schnell sich die Menschen hier bewegten, wie eilig sie es hatten – und wie viele sich hier aufhielten. Selbst an den vollsten Tagen in Bordeaux war niemals so viel los wie an einem ganz normalen Tag in Paris.

Doch ein Paar Augen in dieser Menge war nur auf ihn gerichtet, als Luc aus der Halle trat und im Schatten des Tour Montparnasse die Hektik der Straße wahrnahm; die Schlange mit bunten Taxis, die weiß-grünen Busse, deren Türen sich zischend schlossen, das Hupen der vorbeirasenden Wagen, die einem unbestimmten Ziel entgegensteuerten. Die Hitze stand zwischen den engen Häuserschluchten. Auch wenn für Paris sieben Grad weniger angesagt waren als für die Atlantikküste: Die Hauptstadt mit all ihrem Beton und den Sandsteinhäusern dicht an dicht heizte sich leichter auf als die Städte im Südwesten.

Nach ein paar Sekunden hatte der junge Mann in der Lederjacke seinen alten Chef erreicht, und Luc und Yacine fielen sich in die Arme. Der Commissaire klopfte dem Capitaine auf die Schulter und sagte leise: »Echt schön, dich zu sehen.«

Der Algerier löste sich aus der Umarmung und hielt Luc ein Stück von sich weg, um ihn zu mustern.

»Na, die Vaterschaft bekommt dir gut, würde ich sagen. Zwei Kilo mehr als damals im Baskenland.«

»Drei sind es doch schon, Herr Pfarrer«, gab Luc zurück, und beide mussten lachen.

»Komm, mein Wagen steht um die Ecke.«

»Was hast du denn derzeit, Mercedes, BMW oder doch einen Audi A8?«

»Hab ich dir etwa kein Foto geschickt? Na komm, das musst du sehen.«

Sie gingen um die Ecke des Bahnhofs und ein Stück die Avenue du Maine hinunter. Luc war gespannt. Er hatte Yacine als Jugendlichen in seiner heimatlichen Banlieue in Clichy-sous-Bois mit einer bereits ellenlangen Liste kleinerer Vergehen kennengelernt – und ihn einfach ins Herz geschlossen. Luc hatte das Vertrauen des Jungen gewonnen, weil er so anders war als die Flics, die in den Vorstadtkids nichts anderes sahen als die Verbrecher von morgen. Er hingegen hatte bei Yacine auch mal zwei Augen zugedrückt und ihm vorgeschlagen, sich irgendwie zu engagieren. So war der junge Algerier in einem Sportklub gelandet, der bei der Resozialisierung junger Straftäter half. Damals hatte Yacine dem Commissaire sogar bei der Auflösung eines Verbrechens geholfen, und Luc hatte ihm vorgeschlagen, ebenfalls Polizist zu werden. Nach der Ausbildung holte er Yacine in seine Abteilung, wo er fortan seine besonderen Talente unter Beweis stellte. Nicht von ungefähr verfügte der junge Algerier über eine exzellente Menschenkenntnis: Sehr früh hatte er lernen müssen, auf wen er sich verlassen konnte und wer eine potenzielle Gefahr war. Und er war der perfekte Ansprechpartner für die Kids von der Straße, wenn es mal hart auf hart kam. Denn er war bis heute einer von ihnen geblieben. Die zwei Relikte seiner Vergangenheit: Noch heute wohnte er in Clichy-sous-Bois in einer Hochhaussiedlung, dort, wo auch seine Eltern wohnten. Jeden Tag pendelte er in die Stadt. Und: Er hatte immer noch eine Vorliebe für große Autos. PS-starke Boliden, Karren, mit denen man in der Vorstadt bewundert wurde. Luc hatte nie gefragt, woher Yacine diese Wagen hatte. Doch als der junge Mann jetzt anhielt und den Schlüssel ins Türschloss steckte, konnte der Commissaire doch nicht an sich halten.

»Verdammt, wo hast du den denn her?«

»Ist der nicht geil? Ich wollte immer so einen haben – das ist doch 'ne echte Traumkarre. Du glaubst gar nicht, wie die Mädels gucken, wenn ich mit dem vorfahre.«

»Doch, ich habe eine Ahnung. Und woher ist der?«

»Den hat ein Freund bei einer Wette gewonnen, aber der wollte nicht so ein altes Auto fahren – und da habe ich ihm den abgekauft. Ich hatte echt lange gespart.«

Luc berührte den hellgrünen Lack des alten Porsche 911, ein wunderschönes Modell mit runden Leuchten mit Edelstahlbesatz, auch der Heckspoiler war legendär. Ein Auto mit Stil – und sicher ein wahnsinnig teurer Oldtimer.

»Den parkst du doch nicht in Clichy?«

»Nee, ich fahr neuerdings mit dem Zug – die RER B fährt ja bis Aulnay – und dann weiter mit der Straßenbahn. Ist doch viel besser für die Umwelt.« Yacine grinste. »Den Wagen lass ich am Quai des Orfèvres stehen.« Ein Name wie Donnerhall, denn dort, auf der Île de la Cité, lag das legendäre Hauptquartier der Pariser Polizei, nur wenige Meter von der Kathedrale von Notre-Dame entfernt.

Yacine stieg ein und öffnete Luc die Beifahrertür. Der ließ sich in den weichen Ledersitz fallen. »Geil, oder? Der ist von 1989, mein Geburtsjahr. Hammer …« Der Algerier ließ den Motor aufheulen, und die Reifen quietschten, als er auf die Straße einbog. Luc schüttelte grinsend den Kopf.

»Gut, dass du so schnell gekommen bist. Ist doch wirklich total merkwürdig mit der Muschel, oder?«

»Es ist wirklich großartig, dass du sofort diese Querverbindung unseres Falls zu deinem gezogen hast.«

Yacine errötete leicht.

»Was haben wir jetzt vor?«, fragte Luc nun.

»Die Gerichtsmedizin hatte mich vorhin angerufen, aber ich wollte warten, bis du da bist. Dahin fahren wir zuerst. Und dann zeige ich dir die Wohnung.«

Yacine steuerte den Wagen in Richtung Rue de Rennes und bog an der altehrwürdigen Kirche von Saint-Germain-des-Prés nach rechts auf den breiten Boulevard Saint-Germain ab. Gegenüber lagen die beiden Cafés, die weltweit gleichbedeutend waren mit dem literarischen Ruf dieser Stadt: im Deux Magots und im Café de Flore hatten Ernest Hemingway, Gertrude Stein und Simone de Beauvoir ihre Werke verfasst – und noch viel mehr Alkohol getrunken. Seitdem war der Boulevard die Heimstadt vieler Verlage, aber er war auch ein Ort für Galerien, teure Boutiquen und Treffpunkt der Flaneure dieser Stadt. Sie drehten unter den Straßenbäumen und entlang der Schaufenster ihre Runden, kehrten hier auf ein Glas Wein ein und dort zu einem kleinen Déjeuner im Schatten einer Bistromarkise.

Doch an derlei gemütliche Verlockungen war in diesem Moment für Luc nicht zu denken. Yacine überquerte am Ende des Boulevards die Seine. Links konnte Luc die Zwillingstürme der Kathedrale erkennen. Immer noch waren die Seitenflächen der bei einem Großfeuer schwer beschädigten Kirche eingerüstet,

Kunstexperten und Fachleute für Brandrekonstruktion arbeiteten jeden Tag daran, dieses Wahrzeichen der Stadt wieder aufzubauen und die Schäden zu beheben – es war eine wahre Meisterleistung, ein Puzzlespiel mit Abertausenden kleiner Steine, die zusammengesetzt werden mussten. Luc hatte kürzlich eine Dokumentation darüber im Fernsehen gesehen.

Auf der anderen Seite der Île Saint-Louis bogen sie nach rechts auf den Quai Henry IV, und nach wenigen Minuten parkte Yacine den lindgrünen Porsche auf dem Hof des Backsteingebäudes. In dieses rote Gebäude, das so bescheiden und ein wenig versteckt dalag, kamen all jene, die in Paris eines unnatürlichen oder zumindest fragwürdigen Todes gestorben waren. Sie alle kamen hierher, in den Keller und auf die Seziertische der Experten der Polizei und Rechtsmedizin. Wie oft war er als Leiter der zweiten Mordkommission hier gewesen, wie oft hatte er morgens, mittags und spät in der Nacht die Pathologen getroffen und mit ihnen über schwierige, grauenhafte oder rätselhafte Mordfälle gesprochen. Das Institut médicolégal lag direkt am Ufer der Seine. Wenn der Fluss einmal alle zehn Jahre ein kräftiges Hochwasser führte, dann mussten die Angestellten der Gerichtsmedizin die toten Körper der Kundschaft aus dem Keller in eine der oberen Etagen bringen. Doch heute lag die Seine tief und ruhig in ihrem Bett; sie schien viel langsamer zu fließen als die Gironde.

Sie betraten das Gebäude, hier drinnen war es angenehm kühl. Der Weg führte sie hinab in den Keller. Yacine wollte ihm den Vortritt lassen, aber Luc schüttelte den Kopf. Schließlich war seine Zeit in Paris Geschichte. Jetzt war Yacine hier der ermittelnde Beamte und Luc nur zu Gast.

»Ach nein, sieh mal einer an. Ein alter Bekannter!«, rief der alte Gerichtsmediziner, als sie den riesigen Sektionsraum betraten. In Bordeaux hatte die Pathologie schreckliche Neonröhren an der Decke, die die von Kälte und Tod geprägte Atmosphäre noch zusätzlich betonten. Doch hier glommen alte Glühbirnen, die warmes gelbes Licht spendeten. Luc wusste, dass der Chef der Pathologie darauf bestanden hatte, und dieser Mann bekam immer, was er wollte. Er trug keinen Kittel, sondern einen anthrazitfarbenen Anzug mit blauer Fliege, die Hände steckten in Gummihandschuhen. Er hatte dichtes graues Haar, und auf seiner Nase saß eine goldumrandete Brille. »Unser Commissaire Verlain ist wieder da. Ist es Ihnen zu fad geworden da unten bei den Bauern?«

»Ach, Docteur Obert«, sagte Luc lächelnd, »dass Sie Ihre Verachtung des ländlichen Frankreich auch immer so deutlich zeigen müssen …«

»Sie wissen doch, Commissaire, ich bin eine Stadtpflanze – und in meinem Alter lasse ich mich auch nicht mehr umpflanzen. Außerdem: Paris ist doch auch nur das größte Dorf Frankreichs – auch wenn die Leute hier etwas besser angezogen sind.«

Es stimmte: Paris galt als Stadt der vielen Dörfer. Jedes Quartier hatte sein eigenes kleines Zentrum, den traditionellen Bäcker, den alle Einheimischen besuchten, den Weinladen, den Fleischer, den Fischladen. Man kannte und grüßte sich, man stand in der Stammkneipe gemeinsam am *zinc*, dem alten Zinktresen. Die große Stadt in gut begehbare Häppchen aufzuteilen: Das war der Weg, der Anonymität von Paris am besten zu begegnen – und Pariser waren eben echte Lebenskünstler.

»Ihr ehemaliger Hilfsarbeiter, der junge Monsieur Zitouna, macht sich übrigens richtig gut«, fuhr Obert fort, und seine grauen Augen funkelten. »Es ist, als würden Sie gar nicht fehlen.«

»Tja, ich habe ja auch beim Besten gelernt«, fuhr Yacine dazwischen, dem die kleine Frotzelei unangenehm war. »Aber nun können Sie uns sicher etwas über das Opfer erzählen.«

»Die junge Dame aus dem Marais?« Er machte ihnen ein Zeichen, ihm zu folgen, und ging voran in den Nebenraum. Dort bestand die Wand aus lauter großen Schubladen, hinter denen die Leichname der Stadt gekühlt auf Bahren lagen. Er öffnete eine Tür, dann murmelte er: »Nein, das war der alte Herr vom Parc Monceau.« Er schloss die Schublade wieder und zog eine andere auf. »Ja, hier ist sie.« Obert zog die Bahre weit heraus und bat die beiden Männer näherzutreten.

»Also, hier haben wir sie. Lisa Dupuy. Dreiunddreißig Jahre alt. Geboren bei Ihnen dort unten in der Aquitaine, *mon cher* Commissaire, genauer gesagt in Langon. Bester körperlicher Zustand. Die Leber wie bei einer Achtzehnjährigen. Keine Spuren von Drogen oder anderen bewusstseinsverändernden Substanzen. Als wäre sie noch nicht lange in Paris gewesen.«

Er nahm vorsichtig das Tuch von ihrem Gesicht und faltete es über dem Oberkörper sorgfältig zusammen. War er auch ein grober Kerl mit forschem Humor – wenn es um die Würde seiner Toten ging, dann verhielt sich Docteur Obert tadellos. Das hatte Luc immer besonders an ihm geschätzt.

Der Commissaire betrachtete das Gesicht der Toten. Sie hatte lange hellbraune Haare und einen hellen Teint, die Augen waren geschlossen, ihre Wimpern braun und lang, und ihre Wangen waren mit Sommersprossen gesprenkelt. Tatsächlich wirkte sie so, als schliefe sie. Es gab keinerlei Hinweis darauf, dass sie einem Verbrechen zum Opfer gefallen war. Der Kopf hatte nicht im Wasser gelegen, schloss Luc daraus, weil er keine Zeichen aufwies, die für eine Wasserleiche typisch waren.

»Also, bei der Auffindesituation in der Badewanne ist es immer etwas schwierig herauszufinden, wie lange jemand schon tot ist. Weil wir nicht wissen, wie heiß das Wasser am Anfang war, und weil das Klima in Badezimmern immer speziell ist, besonders wenn die Tage so heiß sind wie jetzt. Aber als ich kam, hatte das Wasser nur noch Zimmertemperatur, und nach dem Zustand der Toten zu urteilen, würde ich sagen, sie war mindestens sechzehn Stunden in der Wanne.«

»Sechzehn Stunden? Das ist lang.«

»Ja, es war kein schöner Anblick mehr. Vielleicht waren es auch zwanzig Stunden – bitte, Commissaire, nageln Sie mich nicht darauf fest. Und Sie auch nicht, Capitaine …« Er zwinkerte Yacine zu, noch ein Zeichen der Anerkennung. Docteur Obert war ein Urgestein der Pariser Polizei. Dennoch ging er immer fair mit dem Nachwuchs um – auch das trug zu seinem legendären Ruf unter Polizisten bei.

»Aber es war Mord, oder? Das haben Sie mir am Telefon gesagt, Docteur«, fragte Yacine nach.

»Immer langsam mit den jungen Pferden«, erwiderte der Arzt. »Dazu kommen wir jetzt. Hier, sehen Sie …« Er nahm das Tuch und entfaltete es vorsichtig ein weiteres Stück. Der Hals kam zum Vorschein, und deutlich war zu sehen, was geschieht, wenn Menschen lange leblos im Wasser liegen – genau das, was Luc gestern schon hatte sehen müssen: aufgequollene Haut, unnatürliche Farbe. Auf der Polizeischule war ihm beim Anblick seiner ersten Wasserleiche schlecht geworden – dabei hatte er davon nur Fotos ansehen müssen. Keinem der Kadetten in seiner Klasse war es anders ergangen.

»Hier, das ist das Spannende: Sehen Sie die Würgemale? Es ist ganz klar: Sie wurde nicht erwürgt, dafür sind die Male nicht ausgeprägt genug. Der Hals wurde auch nicht ganz umschlossen, der Täter oder die Täterin hat etwas oberhalb der Luftröhre angesetzt. Nein, sie wurde schlicht so lange unter Wasser gehalten …« Docteur Obert sah Yacine fragend an, der seinen Satz beendete.

»… bis sie ertrunken ist.«

»Ganz genau. Der Kandidat hat hundert Punkte. Hätte man sie erwürgt, wäre es schnell gegangen. Aber so war es ein echtes Martyrium. Ich denke, sie ist ganz arglos in die Badewanne gestiegen. Die Tatortfotos zeigen jedenfalls, dass ihre Kleidung ordentlich auf einem Stuhl im Wohnzimmer lag – kein Anzeichen von Eile oder gar Zwang. Der Täter war also entweder schon in der Wohnung oder hat sie erst betreten, als Madame Dupuy schon in der Wanne war – und hat sich dann ins Badezimmer geschlichen. Sie hat ihn gesehen, sie wird sich gewehrt haben – aber …«, Obert schüttelte angewidert den Kopf, »wenn Sie in der Wanne liegen, sind Sie nackt und wehrlos, es ist rutschig, Sie sind dem Mann vollkommen ausgeliefert. Sie hatte nur ihre Hände, um ihn abzuwehren, aber er kam von oben – und hat sie am Hals immer wieder runtergedrückt. Vielleicht hat er zwischendurch auch mal losgelassen, um sie Hoffnung schöpfen zu lassen – sehen Sie, die Male finden sich an verschiedenen Stellen.« Luc sah die blauen Abdrücke am Hals, wo die Finger des Täters gelegen hatten. »Wenn sie sich gewehrt hat und vielleicht noch ein-, zwei- oder dreimal Luft holen konnte, dann kann es mehrere Minuten gedauert haben, bis sie bewusstlos geworden ist. Wirklich, ein echtes Martyrium.«

»Wieso sind Sie so sicher, dass es ein Mann war?«

»Na ja, die Abdrücke deuten auf recht große und kräftige Hände hin, und es war definitiv jemand, der sehr viel Kraft hatte. Denn selbst wenn der Täter über dem Opfer steht: Im Wasser rutscht die Hand auch mal ab, es kann viel schiefgehen. Unser Täter hat aber sehr erfolgreich zugepackt – es gab ja überhaupt keine Kampfspuren im Bad.«

»Das klingt furchtbar.«

»Die arme Frau wird vermutlich von Beginn an gewusst haben, dass es aus ist.«

»Haben Sie sonst noch etwas gefunden, Docteur?«, fragte Luc, der den Raum nun so schnell wie möglich verlassen wollte. Welche Qualen diese junge Frau in ihren letzten Minuten hatte durchleiden müssen!

»Nein, das war es im Großen und Ganzen. Ach ja, DNA haben wir sichergestellt, auf dem Rand der Badewanne zum Beispiel, aber bislang keine Treffer. Unter ihren Fingernägeln war nichts. Im Wasser haben Sie keine Chance, das war alles blitzblank. Und Fingerabdrücke haben wir auch nicht gefunden, die auf irgendwas hindeuten. Der Täter muss ein Profi gewesen sein. Hat ziemlich sicher Handschuhe getragen.«

»War die Tür aufgebrochen?«, fragte Luc und sah zwischen Yacine und dem Arzt hin und her.

»Nein«, antwortete der Algerier, »die Wohnungstür war unversehrt, genau wie die Haustür.«

»Das heißt, der Täter hatte einen Schlüssel? Oder das Opfer kannte ihn gut.« Luc runzelte die Stirn.

»Ein sehr rätselhafter Fall, Commissaire, da gebe ich Ihnen ganz recht. Umso schöner, dass Sie wieder da sind. Und nun raus mit Ihnen, ich habe zu tun.«

»In Ordnung, danke, Docteur.« Luc und Yacine wandten sich zum Ausgang, doch der Commissaire drehte sich noch einmal um.

»Ach, sagen Sie, Docteur, sehen Sie Commissaire Lacroix noch regelmäßig? Oder ist er schon in Rente?«

»Lacroix? In Rente? Wo denken Sie hin! Seitdem seine Frau die Bürgermeisterin der ganzen Stadt ist, arbeitet er noch viel mehr als sonst – weil sie wiederum so viel arbeitet, dass sie sich nur abends sehen. Ohne seine Kriminellen wäre ihm doch langweilig. Und mir auch – wenn nach Ihnen auch noch Lacroix weg wäre, na, dann würde ich auch in Rente gehen.«

»Dann grüßen Sie ihn bitte«, sagte Luc lächelnd.

»Wird gemacht. Schönen Tag, Commissaire, Capitaine …«

Lacroix war der berühmteste Commissaire der Pariser Polizei. Ein Mann in seinen Sechzigern, der seit fast vierzig Jahren das Kommissariat des sechsten Arrondissements leitete und die *rive gauche*, die südliche Stadtseite, kannte wie seine Westentasche. Wenn es in der Hauptstadt einen heiklen Fall gab, wurde er stets Lacroix übertragen. Auch Luc hatte oft mit ihm zusammengearbeitet und viel von ihm gelernt. Nun ja, ein bisschen kauzig war Lacroix schon. Er nahm zum Beispiel nie die Metro, sondern erledigte egal welchen Weg durch die Stadt zu Fuß. Und er hasste Handys, weshalb ihm alle Kollegen immer hinterhertelefonieren mussten, wenn sie ihn erreichen wollten. Er hatte sich ein ganz eigenes Kommunikationsnetz aufgebaut, sodass ihn sein Büro recht verlässlich an den Orten erreichen konnte, wo er sich zur jeweiligen Tageszeit meistens aufhielt: in den Bars und Bistros rund um den Boulevard Saint-Germain, wo er aß, trank, Zeugen verhörte und über seine Fälle nachdachte oder in den Parks und Gassen rund um Odéon flanierte. Ein echter *flic à la parisienne* eben, wie aus guten alten Zeiten. Luc hätte Lacroix gerne einmal wiedergetroffen.

Sie stiegen die Treppe hinauf, und als Luc die Tür öffnete und der helle Tag hereinflutete, sog er gierig die Luft ein. Endlich wieder Sommergeruch, Hitze, Diesel und der leichte Moder, der von der Seine aufstieg – alles war besser als der scharfe Geruch des Desinfektionsmittels in diesem Keller.

Luc konnte unten am *quai* die Spaziergänger und Jogger sehen, die nichts ahnten von den Schrecken dieses Gebäudes. Sie liefen über das alte Pflaster, hielten Händchen, küssten sich oder trieben Sport. All das war erst seit kurzem möglich. Vor noch nicht einmal fünf Jahren rollten über die *quais* am Ufer täglich Zehntausende Autos, bis die letzten Bürgermeisterinnen die Wege am Fluss komplett umgewandelt hatten: Sie waren nun nicht mehr für die Pendler da, sondern für Einwohner und Besucher, die hier spazieren, herumliegen, spielen oder joggen und radeln konnten. Seitdem war die Luft in Paris viel besser geworden – doch die Pendler aus den armen Vororten brauchten nun statt zwei volle drei Stunden, um zur Arbeit und wieder nach Hause zu kommen. Es hatte alles zwei Seiten.

Sie gingen das Stück bis zum Porsche. Yacine sah auf die Uhr.

»Wir sind mit der Concierge des Hauses verabredet, in dem Lisa Dupuy gewohnt hat, aber erst in einer guten Stunde.«

»Hast du keinen Schlüssel?«, fragte Luc überrascht.

Yacine zuckte mit den Schultern. »Du kannst dir nicht vorstellen, was für eine piekfeine Gegend das ist. Die Concierge tut so nobel, als würde sie das Schloss von Versailles bewachen. Die hat meinen Polizeiausweis dreimal angeguckt, weil sie nicht glauben wollte, dass auch einer wie ich Bulle sein kann. Und den Schlüssel hat sie nicht rausgerückt.«

»Und das hast du dir gefallen lassen?«

»Na, ich streit mich doch nicht mit der. Dafür lasse ich sie jetzt eben dreimal am Tag antanzen.«

»Sehr gut«, sagte Luc. Yacine war mit solch unterschwelligem Rassismus eben einfach nicht zu beeindrucken. »Aber das trifft sich ganz hervorragend. Weil ich nämlich so langsam verhungere.«

»Also, dann ein Déjeuner an der Place des Vosges? Und danach gehen wir zu dem Haus.«

Sie stiegen ein, und Yacine ließ den Motor an. Dann rollten sie vom Hof und bogen auf die Straße, die in Richtung Bastille führte. In der Ferne stand die gewaltige Julisäule mit der Figur obendrauf, dem Geist der Freiheit in Blattgold. Hier hatten die Revolutionäre einst ihre Gegner guillotiniert, heute war der Platz immer noch Treffpunkt von Demonstranten aller Art – aber auch der Ort, an dem man sich zum ersten Rendezvous traf. So lagen Liebe und Revolution in Frankreich bis heute eng beieinander.

»Ich freu mich so auf ein klassisches Pariser Bistro. Ach, und Yacine: Die Police nationale von Bordeaux zahlt.«

»Muss eigentlich Anouk als deine Chefin jetzt deine Spesen abzeichnen?«

»Eigentlich schon«, sagte Luc und musste grinsen. »Mal sehen, was sie zu einer guten Flasche Wein sagt …«

Kapitel 14

»Verrückt.«

»Was ist verrückt?«

»Dass ich jetzt mit meiner Chefin zu einer Befragung fahre – die überhaupt nicht so ist, wie ich mir meine Chefin immer vorgestellt habe.«

Anouk musste über Hugos Worte grinsen.

»Was hast du denn gedacht? Dass ich vom Moment meiner Beförderung an dunkle Kostüme trage und nie wieder mit dir mittagessen gehe?«

»So ungefähr …«

»Ach komm. Preud'homme war doch ein total bescheidener Mann. Kann sein, dass ich jetzt ständig versuche, ihm nachzueifern.«

»Dann müsstest du aber 'ne Fliege tragen.«

»Ich überleg's mir«, lachte Anouk.

»Mit rausgefahren ist Preud'homme aber nur in den seltensten Fällen. Und vor dem hatte ich so viel Respekt …«

»Dir werd ich schon noch Respekt beibringen.«

Hugo grinste, dann räusperte er sich. »Weißt du schon, wen du als Nachfolger für deine eigene Stelle einstellen wirst?«

»Der Präfekt wird mir einen neuen Kollegen vorschlagen, der eine Versetzung beantragt hat, denke ich.«

»Ich hoffe, er passt ins Team.« Hugo stöhnte auf. »Ich meine … Seitdem du hier bist und dann auch Luc dazugekommen ist, sind wir alle so … so ausgeglichen, alles passt zueinander. Ich hoffe einfach, das bleibt so. Nicht dass wir wieder so einen Karrieristen kriegen wie diesen schlimmen Typen aus dem Frühjahr.«

»Ich werde mich bemühen«, erwiderte Anouk. Sie steuerte Lucs Jaguar durch den dichten Verkehr von Bordeaux. Samstagmittags war in der Stadt die Hölle los. Während die Bordelais sich am Strand von Lacanau oder Hourtin aalten oder übers Wochenende ans Cap Ferret gefahren waren, schienen alle Bewohner der umliegenden Orte in die Stadt gekommen zu sein – zum Shoppen auf der breiten Rue Sainte-Cathérine, zum Besuch der vielen neuen Museen in der Altstadt oder schlicht um in einem der herrlichen Restaurants ein ausgiebiges Mittagessen mit viel Wein einzunehmen. Jedenfalls hatten sie seit der Abfahrt vom Hôtel de Police nur noch zähflüssigen Verkehr. Alle paar Meter hielt ein Auto, um einen Parkplatz zu suchen oder ein wildes Wendemanöver einzuleiten, weil sich mal wieder jemand in dem Einbahnstraßengewirr verfahren hatte.

Gerade fuhren sie an den *quais* der Garonne entlang. Auf dem Wasserspiegel an der Place de la Bourse schaltete sich die Nebelmaschine ein, aus Hunderten kleiner Düsen spritzten kühle Tröpfchen. Durch die offenen Fenster des Jaguars konnten sie das Gejohle der Kinder hören, die durch den Nebel rannten und versuchten, ihn mit den Händen einzufangen. Der Platz wurde geflutet vom Jubel und Lachen der Kleinen.

»Ich freue mich schon auf den Moment, wenn Aurélie alt genug ist, um hier mitzutoben«, sagte Anouk. Sie fuhren weiter

Richtung Osten. Auf den Terrassen der Cafés und Restaurants saßen unter freiem Himmel unzählige Menschen, es war kein freier Stuhl mehr zu sehen. Auch Anouk wünschte sich auf eine dieser Restaurantterrassen zu einem ausgiebigen Déjeuner mit Luc. Aurélie würde im Kinderwagen schlafen, sie würden eine *plateau de fruits de mer* essen, Meeresfrüchte satt, mit Austern, Bulots, Meeresschnecken, einer großen Krabbe vielleicht und sehr vielen Garnelen – Anouk hing diesem Gedanken nach. Herrje, Garnelen … Würde sie je wieder *crevettes roses* essen können, ohne an diesen armen Mann denken zu müssen? Und wie es Luc wohl gerade ging? Was er wohl in Paris in Erfahrung brachte?

Wenn sie daran dachte, dass sich Madame Forestier noch gestern Morgen von ihrem Mann verabschiedet hatte und er nie wieder nach Hause zurückgekehrt war, dann drehte sich ihr der Magen um.

Dieser Mann und seine ganze Familie hatten es, verdammt noch mal, verdient, dass Anouk und ihr Team den Täter fanden. Es würde ihnen Gewissheit bringen – und zumindest jene Buße, die das Gesetz möglich machte. Doch auch die höchste Gefängnisstrafe würde Benjamin Forestier nicht zurückbringen.

Im CD-Player des Jaguars dudelte eine Jazz-CD, die Luc immer gern hörte. Anouk ließ sie laufen, weil Musik sie beruhigte. Sie schwiegen und lauschten, bis die Commissaire von der Rocade abfuhr, sich durch Talence und die Ausläufer Bordeaux' schlängelte, das Rugbystadion des lokalen Klubs UBB passierte und nur Minuten später auf den Hof des Centre Hospitalier Universitaire rollte. Sie parkte auf dem Stellplatz der Krankenwagen, aber ganz am Rand, um die Ambulanzen auf keinen Fall zu behindern.

»Na, dann wollen wir mal«, sagte Hugo und stieg als Erster

aus. Anouk schloss den Wagen ab und folgte ihm. Sie durchquerten die Lobby des riesigen Universitätskrankenhauses, das aus gewaltigen Hochhäusern bestand, die ihre besten Jahre schon eine Weile hinter sich gelassen hatten. Anouk fragte sich jedes Mal, wie Menschen in dieser monströsen Architektur und Atmosphäre von Beton und grauen Steinen gesund werden sollten.

Der Fahrstuhl führte sie hinab zu den ausladenden Fluren der Rechtsmedizin, die für die gesamte Aquitaine zuständig war. Alle Todesfälle, die in der Region Fragen aufwarfen, wurden hier in Bordeaux untersucht, egal ob die Opfer aus dem Baskenland, aus Biarritz, den waldigen Landes oder dem Médoc stammten. Eine Rezeptionistin ließ sie ein, und sie durchschritten einen weiteren Flur, bis sie in den großen Sektionssaal kamen. Der junge Gerichtsmediziner wandte sich um und sah Anouk überrascht an, doch dann zeigte er sein breitestes Lächeln. Anouk musste unwillkürlich grinsen: Der Arzt war von Anfang an sehr von ihr angetan gewesen – und konnte das nur schlecht verbergen. Luc hatte den Typen deshalb richtig auf dem Kieker, und diesen Anflug von Eifersucht fand Anouk sehr süß.

»Madame le Commissaire«, flötete der Arzt. »Sie kommen persönlich? Ich dachte, Sie sind nur noch im Büro.«

»Na, bei solch wichtigen Ermittlungen komme ich natürlich selbst«, erwiderte Anouk, »außerdem ist es immer gut, Sie zu sehen.«

»Und wo ist der Commissaire?«

»In Paris, Docteur, in Paris.«

»Umso besser«, sagte der Arzt und wirkte erleichtert, dass er sich nicht mit Luc herumschlagen musste.

»Das hier ist übrigens Capitaine Pannetier. Also: Was haben Sie?«

»Kommen Sie, ich habe ihn gerade auf dem Tisch. Es ist interessant, äußerst interessant. Ein verzwickter Fall – aber nun bin ich mir sicher.«

Benjamin Forestiers Leichnam lag auf einem Metalltisch mitten im Sektionsraum. Er war nackt, und Anouk lief bei seinem Anblick ein Schauer über den Rücken. Ihr erster unsinniger Gedanke war, dass der Mann ja sehr frieren musste bei der Kälte hier unten. Sie vermied es, den aufgeschwemmten Körper anzusehen.

»Benjamin Forestier, siebenunddreißig Jahre, Malermeister aus Pauillac, so viel wissen wir. Todesursache war Ertrinken. Allerdings – und das ist der Knackpunkt, der es mir so schwer gemacht hat –: Er war nicht bei Bewusstsein, als er ins Wasser gestürzt ist.«

»Wie?« Anouk und Hugo sagten das Wort im Chor. Die Commissaire war total überrascht, Hugo schien es genauso zu gehen. »Was heißt das denn?«, fragte Anouk.

»Nun, die Zyanose war nicht sehr ausgeprägt«, sagte der junge Arzt, und jetzt sah sie, was er meinte: Manche Ertrunkene waren tiefblau im Gesicht, weil der fehlende Sauerstoff die Haut verfärbte. »Also ist er einfach ertrunken, ohne dass seine Lunge kräftig dagegen angearbeitet hat«, fuhr der Docteur fort. »Und ich habe bei der äußeren Leichenschau das hier gefunden.« Der Pathologe nahm die Haare des Toten ein wenig zur Seite. Dadurch wurde am Hinterkopf eine große Wunde sichtbar, die sie gestern am Zuchtbecken nicht bemerkt hatten. Es war eine offene Wunde, die gesäubert worden war, deshalb waren ihre Ränder gut zu erkennen. »Ich habe erst gedacht, er hätte sich die Wunde im Wasser zugezogen, vielleicht weil er mit einem Treibholz zusammengestoßen oder irgendwo hängen geblieben ist. Aber dann habe ich die Wunde genauer untersucht – und siehe da: Er muss einen Schlag auf den Kopf bekommen haben, und zwar bevor er ins Wasser geworfen wurde. Darauf lassen die Blutreste schließen, die ich aus der Haarstruktur gewinnen konnte. Unter Wasser hätte er nicht zu bluten begonnen, jedenfalls nicht so stark. Außerdem habe ich Wasser in der Lunge gefunden, was darauf hindeutet, dass er sich nicht gewehrt hat, als er in den Fluss stürzte. Keine Gegenwehr, keine Schwimmbewegungen. Er muss ohnmächtig gewesen sein, als er hineinstürzte – und ich bezweifle, dass er im Fluss wieder aufgewacht ist. Er ist einfach ertrunken.«

»Das heißt, er hat nichts gemerkt?«

Der junge Arzt zuckte die Schultern. »Das nehme ich an.«

»Das ist ja wenigstens etwas«, erwiderte Anouk. »Haben Sie die Muschel untersuchen können?«

Der Arzt nickte und nahm seine Besucher mit zu einem kleinen Beistelltisch. Darauf lag unverkennbar die hellbraune Rasiermessermuschel, deren Unterseite im Perlmuttton schimmerte.

»Eine ganz normale *couteau,* wie man sie hier auf der Atlantikseite an jedem Strand findet. Von Soulac bis hinunter ins Baskenland ist das ein ganz normaler Fund. Keine Auffälligkeiten. In der Muschel ist auch kein Fleisch mehr, sie ist ganz und gar sauber, sie könnte also schon recht lange an einem Strand gelegen haben.«

»Aber was hat sie in der Tasche des Toten gemacht?«

»Jemand hat sie dort hineingeschoben. Der Tote selbst – oder der Mörder. Haben Sie seine Frau schon gefragt, ob sie eine Idee hat, was es mit der Muschel auf sich haben könnte?«

»Das machen wir als Nächstes. Aber am Ufer der Gironde sind die *couteaux* nicht heimisch?«

»Meine Experten sagen: nein. Die bevorzugen die Küste des offenen Ozeans. Klar, manchmal könnte eine Muschel in den Fluss gezogen werden. Aber eigentlich graben die sich bei Ebbe tief in den Sand ein und kommen erst raus, wenn die Flut voll da ist. Ist also eher unwahrscheinlich.«

»Gab es auf der Muschel irgendwelche Spuren? DNA oder so?«

»Nichts. Gar nichts. Lupenrein wie frisch aus dem Meer.«

»Merkwürdig. Aber danke Ihnen, Docteur.«

»Sehr gern. Ach, und Madame le Commissaire, wenn Sie mögen, können wir gerne mal auf einen Kaffee …«

»Ich würde sehr gern«, sagte Anouk, »aber ich habe eine kleine Tochter, und Sie wissen ja, wie das ist: Jede freie Minute verbringe ich mit dem Kind. Ein andermal vielleicht.«

Sie drehte sich lächelnd um, und Hugo folgte ihr.

»So ein eitler Gockel«, flüsterte er.

»Ja, eine junge Mutter angraben – also, das geht gar nicht«, erwiderte Anouk.

Als sie wieder auf dem Parkplatz standen, sagte sie: »Eigentlich wollte ich auf Luc warten, aber ich glaube, wir müssen jetzt schon zu Familie Forestier. Die Spurensuche kann nicht warten. Wir müssen wissen, was das Geheimnis von Benjamin Forestier war – warum hat ihn jemand über Bord geworfen? Wer hat diesen Mann so sehr gehasst?«

Kapitel 15

Es war nur eine kurze Fahrt, und Luc genoss den Ausblick auf die schönen Häuser mit den eleganten Fassaden und den blank gewienerten schmiedeeisernen Balkonen. Paris war eben eine Stadt aus einem Guss, die Baron Haussmann vor hundertsiebzig Jahren auf Geheiß von Napoleon III. nach seinem Bild gestaltet hatte: mit breiten Boulevards und Häusern in typisch klassizistischem Stil, die alle einem Schema folgten – einem wunderschönen Schema freilich. Das Bezauberndste an Paris war für Luc aber, dass man immer nur um eine weitere Straßenecke biegen musste, um schon wieder das nächste architektonische Wunder oder eine andere Besonderheit zu entdecken; eine besonders hübsche Straßenlaterne, eine kleine versteckt liegende Kirche – oder auch jenes Kleinod, das nun vor ihnen auftauchte: die einzigartige Place des Vosges.

Welch ein Ensemble: der Platz in alter französischer Klassik gestaltet, streng rechteckig und einmal rundherum mit dreistöckigen Bürgerhäusern aus rotem Backstein bebaut, gekrönt von gewaltigen Schindeldächern mit Dachfenstern, hinter denen einst die Zimmer der Dienstmädchen lagen. Die Erdgeschosse waren ein wenig zurückgesetzt, sodass sich herrliche Arkaden um den ganzen Platz zogen, unter deren Bögen sich lauschige Cafés und Restaurants verbargen. Über vierhundert Jahre gab es diesen Platz nun schon, er war der älteste königliche Platz der Stadt. Victor Hugo hatte hier gewohnt, genau wie Kardinal Richelieu – und auch der Politiker Dominique Strauss-Kahn, dessen Karriere durch einen sehr brisanten Skandal ein jähes Ende genommen hatte.

Aber Luc wusste auch, dass die Place des Vosges aufgrund ihrer Schönheit ein Anziehungspunkt für derart viele Touristen war, dass hier auch Restaurants überleben konnten, die – nun ja – nicht ganz so empfehlenswert waren.

»Das da sieht schön aus«, sagte Yacine und wies auf das Ma Bourgogne, das gleich eingangs des Platzes unter den Arkaden lag und mit seinen roten Pariser Bistrostühlen und den karierten Tischdecken wirklich sehr einladend aussah.

»Stimmt. Aber es ist auch eine echte Touristenfalle«, entgegnete Luc und zog den Kollegen weiter. Sie gingen an dem hohen Zaun entlang, der den eigentlichen Park und den Spielplatz einfasste, bis sie sich am rückwärtigen Teil des Platzes unter den Arkaden im La Place Royale niederließen. Die Terrasse war nicht mehr so voll, wie sie es zur frühen Mittagsstunde für gewöhnlich war. Die Gäste aus den nahen Büros schienen schon wieder an ihren Schreibtischen zu sitzen.

»Längst nicht so schick«, sagte Luc, »aber dafür viel besser.«

Der junge Kellner in weißem Hemd mit schwarzer Fliege war von jener gediegenen Pariser Höflichkeit, die an Arroganz grenzte. Schließlich war der Beruf des Maître in dieser Stadt erfunden worden – und hier waren die Servierer in den großen Brasserien echte Bestimmer, die dir entweder den besten Tisch direkt am Tresen gaben oder einen unwürdigen Platz in der ersten Etage. Wobei Luc mittlerweile glaubte, dass diese Attitüde bei vielen Kellnern der neuen Generation nur noch Show war.

Eigentlich waren sie sehr freundlich, waren aber der Meinung, die Touristen erwarteten den Habitus des arroganten Parisers – vielleicht gab es dann sogar mehr Trinkgeld.

Luc sah auf seine Armbanduhr. »Wann treffen wir die Concierge?«

»In einer halben Stunde«, entgegnete Yacine. Der Weg hierher hatte länger gedauert als gedacht, wie üblich in Paris.

»Mist. Also kein *entrée plat*«, sagte Luc entschuldigend zum Kellner. Das Mittagsmenü zu bestellen, gehörte in der Hauptstadt – ach was, im ganzen Land – immer noch zum guten Ton. »Nur eine *plat direct,* ich nehme das *tartare de bœuf,* aber bitte *non-préparé.*«

»Ach toll, du nimmst Fleisch«, sagte Yacine strahlend, »ich dachte, als quasiverheirateter Mann nimmst du nur noch Salat. Dann für mich bitte die *bavette à l'oignon.*«

»*Quelle cuisson?*«, fragte der Kellner.

»*Saignante*«, bestellte Yacine sein Steak, blutig also.

»Und dazu nehmen wir eine kleine Flasche Weißwein, einen Petit Chablis vielleicht?« Luc mochte die würzigen und zugleich frischen Weißweine aus dem Burgund viel lieber als die fruchtigen Rotweine aus dem Osten des Landes, die so gar nichts mit den schweren und samtigen Rotweinen des Bordelais gemein hatten.

»Kommt sofort«, sagte der junge Mann und verschwand im Restaurant, um zwei Minuten später mit einem Weinkühler voller Eis, einer Flasche und zwei Gläsern wiederzukommen. Er öffnete die Flasche gekonnt und ließ sowohl Luc als auch Yacine kosten. Beide Polizisten nickten zustimmend. Dann goss der Kellner ihnen ein, und die beiden stießen miteinander an.

»Ich hab dich wirklich vermisst, *mon cher*«, sagte Luc.

»Ich dich auch«, entgegnete Yacine.

Luc probierte den Wein, der wunderbar kühl war. Nicht zu

kalt – die feinen Aromen konnten sich noch entfalten –, aber dennoch so erfrischend, dass sich die Hitze im Kopf des Commissaire zu verflüchtigen begann und er endlich wieder einen klaren Gedanken fassen konnte. Vielleicht war es auch nur die aufkommende Energie, weil endlich etwas zu essen in Sicht war.

»Also, gehen wir es noch mal durch«, sagte Yacine, der in der Arbeit des Ermittlers aufzugehen schien. »Wir wurden gestern um zehn Uhr verständigt und waren schon nach achtundzwanzig Minuten an der Wohnung. Die *pompiers* waren fünf Minuten später da. Also sind wir um zehn Uhr fünfunddreißig Uhr hinein.«

Luc wusste, dass für derlei Türöffnungen immer die Pariser Feuerwehr geholt wurde. Diese harten Männer und Frauen waren stets die Ersten, die in einer solchen Lage in die Wohnungen gingen.

»Sie ist also spätestens um achtzehn Uhr am Vortag gestorben.«

»Und das war wiederum elf Stunden bevor unser Toter in die Gironde gefallen ist. Das wäre zeitlich kein Problem, weder mit dem Auto noch mit dem Zug. Es könnte also derselbe Täter sein.« Luc dachte kurz nach. »Was hat Madame Dupuy beruflich gemacht?«

»Sie war stellvertretende Direktorin eines Luxushotels. Deshalb konnte sie sich auch die Wohnung hier an der Place leisten.«

»Ach, keine Erbin?« Normalerweise wurden die Wohnungen in den alten Bürgerhäusern über Generationen in den bedeutenden Familien gehalten und weitervererbt.

»Nein, die Concierge sagte mir, dass sie erst vor einem Jahr eingezogen ist.«

»So jung und schon zweite Direktorin«, bemerkte Luc. »In welchem Hotel?«

»Da müssen wir nachher auch noch hin. Kennst du das Molitor?«

»Das alte Schwimmbad im sechzehnten Arrondissement? Na klar … Ist das jetzt ein Hotel?«

»Na ja, es stand ja jahrelang leer. Inzwischen hat sich irgend so eine Luxuskette des Bades angenommen, und jetzt dürfen nur noch zahlende Hotelgäste rein.«

»Warst du schon da?«

»Nein, steht für heute auf dem Plan.«

»Gut, das machen wir nachher noch zusammen, bevor ich zurückfahre.« Luc trank einen Schluck Wein, dann fragte er: »Habt ihr die Nachbarn schon vernommen? Hat nicht vielleicht jemand etwas gehört? Ich meine, wenn im Bad wirklich ein Kampf stattgefunden hat, warum hat die junge Frau nicht geschrien?«

Yacine schüttelte den Kopf. »Nein, niemand hat etwas gehört. Jedenfalls nicht vorgestern Nachmittag. Morgens hat die Concierge das Treppenhaus geputzt. Sie hatte sich gewundert, weil Lisa Dupuy immer den gleichen Tagesablauf hatte. Morgens um halb sieben eine Stunde Joggen an der Seine, dann um acht ins Hotel. Aber diesmal kam sie nicht raus, weder zum Sport noch zur Arbeit. Und dann hat sie hinter der Tür ihr Handy klingeln hören, immer wieder. Der Hoteldirektor rief an, weil sie nicht zur Arbeit erschienen war und er sich sorgte. Da hat die Concierge geklingelt und geklopft – und schließlich die Beamten alarmiert.«

»Hatte Madame Dupuy keinen Freund?«

»Nicht dass die Concierge wüsste. Wir durchsuchen gleich noch mal in Ruhe ihre Wohnung, vielleicht finden wir dort etwas.«

Der Kellner trat aus dem Restaurant. Er trug zwei Teller und eine Schale nach draußen und stellte sie vor den Polizisten ab.

»*Bavette pour* Monsieur und einmal das *tartare*«, sagte er.

Luc betrachtete zuerst Yacines Teller: Auch er liebte die *bavette* sehr, ein Stück aus dem Bauch des Rinds, das entlang der Faser geschnitten wurde und deshalb flach und dennoch sehr aromatisch war. Ein typisch französischer Steakcut, der sich besonders zum Grillen eignete. Hier hatte das Steak schöne dunkle Röstnoten, es hatte also auf einem richtigen Grill gelegen. Dazu gab es eine dunkle Soße mit goldbraunen Zwiebeln und knusprig frittierten Pommes. Luc lief das Wasser im Mund zusammen. Dann betrachtete er sein *tartare*: In die Mitte des Tellers hatte der Koch das rohe Rindfleisch gesetzt. Man sah, dass es – wie es der Tradition entsprach – grobes mit dem Messer geschnittenes Filet war. Daneben lagen in kleinen Schälchen die Zutaten. In besonders feinen Brasserien war es stets der Oberkellner, der dafür verantwortlich war, das *tartare* anzurichten. So war es jedenfalls Pariser Brauch gewesen, und im Coupole oder dem Lipp war es heute noch so. Außerhalb dieser legendären Läden wurde dieser Prozess heutzutage leider in die Küche verlegt, weshalb Luc dazu übergegangen war, das *tartare* immer selbst zuzubereiten. So entnahm er den Schälchen zuerst die einzelnen Zutaten: die kleinen Kapern, die fein gehackten Schalotten, die grob geschnittenen Cornichons sowie das Eigelb. Er vermischte all das mit der Gabel und strich es auf das Filet. Dann ging es an die Soße: Luc gab aus den Fläschchen, die auf dem Tisch standen, Ketchup und Worcestersoße und auch zwei Teelöffel Dijonsenf über das Fleisch. Anschließend pfefferte er reichlich und gab ein wenig Salz dazu, um dann alles mit der Gabel zu vermengen. Zuletzt streute er die fein gehackte Petersilie darüber.

»Mann, das ist ja bei dir eine echte Wissenschaft«, sagte Yacine und verdrehte belustigt die Augen. »Also, ich fang schon mal an, okay?«

»Aber das ist es auch wert, das sag ich dir. Hau rein – *bon appétit, mon cher.*«

»*Bon appétit, mon Commissaire.*«

Yacine schnitt sein Fleisch an, das perfekt gebraten war: außen kross, innen herrlich saftig. Luc nahm die erste Gabel seines *tartare* – klar, das gab es auch in Bordeaux und an den Stränden der Aquitaine, aber für ihn war der Geschmack dieses französischen Nationalgerichts immer mit den Pariser Bistros verbunden. Deshalb aß er es am liebsten hier – und nun, da sich die Geschmacksvielfalt und Aromen auf seinen Gaumen legten, war er sofort im kulinarischen Himmel. Alles war da: die Säure der Kapern, Cornichons und der Worcestersoße, die Schärfe des Senfs und der Schalotten, die leichte Süße des Ketchups und die Sämigkeit des Eigelbs, verbunden mit der tiefen Würze des wunderbaren Rinderfilets.

»Boah, ist das gut«, sagte Luc und schloss einen Moment die Augen.

»Die Pommes sind auch super«, erwiderte Yacine und nahm gleich drei auf einmal, um sie sich quer in den Mund zu stecken. Luc lachte und tat es ihm nach. Die Pommes frites waren ebenso perfekt wie das Fleisch: kross und salzig und innen herrlich sämig und kartoffelig. *Fantastique.*

Die nächsten Minuten herrschte Stille am Tisch. Die beiden Männer aßen, genossen die schattige Kühle unter den Arkaden und wunderten sich, als eine Viertelstunde später schon alles leer war, die Teller und die Weinflasche – nur ein Schlückchen Wein hatte jeder von ihnen noch im Glas.

»Komm, wir trinken auf die Lösung dieses Falles«, sagte Yacine.

»Auf dass wir den Mistkerl schnell finden«, erwiderte Luc und stieß mit seinem Kollegen und Freund an.

»Du glaubst wirklich, es war derselbe Mörder, oder?«

»Wie sollte das mit den Muscheln sonst zu erklären sein?«, fragte Luc. Yacine nickte.

Satt und gut gelaunt vom leichten Nachmittagsschwips beglichen sie ihre Rechnung und traten unter den Arkaden hervor. Die Hitze des Nachmittags traf sie wie ein Schlag.

»Puh, es ist echt unerträglich heute«, sagte Yacine. »Wie in Algier im August.«

»Wann warst du denn zum letzten Mal in Algier?«, fragte Luc, wieder belustigt darüber, dass sein Kollege stets aus der Heimat seiner Familie berichtete, dabei hatte er in seinem Leben bisher höchstens einen Monat am Stück in Algerien verbracht. Er war in Frankreich geboren, aufgewachsen und nur dreimal auf Familienurlaub in der Heimat seiner Eltern gewesen.

»Das Haus dort drüben ist es«, sagte Yacine und ging voran zur Querseite des Platzes. Das massive Portal des Hauses stand schon offen. Darin lehnte eine ältere Frau, die eine Kittelschürze trug; allerdings war die Seidenbluse mit dem gestickten Kragen darunter gut zu sehen. Sie war unschwer als Portugiesin zu erkennen: durch die dunklen Augen, die kleine, drahtige Gestalt, den dunklen Teint, vor allem aber durch ihre Tätigkeit. Seit Jahrzehnten waren die meisten Concierges in den feinen Häusern der Stadt Portugiesen, die größte europäische Einwanderergruppe von Paris. Vor vielen, vielen Jahren waren sie wegen der besseren Löhne aus dem einst armen Land nach Frankreich gekommen.

»*Bonjour*«, begrüßte sie die Frau, »darf ich bitte Ihre Ausweise sehen?«

»Aber wir haben uns doch gestern kennengelernt«, entgegnete Yacine.

»Entschuldigung, junger Mann, ich bin für dieses Haus verantwortlich, und diesen Herrn hier«, sie wies auf Luc, »kenne ich nun mal noch nicht.«

Luc holte seinen Ausweis hervor, genau wie Yacine, der hörbar genervt stöhnte. »Hier, bitte, Madame.«

»Commissaire Luc Verlain«, las sie, »aus Bordeaux. Aber was machen Sie hier?« Sie war nun, da sie sah, dass Luc ein zumindest dem Namen nach *lupenreiner* Franzose war, sehr viel freundlicher, blickte aber nur den Commissaire an.

»Madame, ich war lange Jahre in Paris, aber bin nun in Bordeaux. Und dort haben wir einen Fall, der ähnlich gelagert ist wie dieser hier.«

»Aus Bordeaux? Lisa, ich meine, Madame Dupuy – sie hat mich gebeten, sie beim Vornamen zu nennen, eigentlich war mir das ja nicht recht, aber na ja –, sie jedenfalls kam doch auch aus Bordeaux, oder? Sie hat mir von der Stadt erzählt, ich war lange nicht mehr dort.«

»Aber sie war schon einige Jahre in Paris, oder?«

»Ja, sicher zehn Jahre schon. Vorher wohnte sie im Süden, irgendwo im Vierzehnten oder so, nicht so chic wie hier.«

»Würden Sie uns nun die Wohnung zeigen, Madame?«

»Selbstverständlich, kommen Sie bitte.« Mühsam stieg sie die Treppe hinauf. Die alten Holzstufen waren ausgetreten und knarzten laut. Die Häuser um die Place des Vosges standen alle unter Denkmalschutz. Deshalb war es undenkbar, hier umfangreiche Modernisierungen durchzuführen.

»Und Madame Dupuy hatte keinen Freund?«, fragte Luc beiläufig.

»Nein, da war nichts Festes. Sie hat für die Arbeit gelebt. Einmal, nein, zweimal war …« Sie brach ab. »Nun ja, ich kontrolliere ja die Bewohner nicht.«

Aber Luc hatte sie schon geknackt. Er konnte an ihrer Stimmlage hören, wie begierig sie war, der Polizei zu helfen. »Ach, ich bitte Sie, Madame. Es ist wirklich wichtig für uns«, half er noch ein wenig nach.

»Nun ja, ein- oder zweimal war ein Herr hier, ein feiner Herr, wirklich, vielleicht zwanzig Jahre älter als sie. Er blieb nicht über Nacht, er ist jedes Mal so um Mitternacht hier raus.«

»Wie sah er aus?«

»Fein, wie gesagt. Er trug einen Anzug und hatte lange graue Haare, wie so ein alternder Fußballstar.«

»Gut beobachtet«, erwiderte Luc. »Sie wären eine gute Polizistin.« Er sah, wie die Concierge errötete. Sie schloss die Tür auf und ließ sie eintreten. Yacine wandte sich der Frau zu, die in der Tür stehen blieb. »Haben Sie vielen Dank. Wir rufen Sie, wenn wir etwas brauchen sollten.«

»Aber wenn ich noch helfen kann …«

»Danke«, wiederholte Yacine nun deutlicher. Die Frau zuckte die Achseln und wandte sich zur Treppe.

Der Algerier zog die Tür hinter sich zu.

»Gemeine Schachtel«, sagte er. »Na klar kontrolliert sie ihre Mieter nicht. Aber sie hätte dir auch sagen können, zu welcher Minute der Kerl gegangen ist, wetten?«

»Ich werde nicht dagegen wetten«, erwiderte Luc grinsend.

Seine Augen gewöhnten sich nur langsam an das schummrige Licht in der Wohnung. Die Fensterläden waren zugezogen, es fielen nur schmale Lichtstreifen durch die weißen Ritzen. »Nicht schlecht, diese Wohnung.« Der Commissaire bewunderte die hohen Decken mit dem Stuck, im Wohnzimmer gab es sogar ein Deckengemälde mit Engeln und einer Himmelsszene. Die Möbel waren sehr modern und stylisch. Im Schlafzimmer erblickte er ein breites Bett und einen sehr schönen türkisfarbenen Teppich, der dem alten Holzfußboden eine farbige Note gab. Es war eine gut gestaltete Wohnung, aber nicht modern genug, um kühl zu wirken. Alles hier wirkte durchdacht und gemütlich – stilvoll eben.

»Hier«, sagte Yacine, »hier sind wir dann rein, die beiden Feuerwehrleute zuerst – und dann kamen sie mir sofort wieder entgegen, ich sehe immer noch ihre bleichen Gesichter vor mir.«

Sie betraten das Bad, das ebenso modern wirkte und erst vor kurzem renoviert worden war, wie es schien. Die weißen Fliesen an der Wand waren gerade en vogue: kleine rechteckige Kacheln, die auch die Wände der Pariser Metrostationen zierten. In der Badewanne, ein eckiges Modell, groß und geräumig, stand immer noch das Wasser. »Hab ich so angeordnet«, erklärte Yacine. »Ich wollte heute noch mal herkommen und alles unverändert vorfinden. Dass du es jetzt so sehen kannst – umso besser.«

Luc nickte zustimmend.

»Ihr Kopf lag auf der Rückenlehne außerhalb des Wassers, der Rest des Körpers inklusive Hals lag darin. Und hier …«, Yacine zog sein Handy aus der Tasche und öffnete die Fotogalerie, »war die Muschel. Sie lag auf …« Er beendete den Satz nicht, und Luc sah sofort, warum. »Keine Ahnung, ob die Muschel zufällig dort gelandet ist oder ob der Täter sie so platziert hat.« Tatsächlich lag die Rasiermessermuschel einmal quer über der rechten Brust der Frau und bedeckte die Brustwarze. Ein zutiefst verstörendes Bild.

»Aber es gibt keinen sexuellen Hintergrund, keine Vergewaltigung, nichts dergleichen«, sagte Luc. »Wie soll das mit dem Mord an Monsieur Forestier zusammenpassen …«

»Wenn die beiden sich kannten …«

»Das werden wir herausfinden müssen. Und zwar schnell.« Er räusperte sich. »Du hast sicher dran gedacht – aber untersucht ihr die Muschel?«

»Klar, *mon cher*. Die Muschel ist zur Analyse im Polizeilabor. Fingerabdrücke gab es schon mal keine. Die DNA wird gerade geprüft.«

Luc nickte. Er betrachtete noch einmal die Wanne, aber

das Wasser war klar und sauber, keine Spur von Blut oder Ähnlichem. Die Fliesen zu seinen Füßen waren sauber. Hier waren Spuren genommen worden, die Beamten hatten ordentlich gearbeitet. Luc wurde ganz flau bei dem Gedanken, dass vor nicht einmal zwei Tagen ein anderer Mann auf diesen Fliesen gestanden hatte – und dabei die junge Frau unter Wasser gedrückt hatte. So lange, bis sie sich nicht mehr regte. Er wandte den Blick ab.

»Dann gehen wir ihre Sachen durch«, sagte er schnell, ging in den Flur und weiter ins Wohnzimmer. Es gab nur zwei Räume: das Wohnzimmer mit einer kleinen Küche in einer Ecke und das Schlafzimmer. Luc konnte sich vorstellen, dass die Wohnung früher mit der Nachbarwohnung zusammen eine große gebildet hatte. Eigentlich waren die Appartements in diesen Häusern größer, aber vielleicht zwecks Gewinnmaximierung hatten die Eigentümer sie wohl aufgeteilt.

Luc und Yacine begannen die Schubladen aufzuziehen. Der Commissaire durchsuchte den Sekretär und einen Büroschrank, der Capitaine widmete sich den Kommoden. Sie brauchten nicht viele Worte. Dank ihrer langjährigen Zusammenarbeit bei der Pariser Polizei verstanden sie sich blind.

Zunächst verschafften sie sich einen groben Überblick. Luc nahm alle Dinge, die womöglich aufschlussreich sein konnten, und legte sie aufs Sofa, um sie später näher zu untersuchen. Viel war es nicht, und Überraschendes war auch nicht dabei: Urlaubspostkarten von Freundinnen aus dem Süden, die mit der Zeit weniger geworden waren; natürlich, wer schrieb heute noch Postkarten. Dazu berufliche Fortbildungszertifikate diverser Hotelfachschulen. Es gab medizinische Akten einer Zahnoperation; sie war mal mit dem Fahrrad gestürzt, und zwei Zähne hatten erneuert werden müssen. Ansonsten keine ernsthaften Behandlungen, nichts. Urlaubsbuchungen, Telefonrechnungen und derlei, aber nichts, was bei Luc die Alarmglocken hätte schrillen lassen.

»Hast du ein Tagebuch gefunden?«, fragte Luc durch den Raum.

»Nein«, erwiderte Yacine.

»Schade.« Vielleicht hätte sie das weitergebracht; zu erfahren, worüber sie nachgedacht, wen sie geliebt, wen sie gefürchtet hatte.

Schließlich fand er immerhin eine Kiste mit Abzügen sehr alter Urlaubsfotos. Wahrscheinlich hatte sie wie die allermeisten Menschen zuletzt nur noch mit dem Handy fotografiert. Das jüngste Paket dokumentierte einen Urlaub vor elf Jahren. Luc erkannte den berühmten türkisfarbenen Strand irgendwo bei Orosei auf Sardinien, den er mit seiner Exfreundin auch mal besucht hatte. Lisa Dupuy badete vor einem Felsen mit einem jungen Mann, vielleicht eine Aufnahme, die Freunde gemacht hatten. So ging es weiter: Lisa beim Essen, beim Baden, beim Surfen.

Luc ging weiter zurück. Ein Urlaub in Ägypten, einer in Marokko. Und noch früher: Lisa daheim im Südwesten. Viele Fotos zeigten sie am Strand, lächelnd, strahlend, braun gebrannt in einem gelben T-Shirt mit rotem Druck. Sie wirkte gut gelaunt, sorgenfrei, ein Sonnenmädchen im Dauerurlaub. Beneidenswert, dachte Luc. Er legte die Fotos wieder sorgfältig in die Packungen zurück und verstaute die Kiste im Schrank. Ein Blick ins Bücherregal: Belletristik, Krimis, Reiseführer, auch hier keine Auffälligkeiten.

»Hast du was?«, fragte er hoffnungsvoll.

»Nix«, erwiderte Yacine. »Aber ich habe endlich die Kontaktdaten ihres Vaters bekommen. Er ist verwitwet und lebt noch unten im Südwesten. Mit ihm müssen wir sprechen. Aber sonst habe ich nichts.«

»Sie scheint einfach eine ganz normale junge Frau gewesen zu sein.«

»Aber so kommen wir nicht weiter.«

»Wir müssen zu diesem Hotel«, sagte Luc.

»Ich überlege, ob ich dich danach begleiten soll.«

»Wieso? Was meinst du?«

»Wenn sie aus Bordeaux kommt – und dein Mann auch aus dem Südwesten –, dann könnten sie sich gekannt haben. Und dann wette ich, dass der Hintergrund dieser Taten dort unten liegt. Also wäre es meine Aufgabe als Pariser Polizist, dir bei deinen Ermittlungen zu helfen – natürlich nur, wenn du mich lässt.« Yacine sah Luc herausfordernd an. Der Commissaire spürte, wie gern sein alter Kollege ihn begleiten wollte. Also sagte er leise:

»Es wäre mir eine Ehre.«

»Gut«, sagte Yacine erleichtert, »dann auf ins Molitor.«

Luc wandte sich, einer inneren Eingebung folgend, noch einmal um und ging zurück zum Schrank mit den Fotos, hob die Kiste heraus und hielt sie hoch. »Dein Porsche hat zwar keinen echten Kofferraum, aber dafür müsste der Platz doch reichen, oder?«

»Locker!«

Luc klemmte sich die Kiste unter den Arm, und gemeinsam mit Yacine verließ er die Wohnung. Sie gaben der Concierge den Schlüssel, verabschiedeten sich und traten hinaus in den strahlenden Nachmittag.

Kapitel 16

Anouk las Lucs Nachricht sehr aufmerksam. Nun wusste sie, wann der Mord in Paris geschehen war und dass ihr Freund der Überzeugung war, dass beide Taten miteinander in Verbindung standen. Ein Serienmörder in zwei weit auseinanderliegenden Regionen Frankreichs – merkwürdig.

Hugo und Anouk parkten den alten Jaguar auf dem Parkplatz an den *quais* von Pauillac. Auf dem Pier stand eine riesige nachgebildete Weinflasche. Sie war eine Landmarke der Region und sollte jenen, die mit dem Schiff ankamen, zeigen, wo sie hier waren: im Herzland des Weines. Die Gironde floss nun wieder in Richtung Meer, die Ebbe musste vor gut einer Stunde eingesetzt haben. Es war die Stunde des Apéro, endlich belebte sich auch Pauillac ein wenig. Gestern um die Mittagszeit waren die Gassen wie ausgestorben gewesen. Jetzt waren einige Einheimische aus den Büros, Châteaus und Häusern gekommen und trafen sich zum Feierabendbier. Gegenüber, am Ufer des Flusses, waren Arbeiter dabei, Zelte und eine Bühne aufzubauen. Anouk las auf dem großen Plakat auch den Anlass: »Fete des Vins«. Das Weinfest. Es fand einen Monat vor der Ernte statt und war eine Touristenattraktion geworden.

Während der Lese selbst hatten die Bewohner der umliegenden Orte keine Zeit zu feiern, weil sie auf den Weinfeldern beschäftigt waren.

Gerade wollten die beiden Polizisten Richtung Altstadt gehen, da hielt Anouk inne. Erst auf den zweiten Blick erkannte sie, wer sich da gerade vor dem Hôtel de France auf der Terrasse traf: Dort saß die komplette Schiffscrew, nein, nicht ganz, es waren nur drei, nämlich die Kapitänin Madame Galhaud, die andächtig zuhörte, und neben ihr auf den Stühlen Cédric, der Maat, und der Bootsmann Philippe. Daneben standen Enzo, der Kartenverkäufer, der mit einem großen Glas Bier in der Hand wild gestikulierend referierte, und ja, das war doch die Postbotin – wie hieß sie noch gleich? Denise Malesquier, genau.

Anouk bedeutete Hugo, sich möglichst unauffällig zu verhalten. Langsam gingen sie näher. Der Wind stand günstig, sodass sie einige Worte auffangen konnten. »Garnelenbecken … stellt euch mal vor … nicht so gut ging, Schulden …«

Doch in diesem Moment ließ Philippe seinen Blick über den *quai* schweifen und erkannte sie. Es war nur ein winziger Augenblick, und schon sagte der junge Mann etwas. Anouk musste nicht lange raten. Auch ein sehr schlechter Lippenleser hätte problemlos *flics*, Bullen, von seinem Mund ablesen können. Enzo verstummte und drehte sich zu ihnen um. Nun beschleunigte Anouk ihren Schritt, und Hugo folgte ihr.

»Bonsoir, messieurs-dames«, sagte sie, »Capitaine, ein Schluck zum Feierabend?«

Deborah Galhaud, die ohne ihre Uniform ganz anders aussah, erhob sich von ihrem Stuhl. Sie trug das T-Shirt einer bekannten Surfermarke und eine Jeans mit Löchern und wirkte wie eine ganz normale junge Frau, die sich gerne den ganzen Tag am Strand aufhielt.

»Commissaire, *bonsoir.*« Sie lächelte schüchtern, ihre Augen waren dunkel umrandet. »Sie können sich vorstellen, dass wir immer noch sehr schockiert sind. Da hilft es, wenn wir mal über alles sprechen, was passiert ist.«

»Sie sind heute wieder gefahren, oder?«

Die Kapitänin nickte. »Ja, Ihre Kollegen hatten das Boot gestern am späten Abend wieder freigegeben. Heute Morgen haben wir die erste Fähre übergesetzt, diesmal Gott sei Dank ohne Zwischenfälle. Aber ich muss zugeben: Man fährt nicht mehr ganz so sorglos.«

Anouk sah, wie Enzo aus einer Weißweinflasche der Postbotin nachschenkte, die sich bei Ankunft der Polizisten auf einen Stuhl hatte sinken lassen.

»Das kann ich verstehen«, antwortete die Commissaire. »Aber sagen Sie, ist Ihnen vielleicht noch etwas eingefallen?«

Sowohl die Kapitänin als auch die drei Männer und die Postbotin sahen sie gleichermaßen fragend an.

»Was meinen Sie, Commissaire?«, fragte Galhaud. »Wenn uns noch etwas aufgefallen wäre, dann hätten wir uns doch gemeldet.«

»Na ja«, sagte Anouk ohne eine Spur von Entschuldigung in der Stimme, »manchmal glauben Zeugen, eine eigene Beobachtung oder auch nur ein ferner Gedanke seien nicht wichtig, und dann fehlt uns etwas ganz Entscheidendes bei den Ermittlungen.«

»Keine Ahnung, was Sie meinen«, erwiderte die Kapitänin, die nun wieder in ihre Rolle gefunden hatte. »Meine Crew jedenfalls hat nichts gesehen.«

»Auch nichts gehört?«

»Hm? Was meinen Sie?«

»Na ja, Dorfklatsch oder so. Ich meine, Pauillac, das ist doch ein Dorf. Und Sie alle kommen von hier, genau wie das Opfer.

Da hört man sicher so einiges am Tag nach einem so aufsehenerregenden Mordfall.«

Enzo wollte ansetzen, etwas zu sagen, doch die Kapitänin war schneller: »Wir haben heute Morgen an Bord noch mal über das Ereignis gesprochen, aber niemand hatte seiner Aussage von gestern etwas hinzuzufügen. Mir graut schon vor dem Weinfest, da wird es hier zugehen wie bei der stillen Post. Was meinen Sie, wie mich die Leute angaffen? *Die Kapitänin von der Todesfähre* – da kann ich mir ja gleich ein T-Shirt drucken lassen.«

»Ich weiß nicht, ob mein Mitleid mit Ihnen größer ist oder das mit Madame Forestier«, antwortete Anouk ungerührt. Die Capitaine senkte den Blick. Anouk betrachtete die junge Frau lange und ohne Regung, dann ließ sie ihren Blick über die Gesichter der Crewmitglieder schweifen. Plötzlich fragte sie:

»Madame Galhaud, wo waren Sie denn am Vortag der Überfahrt – am Nachmittag?«

Einer inneren Eingebung folgend, wollte Anouk den Überfall genau in diesem Moment starten.

»Ähm, wie?«

»Wo waren Sie vorgestern Nachmittag? So ab sechzehn Uhr?«

»Na ja, ich hatte am Morgen Frühschicht. Und danach gehe ich immer an den Strand. Dort hole ich meinen fehlenden Schlaf nach, für so zwei, zweieinhalb Stunden. Ich muss schließlich um halb fünf morgens raus. Da schlafe ich immer in zwei Etappen.«

»Bei dieser Hitze? Am Strand? Ohne Schatten?«

Deborah Galhaud zog die Stirn in Falten.

»Ich habe einen Sonnenschirm, Madame le Commissaire.«

»Natürlich, Capitaine. Und schlafen Sie allein, dort am Strand?«

»Ja, das mache ich.«

»Gut. Also haben Sie kein Alibi. Und Ihre Crew?«

»Was meinen Sie mit Alibi? Wieso sollte ich ein Alibi brauchen? Benjamin, ich meine, Monsieur Forestier ist doch am Morgen gestorben.«

»Wir untersuchen noch einen anderen Fall, Capitaine«, erwiderte Anouk knapp. »Also, *messieurs?*«

Cédric, Philippe und Enzo sahen sich kurz an, dann begann der Maat: »Also, ich bin direkt von der Fähre nach Hause und hab mich auch aufs Ohr gelegt. Abends war ich 'n Burger holen hier unten am *quai*, und dann hab ich gezockt. Am Vorabend war Feuerwehrübung, die ging länger als gedacht und war auch etwas bierlastig, wie immer bei der Feuerwehr, deshalb hing ich noch etwas in den Seilen. Du doch auch, was, Philippe?«

Der Bootsmann grinste und sagte: »Ja, das war echt heftig. Aber ich war trotzdem vorgestern noch am Strand und hab ein Bier getrunken.«

»Allein?«

»Nee, na ja, nicht lange jedenfalls.« Philippe grinste. »Cédric hat ja immer hier im Dorf zu tun, Feuerwehr hier, Weinsyndikat da, der ist immer ausgebucht. Aber ich hab 'n paar Mädels aus Lacanau getroffen. Und dann war ich nicht mehr alleine. Und du, Enzo? Wo warst du?«

»Ich war zu Hause.« Mehr sagte der Kartenverkäufer nicht.

»Allein?«, beharrte Anouk.

»Ja.« Wieder ein Seitenblick zur Postbotin.

»Und Sie sind gut miteinander bekannt?«, fragte Anouk nun.

»Nein«, antwortete Enzo.

»Heute laufen wir uns nur noch ab und zu im Dorf über den Weg«, sagte Denise Malesquier brüsk, »und sehen uns natürlich jeden Morgen auf der Fähre. Aber die Zeit, in der wir uns mehr zu sagen hatten, ist lange vorbei. Deshalb kann ich Enzo leider kein Alibi geben.«

»Haben Sie denn selbst eines, Madame?«

»Ich hab bis drei Uhr nachmittags Briefe ausgetragen, das können Sie überprüfen, weil ich erst kurz nach drei an der Zentrale in Blaye ausgecheckt habe«, erwiderte die Postbotin. »Wo hätte ich denn um vier sein sollen? Und worum geht's hier überhaupt?«

»Wir werden das überprüfen«, sagte Anouk, ohne auf ihre Frage einzugehen. »Ich würde mir aber wünschen, dass Sie alle etwas besser mitarbeiten. Irgendwie werde ich das Gefühl nicht los, dass Sie mir etwas verschweigen. Und das finde ich sehr merkwürdig – schließlich geht es um einen, den Sie alle kannten. Wir werden jetzt zur Familie gehen, die – wie Sie sich vorstellen können – in tiefer Trauer ist. Wäre gut, wenn Sie sich melden, sobald Ihnen irgendwas einfällt, was uns weiterbringt. Genießen Sie Ihren Apéro.«

Sie nickte knapp, dann ging sie los, Hugo gleichauf neben ihr. Sie nahmen den Weg am Quai Léon Perrier entlang.

»Eigentlich könnte es hier sehr hübsch sein, man müsste nur ein bisschen Aufwand betreiben …«, sagte Hugo, und Anouk fand, dass er recht hatte. Die Häuser aus Sandstein, die am Flussufer standen, waren alle unterschiedlich groß. Manche hatten zwei, andere drei Stockwerke, es sah vielfältiger aus als in Bordeaux, aber der Baustil dieser schönen Sandsteinbauten, im Grunde die ersten Fertigteilhäuser der Welt, war der gleiche erhabene wie in der großen Stadt flussaufwärts. Vor fast zweihundert Jahren hatten tapfere Männer aus den Steinbrüchen an der Garonne und der Dordogne große Blöcke Sandstein herausgehauen und auf die gleiche Größe geschlagen. Diese Blöcke waren dann nach Bordeaux und ins Médoc verschifft und dort zu Häusern zusammengesetzt worden. Die Menschen kannten schon damals die außergewöhnlichen Eigenschaften des Sandsteins. Er war luftdurchlässig und passte damit sehr gut zum Klima in der Region. In den heißen Sommern hielt er die Räume kühl und ließ im Winter die Wärme nicht gleich durch die Wand wieder nach draußen. Dass er auch noch gut aussah und den Städten und Dörfern bis heute ihr unverwechselbares Antlitz gab, war etwas, was die Menschen damals wahrscheinlich gar nicht bedacht hatten. Die Häuser entlang der Promenade in Pauillac waren jedenfalls sehr schön. Nur die Fensterläden in den oberen Etagen hätten etwas Farbe gebraucht, und die leeren Läden in den Erdgeschossen würden sicher neue Mieter finden, wenn sich die Eigentümer etwas Mühe gaben. Dann könnte hier bald wieder Leben herrschen.

Sie bogen hinter dem Zeitungsladen in die Rue Victor Hugo, die so schmal war, dass die Fußgänger die Bäuche einziehen mussten, wenn ein Auto hindurchfuhr.

Sie kamen diesmal von der anderen Seite, aber Anouk sah das hübsche Haus schon von weitem strahlen. Hugo ignorierte die Klingel an der Gartenpforte und klopfte lieber leise an die Tür. Anouk dachte unwillkürlich, wie sensibel er doch war – er wollte nicht, dass sich drinnen jemand erschrak. Unglaublich, dass Hugo früher als Kampfpolizist bei der CRS gearbeitet, mit Schlagstock und Pfefferspray Demos aufgemischt und bei heiklen Einsätzen Täter verhaftet hatte.

Die Tür ging auf, und Madame Forestier erschien darin mit ihrer Mutter, einer ältere Ausgabe ihrer selbst. Beide hatten verweinte Augen und sahen die Beamten hilfesuchend an.

»Madame Forestier, ich bin es noch einmal, das ist mein Kollege, Capitaine Pannetier. Tut uns leid, dass wir Sie noch einmal stören müssen.«

»Schon gut«, antwortete die junge Frau. »Kommen Sie herein.«

»Sind Ihre Kinder zu Hause?«

»Nein, die sind in Kita und Schule. Ich wollte nicht, dass sie mich den ganzen Tag so sehen. Es ist ohnehin schwer genug – und dort können sie wenigstens spielen.«

»Das ist gut, dass Sie das so machen, Madame, sehr gut«, sagte Anouk leise.

Sie folgten Mutter und Tochter ins Haus und nahmen wieder im Wohnzimmer Platz. Auf dem Tisch stand eine Kanne mit Tee, Anouk konnte *verveine* riechen. Eisenkrauttee liebte sie ganz besonders.

»Haben Sie schon etwas herausbekommen?« Madame Forestiers Mutter schien den Moment der Stille nur schwer aushalten zu können – aber wer konnte es ihr verdenken. Anouk hatte es nach solch abrupten Todesfällen noch nie anders erlebt. Auch wenn der verlorene Mensch nie mehr zurückkehren würde, die Frage nach dem Warum beschäftigte die Angehörigen rund um die Uhr. Vielleicht auch weil so der bohrende Schmerz zumindest ein wenig überdeckt werden konnte.

»Haben Sie die Kraft, über all das zu sprechen, Madame?«, fragte Anouk.

Die Witwe nickte.

»Wir wissen nun definitiv, dass Ihr Mann nicht über Bord gesprungen ist und es auch kein Unfall war. Er wurde sehr wahrscheinlich ins Wasser gestoßen – und zwar nachdem man ihn vorher niedergeschlagen hat. Bei aller Tragik: Das ist der einzige Lichtblick bei der ganzen Sache – er hat nichts gespürt, er hat im Wasser nicht um sein Leben gekämpft. Er ist einfach untergegangen und ertrunken.«

Auch wenn ihre Worte hart und deutlich waren: Anouk hatte gelernt, dass es so besser war, als nur häppchenweise mit Details herauszurücken. In der Tat hellte sich Madame Forestiers Miene etwas auf. »Das heißt, er hat es nicht bemerkt?«

»Er hat einen Schlag auf den Kopf erhalten, wahrscheinlich von hinten. Er hat also sehr wahrscheinlich seinen Mörder nicht mal kommen sehen.«

»Was für ein Scheusal!«, fuhr die Mutter auf. »Und Sie haben keine Ahnung, wer es war? Es muss doch jemand gewesen sein, der auf diesem scheußlichen Schiff war!«

»Sie können ganz sicher sein, dass wir sowohl die Passagiere als auch die Besatzung genauestens unter die Lupe nehmen.«

»Können Sie nicht alle verhaften und verhören? Es kommt doch niemand sonst als Täter infrage.«

Anouk atmete tief durch. Das hier würde nicht leicht werden. »Ich verstehe Sie, Madame. Aber es waren fünfzehn Leute auf diesem Schiff. Wir können nicht alle ohne einen Tatverdacht festhalten. Wie gesagt: Wir ermitteln sehr genau – und die Menschen von der Fähre dürfen das Département nicht verlassen. Ich bin sicher: Wir kriegen denjenigen, der das getan hat.«

»Aber wie wollen Sie das machen?«

Die Commissaire beugte sich auf der Couch ein wenig nach vorne, um ihren Worten mehr Gewicht zu verleihen. »Wir haben hier mit etwas zu kämpfen, was wir nicht verstehen: Ihr Mann hatte eine Rasiermessermuschel in seiner Hemdtasche, und mit Ihnen würden wir gerne als Allererstes darüber reden.«

»Eine *couteau?*«, fragten Mutter und Tochter beinahe gleichzeitig. »Aber wieso denn?«

»Das wollen wir herauskriegen. Sie war so sicher verstaut, als wäre sie sein Talisman gewesen. Ich weiß, das ist eine merkwürdige Frage, aber hatte Ihr Mann eine Beziehung zu dieser Art von Muschel?«

»Er hat sie gegessen, wie jeder an dieser Küste, er mochte sie sogar recht gerne, wenn ich mich richtig erinnere. Aber er hatte keine als Talisman. Nein.«

»Sie sind sich sicher?«

»Absolut. Ich weiß doch, was mein Mann in seinem Hemd trägt. Das …«, sie überlegte, »das würde doch auch bestimmt stechen, wenn er sich bei der Arbeit bückt.«

»Darüber habe ich auch nachgedacht, Madame. Wissen Sie, was besonders merkwürdig ist? Es gab einen weiteren Mord am Tag davor, und auch bei diesem Opfer wurde eine Rasiermessermuschel gefunden.«

»Was? Noch ein Toter?«

»Eine junge Frau.«

Nun war der letzte Rest Farbe aus dem Gesicht von Madame Forestier verschwunden.

»Aber …«, begann sie zu stottern, »warum weiß ich denn davon nichts? Wer … Wer war sie?«

Sie kämpfte wieder mit den Tränen.

»Wir halten die Hintergründe zu diesem Mord noch geheim. Es ist auch nicht hier passiert, sondern in Paris. Viele Stunden vor dem Mord an Ihrem Mann.«

»Und wer war diese Frau?«

»Das werde ich Ihnen jetzt sagen – und ich bitte Sie, ganz genau darüber nachzudenken, ob Ihr Mann diese Frau vielleicht gekannt hat. Sie ist jetzt unsere wichtigste Spur: Warum wurde sie kurz vor Ihrem Mann getötet – und warum hat der Täter bei beiden Opfern eine *couteau* hinterlassen? Also, die Frau heißt Lisa Dupuy, und sie stammt aus Langon.«

Erst blickten die beiden Frauen Anouk reglos an, dann sahen sie einander an, schließlich schüttelten sie den Kopf.

»Nein, ich … Ich habe den Namen noch nie gehört. Und diese Frau wohnt in Paris? Ich meine … wohnte?«

»Genau. Seit einigen Jahren. Aber vorher wohnte sie hier in der Region, und wir denken, dass die beiden sich irgendwie begegnet sein müssen. Wie könnte man das sonst erklären? Wann haben Sie Ihren Mann kennengelernt?«

Madame Forestier antwortete ohne langes Nachdenken. »Wir sind vor sechs Jahren zusammengekommen und haben ein Jahr später geheiratet.« Ein leichtes Lächeln glitt über ihr Gesicht. »Ich weiß, das ist sehr schnell, aber er war eben meine große Liebe.« Sie stockte. »Ich habe das schon so oft erzählt, unser Kennenlernen, unsere ganze Geschichte. Aber jetzt erzähle ich sie zum ersten Mal in der Vergangenheitsform.« Sie begann wieder zu schluchzen. Ihre Mutter legte ihr den Arm um die Schulter und zog sie an sich.

»Also, ich kenne den Namen auch nicht«, sagte die ältere Dame leise, »und die Eltern von Benjamin können wir leider nicht mehr fragen.«

»Hat er wirklich nie eine Lisa erwähnt? Die er vor vielen Jahren kennengelernt hat?«

»Also«, Madame Forestier setzte sich auf, »wenn Sie das meinen: Wir haben sehr offen über unsere Vorleben gesprochen, da waren wir beide nicht eifersüchtig. Aber keine seiner Freundinnen hieß Lisa. Daran würde ich mich bestimmt erinnern.«

»In Ordnung. Ich danke Ihnen.« Anouk rang kurz mit sich, dann fragte sie leise: »Sagen Sie, Ihr Mann war sehr beliebt, er war geschätzt als Handwerker und sehr attraktiv – wie war Ihre Ehe in letzter Zeit? Es tut mir leid, das fragen zu müssen … Aber wäre es möglich, dass Benjamin eine Liaison hatte?«

Zuerst war es die alte Madame, die sich aufrichtete, dann erhob sich auch die junge Madame Forestier und strich über ihr Kleid.

»Na, hören Sie mal«, begann die Mutter zu schimpfen, »wie kommen Sie dazu, einen Tag nach seinem Tod so eine Frage zu stellen?«

Ihre Tochter legte ihr beruhigend die Hand auf den Arm und schaute Anouk mit stechendem Blick an. Ihre Stimme war ganz ruhig und beherrscht, als sie sagte. »Ich verstehe, dass Sie das fragen müssen, Commissaire, weil Sie natürlich im Privaten forschen müssen – und ich gebe auch zu, dass unsere Ehe schwierig war. Wir kannten uns noch nicht lange, als die Kinder kamen, und dann war es echt schwer in den ersten Jahren. Die Babys, die große Belastung: Wer kennt das nicht? Ich weiß nicht, was er damals getrieben hat, er war viel unterwegs – es war ein paar Monate lang so, als würde ich meinen Mann nicht kennen. Meine Freundinnen in Pauillac haben das auch erlebt; kurz nach der Geburt ist es immer schwer. Aber seit einem, anderthalb Jahren ist alles in Ordnung, Wir verstehen uns, wir sind uns treu – und ja, wir haben uns sehr geliebt.« Nun flossen ihr wieder die Tränen über die Wangen, aber sie brach nicht zusammen, sie blieb aufrecht sitzen und ließ sie laufen – als bliebe jetzt, nachdem auch die letzte Wahrheit offenbart war, nur noch pure Trauer.

»Ich danke Ihnen, Madame Forestier, dass Sie so offen zu uns waren. Das hilft sehr. Sagen Sie, könnten wir uns nun in den Sachen Ihres Mannes umsehen? Gibt es vielleicht alte Fotos, Aufzeichnungen oder Briefe? Ich würde gerne mehr über ihn erfahren, er muss ein wirklich toller Mensch gewesen sein.« Anouk lächelte sie an, und Madame Forestier lächelte zurück.

»Ja, das war er. Kommen Sie. Wobei ich hinzufügen muss: Wie toll er auch war, er war trotzdem ein Mann. Er hat kein Tagebuch geschrieben oder so, und Briefe werden Sie auch nicht finden. Er hat mir, glaube ich, einmal einen Liebesbrief geschrieben. Ich kenne seine Handschrift sonst nur von der Unterschrift auf seinen Rechnungen.« Wieder musste sie leise lachen. Es ist schön, dachte Anouk, wie liebevoll sie sich schon jetzt an ihn erinnert.

Sie folgten der Frau in den hinteren Bereich der Wohnung, wo zwei Kinderzimmer lagen. Anouk mied den Blick hinein. Sie mochte sich nicht vorstellen, wie es den Kindern jetzt gehen musste. Am Ende des Flurs lag das Elternschlafzimmer. Dort standen ein großes Bett und ein antiker Kleiderschrank, daneben war ein Paravent aufgebaut, der Arbeits- und Schlafbereich trennte.

»Es ist eben kein großes Haus«, sagte Madame Forestier fast entschuldigend, als sie Anouks Blick auffing, »da mussten wir improvisieren.«

»Und hier hat er seine Sachen sortiert?«

»Genau«, erwiderte die junge Witwe und zeigte auf die Kisten, die ordentlich unter dem Schreibtisch gestapelt waren, auf dem ein aufgeklappter Laptop stand. »Da haben wir unsere privaten Papiere geordnet. Und da hat Benjamin auch alles verstaut, was mit seiner Arbeit zu tun hatte; Rechnungen und Genehmigungen, den ganzen Kram. Sie können sich alles ansehen, wir haben keine Geheimnisse.«

Sie wollte noch etwas sagen, wie es schien, aber ein Klingeln an der Tür unterbrach sie. Anouk sah Hugo an, der den Kopf schüttelte. Nein, sie erwarteten keine weiteren Kollegen.

»Ich sehe mal nach«, sagte Madame Forestier und war schon aus dem Zimmer. Als sie alleine waren, hob Hugo die Hände. »Und wonach suchen wir jetzt eigentlich?«

Anouk lächelte ihn an. »Nach allem, was uns diesen Mann erklärt.« Sie zeigte auf die Kisten. »Wir haben scheinbar einen Engel vor uns. Und doch hat ihn jemand über Bord gestoßen. Vielleicht liegt irgendein Hinweis in diesen Unterlagen.«

»Na, dann gehen wir es mal an.«

»Möchtest du schon mal anfangen? Ich sehe nach, wer da ist.«

Sie lief durch den Flur zurück und hörte an der Haustür Stimmen, die ihr vage bekannt vorkamen. Als sie um die Ecke bog, brauchte sie einen Moment, um sich an das Licht zu gewöhnen. Anouk musste lächeln – Madame Forestier und ihre Mutter standen in der Tür und hielten einander umarmt.

»… als Crew und auch mit unseren Freunden der Feuerwehr gekocht«, sagte eben Philippe, der junge Matrose, und Cédric, der neben ihm stand, überreichte einen riesigen Topf und einen Beutel mit Baguettes und zwei Flaschen Wein. »Damit ihr nicht auch noch übers Kochen nachdenken müsst und die Kinder was Richtiges zu essen haben. Hier …« Und der Maat fügte hinzu: »Wenn ihr sonst irgendetwas braucht, dann lasst es uns wissen, wir können immer vorbeikommen. Philippe ist auch ein sehr guter Babysitter.«

»Danke«, sagte die junge Madame Forestier mit erstickter Stimme, »danke, das ist echt …« Dann machte sie plötzlich einen Schritt nach vorne und schloss erst Philippe, dann Cédric in die Arme. Enzo stand dahinter und kniff die Augen zusammen. Neben dem Kartenverkäufer standen drei uniformierte Pompiers der freiwilligen Feuerwehr von Pauillac.

Die Mutter trug den Topf ins Haus.

»Wir wollen Sie nicht weiter stören«, sagte Cédric und nickte Anouk zu, »Sie sind hier ja sicherlich noch im Gespräch.«

»Danke euch allen noch mal, ja?«, sagte Madame Forestier, bevor sie die Tür schloss und zu ihrer Mutter in die Küche ging. Anouk hörte, wie die beiden Frauen leise in der Küche redeten, und kehrte zu Hugo zurück, der sich gerade über einen geöffneten Aktenordner beugte.

»Keine Ahnung, wann es bei uns daheim zuletzt so ordentlich war«, murmelte er, »vielleicht im Jahr bevor unser Sohn geboren wurde. Aber selbst damals …« Anouk grinste. »Na, lach du nur«, sagte Hugo, »warte mal ab, bis Aurélie groß genug ist, um eure Cabane zu verwüsten. Lange dauert es sicher nicht mehr.«

»Hast du was gefunden?«

Hugo nahm einen Stapel Papiere in die Hand und hielt sie hoch. »Ein Engel, es bleibt dabei. Hier sind ordentlich geführte

Rechnungen, die von den Auftraggebern sofort bezahlt wurden. Und hier die Rechnungen seiner Subunternehmer, die auch er immer direkt bezahlt hat. Es ist … Es ist, als wäre es frisiert, so sauber ist das alles.«

»Sonst etwas? Krankheiten, Liebesbriefe, Unterhaltsforderungen?« In Anouks Stimme schwang ein Hauch von Ironie mit.

Hugo schüttelte den Kopf. »Nichts. Gar nichts.«

»Gut, dann gehen wir noch die Kisten da durch. Was ist das?«

»Stapelweise Fotos, geordnet nach Jahren. Aber sieh mal, die meisten sind von Madame Forestier.«

Es stimmte. Von Benjamin gab nur eine kleine Kiste mit Fotos älteren Datums.

»Die nehmen wir mit und sehen sie uns im Büro an.«

»Und hinterher wissen wir genauso viel wie vorher.« Hugo klang ernüchtert.

»Was Luc wohl gerade macht?«, fragte Anouk leise, ohne eine Antwort zu erwarten. Sie sehnte sich nach ihrem Commissaire und nach Aurélie. Es war merkwürdig, so lange ohne die Kleine zu sein.

Kapitel 17

Immer wenn Pariser an dieser Stelle den Périphérique überquerten, atmeten sie insgeheim auf. Denn hier an der Überführung, unter der auf der chronisch verstopften Ringautobahn die Autos stillstanden, verließ man die Stadt und kam in das sogenannte Naherholungsgebiet, den riesigen Park Bois de Boulogne. Luc ließ die Scheibe des schnellen Sportwagens herunter und sog gierig die frische Luft ein. Statt nach den Abgasen der Stadt duftete es hier tatsächlich nach frisch gemähtem Gras. Es gab nur noch wenige Wohnhäuser, die meisten waren einzelne und verstreut stehende Villen, die so fern von Lucs Gehaltsklasse lagen, dass er sich niemals auch nur getraut hätte, die Immobilienanzeigen zu studieren. Der angrenzende Stadtpark war riesig, fast dreimal so groß wie der New Yorker Central Park, und grenzte direkt an die Seine. Südlich des Parks lagen die wichtigsten Sportstätten von Paris: der Centre-Court des weltberühmten Tennisturniers Roland-Garros, das Stadion von Paris Saint-Germain und das Rugbystadion Jean-Bouin. Dieser futuristische Bau, der aussah wie ein Vogelnest, lag zu ihrer Linken, als sie die Porte d'Auteuil passierten. Nur noch hundert Meter, dann kam auf der rechten Seite ein gelber Bau, lang gezogen und stadtbekannt, mit einem weißen Schriftzug unterhalb des Daches: »Molitor«.

Jahrzehntelang war das bekannteste Schwimmbad Frankreichs geschlossen gewesen. Luc hatte als Polizist sogar zweimal Graffitisprayer gejagt, die in den denkmalgeschützten Bau eingebrochen waren, um die leeren Schwimmbecken zu »verschönern«.

Seit sieben oder acht Jahren war hier wieder Leben eingekehrt, und zwar in Form eines Luxushotels, das nach der Sanierung und Renovierung in den alten Bau eingezogen war.

»Sind wir angemeldet?«, fragte Luc.

»Ja, der Direktor erwartet uns. Er war echt schockiert.«

Sie parkten direkt vorm Eingang und betraten das Hotel. Die Lobby war, wie heute üblich, im Fabrikchic gehalten, mit unverputzten Wänden und nackten Glühbirnen, die von der Decke hingen. In der Mitte der Halle stand ein silberner Rolls-Royce Corniche, der über und über mit Graffiti bedeckt war.

»Da kann man die Kohle ja gleich verbrennen«, sagte Yacine und rümpfte die Nase. Es tat ihm sichtlich weh, dass ein so legendärer Wagen auf diese Weise verschandelt worden war.

Die Rezeptionistin hatte schon zum Hörer gegriffen, ohne dass die Polizisten sich vorstellen mussten. Sie schien einen guten Blick dafür zu haben, wer Gast war und wer in anderer Sache ins Hotel kam. So dauerte es nicht einmal eine Minute, bis sich die Tür eines Büros öffnete und ein groß gewachsener Mann mit grauem Haar heraustrat, der einen anthrazitfarbenen Anzug trug.

»Meine Herren«, sagte er mit gedämpftem Bass – Luc fielen seine tiefen Augenringe auf –, »willkommen im Molitor, auch wenn der Anlass …« Er brach ab. »Entschuldigen Sie, es nimmt mich wirklich mit. Maxime Delahaye, Direktor des Hotels. Lisa war meine Stellvertreterin.«

»Ich bin Yacine Zitouna, Police judiciaire von Paris«, sagte der Algerier und reichte dem Direktor die Hand, »und das ist Commissaire Luc Verlain. Er kommt aus Bordeaux und ist hier, weil er dort einen ähnlich gelagerten Fall hat.«

»Einen Fall, sagen Sie?« Die Augen des Mannes waren weit geöffnet. »Lisa ist also wirklich getötet worden?«

Yacine nickte. »Ja, sie ist ermordet worden. In ihrer Wohnung.«

»Das ist ja …«

Sie stellten sich etwas abseits, weil gerade neue Gäste ankamen, zwei kleine Kinder mit ihrem Vater, die sich alle erst einmal den gewaltigen Wagen ansahen. Unwillkürlich dachte Luc an Aurélie.

»Wie gut kannten Sie Ihre Stellvertreterin?«

Ein leises Lächeln erschien auf dem Gesicht des Direktors.

»Ich bin hier seit Eröffnung der Chef, und sie ist im ersten Jahr zu uns gekommen. Ich hatte ihre Bewerbung auf dem Tisch. Eine so ungewöhnliche wie zielstrebige junge Frau. Ich habe sie vom Fleck weg engagiert. Und dann hat sie hier ihren Weg gemacht. Von der Angestellten zur Personalchefin bis zur stellvertretenden Direktorin. Und ich habe keinen Zweifel daran, dass sie mich in sechs Jahren beerbt hätte, wenn ich in den Ruhestand gehe. Vielleicht wäre es auch schon vorher so weit gewesen.« Er grinste. »Sie war wirklich richtig gut. Sie sehen also, wir kannten uns schon sehr lange.«

»Kommen Sie, ich zeige Ihnen alles«, sagte Delahaye und führte sie aus der Lobby und durch eine große Glastür. Das Licht draußen war so grell, dass sich Lucs Augen erst mal daran gewöhnen mussten. Der Direktor breitete die Arme aus, als präsentierte er ein Heiligtum.

»Das ganze Hotel gruppiert sich um diesen Ort«, sagte er. Luc sah, was er meinte. Früher war hier alles voller Street-Art gewesen, ein verlassenes Schwimmbad ohne Wasser. Aber jetzt sah es hier völlig anders aus. Chic und sehr mondän. Das riesige Schwimmbecken hatte vier Bahnen, das Wasser schimmerte in hellem Türkis. Auf den inneren Bahnen kraulten zwei Schwimmer um die Wette, das Wasser spritzte nur so bei jedem Schlag. Auf den Treppenstufen am Beckenrand saßen Kinder und planschten. Die Liegestühle waren alle besetzt und standen dicht an dicht.

Das Beeindruckendste aber war das Gebäude selbst. Denn das Hotel war um das Schwimmbecken herumgebaut, es sah aus wie ein riesiges Kreuzfahrtschiff. Seine Fenster glichen Bullaugen, und auf den unteren drei Etagen waren kleine blaue Türen in den Zimmerwänden, deren Nummern auf winzige Messingschilder geprägt waren. Der Direktor musste Lucs erstaunten Blick aufgefangen haben, denn er begann sofort zu erklären. »Wir haben alles so gelassen, wie es früher war. Das dort«, er zeigte auf die Türen, die alle hinter halbhohen weißen Zäunen lagen, »waren früher die Umkleidekabinen des Bades. Sie sind alle nummeriert. Heute liegen dahinter die Hotelzimmer. Wussten Sie, dass dies das bedeutendste Schwimmbad der Stadt war? Wahrscheinlich sogar des ganzen Landes.« Seine Stimme hatte nun den Klang eines Werbers, gerade so, als würde er ihnen im nächsten Moment eine Übernachtung zum halben Preis anbieten. »1929 wurde der Piscine Molitor eröffnet, fünf Jahre später entstanden hier am Becken die ersten Modefotos von Frauen in Badeanzügen, und 1946 wurde hier der weltweit erste Bikini vorgestellt. Großartig, oder? Hier, in der Hauptstadt der Mode, wo auch sonst – hier hat der Bikini das Licht der Welt erblickt.«

»Und heute dürfen hier nur noch die Reichen rein.« Yacine sah zu Boden, als er diese Worte sagte, und Luc blickte ihn erstaunt an. Nur kurz. Denn er kannte seinen jungen Kollegen ja und wusste, wie sehr ihn die Eliten der Stadt und ihr Reichtum immer wieder in Rage brachten. Doch der Hoteldirektor ließ sich nicht aus der Ruhe bringen.

»Ich widerspreche Ihnen sogar sehr gern, junger Mann«, sagte er sanft, »denn wir haben ja all die Jahre gesehen, wie die Stadt das Bad verkommen ließ und es eben keine Investoren gab, die es sanierten. Aber irgendeinen Tod muss man sterben – meinen Sie, ich hätte hier Hotelgäste, wenn sich im Pool an jedem Tag des Jahres Hunderte Pariser tummeln würden? Sicher nicht. Ja, wir lassen nur Gäste und Mitglieder des Klubs in das Bad – aber es gibt eine Ausnahme: An drei Vormittagen pro Woche dürfen Schulklassen in den Pool zum Schwimmunterricht. Wir sind also sehr wohl auch gemeinnützig, im Rahmen unserer Möglichkeiten.«

»So war es auch gar nicht gemeint«, murmelte Yacine, aber Luc wusste, dass es durchaus genau so gemeint gewesen war.

»Wie war denn Madame Dupuy hier im Hotel angesehen?«

»Alle mochten sie. Wirklich, Commissaire, das ist kein Spruch. Sie war sehr beliebt, weil sie fröhlich und schlagfertig war, auch wenn es mal schlechte News gab. Sie war ja weiterhin für das Personal verantwortlich, und da können Sie in diesen Zeiten nicht jeden Tag Gehaltserhöhungen verkünden. Aber sie war einfach sehr offen und für die Mitarbeiter immer ansprechbar, wahrscheinlich weil sie hier auch einmal unten angefangen hatte.«

»Also gab es keine – nun ja – Neider? Oder sogar Feinde?«

Maxime Delahaye zog die Schultern hoch und legte die Stirn in Falten.

»Eigentlich hat sie mir sehr viel erzählt, deshalb würde ich das sicher wissen. Ich glaube nicht. Aber ich denke noch mal darüber nach.«

»Hat sie vielleicht jemanden entlassen?«

Der Direktor lächelte bitter. »Wir suchen händeringend Personal, Commissaire – ich würde zurzeit nicht mal einen Nichtschwimmer entlassen, ehrlich gesagt. Wir brauchen jeden Angestellten. Also, Lisa musste niemanden entlassen.«

Die Schwimmer verließen den Pool, zogen synchron ihre Schwimmbrillen ab und griffen zu den Handtüchern. Luc nickte und betrachtete eine Weile das großzügige Bassin, das ruhig dalag. Die Sonne glitzerte auf der Wasseroberfläche und warf bunte Lichtflecken auf die Türen der alten Umkleidekabinen. Ein schönes Bild, fand Luc und konnte sich gut vorstellen, wie die Pariser vergangener Tage hier gebadet hatten, feine Damen mit Badekappen, alte Herren in Dreiecksbadehosen. Er hatte einen Augenblick überlegt, nun senkte er die Stimme und fragte leise:

»Monsieur Delahaye, ich möchte nicht drum rumreden – hatten Sie eine Beziehung zu Madame Dupuy, die über das Dienstliche hinausging?«

Der Direktor strich sich unwillkürlich durch das graue Haar und lächelte Luc an. Er war noch ein bisschen größer als der Commissaire, sicher knapp zwei Meter. Deshalb wirkte es, als beugte er sich ein wenig herab, als er antwortete.

»Es gab mal einen Moment auf einer Feier, Commissaire, bei dem wir uns nähergekommen sind. Wir sind hier schließlich in einem Hotel, da kann man sich ja leicht mal zurückziehen. Ich werde Ihnen keine Märchen erzählen. Sie war jung und sehr attraktiv – und für sie war, glaube ich, attraktiv, dass ich ihr Chef war. Aber wir waren beide nicht verliebt oder dergleichen. Es gab keine Tragödie am Schluss. Ich bin am nächsten Morgen wieder in mein Eheleben zurückgekehrt und sie in ihr Singleleben in Paris. Das war es. Unserer Zusammenarbeit hat diese Nacht nicht geschadet.«

»Es blieb bei diesem einen Mal?«

»Ja.«

»Gut«, sagte Luc, »danke für Ihre Offenheit.« Er nickte Yacine zu, der dem Direktor seine Visitenkarte reichte. »Bitte rufen Sie uns an, wenn Ihnen noch etwas einfällt. Egal was, manchmal führt das unscheinbarste Detail zur größten Spur.«

»Natürlich, meine Herren.«

Kapitel 18

»Ich komme mit.«

Luc sah auf und blickte seinen Freund erstaunt an. »Hm?«

Sie standen auf der Brücke, die zur Tennisanlage Roland-Garros führte. Unter ihnen floss der Verkehr auf dem Périphérique jetzt einigermaßen staufrei, weil der Feierabendverkehr noch nicht eingesetzt hatte. Yacine schloss die Tür des alten Porsche auf und ließ die Beifahrertür aufschnappen. Luc zog den Kopf ein und setzte sich neben ihn.

»Es ist doch ganz klar, dass die beiden Fälle miteinander zu tun haben«, sagte Yacine, »und Lisa Dupuy kommt auch aus dem Südwesten. Also muss die Lösung des Falles bei euch liegen. Und als ermittelnder Beamter ist es meine Pflicht, dir Amtshilfe zu leisten, oder etwa nicht? Und bei dieser Hitze«, er wies aus dem Fenster auf die flirrende Stadt, »ist es mir gar nicht so unrecht, mal aus diesem Moloch rauszukommen.«

»Hast du wirklich Zeit dafür?«, fragte Luc und zog die Stirn in Falten.

»Es ist gerade mein einziger Fall«, erwiderte sein Kollege.

»Okay, dann bin ich heute der glücklichste Commissaire von Bordeaux.«

»Echt?« Nun war es Yacine, der ihn überrascht ansah. »Du hast doch so ein tolles Team da unten – und ich … Ich weiß nicht, ob du mich da gebrauchen …«

Luc unterbrach ihn. »Yacine, pass auf, ich habe es geliebt, mit dir zu arbeiten – und ich musste einfach weg aus Paris, du weißt, wieso. Und dennoch kann ich mir keinen besseren Partner vorstellen …«

»Bis auf Anouk natürlich …«

Luc grinste. »Anouk ist Anouk, aber sie ist nun mal meine Chefin geworden. Also: Wollen wir los? Den Süden aufmischen?«

»Ich hab die Reisetasche vorhin schon ins Auto geworfen«, erwiderte Yacine und strahlte, »schließlich habe ich geahnt, worauf das hier hinausläuft.«

»Auf alles vorbereitet. Zug oder Auto?«

»Na, was denkst du denn?«, fragte Yacine. »Für so eine Fahrt habe ich das Auto doch überhaupt gekauft. Also los, setz das Blaulicht drauf – und dann schauen wir mal, ob ich nicht doch schneller sein kann als ein TGV.«

Das war er nicht. Allerdings fehlte nicht viel – sehr zu Lucs Leidwesen, der die dreieinhalbstündige Fahrt in den Sitz gepresst verbrachte. Kaum hatten sie Paris hinter sich gelassen und die Autoroute 10 erreicht, gab Yacine Gas, und sie preschten auf der linken Spur vorwärts. Die Autos vor ihnen zogen schnell nach rechts, sobald sie das Blaulicht im Rückspiegel sahen. So jagten sie störungsfrei gen Südwesten. Irgendwann hatten sie aufgehört zu sprechen, und Luc schloss die Augen und verfiel in eine merkwürdige Trance. Das rasende Tempo, die vielen Gedanken, die Aussagen der letzten beiden Tage – all das vermischte sich zu einem großen Brei, aus dem er in diesem Geschwindigkeitsrausch nur die wichtigsten Fragen extrahierte:

Worauf kam es jetzt wirklich an? Was war ihm auf Anhieb komisch vorgekommen? Was gab es als Nächstes zu tun? Zu Beginn der Fahrt hätte er auf keine dieser Fragen eine Antwort geben können, aber just in dem Moment, als sie an der Ausfahrt von Blaye vorüberrasten und kurz vor der Rocade waren, öffnete er die Augen und lächelte kurz. Er hatte einen Schlachtplan.

Kapitel 19

»Bist du geflogen?«, fragte Hugo, als Luc durch die Tür trat. Yacine folgte ihm. Bis auf die Lichter im dritten Stock war das Hôtel de Police dunkel gewesen. Es war auch schon kurz vor elf, später Abend, nur noch die Leitstelle im Inneren des Gebäudes war aktiv – und Hugo, der im Büro der Brigade criminelle Dienst schob.

»So ungefähr«, antwortete der Commissaire und klopfte dem Capitaine freundschaftlich auf die Schulter. »Meinen alten Pariser Kollegen kennst du noch, oder?«

»Klar«, sagte Hugo und stand auf. »Monsieur Zitouna, richtig?«

»Yacine reicht«, sagte Yacine und lächelte schüchtern, wie es eigentlich gar nicht seine Art war. »Freut mich sehr.«

»Mich auch. Hängen die Fälle also wirklich zusammen?« Hugo sah Luc erwartungsvoll an. Doch bevor der etwas entgegnen konnte, ging die Tür auf, und Anouk trat ein. Ihr Gesicht verzog sich unwillkürlich zu einem Lächeln, doch bevor sie Luc begrüßte, hielt sie erst einmal Yacine die Hand hin, und der schlug ein.

»Die beste Boxerin aller Pariser Vororte«, sagte der junge Polizist und grinste.

»Aber nur in Boxklubs, in die du mich schleppst«, erwiderte Anouk, und sie drückten sich fest. »Schön, dich zu sehen.« Tatsächlich empfand Yacine tiefen Respekt vor Anouk, seit sie bei ihren gemeinsamen Ermittlungen im Winter vor anderthalb Jahren eine Boxwette in einem der berüchtigtsten Klubs von Nanterre vorgeschlagen und den Kampf gegen einen Hünen auch noch gewonnen hatte. Die auf diese Weise ebenfalls gewonnenen Informationen hatten sie im Fall der beiden toten Austernzüchter entscheidend weitergebracht – und Yacine hatte seitdem nie wieder einen Machospruch über Polizistinnen abgelassen.

»Und Glückwunsch zur Beförderung.«

»Na ja«, erwiderte Anouk, »Urlaubsanträge abzeichnen ist nun nicht gerade das, was ich mir vorgestellt habe, als ich Polizistin geworden bin. Aber jetzt darf ich ja endlich mal wieder mit ermitteln.« Sie sah auf die Bahnhofsuhr, die an der Wand hing. »Wie wart ihr denn so schnell hier?«

Luc wies aus dem Fenster. »Schau dir mal die Karre unseres jungen Freundes an.« Anouk ging neugierig zum großen Fenster und sah auf den Cours Maréchal Juin, der dunkel dalag. Nur eine Straßenbahn zuckelte wie ein leuchtender Wurm vorbei. Vorm Hôtel de Police lag das schreckliche Beton-Büroviertel Mériadeck, das in den Siebzigern im Stil des Brutalismus aus dem Boden gestampft worden war. In der Ferne war der Kirchturm der Kathedrale zu sehen, dort begann die wunderschöne Altstadt von Bordeaux, die im goldenen Glanz der Nacht glitzerte. Als Anouk sich wieder umdrehte, strahlten ihre Augen. »Echt jetzt? Das alte Baby da?«

Yacine nickte, nicht ohne Stolz in den Augen.

»Wow, mit dem wollte ich schon immer mal fahren«, sagte Anouk, die nicht weniger autovernarrt war als ihr Pariser Kollege.

»Na, da wird sich sicher etwas ergeben«, erwiderte er. »Wenn der Commissaire mich mal mit dir allein lässt.«

»Ich erlaube es nur, wenn Anouk fährt«, erwiderte Luc und grinste. »So, aber nun sollten wir mal …«

Er wies auf den Konferenztisch, der in der Mitte des Großraumbüros stand. Sie zogen die Drehstühle von den Schreibtischen heran, Luc holte einen weiteren dazu, auf dem sich Yacine niederließ.

Doch es war nicht der Commissaire, der begann. Seitdem Anouk befördert worden war, hatte sie bei diesen Besprechungen das erste Wort, so wie sie es damals auch mit Commissaire Preud'homme gehalten hatten.

»Ich fasse zusammen, wie nach Lucs erhellendem Ausflug nach Paris der Stand der Dinge ist. Alle haben den Befund aus der Gerichtsmedizin in Bordeaux und den Bericht des Pathologen aus Paris gelesen?«

Kräftiges Nicken in der Runde.

»Gut. Also, Luc, magst du uns sagen, was ihr rausgefunden habt?«

Luc räusperte sich und nickte Anouk zu.

»Wir haben zwei Opfer und gehen von ein und demselben Täter aus. In chronologischer Reihenfolge: Opfer Nummer eins ist Lisa Dupuy. Die junge Frau war Vizedirektorin des Hotels Molitor in Paris. Sie ist in ihrer Wanne gestorben, offenbar wurde sie über eine Minute unter Wasser gehalten, so lange bis sie bewusstlos war und ertrank. Es gab leichte Kampfspuren, aber sie hatte keine echte Chance, sich zu wehren oder zu entkommen. Der Täter ist in die Wohnung eingebrochen, aber das bedeutet nichts: Die Tür ist alt und war nicht abgeschlossen. Da braucht man nicht mal einen Dietrich, es reicht eine Kreditkarte. Die Suche nach DNA-Spuren läuft, in der Wohnung und auch auf der Rasiermessermuschel, die der Toten auf die Brust gelegt wurde.« Luc blickte Yacine an, der die Fotos aus seiner Innentasche nahm, um sie herumzureichen.

»Und wir gehen nur aufgrund der Muschel vom selben Täter aus?«, wollte Hugo wissen.

»Na ja, so viele *couteaux* liegen in Paris ja nicht in Badewannen rum«, entgegnete Luc. »Tatzeitpunkt bei Lisa Dupuy ist am späten Donnerstagnachmittag, da ist es problemlos möglich, am nächsten Morgen auf der Fähre das zweite Opfer zu töten.«

Anouk hatte nur auf das Stichwort gewartet und fuhr dort: »Genau, Opfer Nummer zwei, Benjamin Forestier, Malermeister aus Pauillac. Ein Engel, wie es scheint. Keine Feinde, keine Konkurrenten, niemand, der wütend auf diesen Mann war. Jedenfalls haben wir nichts dergleichen gefunden. Alle verlieren nur freundliche Worte über ihn. Er war auf der zweiten Tour des Tages an Bord der Fähre und ist auf halber Strecke niedergeschlagen und über Bord geworfen worden.«

»Der Kreis der Verdächtigen ist gut einzugrenzen«, ergänzte Luc. Nur wer an Bord war, hatte Mittel und Wege, den Maler ins Wasser zu werfen.«

»Macht aber immer noch fünfzehn Verdächtige«, erwiderte Hugo.

»Deshalb müssen wir rausfinden, was die beiden Opfer gemeinsam hatten«, sagte Luc. »Habt ihr was herausbekommen?«

Anouk schüttelte den Kopf. »Madame Forestier kennt keine Lisa Dupuy.«

»Und meine Internetrecherche hat uns auch nicht weitergebracht.«

»Was haben die beiden miteinander zu tun?«

»Müssen sie denn wirklich etwas gemeinsam haben?«, fragte Hugo zurück. »Könnte es nicht Zufall sein? Ein Serienmörder? Nur mal angenommen …«

»Aber die Opfer sind so unterschiedlich: ein Mann und eine Frau, nicht im gleichen Alter, nicht in derselben Stadt ermordet – das ist eher unwahrscheinlich. Aber sie stammen beide aus dem Südwesten und haben zur selben Zeit hier gelebt. Sie könnten sich begegnet sein.« Luc blickte Hugo entschieden an. »Du hast ja gestern die Funkmasten von Benjamin Forestiers Telefon gecheckt. Wir sollten seine Anrufe der letzten Wochen durchgehen. Genau wie die von Lisa Dupuy. Stellst du eine Anfrage? Vielleicht kommen wir so weiter.«

»Die Anfrage ist schon raus«, sagte Hugo. »Sobald ich das Go vom Staatsanwalt habe, lege ich los.«

»Perfekt. Danke.« Kurz war es still im Raum, weil alle ihren Gedanken nachhingen.

Yacine kratzte sich am Kopf. »Beide sind im Wasser gestorben«, sagte er. Seine Stimme klang heiser. »Auch wenn die Situationen sich sehr unterscheiden – Badewanne und Fluss –, aber es war Wasser.«

»Ja, beide sind ertrunken.« Luc sah Yacine nachdenklich an.

»Aber warum sollte sich jemand diese Umstände machen? Warum diese krasse Nummer auf der Fähre, wo ein Mörder nicht fliehen kann, es sei denn, er springt nach der Tat auch in den Fluss?«

»Ihr meint, das Wasser ist ein Symbol?« Anouk sah erst Yacine und dann Luc ernst an.

Der Commissaire nickte. »Es kann nicht anders sein. Was aber meine andere Theorie ins Wanken bringt.«

»Welche Theorie?«

»Ich bin mir ehrlich gesagt nicht ganz so sicher, ob wirklich niemand auf unseren Maler wütend war.«

»Worauf willst du hinaus?«

Anouk und ihre Kollegen sahen den Commissaire fragend an. Mit knappen Worten fasste er zusammen, worüber er auf der Autofahrt nachgedacht hatte. Am Ende sagte Anouk leise:

»Wow. Das ist mir echt nicht aufgefallen. Aber weißt du, ich habe eine Idee, wo wir heute Abend sicher noch mehr Staub aufwirbeln können, als den Leuten lieb ist.«

DIMANCHE, 10 JUILLET

LES PIEDS DANS L'EAU
—
DIE FÜSSE IM WASSER

Kapitel 20

Weil es schon so spät war, hatte sich Anouk nach Carcans Plage verabschiedet, um die hoffentlich schlafende Aurélie bei Opa Alain auszulösen. So waren es Luc und Yacine, die sich ein weiteres Mal an diesem Tag aufmachten, diesmal gen Norden, auf die Départementale 2.

»Hier ging doch damals der Marathon los, oder?«, fragte Yacine, als sie nach Pauillac hineinfuhren.

Luc nickte. »Genau, hier sind immer Start und Ziel – weil es die größte Stadt im Médoc ist und im Gemeindegebiet die wichtigsten Châteaus liegen.« Kurz dachte er an den Marathon du Médoc, den witzigsten Marathon der Welt. Denn die Läufer waren nicht nur verkleidet, sie bekamen auch an zwanzig Probierstationen in den Gärten der herrlichsten Weinschlösser Rotwein zu verkosten, und zwar während des Laufes. Es war sicher nicht der schnellste Marathon, dafür waren die Teilnehmer garantiert die bestgelaunten Läufer weltweit. Leider endete der Marathon, dem Luc und Yacine beigewohnt hatten, sehr tragisch, als ein alter Winzer auf der Strecke zusammenbrach und später starb. Ein kniffliger Fall, der Luc die Schattenseiten der Weinindustrie brutal vor Augen geführt hatte.

Heute Nacht aber sah Pauillac ganz anders aus, nicht sandsteingrau und voller Patina, nein, die Stadt war festlich beleuchtet, und vom Ufer der Gironde klang laute Musik zu ihnen herüber. Es war kurz nach Mitternacht, und noch immer war der Lärm ohrenbetäubend. Luc betrachtete kurz die dunklen Fenster der Häuser am *quai* und war sich sicher, dass hier heute niemand ein Auge zumachen konnte.

Yacine parkte den Porsche unter einer Laterne, was Luc grinsen ließ. »Na, der harte Junge von einst macht sich wohl Sorgen um sein Luxusgefährt?«

»Sicher ist sicher«, gab Yacine zurück.

Sie stiegen aus und überquerten den *quai*. Vor ihnen lag die Uferpromenade mit der großen Statue einer Rotweinflasche. Sie ragte fünf, sechs Meter in die Höhe und wies auf das wichtigste Kulturgut der Region hin. Darunter stand ein Auto der Police municipale. Die beiden Uniformierten saßen bei offenen Fenstern im Wagen und rauchten. War wohl eine ruhige Schicht. Schon hier begannen die Zäune, die das Fest begrenzten. Dahinter lagen die Stände, die Essen aus aller Welt feilboten: Frühlingsrollen und gebratene Nudeln, Tacos und Burritos, verkochte Pasta aus dem Parmesanlaib und Burger mit Pommes. Doch die meisten Händler waren schon dabei zusammenzupacken, morgen war ja auch noch ein Tag. Dahinter begannen die Sitzbänke und Tische mit den Feiernden, überall standen Weinflaschen und leere Gläser. Die Winzer der Region hatten Stände aufgebaut, vor denen sich immer noch Schlangen bildeten, weil die Gäste den Wein des Vorjahres kaufen wollten. Natürlich gab es hier nicht die großen Namen. Niemand hier konnte sich einen Château Palmer oder einen Château Latour leisten, und auch nur die wenigsten hätten einen solchen Wein für ein Volksfest »verschwendet«. Aber es gab ja auch unzählige *normale* Winzer im Médoc, kleine Châteaus, die einfache, aber ganz wunderbare Rotweine anboten, für acht, zwölf oder fünfzehn Euro pro Flasche. Sie konnten sich im Rahmen der *fête du vin* präsentieren und vielleicht sogar neue Kunden gewinnen.

Doch Luc und Yacine wollten keinen Wein. Deshalb passierten sie die sechs Stände, an denen der Lärmpegel gewaltig war. Meter um Meter wurde die Masse der Feiernden dichter. Manche knutschten, andere umarmten sich, wieder andere stießen mit ihren Gläsern an – und es sah nicht so aus, als täten sie es zum ersten Mal an diesem Abend. Es herrschte trotz allem eine heitere Stimmung. Keine Spur von Aggressionen, so wie es aussah, feierten die Bewohner von Pauillac einfach gerne und friedlich.

Die Polizisten bahnten sich ihren Weg ins Epizentrum des Festes.

»Soll ich dir das Foto noch mal zeigen?«, fragte Luc und blieb kurz stehen, doch Yacine schüttelte den Kopf. »Du kennst mich doch: Ich kann mir nichts so gut merken wie Gesichter von Frauen.«

»Auch wieder wahr«, antwortete Luc.

»Und sind wir sicher, dass sie hier ist? Ist ja schon spät.«

»Anouk war sich sicher«, erwiderte Luc. »Und sie hat gesagt, wenn die Dame hier ist, dann ist sie dort drinnen.« Er wies auf das riesige Zelt in Weiß, aus dem buntes Licht drang und lauter Gesang.

»Aber wir können auch einfach fragen«, sagte Luc, als er erkannte, wer da Wache schob. Zwei junge Männer in hellen T-Shirts und mit freundlichen Gesichtern, die ganz anders aussahen als die finsteren Gestalten, die in Pariser Klubs als Türsteher arbeiteten, aber die orangefarbenen Armbinden mit der Aufschrift »Sécurité« trugen.

»Sie sind aber wirklich überall«, sagte der Commissaire, und auf dem Gesicht von Cédric, dem Bootsmaat, zeigte sich ein

Lächeln. Neben ihm stand Philippe, der den Polizisten eher überrascht ansah.

»So wie Sie, Commissaire«, erwiderte der Maat.

»Wollen Sie bald als Bürgermeister von Pauillac kandidieren? Oder warum arbeiten Sie rund um die Uhr für die Gemeinde?«, fragte Luc.

»Na ja«, erwiderte Cédric und sah auf einmal ernst drein. Seine Stimme war tief und wohlklingend und übertönte sogar die laute Musik. »Sie wissen ja, wie es in Pauillac aussieht. Und ich habe keine Lust mitanzusehen, wie alle jungen Leute hier wegziehen. Also müssen wir eben alle mit anpacken. Nur so kann eine Kleinstadt im Nirgendwo funktionieren.«

Luc nickte, und der Türsteher fuhr fort: »Außerdem hab ich mit Philippe ja den perfekten Freund an meiner Seite. Und Stress gibt's hier eh so gut wie nie. Nachher, wenn es leerer wird, können wir dann auch mal eine Runde tanzen.« Er lächelte seinen Freund an, und Luc fragte sich unwillkürlich, ob dieser Cédric mehr als freundschaftliche Gefühle für den Bootsmann hegte.

»Wir sind auf der Suche nach Ihrer Kapitänin. Ist sie drinnen?«

Diesmal war es Philippe, der antwortete. »Wie immer genau vor den Lautsprechern. Da, wo der Bass am krassesten dröhnt.«

»Wollen Sie Deborah nicht mal ein wenig feiern lassen?« Cédrics Stimme klang geradezu väterlich.

»Leider können unsere Fragen nicht warten«, erwiderte Luc. »Wir werden nicht lange brauchen.« Er klopfte dem Maat auf die Schulter, dann gingen sie hinein. Yacine ging voraus, Luc hielt sich etwas im Hintergrund. Dicht an dicht bewegten sich die Feiernden auf der Tanzfläche. Auf der Bühne spielte eine lokale Band, die der Commissaire sogar kannte, Coverversionen berühmter Songs und aktuelle französische Hits. Sie heizte den Gästen des Volksfestes richtig ein.

Gerade sang der blonde Sänger Céline Dions Song »Pour que tu m'aimes encore«, und etliche Tänzer hielten sich aneinander fest und wirbelten einander herum, während andere zur Bühne blickten und laut mitsangen; es fehlten nur noch die in die Luft gereckten Feuerzeuge. Luc, der Jean-Jacques Goldmans Kompositionen immer gemocht hatte, spürte, wie der Song auch ihn packte. Die Hymne einer Frau, die ihren verflossenen Geliebten anfleht, sie wieder zu lieben.

Besonders beim Refrain wurde es laut. Dieses Lied ging den Franzosen immer zu Herzen. Auch in Paris hatte er oft erlebt, wie selbst eingefleischte Techno- oder Hardrockfans sich in den Armen lagen und bei den Klavierklängen laut mitsangen.

Er hörte das Zischen erst jetzt und beugte sich etwas vor. Beim Anblick der Tanzenden hatte er Yacine fast vergessen. Da stand er und wies mit dem Kopf auf eine Szene weiter hinten an der Bühne. Luc machte ein paar Schritte nach vorne. Es war voll, das absolute Chaos. Er musste sich keine Sorgen machen aufzufallen. Also schob er sich nach vorne und stand gleich darauf neben seinem Kollegen, der sich zu ihm beugte und dennoch schreien musste, um verstanden zu werden.

»Da vorne, oder?«

Luc kniff die Augen zusammen. Herrje, würde er bald eine Brille brauchen? Seine Augen waren wirklich nicht mehr die eines Zwanzigjährigen. Aber Yacine brauchte ein Foto nur einmal anzusehen. Da war sie, Deborah Galhaud, die eng umschlungen mit einem Mann tanzte. Er war kleiner als sie, und offenbar war sie es, die führte. Sie wirbelte ihn herum, und es war nicht ganz klar, ob es an seiner geringen Körpergröße lag, aber seine Hand war weit nach unten gerutscht an eine nicht ganz schickliche Stelle. Jedenfalls gab das alles ein recht merkwürdiges Bild ab.

Und doch strahlte die Kapitänin, wirkte ausgelassen und fröhlich, ganz anders als die nachdenkliche und beinahe vorsichtige Frau, die Luc bei seiner Befragung erlebt hatte. Sie strahlte und rief ihrem Gegenüber immer wieder etwas zu. Jetzt erst erkannte der Commissaire, um wen es sich dabei handelte.

»Das ist der Kartenverkäufer!«, rief er Yacine zu, der ihn fragend ansah. »Enzo heißt er, er verkauft die Billetts auf der Fähre.«

»Der is doch viel älter als sie, oder?« Sein Kollege zog die Stirn in Falten.

»Das scheint ihr aber nichts auszumachen«, erwiderte Luc und sah, wie der kleinere Mann der Kapitänin an den Hinterkopf fasste und sie an sich zog, um sie zu küssen. Luc wollte sich abwenden – selbst in diesem vollen Zelt empfand er den Anblick als viel zu intim. Da trat plötzlich eine Gestalt in den Lichtkegel, ein Mann, der erst Madame Galhaud wegstieß, bevor er sich ihrem Tanzpartner zuwandte und ausholte. Alles ging rasend schnell – die Faust des Mannes, der viel größer war als Enzo, traf den Kartenverkäufer direkt am Kopf. Die Tanzenden um sie herum stoben auseinander, ohne die Blicke abzuwenden. Eine Schlägerei im Festzelt, wann gab es so was heute noch? Aber eine Schlägerei wurde es gar nicht, weil Enzo direkt zu Boden ging. Er sah auf zu dem größeren Mann, seine Nase blutete, doch sein Blick war wütend, fast rasend. Enzo schnellte hoch, der Größere hielt die Hand vors Gesicht, mit der anderen wollte er erneut zuschlagen. Daneben stand die Kapitänin, die Hände zu Fäusten geballt. Nun reichte es Luc und Yacine, sie schoben die Leute vor sich zur Seite und bahnten sich einen Weg. Der Algerier stellte sich zwischen die Streithähne. Luc rief: »Schluss jetzt, Polizei!«, und schaffte es sogar, die Schlusstakte des Liedes zu übertönen. Enzo ließ die

Fäuste sinken und sah die beiden Polizisten überrascht und seinen Gegner immer noch wütend an. Luc hielt ihn an der Brust zurück. Auch er war zwei Köpfe größer als der Kartenverkäufer mit dem dunklen korsischen Teint.

»Beruhigen Sie sich jetzt!«, schalt er ihn.

Die Umstehenden rückten näher. Welch eine Szene!

»Was ist denn hier los?«, rief Philippe, der sich mit seinen breiten Schultern und Cédric im Schlepptau einen Weg durch die Menge gebahnt hatte. »Mann, wir haben Sie doch gebeten, zu warten und hier nicht alles in Unordnung zu bringen.« Die beiden Sicherheitsleute sahen die Polizisten so enttäuscht an, als hätten sie ihre private Party zerstört.

Luc ignorierte die Türsteher, wandte den Kopf und musterte den Festgenommenen. Es ratterte in seinem Kopf, und dann machte es pling. Leise sagte er: »Sie sind Romain Tuillon, oder? Der Angestellte aus dem Kraftwerk. Sie waren auch auf der Fähre.«

Kapitel 21

»Der ist einfach auf mich losgegangen, dieser Vollpfosten!«, rief Enzo aufgebracht, doch seine Worte klangen, als hätte er den Mund voller Kaugummi. Er war total betrunken. Gerade wollte er wieder nach vorne stürmen, doch Yacine hielt ihn an der Brust fest und zischte: »Ruhe jetzt, sonst kriegst du Handschellen, verstanden?«

Luc stand vor dem anderen Mann, der reichlich blass um die Nase geworden war. »Was sollte das?«, fragte der Commissaire.

»Der …«, er wies auf Enzo, »der knutscht mit meiner Freundin rum …« Luc wich einen Schritt zurück, weil ihn die Fahne des Mannes traf und er sich fühlte wie im Schankraum einer Brasserie.

»Ich bin nicht deine Freundin!«, fuhr Deborah Galhaud auf. Auch sie schwankte, ihre Stimme überschlug sich, weil sie so hoch war, ganz anders als sonst. »Mann, Romain, bist du irre?«

Nun war sie es, die nach vorne schnellte, doch Luc hielt sie auf, indem er sich zwischen sie und Tuillon stellte. »Ruhe jetzt, Madame, treten Sie bitte zurück.«

»Lass die Frau in Ruhe!«, rief ein Mann aus der Menge, und Luc und Yacine sahen sich alarmiert an. Die meisten Feiernden im Zelt waren stark alkoholisiert, das könnte ein böses Ende nehmen.

»Sie beruhigen sich jetzt«, sagte er laut und deutlich, »und Sie ebenfalls …« Der Commissaire schaute die Leute um sie herum warnend an. Die Band hatte aufgehört zu spielen, und im ganzen Zelt war es auf einmal merkwürdig still. Gott sei Dank hatten sich Philippe und Cédric besonnen, und er sah die beiden Türsteher beruhigend auf ihre Freunde einreden. Am Eingang gab es Bewegung. Die beiden uniformierten Polizisten kamen herein. Der eine nahm die Mütze ab und kratzte sich am Kopf, der andere rief: »Was ist hier los?«

Luc winkte die beiden heran. Die Menschenmenge teilte sich vor den Beamten, und es wurde noch ruhiger, weil alle gespannt waren, was als Nächstes geschehen würde. Luc zeigte dem Älteren seinen Ausweis, der sofort salutierte.

»Wir hätten Sie vorher informieren sollen, aber wir waren nicht sicher, ob unsere Zielpersonen überhaupt hier sind. Wir sind von der Brigade criminelle in Bordeaux.«

»Was meint der mit Zielperson?«, lallte die Kapitänin. »Ich will jetzt hier raus.«

»Sie bleiben hier«, fuhr Yacine sie an.

»Alles klar, Commissaire«, sagte der Uniformierte. »Können wir Sie unterstützen?«

»Haben Sie eine Arrestzelle? Zur Ausnüchterung und dergleichen?«

»Zwei sogar. Sie wissen ja, Pauillac ist das Mekka des Rotweins – und mancher nimmt die Pilgerfahrt etwas zu ernst.«

»Gut, dann nehmen Sie bitte Madame Galhaud und Monsieur Pasquelli mit. Aber sorgen Sie dafür, dass die beiden nicht mehr miteinander sprechen. Wir kommen morgen zum Verhör vorbei.«

Der Polizist sah zwischen der Frau und dem Kartenverkäufer hin und her. Er wirkte eingeschüchtert. »Mit Handschellen? Deborah … Sie ist hier doch allen gut bekannt …«

»Nein, das wird nicht nötig sein. Madame Galhaud, ich nehme Sie vorläufig fest wegen des Verdachts der Verschleierung einer Straftat. Enzo, Sie nehmen wir zu Ihrem eigenen Schutz über Nacht in Arrest. Und Monsieur Tuillon, Sie kommen mit uns, für Sie haben wir eine schöne Zelle im Hôtel de Police in Bordeaux. Ich glaube, wenn Sie alle wieder nüchtern sind, haben Sie uns einiges zu erzählen.«

Kapitel 22

Luc erwachte, weil die Hitze unerträglich war. Als er die Augen aufschlug, fiel sein Blick auf den dunkelblauen Himmel vorm Fenster der kleinen Holzhütte. Die Sonne schien auf das Dach zu brennen, es musste also schon recht spät sein. Früh am Morgen warfen die Seekiefern noch Schatten, doch jetzt herrschten im Inneren der Cabane bereits Temperaturen wie am Nachmittag. Die Bettseite neben ihm war verwaist, genau wie das Kinderbett. Anouk musste schon losgegangen sein. Luc sah auf die Uhr, die auf seiner Hose neben dem Bett lag. Halb elf. Verdammt. Er hatte so tief und fest geschlafen, dass er einfach verpennt hatte. Andererseits waren Yacine und er auch erst um halb drei wieder in Carcans Plage gewesen. Vorher hatten sie einen Einsatzwagen der Gendarmerie bestellt und Romain Tuillon von Pauillac nach Bordeaux gebracht. Yacine hatte den Porsche genommen und Luc den Verhafteten im Polizeiwagen begleitet. Doch seine Hoffnung, in dieser Nacht noch etwas aus Tuillon herauszubekommen, war enttäuscht worden. Denn der Mann war nach nicht mal einer Minute tief und fest auf der Rückbank eingeschlafen, den Kopf an die Scheibe gelehnt, den Mund leicht geöffnet. Er musste wirklich viel getankt haben.

Anschließend waren Yacine und er zusammen nach Carcans Plage gefahren. Vor der Bar Apérock hatten noch ein paar vereinzelte Gäste gestanden, Surfer, die die Nacht zum Tage machten oder gleich bis zum Sonnenaufgang wach bleiben wollten. Yacine hatte Luc fast bettelnd angesehen, und der hatte nur genickt. Also waren sie noch auf ein Bier eingekehrt. Noch immer klangen Yacines Worte in Lucs Ohr:

»Es ist so schön, mit dir zu arbeiten. Ich hab dich echt vermisst, Mann.« Sie hatten sich in den Armen gelegen, und Luc hatte geantwortet: »Ich hab dich auch vermisst.«

Eine Stunde später hatten sich Luc und Yacine leise in die Hütte geschlichen. Sein Pariser Kollege hatte eine Weile verzückt neben dem Babybett gestanden, sich dann auf der Couch ausgestreckt und war sofort eingeschlafen. Luc hatte sich neben die schlafende Anouk gelegt, die sich an ihn schmiegte und ihren Arm auf seinen Bauch legte, ohne aufzuwachen. Und nun hatte sie die Hütte verlassen, ohne die beiden Männer zu wecken.

Er setzte sich auf und sah Yacine ein paar Meter entfernt genauso auf der Couch liegen, wie er gestern eingeschlafen war, noch in Klamotten. Luc schälte sich aus dem Bett und ging schnell unter die Dusche, trocknete sich ab und zog sich an, dann ging er hinüber zu Yacine.

»*Ey, mec*«, sagte er leise, »wir haben ein paar spannende Verhöre vor uns.«

Der Algerier schlug die Augen auf. »Oh Mann, darf ich all die Überstunden aufschreiben?«

»Aber nur auf Kosten der Pariser Polizei, ja? Ich hab kein Budget mehr«, grinste Luc. »Aber jetzt gibt's erst mal Frühstück.«

Zehn Minuten später saßen sie vor der Cabane unter der Pergola, die Anouk und Luc gebaut hatten, als sie die ersten Wochen mit Aurélie zu Hause waren. Mittlerweile war der wilde

Wein schon gut gewachsen und spendete Schatten, sodass es hier selbst zu dieser Tageszeit herrlich kühl war.

Luc hatte aus der Boulangerie am Hauptplatz des Dorfes zwei Croissants und zwei Chocolatines geholt und in der kleinen Bialetti-Kanne Kaffee gekocht. Nun zog ihnen der würzige Kaffeeduft in die Nase und belebte sie schlagartig. Draußen gingen die Surfer in Richtung Strand. Sie trugen bereits ihre Neoprenanzüge und hatten die Bretter unter die Arme geklemmt. Dazwischen spazierten Familien, die Kinder an der einen Hand, Krokodilschwimmtiere und Sonnenschirme in der anderen. Es würde ein heißer Tag werden. Außerdem hatten die Ferien gerade begonnen. In den nächsten Wochen würde der Strand von Carcans Plage ein Meer aus bunten Sonnenschirmen, Strandzelten und Handtüchern sein, und die Badestellen wären voller ausgelassener Menschen. Schade, Luc hätte gern einen Blick über die Düne geworfen, aber dafür war jetzt keine Zeit mehr.

Yacine brach sich ein Stück vom Croissant ab, während Luc ins *pain au chocolat* biss, dessen krosse Blätterteighaut einen feinen Buttergeschmack hatte. Innen waren dicke Streifen aus Schokolade, sogar lauwarm war es noch. Es schmeckte einfach herrlich.

Als sie ihre Kaffees getrunken hatten und Yacine unter die Dusche verschwunden war, rief Luc Anouk an. Nach viermaligem Klingeln nahm sie ab, und er hörte es am anderen Ende glucksen.

»Hey, *chérie*, guten Morgen.«

»Guten Morgen, ihr Schlafmützen«, entgegnete sie. »Ich wollte euch nicht wecken. Du warst erst sehr spät daheim, oder? Wart ihr erfolgreich?«

»Sogar sehr«, sagte Luc. Er schilderte ihr kurz die Geschehnisse auf der *fête du vin*, und Anouk war einen Moment sprachlos.

»Das lief ja sogar besser, als ich es erwartet hatte.«

»Du hattest also den richtigen Riecher.«

»Dann nehmen wir sie uns alle mal vor. Wollen wir uns aufteilen? Ich fahre nach Bordeaux und vernehme mit Hugo unseren Kunden dort – und ihr beide fahrt nach Pauillac?«

»So machen wir es. Wie geht es unserer Kleinen?«

»Ich wollte sie nicht gleich wieder bei Alain abgeben. Wir haben einen Spaziergang in Lacanau gemacht, und sie konnte auf dem Spielplatz krabbeln. Jetzt bringe ich sie zu deinem Papa.« Anouk zögerte. »Ich glaube, sie vermisst dich. Sie hat dich vorhin im Bett liegen sehen und ganz traurig geguckt.«

»Wird Zeit, dass wir diesen verdammten Fall lösen. Denn ich vermisse sie auch. Heute Abend spielen wir miteinander.«

Luc konnte ja nicht ahnen, dass dieser Tag ganz anders werden würde, als er es sich am Morgen erhoffte.

Just als er auflegte, klingelte Yacines Handy, das in dessen Jeans steckte, die am Boden lag.

Luc griff danach und sah die Vorwahl. 01. Paris. »*Mec!*«, rief er in Richtung Badezimmer, »Paris ruft an.«

»Geh mal ran, Chef«, gab Yacine durch das Rauschen des Wassers zurück, »is bestimmt das Büro.«

»Verlain?« Luc hörte ein kurzes Stocken am anderen Ende der Leitung.

»Oh, Commissaire«, sagte die tiefe, wohlklingende Stimme, die in Luc Vertrauen und Ehrfurcht zugleich aufkommen ließ. »Das ist ja eine Überraschung. Ist Commissaire Zitouna verhindert?«

»Die Überraschung ist ganz auf meiner Seite, Commissaire Lacroix.« Natürlich hatte Luc die Stimme des alten Polizisten sofort erkannt. *Die Legende von Paris.* »Ich hoffe, es geht Ihnen gut?«

»Ich bin eben durch die schönste Stadt der Welt gelaufen und werde zum Déjeuner im Bistro eine *chou farci* essen – also, ich würde sagen, es geht mir den Umständen entsprechend.« Luc musste über den leisen Humor dieses Mannes lachen, der nicht nur der bedeutendste Polizist der Hauptstadt, sondern auch noch mit der Bürgermeisterin verheiratet war. Nebenbei war er auch leiblichen Genüssen nicht abgeneigt, wie man unschwer an seiner Statur ablesen konnte – so frequentierte er die Bistros rund um sein Commissariat *rive gauche* mehrfach am Tag. In Lacroix' liebster Adresse hatte Luc einmal die *chou farci*, die Wirsingkohlroulade, probiert, und war seither davon überzeugt, dass auch der Geschmack des alten Lacroix ausgezeichnet war.

»Entschuldigen Sie, Monsieur Zitouna ist unter der Dusche, es ist gestern sehr spät geworden bei den Ermittlungen.«

»Ich höre, es ist ein kniffliger Fall, auch wenn ich nicht viel darüber weiß.«

Luc wusste, dass der Mann bescheiden und gerissen zugleich war. Wahrscheinlich hatte er schon die ganze Akte gelesen und längst eine Idee, wer der Täter war.

»In der Tat. Wir haben in der Nacht drei Verdächtige verhaftet, alle waren zum Tatzeitpunkt auf der Fähre. Aber sagen Sie, Commissaire Lacroix, was gibt es denn?«

»Ich wollte Monsieur Zitouna nur den Bericht der Spurensicherung übermitteln, der hier eben eingegangen ist. Ihr Kollege wollte wohl noch prüfen, ob sich DNA auf der Rasiermessermuschel befand. Leider war die Muschel ganz sauber. Und zwar nicht durch das Badewasser. Sie lag ja auf der Brust der Frau und war damit nicht in die Wanne eingetaucht. Stattdessen haben die Kollegen Spuren eines scharfen Reinigungs- oder Desinfektionsmittels entdeckt.«

»Die Muschel wurde erst gereinigt und dann auf dem Opfer platziert?«

»So ist es, Commissaire. Scheint so, als will jemand absolut sichergehen, dass keine Spur zu ihm führt.«

»Also kein Täter, der eine Nachricht hinterlassen will …«

»Entweder das«, Lacroix zögerte, doch dann atmete er einmal tief durch und fuhr fort, »oder jemand, der noch Zeit braucht.«

Luc nickte, weil er den gleichen Gedanken auch gerade hatte: »Jemand, der noch nicht fertig ist.«

Kapitel 23

Alain hatte die kleine Aurélie so fröhlich übernommen, dass Anouk fast die Tränen gekommen wären. Einerseits weil sie sich so freute, dass ihm die Krankheit beinahe nicht mehr anzumerken war, so vital und glücklich wirkte er. Andererseits aber war sie innerlich zerrissen, weil die Kleine nicht einmal den Anschein machte, als würde ihr der Wechsel von Mama zu Opa schwerfallen. Wie so viele Mütter – und mittlerweile auch Väter – hätte sie so gerne mehr Zeit mit ihrem Baby verbracht, ohne aber ihre Karriere sausen zu lassen.

Auf der Fahrt Richtung Bordeaux redete sie sich ein, dass ihr Leben nach der Lösung dieses schrecklichen Falls sicher ruhiger werden würde. Gleichzeitig wusste sie natürlich, dass das Quatsch war, immerhin war sie jetzt die Chefin der Einheit. Zumindest konnte sie sich die Kinderzeit mit Luc und Alain gut einteilen.

Sie hätte niemals gedacht, dass sie irgendwann so glücklich darüber sein würde, Mutter zu sein. Besser gesagt: zugleich Mutter und Polizistin. Und nicht nur Polizistin, sondern gar die Leiterin der Brigade criminelle in Bordeaux.

Sie fuhr das Fenster des dunkelgrünen Jaguars herunter. Sofort schlug ihr die Hitze entgegen. Nein, selbst der Fahrtwind brachte in diesen Tagen keine Abkühlung mehr. Im Radio lief Coldplay. Sie ging in Gedanken die Stationen ihrer bisherigen Karriere durch: ihre Anfänge in Italien, wo ihre Familie lebte, dann der Umzug nach Paris, anschließend Nizza und dann Bordeaux – eine Stadt, die sie nur als Durchlaufstation gesehen hatte. Doch sie hatte sich sofort in die Aquitaine verliebt – in die großen Sandsteinpalais in Bordeaux, in die Lebensfreude und Genussliebe der Stadtbewohner an der Garonne, in die Nähe von Weinbergen und Ozeanstränden und die wunderbare Lebensqualität hier, in der schönsten Region Frankreichs. Und schließlich verliebte sie sich sogar noch in einen Mann, ausgerechnet in den Commissaire. Sie spürte, wie sich ein breites Lächeln auf ihr Gesicht legte. Wahnsinn, wie surreal das alles war – aber es war ihr Leben. In Augenblicken wie diesen wünschte sie sich, dass einfach alles so blieb, wie es war. Dass sie gesund und verliebt blieben und nichts Schlimmes ihre Familie heimsuchte. Dass das alles andere als selbstverständlich war, führte ihr Job ihr tagtäglich vor.

Sie trat das Gaspedal stärker durch, und der Oldtimer machte einen Satz nach vorne. Nach weiteren zwanzig Minuten hatte sie den Stadtverkehr von Bordeaux bezwungen und parkte endlich vor dem Hôtel de Police. Ihr Büro befand sich im dritten Stock dieses modernen Baus aus Sichtbeton und viel Glas, das an einer zentralen Kreuzung im Büroviertel Mériadeck lag. Sie nahm nicht den Fahrstuhl, sondern die Treppe, dann lief sie durch den leeren Flur. Es war Sonntag, nur die Bereitschaftsleute waren hier. Sie öffnete die Tür, die nun tatsächlich die Aufschrift »Commissaire divisionnaire Anouk Filipetti, Chef de Service« trug, und blieb einen Moment andächtig stehen, wie immer, wenn sie diesen Raum betrat. Dieser Raum war lange Zeit das Heiligtum des gesamten Hôtel de Police gewesen, das

Büro von Monsieur Preud'homme, der diese Einheit fast dreißig Jahre geleitet hatte. Anfangs hatte sie es beinahe undenkbar gefunden, seinen Platz einzunehmen, und sogar überlegt, das Büro nicht zu beziehen und sich ins Großraumbüro ihrer Mannschaft zu setzen. Doch als sie gesehen hatte, wie viel Verwaltungsarbeit der Job bedeutete, wie viele Akten zu wälzen waren, hatte sie sich doch für den ruhigen Raum mit Blick über die Stadt entschieden. Wohler fühlte sie sich aber immer noch inmitten ihrer Kollegen. Sie nahm ihre Waffe aus dem Safe an der Wand und ging in das große Büro auf der anderen Seite des Flurs, wo Hugo in Gedanken versunken saß und auf seinen Bildschirm starrte. Er sah erst auf, als sie sich räusperte.

»Anouk!«, rief er. »Guten Morgen.«

»So vertieft?«

»Ich schaue mir alle Details zu Romain Tuillon an. Außerdem muss ich die Handydaten aller Beteiligten selbst zusammensammeln. Die Abteilung ist komplett ausgelastet.«

»Boah, was für ein Mist«, fluchte Anouk. »Du Armer. Wie lange sitzt du denn hier schon?«

»Frag nicht.«

»Was sagt Julie?« Hugos Frau war bekannt dafür, großes Verständnis für die Arbeit ihres Mannes zu haben. Doch manchmal war Anouk schon besorgt, denn Hugo war praktisch immer im Büro.

»Alles gut, sie ist mit den Kindern bei der Oma am Bassin, da können die baden, und Julie kann auch mal mehr als eine Seite lesen.«

»Hast du schon was rausbekommen?«

»Hier, schau dir das an.«

Er reichte ihr ein Blatt Papier, und sie überflog es. »Das ist ja sehr interessant«, murmelte sie. »Na, dann nehmen wir uns den Herrn mal vor, oder?«

»Das sollten wir.«

»Ich hole noch zwei Kaffee von unten – und ich schreibe Luc, was du herausgefunden hast. Yacine und er werden Madame Galhaud und Monsieur Pasquelli in Pauillac vernehmen. Lässt du den feinen Monsieur Tuillon herbringen?«

Hugo nickte. Anouk verließ das Büro und nahm die Treppe, um in das nahe gelegene kleine Café zu gehen. Zehn Minuten später kehrte sie mit zwei Cappuccini ins Hôtel de Police zurück, obendrauf das unvermeidliche Kakaopulver. Das hier war halt immer noch Frankreich und nicht ihr Heimatland Italien, auch wenn sich die Qualität des Kaffees in den letzten Jahren um einiges verbessert hatte.

Sie ging direkt in den Keller, denn hier befanden sich drei Zellen und die Verhörräume des Hôtel de Police.

Hugo wartete auf dem langen Flur und wies nach drinnen. »Der Diensthabende hat ihn schon reingesetzt. Aber ich dachte, wir machen den großen Auftritt lieber gemeinsam.«

»Recht so«, erwiderte Anouk und öffnete die schwere Tür. Im Verhörraum war das Licht hell und kalt, Neonlicht eben. Romain Tuillon starrte ihnen mit leerem Blick entgegen. Seine Augen lagen tief in den Höhlen, die Hände hielten die Tischplatte fest.

»Guten Morgen, Monsieur Tuillon«, sagte Anouk. Dann setzten Hugo und sie sich dem Mann gegenüber an den Tisch. Der Raum war so spartanisch eingerichtet wie im Krimi: ein Tisch, drei Stühle. Er hatte kein Fenster und nur die eine Tür; die Wände waren kahl. Keine war verspiegelt, stattdessen fingen zwei Kameras jede Regung ein.

»Wie war Ihre Nacht?«, fragte Hugo.

»Mies«, grummelte der Mann. Anouk konnte ihn noch nicht einschätzen. War er eingeschüchtert oder immer noch wütend?

»Monsieur Tuillon, wir zeichnen dieses Gespräch gemäß den Richtlinien des Polizeigesetzes auf, Ihr Widerspruch dazu muss schriftlich erfolgen. Unsere Kollegen haben Sie gestern verhaftet, als Sie Madame Galhaud und Monsieur Pasquelli, den Kartenverkäufer der Gironde-Fähre, angegriffen haben. Es kam sogar zu einer Körperverletzung. Können Sie mir sagen, was Sie so wütend gemacht hat?«

Romain Tuillon sah erst Hugo, dann Anouk an.

»Ich war besoffen«, raunte er.

»Hm, das ist ja schon mal eine halbe Erklärung«, erwiderte Anouk ganz ruhig. »Aber auch wenn ich besoffen bin, greife ich nicht einfach ein tanzendes Paar an. Also, noch einmal, was hat Sie so wütend gemacht? Meine Kollegen konnten leider nicht hören, was Sie Madame Galhaud zugerufen haben – aber haben Sie eine besondere Beziehung zu ihr?«

Jetzt sah er Anouk ganz ruhig an.

»Das dachte ich zumindest«, sagte er leise.

Kapitel 24

Knapp fünfzig Kilometer weiter nördlich war die Hitze genauso schwer und drückend wie in Bordeaux. Nur leider war das Gebäude der Police municipale nicht so modern wie sein Bordelaiser Pendant – und damit auch nicht klimatisiert. So traf Luc und Yacine beinahe der Schlag, als sie das kleine Verhörzimmer im Erdgeschoss mit seiner drückenden Schwüle betraten. Der Polizist, der mit der Pistole im Halfter, breitbeinig an die Wand gelehnt stand, nickt ihnen stumm zu. Sein strömender Schweiß bildete dunkle Streifen auf seiner Uniform. Sie hatten auf Lucs Bitte Madame Galhaud und Enzo Pasquelli gemeinsam in den Raum gebracht. Der Commissaire wollte keine Zeit vergeuden – wenn beide aufeinandertrafen, so seine Hoffnung, würden die Dinge vielleicht schneller in Bewegung geraten.

Und er sollte recht behalten. Allerdings anders, als er es erwartet hatte. Denn als der kleine Enzo ihn sah, sprang er von seinem Stuhl auf, der dabei umfiel, und stürmte auf den Commissaire zu. Sein Gesicht war wutrot, doch er hatte nicht mit dem Beamten gerechnet, der von der Seite auf ihn zusprang und ihn umriss. Es gab ein lautes Krachen. Deborah Galhaud, die bisher stumm geblieben war, stieß einen Schrei aus. Dann schlug der Kartenverkäufer auf dem Boden auf, seine Stimme ein wütendes Geschrei: »Ihr verhaftet uns, ihr seid doch …«

Der Polizist zog den Mann hoch und wollte die Handschellen von seinem Gürtel lösen, doch dann fing er Lucs Blick auf, der den Kopf schüttelte. »So, haben wir es jetzt, Monsieur Pasquelli?«

Der Korse sah ihn voller Groll an, aber er nickte leicht.

»Dann setzen wir uns jetzt hierhin und reden, einverstanden?«

»Es gibt gar nichts zu sagen, verdammt noch mal.«

»Das werden wir sehen«, erwiderte Luc. Enzo Pasquelli ließ sich auf einen Stuhl fallen, die Kapitänin neben ihm sah ihn besorgt an.

»Du brauchst mich gar nicht so anzustarren«, fuhr er sie an, »du hast mir das doch alles eingebrockt.«

»Sehen Sie?«, sagte Yacine trocken, »es gibt ja doch was zu besprechen.«

Luc sah den Uniformierten freundlich an und sagte: »Sie können sich gerne einen Kaffee holen, Brigadier.«

Der Mann schien kurz unschlüssig, ob er seine Wache wirklich aufgeben sollte, doch dann nickte er und verließ den Raum.

Die Polizisten setzten sich an den Tisch. Luc lehnte sich zurück und blickte zwischen Deborah Galhaud und dem Ticketverkäufer hindurch. Yacine sah ihn nicht an, seine Augen ruhten an der Zimmerdecke. Es musste ein merkwürdiges Bild sein – tatsächlich war es ein Schauspiel, das die beiden während ihrer jahrelangen Zusammenarbeit in Paris einstudiert hatten. Es vergingen Sekunden, eine ganze Minute. Monsieur Pasquelli hatte sich wieder beruhigt. Nun war es die Kapitänin, die schwer atmete. Auf der Stirn des Korsen standen Schweißperlen. Mit jeder Sekunde wuchs die Anspannung im Raum, allein durch die Stille.

Luc zählte im Kopf ganz ruhig herunter, achtundzwanzig, siebenundzwanzig, sechsundzwanzig … Er sah aus dem Augenwinkel, dass Enzo nicht mehr wusste, wohin mit dem Blick, und Deborah Galhaud immer unruhiger auf ihrem Stuhl hin und her rutschte. Er zählte weiter, vier, drei, zwei, bei eins sagte er ganz beiläufig, als wäre es ihm eben erst eingefallen:

»Sie haben also eine Affäre mit Enzo Pasquelli?«

Die Kapitänin sah ihn an, als hätte er einen Schuss abgegeben. Sie brauchte tatsächlich fünf Sekunden, bis sie antwortete:

»Mit Enzo? Echt jetzt?« Ihr Ton klang verächtlich, und der Ticketverkäufer verzog das Gesicht, als hätte er den Schlag nicht erwartet.

»Nun, wir haben nicht das ganze Vorspiel sehen können, aber die entscheidenden Minuten sahen schon so aus, als würden Sie sich auch außerdienstlich gut verstehen.«

»Putain!«, fuhr sie auf, ganz anders, als Luc sie bisher kennengelernt hatte. Ihre Stimme war rau und vulgär. »Ihr versteht echt gar nichts, oder? Ich bin total durch den Wind wegen der ganzen Sache. Ich fühle mich, als stünde ich unter Schock. Ich bin dorthin zu dem Fest, weil ich einfach vergessen wollte – ich hab mich volllaufen lassen. Und dann wollte ich in den Arm genommen werden, und Enzo war nun mal da. Der gute alte Enzo. Der, der immer da ist.« Sie sah zu dem Mann auf dem Stuhl neben sich. »Sei doch ehrlich, glaubst du echt, dass das mit uns was geworden wäre? *Mon dieu,* du bist wie viel älter als ich – fünfundzwanzig Jahre? Du bist total lieb, *mon cher,* aber du kannst doch nicht im Ernst glauben, dass wir ein Paar geworden wären.«

Bevor der Angesprochene antworten konnte, fuhr Yacine dazwischen.

»Aber nicht nur wir haben das so aufgefasst, sondern auch Monsieur Tuillon.«

Luc musste in sich hineingrinsen. Sie verstanden sich wirklich blind.

»Ich weiß nicht, wovon Sie reden«, sagte sie, und ihre Augen zuckten.

»Warum hätte er auf Sie losgehen sollen?«

»Romain ... pah«, sie wischte sich wenig damenhaft den Schweiß von der Stirn, »der ist so eifersüchtig auf alles und jeden. Aber ich wollte nicht mehr. Ich wollte einfach nicht mehr. Es ist ...«

Sie zog die Wörter in die Länge wie Kaugummi.

»Es ist *was*, Capitaine?«

»Na ja, irgendwie ist es schon mein ganzes Leben lang so. Immer wollen mich nur Männer, die ich total unspannend finde, oder«, ihr Blick fiel entschuldigend auf Enzo, »oder deren Freundschaft ich nicht missen will. Aber die Männer, in die ich mich verliebe ...«

Kapitel 25

»Warum denn ausgerechnet Enzo? Nach allem, was ich ihr zugestanden habe? Was ich mit ihr ertragen habe? Was ich ihr verziehen habe? Nach all dem knutscht sie ausgerechnet auf dem wichtigsten Fest des Jahres mit diesem Gnom von Billettverkäufer?« Die roten Äderchen auf Romain Tuillons Wangen schienen hervorzuspringen. Anouk blieb still, weil sie ihn in seinem Redefluss nicht aufhalten wollte. »Ich komme ins Zelt, weil ich noch Spätdienst im AKW hatte und wir eigentlich verabredet waren. Na ja, sie wusste, dass ich kommen würde, aber verabredet waren wir nicht. Und dann sehe ich sie mit ihm tanzen. Noch ganz vernünftig, zu irgendeinem schnellen Song. Der ließ ihm keine Zeit, sie zu begrabschen. Ich bin also erst mal zur Bar und hab mir ordentlich einen reingepfiffen. Und nach 'ner halben Stunde dachte ich mir, jetzt fordere ich sie mal auf, aber da … Da stand sie doch wahrhaftig vor dieser Flachpfeife und ließ sich von dem die Zunge in den Hals …« Angewidert verzog er das Gesicht. Anouk blickte auf seine großen Hände, die zu Fäusten geballt waren.

»Niemand darf also Madame Galhaud zu nahe kommen, weil sie Ihre Freundin ist, Monsieur Tuillon?«

Der stämmige Mann sah zu ihr auf, als wäre ihm jetzt erst wieder bewusst geworden, wo er war und mit wem er redete. Er kratzte sich an der Wange, dann schien er seine Fassung wiedergefunden zu haben. Leise antwortete er in gänzlich anderem Ton:

»Ich hab mich schon in der Schule in Deborah verliebt. In Blaye. Das ist jetzt achtzehn Jahre her, kaum zu glauben. Unsere erste eigene Wohnung hatten wir zusammen. Sie hat beim Département angeheuert, die betreiben ja die Fähren. Zur selben Zeit habe ich bei Électricité de France angefangen. Wir waren glücklich, haben Geld verdient und konnten verreisen, alles war schön. Ich dachte echt, sie sei die Liebe meines Lebens.«

»Aber das war sie nicht?« Obwohl Anouk leise fragte, warfen die kahlen Wände ein Echo zurück.

Romain Tuillon schluckte. »Für mich ist sie es. Bis heute.« Er atmete einmal tief durch, dann stützte er die Hände auf den Tisch, als wollte er aufstehen. »Sie hat mich ein- oder zweimal mit Kollegen betrogen, ich habe Chats auf ihrem Handy gesehen. Ich habe nichts gesagt. Da ahnte ich wohl schon, dass das nicht gut enden wird. Aber ich wollte ihr nicht sagen, dass ich davon wusste – wahrscheinlich weil ich nicht wollte, dass unsere Geschichte dann erst recht zu Ende ist. Ich dachte, es würde sich alles schon wieder einrenken, wenn sie sich ein bisschen die Hörner abstößt. Herrgott, wir waren so jung, als das mit uns beiden begann! Ich war Deborahs erster Mann und sie meine erste Freundin. Verstehen Sie?«

Anouk und Hugo nickten im Takt.

»Das mit den Chats war vor sechs Jahren. Und dann hat sie sich in einen anderen Kapitän verliebt. Die Chefin der Morgenfähre verliebt sich in den Kapitän der Abendfähre. Es war eine heftige Leidenschaft, glaube ich, aber auch davon hat sie mir nichts erzählt. Also habe ich es mir zur Aufgabe gemacht, alles über sie herauszufinden. Ich kannte alle ihre Passwörter, alle ihre Nachrichten, ich habe alles mitgelesen.«

»Das muss Sie doch irrsinnig geschmerzt haben.«

»Das hat es. Aber ich war wie im Rausch – ich dachte, es würde mich noch viel mehr schmerzen, nicht alles mitzubekommen.«

»Und Deborah hat sich nicht von Ihnen getrennt.«

»Das war meine größte Hoffnung, Commissaire. Dass sie merkt, dass das Gras auf der anderen Seite auch nicht grüner ist. Und so war es dann ja auch. Ich habe es an ihren Nachrichten gemerkt, die immer kürzer wurden. Nicht mehr so verliebt, irgendwann sogar genervt. Sie haben sich auf Whatsapp gestritten. Da wusste ich, dass es enden wird. Und schließlich hat sie auch wieder angefangen, mich zu verführen. Sie war wie ausgewechselt. Da dachte ich: So schlecht ist so eine Affäre gar nicht für unsere Beziehung. Auf einmal schien alles wieder gut zwischen uns.«

»Aber das hielt nicht lange an?«

»Doch. Es war eine schöne Zeit, wir sind wieder gereist, haben Fahrradtouren in die Landes und ins Baskenland unternommen, es war toll. Und morgens bin ich immer mit ihr zusammen hinüber ans andere Ufer gefahren. Ich durfte sogar auf der Brücke sitzen.«

Seine Stimme war nun die eines kleinen Jungen. Anouk spürte seine Begeisterung. Doch sie musste sich davon lösen und endlich zum Punkt kommen. Sie nahm die Liste, die sie hinter sich auf den Stuhl gelegt hatte, und platzierte sie auf dem Tisch.

»Aber es blieb nicht so, oder?« Sie merkte, dass man ihr das Mitgefühl anhören musste. »Der Untersuchungsrichter hat vorhin die Telefondaten von Monsieur Forestier freigegeben, wir konnten sie endlich auswerten. Und Sie wissen sehr genau, mit wem er immer wieder telefoniert hat, fast das ganze letzte Jahr über – und zu sehr ungewöhnlichen Zeiten: immer so ab zehn Uhr abends, wenn seine Frau die Kinder zu Bett brachte, und dann eine Stunde oder noch länger. Es ist sogar ein vierstündiges Gespräch dabei.«

Romain Tuillon senkte den Blick, dann nickte er fast unmerklich.

»Vor zwei Jahren war wieder Alltag eingekehrt. Und nach einer Weile hab ich wieder an ihrer Treue gezweifelt. Sie hatte auf einmal andere Schichten, wir fuhren fast gar nicht mehr zusammen. Und dann hab ich mir wieder ihr Handy genommen.« Er schluckte schwer. »Ich kannte ihn von ein paar Festen in Pauillac und hatte schon vermutet, dass Deborah ihn irgendwie anschmachtete, aber ich hab mir nichts dabei gedacht. Na ja, und dann hab ich alles gelesen. Die ganze große Scheiße.« Seine Stimme wurde noch leiser, Anouk musste die Ohren spitzen, um ihn zu verstehen. »Ich habe diese unerträglichen Liebesnachrichten an ihn gelesen und gedacht: So etwas hat sie mir noch nie geschrieben. Aber erst recht unerträglich waren seine Antworten! Es war so klar, worum es ihm ging: nur um Sex. Er wollte nur mit ihr ins Bett. Sie dagegen hat ihm die große Liebe geschworen, sie wollte mit ihm zusammen sein. So klang das zumindest. Auf jeden Fall war ich mir sicher, dass sie nicht mehr mit mir zusammen sein wollte.«

»Aber Sie haben nicht das Gespräch mit ihr gesucht?«

»Nein.«

»Warum nicht?«

»Weil ich … weil ich zu stolz war.«

»Oder weil Sie sich rächen wollten?«

Er sah sie lange und ausdruckslos an. Dann sagte er leise:

»Vielleicht …«

Kapitel 26

»Sie waren sehr verliebt in den Mann, der nun dieses schreckliche Ende genommen hat.« Lucs Stimme zerschnitt die Stille im Raum. »Ist es nicht so, Madame Galhaud?«

Sie antwortete nicht und blickte zu Boden. Die Stille dauerte an. Eine Atempause lang, eine weitere. Diesmal war sie es, die alle im Raum anblickten. Auch Enzo, nicht überrascht, gar nicht, sondern gebannt. Als sie nicht antwortete, sagte Luc:

»Sie müssen es uns erzählen, Madame Galhaud. Ich habe doch gesehen, wie unruhig Sie waren, als der Mann verschwunden war. Und wie hoffnungsvoll – weil Sie dachten, dass nicht passieren kann, was nicht passieren darf. Sie hingen an diesem Mann, mehr als an einem normalen Passagier. Das war mit Händen zu greifen. Und all die dummen Kommentare der Passagiere und der Crew – alle wussten, dass da etwas war mit dem Maler aus Pauillac.« Er wartete einen Moment, dann fuhr er fort. »Meine Kollegin hat mir geschildert, wie Madame Forestier reagiert hat, als wir nach ihrem Mann suchten. *Haben Sie auf der Brücke nachgesehen?* Wir dachten erst, dass einem in einem solchen Moment die unmöglichsten Gedanken kommen – aber die Brücke? Warum denn das? Weil Madame Forestier wusste, wo ihr Mann womöglich gewesen sein könnte. Denn er war sehr oft auf dieser Brücke – ist es nicht so?«

Der Commissaire sah ihre Tränen erst, als sie den Kopf hob und ihn ansah, mit einer Mischung aus Trauer und Trotz.

»Ich war sehr verliebt, ja«, sagte sie mit belegter Stimme. »Und wir wären auch glücklich geworden. Sehr glücklich. Aber nun …«

»Sie wären sehr glücklich gewesen, wenn die Affäre nicht einfach so beendet worden wäre. Durch Monsieur Forestier, oder?«

»Er … Er war nicht bei Sinnen.«

Luc wartete nicht mehr ab, sondern erwiderte gleich:

»Wir haben vorhin die Anrufliste bekommen. Ich bin alles durchgegangen. Ihre Affäre begann vor zwei Jahren und dauerte ein knappes Jahr. Vielleicht hatte Monsieur Forestier dann ein schlechtes Gewissen – jedenfalls beendete er sie. Dann, vor sieben Monaten, fing er wieder etwas mit Ihnen an. Viele Anrufe während der Arbeitszeit, auch als Sie die Fähre steuerten, Madame. Und dann immer wieder Anrufe spätnachts. Bis vor zwei Monaten, dann hörten die Anrufe auf.«

»Er hat mich verlassen, er wollte so nicht mehr weitermachen. Richtig, Commissaire, er hatte ein schlechtes Gewissen. Aber ohne mich … Ohne mich konnte er auch nicht sein, das hat er mir eines Morgens auf der Fähre gestanden. Und da konnte ich nicht anders – weil er alles war, was ich wollte. Wir haben also wieder angefangen uns zu treffen, wochenlang, den ganzen Winter über. Aber dann … seine Frau …« Madame Galhaud wischte sich über die Augen, fast wirkte sie wütend. »Seine Frau hat ihm die Pistole auf die Brust gesetzt. Schluss – oder sie wirft ihn raus und erwirkt ein Kontaktverbot für die Kinder. Das war für ihn so, als würde man ihm alles nehmen, was er besaß. Dabei hat er sie doch gar nicht mehr geliebt!« Nun fing sie an zu schluchzen, so sehr, dass Luc ein Mitleid empfand, dass er eigentlich nicht haben sollte. Sie hatten die arme Madame Forestier betrogen: So war es nun mal.

Leise fragte er: »Das heißt, Sie haben am Morgen seines Verschwindens den Mann auf Ihre Fähre steigen sehen, den Sie immer noch liebten?«

»Ja, ich habe geschluckt, als ich seinen Wagen erkannte. Aber nein, ich war nicht traurig. Ich wusste, dass er sich wieder melden würde. Ich wusste es ganz bestimmt.«

»Hat er zu Ihnen hochgeschaut?«

»Ich weiß es nicht mit Sicherheit. Aber ich glaube, ja. Einmal hat sein Blick die Fähre abgesucht.«

»Es gab aber jemanden, der von Ihrer Liebe wusste, oder?«

Sie zuckte mit den Schultern. »Wir haben uns oft auf dem Schiff getroffen. Klar, da wurde getuschelt. Aber gewusst …«

»Ich meine nicht die Crew. Ich meine den Mann, mit dem Sie eine Beziehung hatten.«

»Sie meinen Romain?«

»Genau.«

»Wir hatten keine Beziehung«, sagte sie scharf. »Wir haben wieder angefangen, uns zu treffen. Mehr nicht.«

»Hat Monsieur Tuillon das auch so gesehen?«

Wieder zuckte sie mit den Schultern.

»Ich glaube Ihnen nicht, Madame Galhaud, dass Sie das nicht genauer wissen. Ich denke, Romain Tuillon hat ganz entschieden etwas gegen Ihre Liebe einzuwenden gehabt, und Sie wussten das. Es war mehr als Eifersucht, es war beinahe eine Obsession – sonst wäre er ja nicht so auf Monsieur Pasquelli losgegangen. Neigt er zur Gewalt?«

»Er hat mich niemals angegriffen, wenn Sie das meinen.«

»Aber er hat Enzo angegriffen. Er war in Rage. Was, wenn er auf der Fähre auch in Rage geraten ist? Ein Schlag und ein leichter Stoß – und er ist seinen Nebenbuhler für alle Zeiten los.«

Kapitel 27

Anouk steckte das Handy in ihre Hosentasche. Lucs Nachricht war lang gewesen, weitaus länger als die, mit der sie ihn ihrerseits fünf Minuten zuvor über die Neuigkeiten aus ihrem Verhör informiert hatte. Sie räusperte sich, dann beugte sie sich ein wenig vor und fragte:

»Sie wussten also die ganze Zeit von der Affäre Ihrer Freundin mit Monsieur Forestier?«

Romain Tuillon nickte.

»Und dann steigen Sie an diesem Morgen auf ihr Schiff – und wer fährt ebenfalls mit? Ausgerechnet dieser Benjamin Forestier.« Anouk ließ ihre Stimme beinahe geschäftsmäßig klingen. Sie wusste: Jetzt bekämen sie entweder ein Geständnis oder müssten schwere Geschütze auffahren – sofern der richtige Mann vor ihnen saß.

»Ich habe seinen Wagen gesehen, na klar. Und ich habe ihn auch aussteigen sehen. Ja.«

»Waren Sie wütend?«

Romain Tuillon sah erst Hugo an, dann blickte er zu Anouk. Es lag etwas Prüfendes auf seinem Gesicht. »Sind Sie eine eifersüchtige Frau, Madame?«

Hugo fuhr auf: »Monsieur Tuillon, bleiben Sie beim Thema und lassen Sie …« Anouk legte beruhigend ihre Hand auf den Arm ihres Kollegen. Sie lächelte sanft und sagte: »Eigentlich lasse ich meinem Partner alle Freiheiten, wenn Sie das meinen – also würde ich sagen: Nein, das bin ich nicht. Andererseits kann ich gut verstehen, wie man sich fühlt, wenn man derart hintergangen wurde – also: Ja, ich würde auch durchdrehen, wenn mein Partner mich jahrelang betrügt.«

»Das meine ich gar nicht, Commissaire.« Romain Tuillon lehnte sich zurück, als wollte er zu einem größeren Monolog ausholen und sammelte seine letzten Reserven. »Ich meine eher, dass ich so darauf geschult war, Deborah auszuspionieren, dass es mir gar nicht in den Sinn kam, ihn anzugreifen. Das mit Enzo, das war etwas anderes. Ich war sturzbetrunken. Aber die Fähre, das war morgens. Und ich glaube, ich hätte sogar einer von denen werden können, die Deborah zuschauen, wenn sie mit anderen …« Er wischte den Gedanken weg, weil er ihm anscheinend zu scheußlich vorkam. »Nein, ich habe, als ich den Wagen sah, tatsächlich erst mal hinauf zur Brücke geschaut, um zu sehen, ob sie herabsah – zu ihm. Wie gerne hätte ich dem Typen die Fresse poliert. Aber ich war zu schwach. Außerdem: Wir sehen uns manchmal in Pauillac zufällig auf der Straße – warum hätte ich bis zu diesem Moment auf dem Schiff warten sollen?«

»Weil es eine einfache und saubere Lösung gewesen wäre.«

»Er hatte sie doch schon verlassen. Das hat sie Ihnen doch bestimmt erzählt, oder nicht?« Wieder war da dieser prüfende Blick.

»Ja, die Beziehung zu Monsieur Forestier war vorbei. Das war sie aber schon mal gewesen. Sie …«, Anouk sah Tuillon scharf an, »Sie konnten nicht sicher sein, dass er es sich nicht doch noch mal anders überlegen würde.«

»Das stimmt.« Tuillon nickte und lächelte. »Ich war nun mal nicht der Einzige, der Deborahs Charme erlegen war. Tja, aber ich kannte Benjamin ein wenig. Ich habe gespürt, dass er seine Kinder am Ende nicht aufs Spiel setzen würde. So einer war er nicht.«

»Also haben Sie ihn nicht niedergeschlagen und über Bord geworfen?«

Der Arbeiter verschränkte die Arme vor der Brust, seine Augen waren starr auf Anouk gerichtet. »Nein, das habe ich nicht.«

»Wo waren Sie denn die Fahrt über?«

»Ich war auf dem Raucherdeck. Und habe nach oben geschaut und gehofft, dass Deborah mich bemerkt.«

»Und?«

»Sie hat am Steuerrad gesessen und die Fahrrinne beobachtet. Sie schien mir ganz vertieft in ihre Arbeit.«

»Warum haben Sie sie nicht auf der Brücke besucht?«

»Wir waren noch nicht wieder so weit, dass man von der großen Liebe hätte sprechen können, wenn Sie das meinen.«

»Aber sie wollte wieder mit Ihnen zusammen sein?«

»Zumindest dachte ich das – bis ich sie mit Enzo erwischt habe.«

»Deborah Galhaud war die ganze Fahrt über auf der Brücke?«

Romain nickte. »Na klar, die Fähre hat doch keinen Autopiloten.«

»Und Sie haben Benjamin Forestier nicht mehr gesehen, nachdem er aus seinem Wagen gestiegen war?«

»Nein. Das habe ich bei dem Verhör auf der Fähre schon gesagt.«

»Tja, da hätten Sie uns aber viel mehr erzählen können. Dann hätten wir nicht so lange im Nebel herumgestochert.« Anouk schüttelte missbilligend den Kopf. »Gut. Sie bleiben bei Capitaine Pannetier. Ich bin bald zurück.«

Sie verließ den Raum. Ihre Hoffnung, dass es draußen auf dem Flur etwas kühler wäre, erfüllte sich nicht. Auch in dem fensterlosen langen Gang stand die Hitze. Anouk sehnte sich nach einem kühlen Getränk am Strand. Sie wählte Lucs Nummer, und er hob augenblicklich ab.

»Na, *chérie?*«

Lucs Stimme war ihr so vertraut und gleichzeitig jedes Mal aufs Neue wieder so aufregend, dass sie kurz die Augen schloss und die Luft einsog.

»Hey du«, sagte sie und wollte die vertraulichen Worte gleich wieder zurücknehmen.

»Hat er gestanden?«

»Hat er nicht«, antwortete sie. »Er sagt, er habe Benjamin nicht mehr wahrgenommen, weil er die ganze Zeit Deborah beobachtet hätte, die auf der Brücke saß.«

»Also kann sie sich dort nicht wegbewegt haben, wenn er die Wahrheit sagt.«

»So ist es. Aber warum hätte sie Benjamin Forestier überhaupt umbringen sollen?«

»Wegen zurückgewiesener Liebe«, erwiderte Luc. »Aber ganz ehrlich …«

Er ließ die Worte in der Luft hängen und sprach nicht weiter, so lange, dass Anouk nach einer Weile besorgt nachfragte: »Luc, bist du noch da?«

»Hmm«, murmelte er.

»Alles okay?«

»Ja, alles okay. Aber ich habe das blöde Gefühl, dass wir total auf dem Holzweg sind. Und zwar schon seit gestern Nacht. Ich …«

Anouk erwiderte nichts, sie kannte ihn gut – jetzt war er in seiner Gedankenwelt. Sie fragte nur: »Was schlägst du vor?«

»Ich lasse Madame Galhaud und den armen Enzo hier raus.

Die beiden sind zumindest nicht mehr verdächtig. Monsieur Tuillon lassen wir noch so lange in unserer Obhut, wie wir können – weitere vierundzwanzig Stunden sind sicher kein Problem. Und wir treffen uns in einer Stunde alle bei dir im Büro und sehen, wie wir weitermachen können.«

»*D'accord*. Bis gleich.«

»Oder nein: Lass uns im Cassonade treffen. Ich brauche Zucker.«

Kapitel 28

Sie hatten alle ein wenig Luft gebraucht und vor allem: Schatten. Für Anouk und Hugo war es nur ein fünfzehnminütiger Spaziergang gewesen, vorbei an der Kathedrale und dann nach rechts in Richtung Stadttor. Luc und Yacine hatten ihren Wagen direkt vor der *grosse cloche* geparkt.

Das wunderschöne gotische Tor mit der riesigen Glocke obendrauf war eines der bedeutendsten Wahrzeichen von Bordeaux und das Haupteinfallstor zur Altstadt. Die Glocke wog fast acht Tonnen. Sie läutete an jedem ersten Sonntag im Monat und an wichtigen Festtagen zur Mittagsstunde. Früher hatte sie die Bewohner von Bordeaux auch vor Angriffen gewarnt. Luc mochte diesen Anblick sehr, dieses Zeugnis der wehrhaften Vergangenheit seiner Stadt, diese Trutzburg mit der Glocke als altem christlichen Symbol.

Sie durchschritten das Tor, und sofort kam ihnen ein Windzug entgegen, der Luc so guttat, dass er kurz stehen blieb und die Augen schloss, um die Kühle auf dem Gesicht zu spüren. Tatsächlich war es hier in der Altstadt am frühen Nachmittag einigermaßen erträglich, weil die Steine der alten Gassen noch nicht so aufgeheizt waren wie am Abend. Die dreistöckigen

Häuser aus Sandstein schützten noch vor der Sonne, und vom Meer her wehte eine leichte Brise durch die Gassen. »Hier ist es auszuhalten«, sagte Luc und führte Yacine in den Laden an der Ecke, den er und die Brigade als offiziellen Treffpunkt für eine kurze Runde Kaffee auserkoren hatten.

Anouk und Hugo saßen schon auf den Stühlen vor der Bar. Als sie einander erblickten, standen sie auf und gaben sich *bises*; schließlich hatten sie sich heute noch nicht gesehen. Anouk und Luc umarmten sich einen Augenblick länger, dann nahmen sie Platz. Durch das kleine Fenster in der Wand rief der Wirt: »Oh, die versammelte Mannschaft! Wie immer?« Anouk nickte und lächelte. Sofort verschwand der Kopf wieder, und sie hörten das Mahlen der Mühle und gleich darauf das Zischen der alten Cimbali-Kaffeemaschine.

Die anderen Tische der Bar waren leer. Durch die kleine Gasse liefen nur wenige Menschen, meist Touristen mit Kameras vor der Brust und bunten Sonnenschirmen in der Hand gegen die Hitze.

»Die Vernünftigen sind wirklich alle am Strand, was?«, sagte Hugo stöhnend, als hätte er Lucs Gedanken erraten. Der mochte sich tatsächlich nicht ausmalen, wie es gerade auf der Promenade oder im Sand von Lacanau-Océan und Carcans Plage aussah. Eigentlich waren die Strände in der Aquitaine so lang, breit und weit, dass es genügend Platz für alle gab – aber in der Hauptsaison von Anfang Juli bis Ende August war es in den Badezonen tatsächlich so voll, dass Handtuch neben Handtuch lag, Strandzelt neben Strandzelt stand.

»Ich weiß, da wären wir jetzt alle gern«, sagte Anouk. »Aber wenigstens sind wir etwas vorangekommen. Auch wenn unser Commissaire anderer Meinung ist …«

Luc hob den Blick und sah die ganze Mannschaft entschuldigend an. »Ich glaube es einfach nicht. Ich glaube nicht, dass wir es hier mit einem simplen Eifersuchtsdrama zu tun haben.«

Er musste innehalten, weil der junge Wirt mit einem Tablett voller Köstlichkeiten an den Tisch trat. Er stellte die großen Tassen mit Café au lait vor den Polizisten ab, Anouk brachte er einen doppelten Espresso, weil er schon wusste, dass sie nachmittags keinen Kaffee mit Milch mehr trank – sie stammte aus Italien und hielt sich auch hier in Frankreich an die ungeschriebenen Gesetze des Mutterlandes der wichtigsten Kaffeespezialitäten. In die Mitte des Tisches stellte der Wirt eine Platte mit süßen Teilchen. Es gab Macarons mit Schokolade, Pistazie und Himbeere und für jeden zwei ganz besondere Köstlichkeiten; die Bordelaiser Spezialität des Hauses Cassonade: *cannelés*. So hießen die kleinen Kuchen in Form eines winziges Gugelhupfs, die sie hier in winzigen Kupferförmchen buken.

Luc kannte wie jedes Kind aus Bordeaux die Geschichte dieser Kuchen auswendig. Zur Herstellung von Rotwein benötigten die Winzer unglaublich viel Eiweiß. Es wurde in die Gärbottiche gegeben und sank zu Boden, auf dem Weg hinab sammelte es die Trübstoffe des Weines ein; deshalb war Rotwein nur in den seltensten Fällen vegan. Doch vor fünfhundert Jahren entschieden die geschäftstüchtigen Nonnen von Bordeaux, dass sie das überflüssige Eigelb nicht einfach wegschmeißen, sondern verwerten wollten. So buken sie aus wenig Mehl und Milch, jeder Menge Eigelb, Vanille und sehr viel Rum die kleinen Kuchen, die sofort, wenn sie aus den heißen Förmchen kamen, verspeist werden mussten. Dann waren sie außen noch richtig knusprig und innen saftig. Bis heute war dieser Kuchen die beliebteste Süßspeise der Stadt: Fünf Millionen *cannelés* wurden jährlich allein im Département Gironde verspeist.

Luc hatte innegehalten, weil er sah, wie hungrig alle waren.

Also reichte er den Teller einmal herum, bevor er sich selbst einen Kuchen nahm und hineinbiss. Der *cannelé* war warm und kross, und sofort entfaltete sich der feine Geschmack von Vanille und leicht süßlich-rauchigem Rum. Es war himmlisch! Er nahm einen Schluck Kaffee, dann aß er den zweiten kleinen Kuchen, bevor er sich wieder seinen Kollegen zuwandte.

»Wie seht ihr das denn? Yacine – hast du in Deborah Galhaud mehr gesehen als eine Frau, die einem Mann nachhängt und einen anderen immer wieder hinhält?«

Sein Pariser Kollege zuckte mit den Schultern. »Na ja, sie ist schon sehr impulsiv.«

»Aber sie hat ein verdammt gutes Alibi: Sie saß, beobachtet von ihrem Exliebhaber, die ganze Zeit auf der Brücke.«

»Stimmt«, murmelte Yacine.

»Und Romain Tuillon? Anouk, Hugo, was sagt ihr?«

Die Angesprochenen sahen sich kurz an, dann nickten sie Luc zu. »Wir haben uns auf dem Weg hierher besprochen und glauben auch, dass er es nicht war«, sagte Hugo. »Er ist … Na ja, er ist ganz anders, als er wirkt. Kein grobschlächtiger Kerl, eher ein Romantiker.«

»Das sind die schlimmsten«, erwiderte Yacine, und alle mussten lachen. Ein kurzer leichter Moment.

»Es ergibt jedenfalls keinen Sinn, auch wenn ich mir diese einfache Lösung wünschen würde. Aber was haben Galhaud und Tuillon mit einer Hoteldirektorin aus Paris zu tun, die Bordeaux vor Jahren verlassen hatte? Verdammt, das ergibt doch alles keinen Sinn.«

»Du glaubst also, die Eifersucht war nicht das Motiv«, fasste Yacine zusammen. »Aber was, wenn doch eine Verbindung von Romain Tuillon zu Lisa Dupuy führt – vielleicht eine weitere Affäre früher im Südwesten – und er einfach mal aufräumen wollte? Das Temperament dafür hätte er.«

»Ich sage ja auch nicht, dass wir ihn gehen lassen sollen. Aber ich habe echt ein saudoofes Gefühl bei der ganzen Sache.«

»Und was ist mit den Muscheln?«, fragte Anouk. »Was sollen die? Das ist doch ein Zeichen. Ich werde jetzt prüfen, ob es irgendeinen Hinweis auf Rasiermessermuscheln bei früheren Morden gab.«

»Tiefenrecherche. So machen wir das.« Luc stand auf und legte einen Zwanzigeuroschein in die kleine Schale, die auf dem Tisch stand. »Die Kuchen gehen auf mich. Und nun setzen wir uns noch mal ran.«

Kapitel 29

»Ey Leute, ich weiß ja nicht, wie es euch geht, aber ich hab jetzt genug gegrübelt.« Yacine lehnte sich auf dem Schreibtischstuhl zurück, den Hugo ihm aus einem anderen Büro besorgt hatte, und platzierte seine Füße auf Lucs Schreibtisch. So wie früher. Doch diesmal musste der Commissaire, anders als damals, einfach nur lächeln. Er hatte seinen Kollegen wirklich gern um sich. »Und bevor die Klimaanlage schlapp macht, würde ich gern ins Meer springen, um den Kopf freizukriegen. Wer kommt mit?«

Luc sah kurz zu Anouk und zu Hugo. Beiden war die Erschöpfung anzusehen. Es war sehr heiß im Büro. Dem Capitaine rann der Schweiß von der Stirn. Absolut rätselhaft, wie man sich diesen Glaspalast mit unzureichender Klimatisierung ausdenken konnte, und das in einer der wärmsten Städte Frankreichs. Hugo schüttelte den Kopf.

»Nein, *mon cher,* ich würde gern noch mal alles durchgehen. Die Verhöre waren nicht das, was ich von diesem Tag erwartet habe.« Er lächelte, als er den enttäuschten Blick seines Kollegen sah. »Aber es war eine kurze Nacht, und du musst jetzt echt mal durchatmen. Fahr doch schon mal los, hier …«, er kramte in seiner Hosentasche, »hier ist der Schlüssel zur Cabane.

Schnapp dir eine Badehose von mir und dann spring ins Meer. Anouk und ich kommen in einer oder zwei Stunden nach, und dann essen wir irgendwo spät zu Abend. Bei Gaston gibt es sicher wunderbar frischen Fisch.«

Yacine legte den Kopf schief. »Bist du sicher? Ich kann euch auch noch helfen.« Doch der Commissaire schüttelte den Kopf. »Nun fahr schon. Ab an den Strand.«

Er nahm den Schlüssel und schlug Luc auf die Schulter. »Du Ehrenmann, du.«

Schon war er verschwunden. Sie hörten sein Pfeifen, als er über den Flur in Richtung Treppe ging.

»Oh Mann, ich will auch«, sagte Hugo. »Aber wenn ich später nach Hause fahre, dann warten auf mich zwei Kinder, die eine Geschichte vorgelesen bekommen wollen – und dann schlaf ich garantiert mit ihnen ein und schaff's nicht mal mehr bis zum Babyplanschbecken im Garten, um ein Fußbad zu nehmen.«

Luc grinste seinen Kollegen an. »Na, dann lass uns mal loslegen, dann schaffst du vielleicht noch das Fußbad und dann die Geschichte.«

»Wir machen es so«, sagte Anouk bestimmend, »ich gehe die Akten von Lisa Dupuy durch, die sind neu für mich. Und du, Luc, machst dich an Benjamin Forestiers Sammlung, die kennen bisher nur Hugo und ich. Vielleicht fällt dir was auf, was uns entgangen ist.«

»Gute Idee«, erwiderte Luc. »Und du, Hugo, schaust Lisa Dupuys Telefondaten durch und ihre Aufenthaltsorte der letzten Monate. Irgendwas muss sie doch mit der Aquitaine verbinden.« Er kratzte sich am Kopf. »Was haben wir übersehen? Wo ist die Verbindung zwischen den beiden?«

Sofort herrschte fiebriges Schweigen, nur noch das Rascheln von Papier war zu hören. Luc verfluchte wieder einmal den Architekten, der Fenster hatte einsetzen lassen, die nicht zu öffnen waren. Wie gut hätte ihm jetzt ein wenig frische Luft vom Meer getan.

Als er bemerkte, wie akribisch sich Anouk bereits über die Akten hermachte, senkte auch er den Kopf und begann die Schreiben zu lesen, die sie bei Benjamin Forestier sichergestellt hatten.

Die ersten Seiten überflog er nur, weil er sich so sehnlich zu Yacine an den Strand wünschte. Doch dann ärgerte er sich über sich selbst und blätterte zurück. Jede einzelne Seite las er von vorne bis hinten durch; das war er Forestier schuldig. Nach zwei Stunden sah er auf. Da war nichts, einfach gar nichts. Nur pünktlich bezahlte Rechnungen, freundliche Korrespondenz, Kostenvoranschläge mit einem Stundenlohn, der sich in Grenzen hielt, einige wenige Befunde des Hausarztes mit normalen Werten. Benjamin Forestier war einfach ein gesunder und freundlicher Mann gewesen. Er hatte halt auch eine Affäre mit einer Schiffskapitänin gehabt – aber hey: Das hier war immer noch Frankreich.

Als Nächstes nahm Luc die Kiste mit den Fotos, die Anouk ins Hôtel de Police mitgebracht hatte. Im Gegensatz zu Lisa Dupuy hatten die Forestiers anscheinend all ihre Handyfotos ausgedruckt. Es gab Dutzende Päckchen voller Urlaubserinnerungen, Selfies am Strand der Aquitaine, in Paris und am Mont Saint-Michel. Dazu zwei Päckchen, die einen Ausflug nach Disneyland festhielten. Der Anblick der lachenden Kinder, die sich an ihren Vater schmiegten, gab Luc einen Stich ins Herz. Er verschloss die Packungen sorgfältig wieder, damit Madame Forestier sie ordentlich zurückbekam. Sicher würde sie lange brauchen, bis sie die Bilder wieder ansehen konnte.

Er sah sich die Daten der älteren Fotopackungen an. Aus einem Reflex heraus ging er weiter zurück, mehrere Jahre, dann öffnete er ein besonders altes Päckchen. Die Fotos darin waren unschärfer, auch weniger farbig. Das Papier war matt, doch die Qualität gut. Offenbar hatte Benjamin Forestier Freude daran gehabt, mit einer analogen Kamera zu fotografieren. Auch hier sah man ihn am Strand, jünger, braun gebrannt, mit Dreitagebart. Er sah wirklich gut aus. In seinem Arm hielt er eine junge Frau, doch auch beim zweiten Hinsehen war Luc klar: Das war nicht Lisa Dupuy. Benjamins Freundin auf dem Bild war rothaarig und hatte ein ganz anderes Gesicht. Er blätterte die Fotos durch, dann nahm er die nächste Packung. Wieder Strandfotos. Er wollte das Päckchen schon beiseitestellen, da sah er ein Bild, auf dem Benjamin Forestier vor der Wasserkante seitlich in die Kamera lächelte. Er trug ein gelbes T-Shirt, und etwas Rötliches flackerte darauf. Luc stutzte. Das hatte er doch schon einmal gesehen. Er versuchte die rote Schrift zu entziffern, aber das Bild war zu verwaschen. Sein Herzschlag beschleunigte sich. Anouk sah kurz zu ihm auf, weil sie es ebenfalls zu spüren schien. Aber Luc griff schon zum Telefon. Mit der anderen Hand nahm er die Visitenkarte vom Schreibtisch und wählte die Pariser Nummer. Nach einigen Sekunden, die ihm wie eine Ewigkeit vorkamen, wurde abgehoben.

»Hotel Molitor?«

»*Oui, bonsoir,* hier ist Commissaire Luc Verlain aus Bordeaux, ich suche Monsieur Delahaye.«

»Entschuldigung, aber der Directeur ist nicht zu sprechen.«

»Hören Sie, es ist sehr dringend.«

Doch die Frau blieb stur. »Sein mobiles Telefon ist gerade ausgeschaltet. Er führt prominente Gäste durchs Haus, aber wenn er zurückkommt …«

»Madame, entschuldigen Sie bitte meine Eile – aber ich muss möglichst rasch mit ihm sprechen. Können Sie ihn suchen und ihm sagen, dass er mich bitte zurückrufen soll?«

Die Frau war nun freundlicher, offenbar ließ sie die Dringlichkeit des Commissaire endlich an sich herankommen.

»Selbstverständlich, ich mache mich gleich auf die Suche.«

Dann hatte sie aufgelegt.

Anouks Blick traf ihn quer über den Schreibtisch.

»Was ist los? Hast du was gefunden?«

»Könnte sein«, murmelte er und nahm das Foto aus der Packung, um es ihr zu zeigen.

»Er steht am Strand und trägt ein gelbes T-Shirt. Und nun?«

»Auch von Lisa Dupuy gibt es eine Aufnahme in genau so einem T-Shirt, aus ungefähr derselben Zeit. Und wenn mich nicht alles täuscht, steht sie an demselben Strand.«

Kapitel 30

Eigentlich schlug sein Herz für die große Stadt, für hohe Häuser, die verwinkelten Straßen der Vorstadt. Hey, er war aufgewachsen auf Beton, in Clichy-sous-Bois, dem berüchtigtsten Ort im Pariser Norden, wahrscheinlich in ganz Frankreich. Es gab keine Woche, in der die Banlieue nicht in den Nachrichten war, weil wieder irgendwelche Kids einen Kleinkrieg mit den Cops begonnen oder Dealer einen abgeknallt hatten.

Dort war er groß geworden, auf den harten Gassen zwischen heruntergekommenen Hochhäusern, auf dem Fußballplatz, der aus Schotter statt aus Rasen bestand, auf der Halfpipe, die voller Graffiti war.

Doch nun saß er hier und besah sich das Bild, das sich vor ihm ausbreitete. Er spürte ein warmes Gefühl in sich. Und das kam nicht von den immer noch wahnwitzigen Temperaturen. Nein, es war … Er traute es sich gar nicht zu sagen, weil es in seinen Ohren verkitscht klang … aber: Es war Glück.

Er, Yacine Zitouna, hatte es hierhergeschafft. Der Junge aus der Cité, dem eigentlich ein ganz anderer Weg vorbestimmt war – ein Weg, der ihn ziemlich sicher in den Knast oder früh unter die Erde befördert hätte. Aber sein Instinkt, seine große

Klappe – und ein ganz besonderer Mensch – hatten ihn hierhergeführt. An den schönsten Strand, den er je gesehen hatte. Zum Plage de Carcans, wo dieser Mensch lebte: Luc, sein alter Boss, der damals irgendetwas in ihm gesehen haben musste, was Yacine bis heute nicht verstand.

Aber nun saß er jedenfalls hier auf diesem feinen weißen Sand, in den er seine Füße gewühlt hatte, denn unter der heißen Oberfläche war er schön kühl. Und dort vorne, hinter der Wasserkante, rauschten die Wellen heran. Es waren kaum noch Menschen im Wasser, weil die Rettungsschwimmer ihre Arbeit bereits beendet hatten. Der Turm war eingeklappt, und ihr gelber Jeep hatte den Strand verlassen. Da draußen waren nur noch ein paar Surfer, und hinter ihm auf der Düne saßen die jungen Leute von Carcans und die Urlauber, und alle sahen in eine Richtung. Sie hatten sich die Arme um die Schultern gelegt oder küssten sich, manche hielten Händchen. Auch alte Paare taten das hier, jene, die schon sehr lange zusammen waren. Denn sie alle waren von derselben Szene gerührt, mitgenommen, angefasst. Selbst Yacine, der harte Junge, musste zugeben, dass auch er gerne jemandes Hand gehalten hätte in diesem Augenblick. Denn in einer Minute würde überm Meer die Sonne untergehen. Der Ball, der gerade zwischen tiefem Gelb und sehr warmem Rot changierte, veränderte sein Farbenspiel jede Minute.

Yacines dunkle Haare waren noch nass. Der Atlantik war warm gewesen, viel wärmer, als er ihn in Erinnerung hatte vom letzten Mal, als er Luc hier besucht hatte, damals beim Marathon du Médoc. Die Wellen hatten sich im Abendlicht weich angefühlt, sanft wie Seide.

Yacine war kein guter Schwimmer, wie so viele Franzosen, die mit ihren Eltern aus Algerien oder Tunesien eingewandert waren und nie richtig schwimmen gelernt hatten. Es gab einfach keine Lehrer, weder damals in der Heimat, obwohl oftmals das Meer sehr nah gewesen war – und nicht hier in ihrer neuen Heimat, wo sie am Rand lebten, in Hochhäusern zusammengepfercht in Vierteln, die keine eigenen Schwimmhallen besaßen. Und für einen Urlaub reichte das Geld nie, wirklich nie.

Yacine hatte zwar später auf der Polizeiakademie doch noch schwimmen gelernt. Aber nach wie vor misstraute er dem Wasser und war deshalb auch heute nach wenigen Minuten wieder an den Strand zurückgeschwommen.

Er öffnete ein kleines 1664 und nahm einen kräftigen Schluck. Das Bier war eiskalt, er hatte es vorhin in dem winzigen Tante-Emma-Laden am Ortseingang gekauft. Die kühle Frische belebte ihn augenblicklich. Mann, war das ein anstrengender Tag gewesen. Ein Tag, an dem sie sich nur im Kreis gedreht hatten, ohne einen einzigen entscheidenden Meter voranzukommen. Er hoffte so sehr, dass sie morgen einen Einfall haben würden, der sie weiterbrachte – oder den einen wichtigen Tipp bekämen. Inschallah.

Ihm fiel auf, wie ruhig es auf einmal geworden war. Niemand um ihn herum sprach mehr. Alle blickten gen Westen, auf die Sonne, die nun, nach einem langen heißen Tag, ins Meer eintauchen würde. Es war eine andächtige Stimmung, sogar die Wellen schienen nicht mehr so laut an Land zu schwappen wie bisher, als würden auch sie sich vor der warmen Kraft verneigen.

Die Menschen hielten den Atem an, als der gelbe Ball das Meer berührte und, Sekunde für Sekunde, darin einzutauchen schien. Als er erst zu einem angebissenen Kreis wurde, dann zu einem Halbkreis und dann …

Yacines Blick wurde von etwas angezogen. Er wusste nicht, was es war, und ließ die Flasche sinken, weil er sich sogar ein wenig ärgerte. Er wollte doch zusehen, wie die Sonne in wenigen Sekunden völlig verschwinden würde. Etwas bewegte sich, weiter draußen im Wasser.

Aber das konnte eigentlich nicht sein. Er kniff die Augen zusammen. Es musste ein Surfer sein, der sich mit seinem Brett in einem Wellental versteckt hatte. Aber nein, das war es nicht. Sein Herz schlug schneller, und Yacine stand auf. Es war ein Arm. Er hatte einen Arm gesehen. Einen Arm mit einer gereckten Faust. Er sah sich um, blickte zu den Leuten neben ihm am Strand und zu jenen auf der Düne. Niemand sonst schien den Arm bemerkt zu haben. Alle blickten hinüber zur Sonne, die gleich gänzlich verschwunden war. Die Blicke waren ruhig und verzückt, nicht alarmiert.

Er schaute erneut hinaus aufs Meer. Die Wellen schlugen wieder zusammen, doch dann gab es eine kurze Wellenpause. Und da sah er sie wieder, die gereckte Faust. Sie versank langsam, über ihr schlug das Wasser zusammen.

Merde.

Kapitel 31

»Commissaire Luc Verlain?«

Die Stimme am anderen Ende der Leitung schien von weither zu kommen, aber an der Freundlichkeit erkannte Luc sofort den Gesprächspartner, den er erst am Vortag kennengelernt hatte.

»Ja, hier ist Maxime Delahaye vom Hotel Molitor.«

»Monsieur Delahaye, danke für Ihren Rückruf.«

»Ja, verzeihen Sie, Commissaire. Ich hatte eine Gruppe aus Fernost, die ich hier begrüßen wollte. Ich hoffe, ich melde mich nicht zu spät.«

»Ist schon in Ordnung.«

»Was kann ich für Sie tun, Commissaire?«

»Wir haben über Lisa Dupuy und Ihren Aufstieg in Ihrem Hotel in den letzten Jahren gesprochen. Aber wir haben die Vergangenheit nur gestreift. Sie erwähnten, Sie kam in einer ganz anderen Position zu Ihnen und hat sich dann hochgearbeitet.«

»Ja, in der Tat, so war es. Es war ein wirklich besonderer Berufsweg, aber Madame Dupuy war einfach dazu gemacht, Führungskraft in einem so besonderen Hotel zu werden. Sie war … Nun ja, ich habe das ja gesagt, sie war außergewöhnlich.«

»Und könnten Sie mir sagen, was Sie anfangs in ihrem Hotel gemacht hat?«

»Na, Sie kennen ja unser Hotel und wissen, dass es ein sehr spezieller Ort ist. Madame Dupuy kam direkt nach der Eröffnung 2014 zu uns. Sie hatte sich beworben, und wir haben ihr sofort zugesagt, weil wir uns junge und fähige Frauen gewünscht hatten für unser Bad.«

»Für Ihr Bad?« Luc schluckte. Es begann sich alles zusammenzufügen.

»Ja, genau. Sie hat als Bademeisterin gearbeitet. Sie hat Schwimmkurse gegeben und den Badebetrieb überwacht. All die großen Pools – da ist Sicherheit oberstes Gebot.«

Lucs spürte, wie sich sein Puls beschleunigte, und zwang sich gleichzeitig zur Ruhe.

»Hatte Madame Dupuy denn Erfahrungen auf diesem Gebiet?«

»Natürlich, Commissaire, sonst hätten wir sie ja nicht eingestellt.«

»Sagen Sie mir bitte, Monsieur Delahaye, als was sie vorher gearbeitet hatte.«

»Sie war Rettungsschwimmerin, und zwar mit den besten Referenzen. Warten Sie …«

Luc hörte, wie der Hoteldirektor mit Papieren raschelte. »Ich habe hier ihre Akte, weil wir noch ihr Gehalt auszahlen wollten an die Hinterbliebenen. Ich sehe gerade mal nach …« Es dauerte eine Weile, und Luc wartete angespannt, am liebsten wäre er durch den Hörer geklettert, um beim Suchen zu helfen. »Hier ist es. Sie war in der Einheit der CRS, Sie wissen schon, die Polizei, die sich um die Strände kümmert. Zu der Zeit hat sie noch studiert. Sie hat zwei Sommer am Strand von … Carcans Plage verbracht. In den Jahren 2008 und 2009. Und sie war wirklich eine phantastische Rettungsschwimmerin.«

Am Strand von Carcans Plage.

»Monsieur Delahaye«, sagte Luc schnell, »Sie haben uns sehr geholfen, herzlichen Dank.«

»Was bedeutet das denn nun, Commiss…«

»Ich muss jetzt auflegen. Wir sprechen uns später.«

Er pfefferte den Hörer aufs Telefon und hieb auf die hölzerne Tischplatte. Hugo und Anouk sahen ihn mit einer Mischung aus Besorgnis und Aufregung an. Er spürte, wie heiß sein Gesicht war. Seine Wangen glühten regelrecht.

»Ich wusste es, verdammt! Warum hab ich das nicht gleich gesehen? Ein gelbes T-Shirt mit roter Schrift, und das am Strand – sie war Rettungsschwimmerin. Verdammt noch mal!« Er fluchte, die ganze Anspannung musste raus. »Gib mir noch mal den Lebenslauf von Benjamin Forestier«, sagte er zu Hugo, der gleich in hektische Betriebsamkeit verfiel und mit wenigen Handgriffen die richtige Akte fand, die er Luc reichte. Der brauchte nur Sekunden, um die richtige Seite zu finden: die Empfehlung der Compagnies Républicaines de Sécurité aus Cenon, dem Bordelaiser Stadtteil auf der anderen Seite der Garonne. Dort war das Hauptquartier der Spezialeinheit, die sich eben nicht nur um Demonstrationen und die Verkehrssicherheit auf der Autobahn kümmerte, sondern im Sommer auch um die Strände des Atlantiks.

Und da stand es schwarz auf weiß: Benjamin Forestier hatte von 2005 bis 2008 als Rettungsschwimmer an der Station Carcans Plage Dienst getan. Der Hauptmann beschrieb Monsieur Forestier als jungen Mann mit außergewöhnlichen Fähigkeiten und als sehr verlässlich. Luc las die wenigen Zeilen. Am Ende waren Arbeitszeit und Lohn aufgeführt: Forestier war noch in der Ausbildung gewesen, und die dreizehnhundert Euro im Monat hatten ihm sicher geholfen, über die Runden zu kommen. Der Commissaire sah von der Akte auf. Noch immer war die Stimmung im Raum so ruhig, dass man eine Stecknadel hätte fallen hören können.

»Wir haben die Verbindung.«

»Es stimmt? Benjamin auch?«, fragten Anouk und Hugo gleichzeitig.

»Beide waren Rettungsschwimmer und haben 2008 zusammen Dienst geschoben. In Carcans Plage.«

»In Carcans Plage … Echt?« Anouk kam um den Schreibtisch herum und blickte in die Akte, die Stirn in tiefen Falten. Dann nickte sie und räusperte sich.

»Sie waren also ein Jahr zusammen … 2008.«

Luc nickte. Die Anspannung im Raum war mit Händen zu greifen. Plötzlich ging alles ganz schnell.

»Wie viele Rettungsschwimmer sind normalerweise pro Schicht im Einsatz?«, fragte Anouk.

»Normalerweise sind es vier bis fünf Leute«, sagte Luc, der sich den Rettungsturm vorstellte, wie er ihn am letzten Wochenende vor sich gesehen hatte. Genau am Strandübergang befand sich die übersichtliche Badezone. Oben auf dem Turm saßen immer zwei Rettungsschwimmer gleichzeitig, während unten im gelben Pick-up weitere zwei saßen, einer am Steuer, einer hinten auf der Ladefläche, wo sich die Erste-Hilfe-Koffer und von Rettungsbrettern über -bojen bis Absaugpumpen alles befand, was sich im Ernstfall als lebensrettend erweisen konnte.

»Hugo?«

»Ja?«

»Du warst doch bei der CRS. Kannst du in Cenon anrufen und fragen, wer 2008 noch in Carcans Plage gearbeitet hat?«

»Ja, mach ich«, sagte Hugo und hatte schon den Hörer abgehoben.

»Und bitte«, rief Luc, »frag auch, zu welchen Zwischenfällen es damals gekommen ist. Unglücke, Unfälle, wir brauchen alles, was hier im Zusammenhang stehen könnte.«

Anouk beugte sich zu Luc hinunter und fragte: »Du glaubst, dass es sich um einen Racheakt handelt?«

Luc sah zu ihr auf und nickte. »Die Morde … Der Täter lässt seine Opfer ertrinken. Das hier ist unsere Zielgerade.«

»Ich habe auch schon daran gedacht«, erwiderte sie. »Verdammt …«

»Ich will nicht warten, bis Hugo eine Antwort hat«, sagte Luc, als er Hugo leise sprechen hörte. »Lass uns nach Carcans Plage fahren. Ich bin irgendwie total unruhig.«

»Na, dann los«, sagte Anouk und warf Luc den Autoschlüssel zu. »Fahren wir.«

»Carcans Plage«, flüsterte Luc wie ein Mantra, als er die Treppe nahm, immer zwei Stufen auf einmal. Anouk holte noch ihre Tasche aus dem Büro. »Carcans Plage. Ausgerechnet.«

Kapitel 32

Yacine sah sich noch einmal um, um festzustellen, auf welcher Strandhöhe der oder die Ertrinkende sich befand. Dann rannte er los und auf die nächsten Strandbesucher zu: »Da draußen ertrinkt jemand!« Ein junger Mann stand auf, und Yacine rief ihm zu: »Ich schwimm da jetzt raus und Sie holen Hilfe. Nein, anders: Schicken Sie jemanden, der Hilfe holt. Und Sie behalten mich jetzt die ganze Zeit im Auge, verstanden?«

Der Mann nickte. Das Polizeitraining hatte Yacine gelehrt, wie wichtig es war, dass immer jemand am Strand war, der das Opfer und den Rettenden beobachtete – am besten so viele Menschen wie möglich. Nur so konnte eine echte Rettungskette entstehen.

Yacines Badeshorts waren noch nass. An der Wasserkante stoppte er. Sollte er lieber auf Hilfe warten? Auf die Profis? Nein, entschied er, er durfte keine Zeit verlieren.

Er setzte einen Fuß ins Wasser, dann den anderen und dann rannte er los. Da war der Arm wieder. Er glaubte auch den Oberkörper eines Mannes zu erkennen. Ganz kurz nur sah er ihn, tiefdunkle Haut, dann war er wieder verschwunden. Er schien draußen im Line-up zu sein, vor der Brechungslinie der Wellen, da, wo sich die Surfer gern tummelten, aber ausgerechnet heute war dort niemand, der helfen konnte. Es waren sicher hundert, vielleicht hundertfünfzig Meter. Verdammt, verdammt, verdammt …

Er legte sich aufs Wasser, das sich nicht mehr weich und warm anfühlte, sondern kalt, grimmig und unbarmherzig. Yacine spürte, wie sein Herz schneller schlug. Sein Atem ging stoßweise. Er begann zu kraulen. Dabei reckte er immer wieder den Kopf, um den Mann nicht aus den Augen zu verlieren, was gar nicht leicht war, weil immer wieder riesige Wellen heranrauschten, die ihm die Sicht nahmen. Krass, wie klein die Wellen vom Strand aus erschienen – und wie gewaltig sie waren, wenn sie aus wenigen Metern Entfernung auf ihn zurauschten. Er wandte sich um, blickte zum Strand und versuchte sich die Position zu merken mit Hilfe der Düne und des Fahnenmastes, den er sich vorhin eingeprägt hatte. Auf dieser Linie musste er bleiben, aber er spürte, wie die Strömung ihn nordwärts schob, nordwärts und zugleich hinaus aufs Meer. Es war ein gewaltiger Sog, und er war mittendrin, ein winziger Ball in diesem ewigen Spiel.

Mit einem Mal schien er alles intensiver wahrzunehmen als je zuvor, sein Kraulen, den Puls in seinem Hals, das Blut in seiner Stirn, das gegen die Kälte anzukämpfen schien. Und dann ging es auf einmal schnell, er kraulte und kraulte und wunderte sich dabei über die absolute Abwesenheit menschlicher Geräusche. Es gab nur das Rauschen des Ozeans und sein überlautes Keuchen. Immer wenn sich eine Welle auf ihn warf, schloss er reflexartig die Augen. Das Wasser war salzig, und er kam vom Kurs ab. Doch dann sah er den Arm wieder, und es war, als würde eine geheime Kraft in seinem Körper aktiv. Und hinter den Wellen wurde er einfach weiter hinausgezogen, immer weiter. Er reckte wieder den Kopf, sah aber keinen Arm mehr, nur noch ein Stück Rücken, vielleicht zwanzig, fünfundzwanzig Meter vor ihm, eine Schwimmbeckenentfernung. Oh Gott, er musste sich beeilen. Er drehte sich um zum Strand, hoffte auf gelbe Fahrzeuge, auf einen Helikopter. Kam nicht endlich Hilfe? Doch da waren nur die Wellen, er sah den Strand nicht mehr. Er kraulte weiter, er musste schnell sein, richtig schnell, er spürte, wie sein Atem in der Brust brannte, und dann, mit einer letzten Kraftanstrengung, schwang er sich noch einmal nach vorne, sein Arm griff nach dem Arm des anderen, er zog daran, schob ihn unter dessen Brust, hob den Körper an, ganz vorsichtig. Er spürte die warme Haut, dann hielt er seinen Kopf, und der andere fing an zu strampeln.

»Ruhig!«, schrie Yacine gegen Wind und Wellen an. Dem Mann hingen seine grauen Haare wirr im Gesicht. Er war schon älter, das war gut zu erkennen, seine Haut war dunkel und voller Falten. Yacine mochte dieses Gesicht sofort – ein komischer Gedanke hier draußen auf dem Meer in dieser Situation. »Ruhig!«, rief er erneut. Der Mann war so massig, dass es schwierig war, ihn über Wasser zu halten. »Hey«, rief Yacine, »komm zu dir!«

In diesem Moment öffnete der andere tatsächlich die Augen. Sie waren hellgrau, wässrig und vom Salzwasser gerötet.

Yacine hielt den Kopf des Mannes über Wasser. Es war mühsam. So ein Kopf war der schwerste Körperteil, er hatte es in der Schule nie geglaubt. Der Mann hustete immer wieder, er musste viel Wasser geschluckt haben.

»Hey, alles okay?«

»Ich … Sie … Warum … warum? …« Die Worte kamen stoßweise, der Mann klang wütend und entsetzt, aber dann hustete er wieder, seine Stimme war tief und rau.

»Warum *was?*«

»Warum hast du mich runtergezogen?«

»Was? Ich habe dich vom Strand aus gesehen, ich wollte dich holen.«

»Jemand …«, der Mann schaute hinab ins Meer, »jemand hat mich runtergezogen. Wir haben gekämpft.«

»Was?«

Yacine bemerkte die Welle nicht, die sich von hinten näherte. Er spürte sie erst, als sie ihn und den Mann anhob. Sie fielen übereinander, jetzt schluckte auch er Wasser. Sofort kam die nächste Welle und drückte ihn runter. Er hielt den Mann an der Badehose fest, damit er nicht abtrieb. Yacine öffnete die Augen. Er sah das Licht, dort musste er hin. Mit einer Hand schwamm er, mühsam trieb er wieder nach oben und dann, endlich, an die Luft. Er spürte, wie Panik in ihm aufwallte – wie sollten sie hier je wieder rauskommen?

Der andere schaute nach oben, er schien sich auf den Rücken legen zu wollen.

»Los, Mann, los, wir müssen hier raus!«

Doch der Ältere sagte nur leise: »Wir sind zu weit draußen.«

»Was?« Yacine glaubte zu träumen. »Wir müssen ans Ufer!«

»Wir sind in der Strömung. Und ich habe keine Kraft.«

»Wir müssen …«

Auf einmal wurde die Stimme des Mannes laut, er sprach deutlich, fast trotzig. »Hör zu, Junge, du musst dich auf den Rücken legen und beten. Wir sind zu weit draußen, wir schaffen es nicht zurück. Ich bin Rettungsschwimmer. Ich weiß, wann es ernst ist. Und das hier …« Yacine schluckte, der Alte schluckte auch. »… das hier ist ganz beschissen ernst.«

Der Mann drehte sich auf den Rücken. Yacine versuchte es ebenfalls, doch es kam eine weitere Welle, und er spürte, wie sein Körper ganz schwer wurde. Seine Gedanken überschlugen sich. Eine solche Panik hatte er noch nie gespürt. Seine Hände schienen nicht mehr zu gehorchen, ebenso wenig seine

Arme, er begann zu zittern, und sein ohnehin schneller und schmerzhafter Atem schien zu explodieren.

»Ruhig, Junge!«, rief der Mann, den Yacine längst losgelassen hatte, weil er panische Angst hatte, »bleib ruhig.«

»Nein, ich muss hier raus!«, rief Yacine ihm zu und griff nach seinem Arm, er konnte ihn doch nicht hierlassen. Er schwamm los, doch der Mann riss sich los. Yacine griff wieder nach ihm und versuchte vom Fleck zu kommen, aber seine Arme ruderten ins Leere, er bewegte sich keinen Zentimeter vorwärts. Er schloss die Augen, die Panik hatte ihn nun vollständig ergriffen, und er spürte, wie ihm Tränen in die Augen stiegen, er geriet unter Wasser und begann zu husten.

»Nicht gegen die Strömung schwimmen!«, schrie der Mann. Dann begann auch er zu husten, und Yacine fühlte seinen Atem komplett außer Kontrolle geraten. Er holte immer weiter Luft, schaffte es aber nicht mehr auszuatmen, nur ein-, ein-, ein-. Er gierte nach Luft, aber es gab nur noch Wasser. Yacine sah keinen Strand mehr, kein Fitzelchen Sand, kein Land und keine Rettung. Er sah nur Wellen und Meer und Dunkelheit und die Augen des Mannes, die ihn so verzweifelt anblickten, dass Yacine es nie wieder vergessen würde.

Er griff wieder nach dem anderen. Diesmal schien dieser zu schwach, um sich loszureißen. Yacine zog ihn an der Badehose mit sich und spürte doch mit jedem Schwimmzug, dass er keinen Zentimeter vorankam. Er begann wieder zu husten, als die nächste Welle über sie schwappte. Seine Arme erlahmten. Es war wie ein Schock. Alles wurde auf einmal schwer und träge, und er hielt – unfähig zu schreien – den Mund offen vor Erschöpfung. Dann versank er zum ersten Mal so richtig, er schlug mit den Armen, aber konnte nichts sagen, nichts denken, da war nur noch Angst. Er tauchte auf und versank sofort wieder, um ihn nur noch endloses Meer. Beim nächsten Auftauchen sah er das Gesicht des anderen nah neben sich. Der alte Mann war nicht mehr verzweifelt, sondern sein Blick so entschlossen, dass Yacine sich einfach in seinen Arm sinken ließ, und dann, als er hörte: *»Calme-toi, calme-toi«*, versank er in Ohnmacht und wusste nicht, ob er jemals wieder aufwachen würde.

Kapitel 33

Als Luc das Gaspedal bis zum Bodenblech durchtrat, um den kleinen Citroën zu überholen, heulte der Motor des alten Jaguar auf. Es lief keine Musik, die Fenster waren heruntergefahren, sodass nur der Fahrtwind durchs Auto pfiff. Die Luftverwirbelungen kühlten seine erhitzten Wangen, wobei es diesmal nicht die Hitze war, die ihn schwitzen ließ.

Sie waren kurz vor Carcans, endlich, es war eine schier endlose Fahrt gewesen. Zwar hatten sie das Blaulicht auf dem Dach, aber die Bordelais, die jetzt Richtung Westen gen Strand fuhren, waren wohl zu müde oder zu fertig vom Tag, um noch in den Rückspiegel zu schauen. Jedenfalls machte kaum einer rechtzeitig Platz. Der Gegenverkehr war ebenfalls total dicht, weil die meisten Badegäste jetzt zurück in die Stadt fuhren. Luc fluchte unablässig. Ungeduldig hupte er, und endlich machten die Autos vor ihm Platz, doch kurze Zeit später ging alles von vorne los. So hatten sie fast eine Stunde gebraucht bis ins Dorf von Carcans, und gerade als Luc das Ortsschild passierte, donnerte ein Helikopter sehr tief über sie hinweg. Es schien, als würden sich sogar die Seekiefern biegen vom Luftschwall, den die Rotorblätter nach unten drückten. Es war ein gelb-roter Helikopter mit einer mehr als vertrauten Aufschrift: *Sécurité civile*. Die Luftrettung. *Merde*, flüsterte er.

Anouks Telefon klingelte so laut, dass es das Auto erfüllte, trotz des tosenden Fahrtwinds.

»Ja, Filipetti?«

Luc versuchte etwas mitzubekommen, aber die Worte am anderen Ende waren zu leise.

»Hmm …« Anouk murmelte zustimmend, dann hörte sie weiter zu.

Er war so ungeduldig, dass er zu ihr hinübersah und fast das Auto touchierte, das er gerade überholte. Er riss den Lenker herum, Anouk musste sich festhalten. Sie sah ihn fragend an. Er zuckte entschuldigend mit den Achseln, dann scherte er wieder auf seine Spur ein. Der Tacho zeigte hundertfünfzig Stundenkilometer. Endlich legte sie auf.

»So, Hugo hat die CRS erreicht. Die müssen die Pläne aus dem Jahr 2008 im Archiv suchen. Aber es gab einen Kollegen, der alle auf der Station kennt. Er wusste, dass es zwei gab, die heute noch im Einsatz sind. Sie haben die aktuellen Dienstpläne gecheckt: Der eine Kollege hat frei, aber ein anderer hatte Dienst, bis vorhin um neunzehn Uhr. Er heißt Ugo, ist achtundsechzig Jahre alt und Rentner. Er hilft im Sommer auf dem Turm aus, es gibt niemanden, der erfahrener ist als er. Abends nach Feierabend schwimmt er immer noch eine Runde.«

»*Merde*«, wiederholte Luc.

»Was?« Anouk betrachtete ihn sorgenvoll. Dann verstand sie. »Du meinst …« Sie wies an den Himmel. »Du meinst den Heli?«

»Ich bete dafür, dass ich falschliege.«

Luc holte alles Menschenmögliche aus dem Jaguar heraus, die Figur auf dem Kühlergrill schien noch energischer nach vorne zu streben.

Wie merkwürdig das war, den normalen Nachhauseweg auf einmal im absoluten Alarmzustand zurückzulegen. Anouk wählte wieder, wie schon die ganze Fahrt über, hielt eine Weile das Handy ans Ohr und ließ es wieder sinken.

»Yacine geht nicht ran«, sagte sie und versuchte beiläufig zu klingen, aber er wusste, dass sie in Sorge war. Er hatte registriert, dass sie es schon dreimal probiert hatte.

Sie rasten wieder aus dem Ort hinaus, es waren nur noch wenige Kilometer bis zum Strand. Jedes dieser Küstendörfer – Lacanau, Hourtin, Carcans – hatte ein Zentrum im Landesinneren mit Kirche, Markt, Geschäften und Rathaus. Ein Ortskern, der auch im Winter belebt war. Dann folgen ein paar Minuten weiter westlich jene Weiler, die direkt am Meer lagen. Ihre Ortsnamen trugen alle den Zusatz Plage oder Océan. Dort fand das Leben nur im Sommer statt. Läden für Strandbedarf und Dutzende Restaurants, Campingplätze, Surfschulen und nur wenige Häuser, in denen es Menschen auch im Winter aushielten. Dann war es hier kalt und rau, der Strandsand wurde vom Wind tagelang durch die Straßen gepeitscht.

Nun also rasten sie Richtung Carcans Plage. Der Weg nahm enge Kurven. Dann erreichten sie den Zeltplatz, und als Luc vor sich die Düne sah hinter den Häusern, die er alle seit seiner Kindheit kannte, wusste er, dass etwas passiert war. Der Helikopter setzte gerade zur Landung an und der Sand wurde zu einem wilden Tanz aufgewirbelt. Luc riss das Lenkrad nach links und fuhr um den Ortskern herum. Er kannte den schnellsten Weg zur Düne, und nach einer weiteren Minute parkte er den Jaguar genau am Strandübergang. Anouk klappte die Sonnenblende herunter, auf der »Police« stand, und schon rannten sie los. Von oben auf der Düne sahen sie das Knäuel aus Menschen. Schaulustige standen herum, manche hatten die Hände vors Gesicht geschlagen, andere filmten mit ihren Handys.

Und da standen die Männer aus dem Helikopter und die Rettungsschwimmer in ihren gelben T-Shirts. Sie deckten mit goldenen Folien etwas auf dem Boden ab – nein, nicht etwas, das wusste Luc, sondern einen Menschen. Luc kniff die Augen zusammen: Es waren sogar zwei. Sein Herz raste, und er rief: »Komm, Anouk!« Sie musste sich losreißen von dem Anblick, so schrecklich war er. Und dann rannten sie hinunter, vorbei an den Menschen, die sich wahrscheinlich nur den Sonnenuntergang angesehen hatten. Luc wusste nicht, wann er zuletzt mit Schuhen über den Strand gerannt war, aber heute war es so weit, und er wusste, dass er solch überflüssige Gedanken nur dachte, wenn er wirklich in Panik war.

Sie wetzten nach vorne, Anouk rief: »Machen Sie Platz: Polizei!« Sie erreichten die Wasserkante und sahen die beiden Männer, als die Sanitäter kurz Platz machten. Ein Älterer, der dasaß, den Kopf in die Hände gestützt, er rang um Luft. Und neben ihm lag er. Ein Arzt war bei ihm und versuchte seinen Mund zu öffnen. Luc stöhnte und sagte ganz leise: »Yacine.« Dann kniete er nieder und nahm die Hand des jungen Mannes, den er hier an diesen Strand geschickt hatte. Er hatte ihn noch nie so blass gesehen, ganz schmal wirkte er. Luc sah die riesige Narbe, die vom Brustbein bis zum Bauchnabel ging, ein Souvenir aus den wilden Zeiten in der Banlieue, ein Messerstich, der Yacine in der Umkleidekabine der Pariser Polizei ein sehr verruchtes Image verliehen hatte.

»Was ist passiert?«, fragte er und sah den Arzt an, der noch seinen Helm trug. Er war wohl gerade erst aus dem Helikopter geklettert und hergeeilt. Doch nicht der drahtige Mann antwortete, sondern der Ältere, der am Boden saß und immer noch keuchte.

»Er hat mich gerettet«, flüsterte er, und Luc konnte noch das Wasser in seiner Lunge hören, es rasselte bei jedem Wort. »Er hat mich über Wasser gehalten, aber dann ... hat er hyperventiliert und ist dann selbst unter... untergegangen.« Verzweifelt verbarg er seinen Kopf wieder in den Händen. »Sie ... Jemand hat mich runtergezogen ...«

»Sind Sie Ugo?«

Der Alte nickte.

Der Arzt zog Yacines Augenlider auf, dann begann er mit der Herzdruckmassage. Eins, zwei, drei, vier, fünf, sechs, sieben, acht, schnell und rhythmisch, wie aus dem Lehrbuch. Luc konnte nicht umhin, die Ruhe des Mannes zu bewundern, er hätte ihn dennoch gern beiseitegedrückt und die Rettung selbst übernommen. *Er* wollte Yacine retten, verdammt, *er* hatte ihn hierhergeschickt! Ein kurzer Seitenblick zu Anouk, sie hockte neben ihm im Sand, hatte aber die Augen geschlossen. Ihr Gesicht war pure Verzweiflung.

Luc spürte, wie er die Szene von außen sah: sich im Sand, ebenso voller Schmerz wie seine Freundin; der Arzt, der sich nun hinabbeugte, um Yacine zu beatmen; die Rettungsschwimmer wie in stiller Andacht und der völlig erschöpfte Ugo. Vor allem aber Yacine, leblos, starr, lang ausgestreckt, die Beine ein kraftloses V. Die Sonne war längst untergegangen, Kühle hatte sich über den Strand gelegt, eine Eiseskälte sogar. Luc begann zu frieren.

Alles begann wieder von vorne, Herzdruckmassage, sogar in zwei Einheiten, dann die Beatmung. Luc schloss die Augen, weil er fürchtete, der Arzt könnte sich gleich aufrichten, ihn traurig ansehen und den Kopf schütteln. Luc wollte das nicht sehen – er könnte es nicht ertragen. Nicht Yacine, nicht an diesem Strand. Niemals.

Plötzlich hörte er das Würgen und dann das Husten. Er riss die Augen auf und sah eine Wasserfontäne aus Yacines Mund schießen. Es war ein richtiger Strahl, und dann bebte der Körper des jungen Mannes, den er schon so lange kannte. Sein Blick war panisch, voller Angst, als wäre er noch immer unter Wasser, als dauerte dieser Alptraum noch immer an.

Der Arzt drehte Yacines Kopf zur Seite, damit der das Wasser nicht wieder schluckte, und nickte zufrieden. »Wir haben ihn«, sagte er leise. Die Augen des Algeriers schlossen sich wieder. Der Arzt fing Lucs besorgten Blick auf. »Das ist normal. Er ist so erschöpft, als wäre er einen Marathon gelaufen. Aber wir haben ihn. Wir müssen ihn ins Krankenhaus bringen, sofort.«

»Wohin?«

»Wir fliegen nach Bordeaux, ins CHU. Sie kennen ihn gut?«

Luc nickte. »Ja. Er ist – ein guter Freund. Und mein Kollege. Wir sind von der Police nationale.«

Der Arzt sah ihn jetzt anders an, förmlicher, so schien es Luc.

»Gut. Also, los jetzt.« Der Arzt wies die Sanitäter an, dann sagte er: »Sie können ihn morgen besuchen. Heute Nacht müssen wir ihn beobachten. In Ordnung?«

Luc nickte. »Danke, Docteur, vielen herzlichen Dank.«

»Ich glaube, hier können sich heute viele Leute gegenseitig beieinander bedanken. Das hier«, er wies auf die Szene, »hätte ganz anders ausgehen können.«

Die Sanitäter hoben Yacine auf eine sehr kleine Trage; sie musste schließlich in den engen Helikopter passen. Luc machte einen Schritt auf seinen Kollegen zu, beugte sich zu ihm hinab und flüsterte: »Du bist echt ein Teufelskerl. Du schaffst das, *mon cher*. Alles wird gut.«

Dann hoben die Männer die Trage an und trugen sie Richtung Dünenaufgang. Der Hubschrauber stand oben überm Strand, wo die Gemeinde einen Landeplatz gebaut hatte für genau solche Fälle. Luc wusste, wie viele davon es jedes Jahr gab, leider.

Sie standen auf, und Luc legte den Arm um Anouks Taille. »Er schafft es.« Ihre Worte, geflüstert. Worte, die ihn beruhigten und trösteten. Und genauso gemeint waren.

Kapitel 34

Der Strand war inzwischen fast menschenleer, die Schaulustigen hatten sich verzogen. Nur noch Rettungsschwimmer und Polizisten waren hier. Sie umringten den Mann, der am Boden saß.

»Wir sind von der Police nationale aus Bordeaux. Wir …« Luc stockte, wie sollte er all diesen Wahnsinn auch in wenigen Worten erklären?

»Und er …«, der alte Ugo zeigte auf den Helikopter, dessen Rotorblätter sich gerade wieder in Bewegung setzten, »er war zufällig hier?«

Luc schüttelte den Kopf.

»Nein. Das war er nicht. Na ja, eigentlich schon. Aber wir sind es nicht.«

Der Mann kniff die Augen zusammen. »Ich kenne Sie, Sie surfen doch öfter mal hier. Sind Sie aus dem Dorf?«

»Ja«, erwiderte Luc, der den Rettungsschwimmer auch vom Sehen kannte. »Mein Vater hat eine Cabane unten an der Düne. Und Anouk und ich, wir leben hier.«

»Ah, daher kenn ich Sie. Ich bin nicht von hier, sondern aus Arcachon. Aber ich bin schon so lange in dieser Einheit, da wechsele ich nicht mehr.«

»Können Sie aufstehen, Monsieur? Wir müssen dringend mit Ihnen reden.«

Der alte Rettungsschwimmer nickte, wischte sich durch die nassen Haare und kam mühsam wieder auf die Beine. Zwei junge Männer wollten ihn unterstützen, doch er wehrte sie unwirsch ab.

»Es geht schon, Herrgott, ich bin doch kein Rentner.«

Er stand noch ein wenig wackelig, was ihn nicht weiter zu stören schien. Aber plötzlich zog er die Stirn kraus und griff sich an die Hosentasche. »Was ist denn das?«

Luc war für einen Moment ganz gebannt, doch es war Anouk, die rief:

»Stopp, nicht anfassen.«

»Hm?« Ugo sah sie erstaunt an.

»Was da in Ihrer Tasche ist – fassen Sie es nicht an.«

Sie machte einen Schritt auf ihn zu und stülpte sich rasch einen Beweisbeutel über die Hand. »Sie erlauben, Monsieur?« Vorsichtig griff sie in die Hosentasche des alten Mannes und nahm etwas heraus, was gleich darauf in den Beutel glitt. Alle starrten darauf.

»Was hat das zu bedeuten?«, fragten Ugo und die jungen Männer im Chor.

»Das erklären wir Ihnen gleich.«

Der aufgewirbelte Sand wirkte wie ein heftiges Peeling auf ihrer Haut, als der Hubschrauber mit ohrenbetäubendem Lärm von der Plattform abhob, in wenigen Metern Höhe Schub nach vorne gab und dann übers Meer flog, um dort eine steile Kurve nach Norden einzuschlagen, ab Richtung Bordeaux. Das Wasser des Ozeans war jetzt, da das letzte Tageslicht verschwunden war, pechschwarz. Wellen waren nur an ihren kleinen weißen Schaumkronen zu erkennen. Bis zum Horizont lag der Ozean da wie eine gleichmäßige und düstere Masse. Ein feindlicher Ort, keiner für Menschen.

Kein Wunder, dachte Luc, dass die alten Leute, die früher am Ozean lebten, ihn als Gefahr betrachtet hatten. Klar, der Atlantik brachte Fische und Einnahmen, nahm ihnen aber auch immer wieder liebe Menschen, die für alle Zeit auf See blieben. Er brachte Überschwemmungen und Sturmfluten, und sie schwammen nicht darin – das Meer war kein Platz für Vergnügungen. Erst vor achtzig, neunzig Jahren, als die Sommerfrischler die Küstenorte entdeckten, hatte sich das geändert.

Sie sahen dem Helikopter noch eine Weile nach.

Als der Lärm verklungen war, sagte Anouk: »Ich bringe die Muschel dem Gendarmen oben an der Düne, dann kommt sie schnell ins Labor. Wahrscheinlich sind wieder keine Spuren drauf, wegen des Salzwassers.«

»Wer weiß. Du warst auf jeden Fall reaktionsschneller als ich«, erwiderte Luc und berührte sie sanft an der Schulter.

»Wollt ihr euch schon mal oben zu Gaston setzen? Dort kriegen wir vielleicht noch was Warmes zu trinken. Ich komme gleich nach.« Sie wies auf das Restaurant hinter der Düne.

»Na, ich brauche wohl eher etwas Starkes als etwas Warmes«, erwiderte Ugo, und seine Stimme hatte wieder diesen rauchigen und wohligen Klang. »Gehen wir.«

Luc wandte sich kurz zu den jungen Rettungsschwimmern um. »Kommen Sie doch mit uns, wir haben auch einige Fragen an Sie.«

Die drei nickten, packten ihre Sachen zusammen, und dann setzte sich die kleine Gruppe in Bewegung. Es waren nur noch wenige Leute am Strand, zwei oder drei Paare, die auf der Düne saßen oder lagen und sich küssten. Die Sonnenuntergangsanbeter und die Schaulustigen hatten sich längst verzogen.

Sie nahmen den steilen Anstieg. Ugo lief so zügig und

gleichmütig durch den Sand, der sich vor ihnen auftürmte, als wäre er Anfang zwanzig und nicht erst vor wenigen Minuten fast ertrunken. Dieser Mann war ein Phänomen.

Erleichtert sah Luc, dass in Gastons Restaurant noch Licht brannte. Es saßen auch tatsächlich noch einige Gäste auf der Terrasse. »Gehen wir rein«, sagte er, »da sind wir ungestört.«

Er spürte das Vibrieren in der Hosentasche. Vorhin schon hatte er mehrere Nachrichten erhalten. Nun griff er danach und las die dringliche Frage von Robert, dem Journalisten:

Luc, nun sag schon, was ist da los am Strand von Carcans? Ich halte noch die Titelseite frei, die Druckerei wartet.

Der Commissaire zog genervt die Augenbrauen hoch und steckte das Handy weg.

»*Mon cher!*«, rief Gaston, als er Luc sah. »Was ist los? Hab den Heli gehört.«

Sie gaben sich die drei *bises*, dann winkte Gaston Anouk zu, die vom Wagen der Gendarmerie kam. Den Rettungsschwimmern schenkte er ein freundliches Lächeln.

»In der Tat gab es einen Badeunfall. Wir müssen noch kurz miteinander reden.«

»Dass die Schwimmer aber auch so unvorsichtig sind«, schalt Gaston, »wir wissen alle, dass man bei Dunkelheit nicht ins Meer geht. Bestimmt jemand aus Bordeaux?«

»Paris«, erwiderte Luc und zog eine Augenbraue hoch. Anouk nahm neben ihm Platz.

»Is ja noch schöner«, erwiderte Gaston. »Was wollt ihr trinken?«

»Bier?« Die Rettungsschwimmer sahen sich an.

»Ja, drei Bier.« Es war Ugo, der bestellte. »Und ich nehm einen Cognac dazu auf den Schreck.«

»Zwei«, sagte Luc und sah Anouk fragend an. »Drei«, sagte sie grinsend.

»Kommt sofort.«

Gaston verschwand, und Luc sah ihm einen Augenblick nach. Er hatte ein schlechtes Gewissen, weil er seinem alten Freund nicht gesagt hatte, welcher Pariser fast ertrunken wäre – weil Gaston Yacine von seinen vorherigen Aufenthalten natürlich kannte. Aber die Information, dass ein Serienmörder am Werk war und Yacine ihm fast zum Opfer gefallen wäre, hätte der alte Wirt wohl nur schwer verdaut – und am nächsten Tag hätten die Spatzen die Nachricht in ganz Carcans von den Dächern gepfiffen.

Deshalb hielt er seine Fragen auch zurück, bis der Wirt die Getränke serviert hatte: große, beschlagene Gläser mit dem Meteor-Bier aus dem Elsass, das Luc so mochte, und kleine bauchige mit einer hellbraunen, fast goldenen Flüssigkeit, die sich ölig an den Rändern abzeichnete. Es waren keine hundert Kilometer, die sie hier an der Atlantikküste von der Stadt Cognac und ihren Weinbaugebieten trennte. Es war ein kleines Städtchen im Landesinnern, schon im Département Charente gelegen. Umgeben war Cognac von herrlichen Weinfeldern, Weißwein, um genau zu sein. Die vorherrschende Rebsorte war Ugni Blanc, ein leichter, säurebetonter Wein, der viel zu dünn war, um den langen Transport in andere Länder zu überstehen. Damit bei den Importeuren also nicht nur ungenießbare Plörre ankam, begannen sie vor etwa dreihundert Jahren den Wein zu einem starken Brand zu destillieren, der dann wieder mit Wasser verdünnt wurde, um ihn trinkbar zu machen. Erst seit hundert Jahren trank man ihn pur; der Genuss von Cognac war chic geworden. Je älter, desto teurer, war die Devise – manche Cognacs enthielten Auszüge, die über hundert Jahre alt waren. Das machte die Flaschen allerdings unbezahlbar.

Luc nahm sein Glas und stieß erst mit Anouk und dann mit Ugo an.

»Na, ich trinke auf euch, Jungs«, sagte der Alte und nickte den Rettungsschwimmern zu, die ihrerseits mit den Biergläsern anstießen, »und auf euren Kollegen. Ich bin jedenfalls froh, noch mal was anderes trinken zu können als Salzwasser. Herrje, war das knapp.«

»Wir sind froh, dass wir Sie noch unter uns haben«, sagte Anouk lächelnd. Dann probierte sie ihren Cognac, und Luc tat es ihr nach.

Der erste Schluck war tatsächlich äußerst ölig und von einer Schärfe, die Luc sofort tief durchatmen ließ. Er hatte gar nicht gewusst, wie kalt ihm da draußen gewesen war. Jetzt spürte er sofort die Wärme, die ihn durchfloss. Auf die Zunge legten sich kräftige Holznoten, und auf einmal war der Cognac gar nicht mehr scharf, sondern wurde weich und aromatisch. Sogar der Weißwein war herauszuschmecken, eben als dunkler Brand, aber es war ein ganz und gar wunderbarer Cognac, den Gaston hier servierte. Mit einem Seitenblick sah er, dass Ugo die Augen geschlossen hatte und den Geschmack genoss. Sein Glas allerdings hatte er in einem Zug geleert.

Luc wollte ihm noch etwas Zeit geben, deshalb wandte er sich zuerst an die Rettungsschwimmer. »Was ist denn genau passiert? Haben Sie unseren Freund gerettet?«

»Er hat Ugo gerettet«, sagte der augenscheinlich Älteste von den dreien, der aber selbst höchstens fünfundzwanzig Jahre alt war. »Wir hatten längst Feierabend. Wenn Sie hier wohnen, wissen Sie ja, dass wir um sieben aufhören. Ugo geht aber immer noch schwimmen nach so einem langen Tag. Na ja, und wir saßen alle oben auf der Düne, da ist unser Haus, wo wir die Autos parken und die Utensilien lagern. Dort haben wir noch ein paar Bier getrunken. Und auf einmal kommt ein Typ hochgerannt und ruft: *Da unten braucht jemand Hilfe!* Wir haben gedacht: Hä? Um diese Zeit? Uns war ja klar, dass es nicht Ugo sein konnte, der ist ein viel zu erfahrener Schwimmer. Dann haben wir uns Bretter und Bojen geschnappt und sind runter. Der Mann hat uns zu seinem Freund geführt, und der hat aufs Meer gezeigt. Die hatten Gott sei Dank die Position markiert – ey, echt alles richtig gemacht. Die Wellen waren richtig hoch, und die beiden Männer, die wir zum Glück sehen konnten, waren weit draußen. Ich hab über Funk sofort die Luftrettung alarmiert. Die hat ihre Basis in Lacanau – und ich hatte Glück, da war noch jemand. Die Kollegen hatten auch gerade ihren Feierabend-Apéro. Sie wissen das ja sicher, abends schwimmt hier eigentlich niemand mehr. Alle wissen, wie gefährlich das ist ohne Überwachung. Der Hubschrauber hat sofort abgehoben, aber uns war vollkommen klar, wir müssen rein. Wir haben uns mit Leinen gesichert, und John ist am Ufer geblieben, um uns im Notfall zurückziehen zu können. Wir beide, Nathalie und ich, sind rein mit den Surfboards. Sie sind bei diesem Wellengang unsere Lebensversicherung. Wir sind gegen die Wellen angepaddelt, es hat sich angefühlt wie eine Ewigkeit. Die waren so weit draußen, und die Strömung war so stark. Na ja, als wir ankamen, haben wir nur noch einen Mann über Wasser gesehen: Ugo. Ich habe seinen Namen gerufen, aber er ist schon wieder untergetaucht und hat ihren Kollegen schließlich hochgezogen. Den habe ich mir aufs Brett gelegt. Nathalie hat Ugo auf ihr Brett geholfen, und dann sind wir alle zusammen in Richtung Land gepaddelt. Es hat bestimmt noch mal drei Minuten gedauert. Zum Glück war der Heli schon da, und der Arzt konnte sofort mit der Wiederbelebung beginnen.«

Der alte Rettungsschwimmer hatte während des Berichts seines Kollegen die Augen geschlossen. Die Bilder seiner eigenen Rettung waren wohl noch zu frisch. Nun sprach der Commissaire ihn an.

»Bitte sagen Sie uns, was dort draußen passiert ist, ja?«

Ugo atmete einmal tief durch und musste wieder husten. Als er sich beruhigt hatte, erzählte er mit seiner tiefen, wohlklingenden Stimme, die die Zuhörer sofort in ihren Bann zog.

»Ich gehe jeden Abend im Sommer noch mal ans Meer. Das ist für mich der schönste Moment des Tages, weil ich dann die Anspannung und den ganzen Stress einfach wegschwimmen kann. Wissen Sie, ich bin ja längst in Rente – aber ich bin quasi süchtig nach diesem Augenblick und kann die Arbeit nicht lassen. Die vielen Geräusche den ganzen Tag, die sengende Sonne, aber auch die Momente, in denen wir wirklich jemanden retten müssen, das ist alles ganz schön viel. Und dieses Schwimmen am Abend, das gibt mir die Kraft, am nächsten Morgen wieder herzukommen. Und so hätte es auch heute Abend sein sollen. Es war ein ruhiger Tag, die Wellen waren nicht hoch, es ging so gut wie kein Wind. Es war nicht viel los. Aber ich hatte dennoch mehr zu tun als sonst, weil mein Kollege Xavier bei der Taufe seiner Nichte war. Deshalb habe ich den Turm geleitet.« Wieder musste der alte Mann husten.

Als der Anfall abgeklungen war, fuhr er fort: »Wir hatten viel Nordwind in den letzten Tagen, das Meer war ungewöhnlich kalt für diesen heißen Sommer. Aber jetzt war es endlich wieder angenehmer, also bin ich schnell rein und habe den ruhigen Abend genutzt, um weit hinauszuschwimmen. Das würde ich bei höheren Wellen natürlich niemals machen. Ich habe mich auf den Rücken gedreht und den blauen Himmel angesehen. Die Wellen sind unter mir hindurchgerollt, es war herrlich. Ich sehe den Moment noch vor mir, ich fühlte mich wie schwerelos. Und dann waren da Luftblasen – und mir war, als würde ich etwas unter mir hören. Dann ging alles ganz schnell.

Jemand hat mein Bein gepackt und mich nach unten gezogen. Ein unglaublich starker Griff, wie ein Schraubstock – und weil es so schnell ging, hatte ich gar nicht die Chance, vorher Luft zu holen, ich war blitzschnell mit dem Kopf unter Wasser. Ich schluckte Wasser und versuchte diese unheimliche Kraft zu fassen zu kriegen. Die Sonne war schon kurz vorm Versinken, unter Wasser war es total dunkel, ich habe … Ich habe überhaupt nichts gesehen. Und dann bin ich in Panik geraten. Ich habe verzweifelt versucht wieder hochzukommen, das hat auch geklappt, einmal zumindest, ich bin mit den Armen voran nach oben. Das war wahrscheinlich der Moment, in dem mich Ihr tapferer Kollege gesehen hat …« Der alte Mann hatte feuchte Augen. »Ich hoffe so sehr, dass er es schafft.«

»Wir alle, Ugo, wir alle.«

»Er hat mich gerettet, er hat mir schlicht und einfach das Leben gerettet. Ich hatte mich schon vom Himmel verabschiedet.« Er schluckte und sagte dann heiser: »Er ist geschwommen wie ein Wilder. Ich wusste, ich habe nur noch Sekunden, aber dann war er da und hat mich hochgezogen, und in dem Augenblick, als er bei mir war, lockerte sich der Griff, und sofort waren meine Beine frei. Ich konnte mich wieder bewegen und habe gespürt, wie mein Atem ruhiger wurde. Die Panik ließ nach, aber es setzte auch gleich die reale Angst ein. Ich wusste ja, wie weit wir mittlerweile rausgetrieben worden waren – und auch, dass es fast unmöglich sein würde, wieder an Land zu kommen. Das Meer war nicht mehr so ruhig wie eine halbe Stunde zuvor, und die Unterströmung … Na ja, und dann haben wir uns eben aneinander festgehalten, bloß dann …« Jetzt versagte seine Stimme wieder, und er brauchte einige Momente, bis er wieder sprechen konnte. »Dann bekam Ihr Kollege Panik – und ich hatte nichts, um ihn zu retten. Wissen Sie, wenn jemand Panik hat, dann schlägt er wild um sich. Wir würden nie einen

Ertrinkenden ohne Werkzeug retten, er würde uns einfach mit in die Tiefe reißen. Deshalb wusste ich, dass wir wohl beide draufgehen würden. Ich durfte ihn auf keinen Fall berühren – das wäre unser sicherer Tod gewesen.«

»Aber dann kamen die Kollegen …«

»Ich habe nur noch gebetet«, sagte der alte Mann, »und Gott hat mich erhört. Aber was glauben Sie, was war das? Oder besser wohl: Wer hat mich da hinuntergezogen?«

Luc trank einen Schluck, dann beugte er sich zu dem Mann vor. »Sie sind zu lange Rettungsschwimmer, um an Seeungeheuer in der Tiefe zu glauben, oder? Es war tatsächlich *jemand.*«

»Aber warum sollte mich jemand in die Tiefe ziehen wollen?« Der Mann sah ihn fassungslos an.

Luc entschied, dass es Zeit war, die Wahrheit zu sagen – und zwar in aller Deutlichkeit.

»Weil dieser jemand schon zwei Menschen ertränkt hat – und Sie sollten der dritte sein. Die Muschel in Ihrer Tasche ist der Beweis.«

JEUDI, 14 JUILLET

VOYAGE DANS LE TEMPS
—
ZEITREISE

Kapitel 35

»Jemand will mich ertränken und steckt mir dann eine Rasiermessermuschel in die Tasche?«

»Quasi als Signatur, genauso ist es«, bestätigte Luc. »Wie es aussieht, ist er als Taucher ins Wasser gegangen, sicher mit einer Sauerstoffflasche, und hat sich Ihnen genähert. Jeder, der oft in Carcans Plage den Strand besucht, wird wissen, dass Sie am Abend nach der Schicht noch einmal schwimmen gehen – es ist also ein Kinderspiel, draußen auf Sie zu warten und Sie dann unter Wasser zu ziehen. Er kann danach überallhin abhauen, der Strand ist kilometerlang, er kann sich eine unbeobachtete Stelle suchen, seine Taucherkluft ausziehen und einfach in den Dünen verschwinden. Wir bräuchten drei Helikopter, um das ganze Gebiet abzusuchen.« Luc stockte. »Nur mit Yacine hat der Täter nicht gerechnet.«

»Aber warum? Warum sollte jemand das tun?«

»Wir hoffen sehr, dass wir das jetzt mit Ihrer Hilfe herausfinden«, erwiderte Anouk. »Sie wären das dritte Opfer gewesen. Und wir glauben, dass Sie nicht das letzte sein sollten. Wir wissen nur noch nicht, warum.«

»Ich … Das ist ja …« Der alte Mann war sprachlos, und auch

die jungen Rettungsschwimmer saßen blass und ängstlich auf ihren Stühlen.

»Wir haben bisher zwei Opfer – haben Sie noch nichts davon gelesen? Es sind doch ihre alten Kollegen.«

»Ich …« Ugo senkte den Kopf. »Ich lese die Zeitung seit Jahren nicht mehr; das, was ich hier mitunter erleben muss, weil wir doch nicht schnell genug waren, reicht mir. Mehr Schlimmes muss ich von der Welt nicht wissen.. Ich bin hier am Strand – und wenn ich nicht hier bin, gehe ich im Wald laufen oder lese Bücher. Ich habe nur gehört, dass ein Mann aus Pauillac auf der Fähre umgekommen ist. Aber mehr …«

»Es war Benjamin Forestier.«

»Benjamin …« Der alte Rettungsschwimmer hob den Kopf und zog die Stirn in Falten. »Ja, der Name sagt mir etwas – aber sie müssen verzeihen, Commissaire, ich war so lange in diesem Beruf, und wir hatten jedes Jahr ein Dutzend neue junge Leute. Ich kann mir nicht alle Namen merken. Aber dieser Benjamin, doch, das ist der Maler aus Pauillac, oder? Wir haben irgendwann kurz nach der Jahrtausendwende zusammengearbeitet oder …«

»2008 und 2009 war er auf dem Turm.«

»Ah ja … Ja. Da war ich schon knapp fünfzehn Jahre Leiter der Rettungseinheit. Xavier hat mich dann 2011 abgelöst.«

»Die andere Tote ist Lisa Dupuy.«

»Lisa … das … Der Name sagt mir auch was, aber ich erinnere mich nur dunkel … Sicher weiß Xavier sofort, um wen es geht. Der hat ein viel besseres Gedächtnis als ich.«

Luc atmete einmal tief durch und trank noch einen Schluck Bier, dann sagte er:

»Beide wurden ertränkt, Lisa in ihrer eigenen Badewanne, und ich kann mir nicht viele Möglichkeiten vorstellen, warum das geschehen ist – so krass und so kaltblütig. Es gibt eigentlich nur einen guten Grund.«

Der Rettungsschwimmer sah ihn mit erschrockenen Augen an.

»Sie meinen Rache. Oder, Commissaire?«

Luc nickte. »Ja, das meine ich.«

»Jemand will sich rächen. Aber warum?«

»Wir denken, dass der Schlüssel ein Zwischenfall im Jahr 2008 sein muss – denn nur in diesem Jahr haben Sie alle gemeinsam am Strand von Carcans Plage gearbeitet. Wir müssen herausfinden, was damals so Schlimmes passiert ist, dass sich jemand an Ihnen rächen will. Ugo, bitte denken Sie nach: Gab es einen tragischen Todesfall? Gab es ein Unglück? Alles, was Ihnen jetzt in den Sinn kommt, kann uns helfen.«

»*Mon dieu*, Commissaire, wissen Sie, wie viele Unglücke und Beinaheunglücke es hier gibt? Jeden Tag? Wie viele Leute wir retten müssen? Sie kommen doch von hier.«

»Ich weiß, aber sind es wirklich so viele, bei denen es ein fatales Ende nimmt?«

»An Tagen wie heute sicher nicht. Aber wenn die Wellen hoch sind, dann ist auch die Rückströmung groß, dann kommen Sie als Rettungsschwimmer gar nicht mehr aus dem Wasser raus. Und nicht immer sind Sie schnell genug. Wissen Sie, wie viele Leute jedes Jahr an dieser Küste in Probleme geraten? Letztes Jahr waren es fast zweihundert. Das ist die schlimmste Bilanz in ganz Frankreich. Und fast fünfzig von ihnen sind gestorben.« Jetzt hatte sich Ugo in Rage geredet. »Spätestens im August gibt es keinen Strand und keine Rettungsschwimmerstation mehr, die nicht mehrere Tote gesehen hat. Es ist wirklich ein Problem, dass die Leute den Ozean unterschätzen. Und wir können nicht überall gleichzeitig sein.«

»Das verstehe ich, Monsieur. Und es sind auch nicht wir, die Ihnen einen Vorwurf machen. Ich würde nur gern wissen, ob Sie sich an 2008 erinnern können.«

»Ich … Ich muss nachdenken … Die Jahre verschwimmen, auch wenn es einige Unglücke gibt, die mich besonders aufgewühlt haben. Letztes Jahr ist fast eine ganze Familie ertrunken, bis auf die Mutter, die am Strand saß und das Drama mit ansehen musste. Aber sie sind alle zu weit entfernt vom Rettungsturm ins Wasser gegangen. Wir kamen viel zu spät, als die Frau um Hilfe rief. Drei Kinder und der Vater … So was vergessen Sie nie.«

Luc und Anouk schwiegen betroffen. Die Geschichte und die Bilder dazu, die sie beide aus der Zeitung kannten, waren ein schreckliches Déjà-vu. Ein verwaister Sonnenschirm an einem einsamen Strand – furchtbar.

»Wir sollten Xavier dazuholen«, sagte Ugo, »vielleicht ist er schon aus Nizza zurück; er wollte den letzten Zug nehmen. Vielleicht können wir uns alle in der Baracke der Rettungsschwimmer treffen.«

»Auf keinen Fall«, erwiderte Luc mit entschiedener Stimme.

»Hm?« Anouk und die Rettungsschwimmer sahen ihn fragend und erstaunt an.

»Bisher weiß der Täter nicht, dass wir wissen, hinter wem er her ist. Er glaubt, dass irgendein Badegast zufällig einen ertrinkenden Mann gesehen hat und losgeschwommen ist. Ein dummer Zufall, der seinen Plan vereitelt hat. Er wird den Heli gesehen haben – und vielleicht hat er uns, nachdem er an Land geschwommen ist, sogar beobachtet. Aber er weiß nicht, dass wir schon eins und eins zusammengezählt haben. Deshalb sollten wir uns auf keinen Fall in der Rettungsschwimmerhütte treffen. Es muss alles ganz normal weiterlaufen.« Luc machte Gaston ein Zeichen und bestellte eine neue Runde Bier. »Ich würde sogar noch weitergehen. Können Sie hier kurz sitzen bleiben? Ich muss kurz rausgehen und telefonieren.«

Luc stand auf und ging hinaus, nach fünf Minuten kam er

wieder. Natürlich hatte Robert Dubois noch nicht geschlafen. Er hatte im Büro gewartet, weil er ahnte, dass Luc sich noch melden würde.

Anouk sah ihren Freund fragend an, doch der nickte nur und sagte leise: »Ich hab nur dafür gesorgt, dass auch nach dem Aufwachen niemand weiß, was genau hier geschehen ist.«

Dann wandte er sich an Ugo: »Wo wohnt Xavier Durand?«

»In Bordeaux. Er fährt jeden Tag hierher.«

»Gut, das passt perfekt. Können Sie ihn anrufen und informieren, dass wir ihn morgen um acht gern im Hôtel de Police treffen würden? Sie bitte auch, Ugo. Und eigentlich würde ich Sie gerne ab sofort unter Polizeischutz stellen, weil wir …«

»Papperlapapp!«, fuhr der Rettungsschwimmer dazwischen. »Ich lasse mich doch nicht bewachen. Was meinen Sie – dass er heute Nacht in mein Haus kommt und versucht, mich im Waschbecken …« Er brach abrupt ab. »Oh«, murmelte er betroffen, »ich habe nicht an die arme Lisa gedacht … Tut mir leid.« Er bekam wieder feuchte Augen, und Anouk legte ihm beruhigend die Hand auf seine. »Ist schon in Ordnung, Ugo, ich glaube, es war vielleicht etwas viel für heute. Passen Sie auf, wir machen es so: Ein Gendarm fährt Sie nach Hause – und wenn er ein- oder zweimal in der Nacht bei Ihnen Patrouille fährt, dann wird Sie das ja nicht übermäßig einschränken, oder?«

Noch während seine Tränen flossen, lächelte Ugo und nickte.

»Dann sehen wir uns morgen früh im Hôtel de Police. Und Sie …«, Luc schaute die jungen Rettungsschwimmer an, »Sie starten morgen ganz normal Ihren Dienst. Der Turm öffnet um zehn, oder?«

Die jungen Leute nickten.

»Gut. Dann seien Sie pünktlich und lassen Sie sich nichts anmerken. Business as usual. Einverstanden?«

Wieder ein einstimmiges Nicken, diesmal etwas zögerlicher. Luc senkte die Stimme und lächelte.

»Machen Sie sich keine Sorgen. Ihnen wird nichts passieren. Wir sind alle vor Ort. Auch wenn Sie uns nicht sehen können. Und nun ab mit Ihnen nach Hause und ins Bett, es war ein langer Tag. Anouk, du kümmerst dich um Ugo?«

Die Commissaire nickte und stand auf, um den Rettungsschwimmer hinauszubegleiten. Luc trat an den Tresen, hinter dem Gaston Gläser polierte.

»Und? Sah sehr ernst aus, euer Gespräch.«

»Das war es, *mon cher*. Bete mit mir, dass ich eben die richtige Entscheidung getroffen habe.«

»Davon bin ich überzeugt, Luc.«

Der Commissaire wollte sein Portemonnaie zücken, doch der Patron winkte ab. »Die *maîtres-nageurs* zahlen hier nie etwas – und du auch nicht, jedenfalls nicht heute Abend. Verstanden? Also, schwirr ab. *À demain*, Luc.«

»*À demain, mon ami.*«

Der Commissaire trat auf die inzwischen leere Terrasse. Aus der Ferne drangen Bässe herüber, in der Bar Apérock schien noch der Bär zu steppen. Wie gern wäre er jetzt mit Yacine dort, ausgelassen, sorgenfrei.

Er legte den Kopf zurück und blickte in den sternenklaren Himmel. Hier, in diesem Dorf, in dem spätnachts nahe der Düne niemand mehr unterwegs war, gab es keine Lichtverschmutzung wie in Bordeaux. Deshalb leuchteten die Sternbilder so hell, als wären sie zum Greifen nah: der Große und der Kleine Bär, Kassiopeia. Es war, als blickte man auf ein astronomisches Schaubild, das zugleich so atemberaubend romantisch wie ein Gemälde war. Ein Lächeln glitt über sein Gesicht. Trotz all der Anspannung war er jetzt, in diesem Augenblick, sicher, dass alles gut werden würde. Eine ordentliche Brise leerte ihm in Sekundenschnelle den Kopf und erfrischte ihn. Was für ein schöner Moment.

Auf dem Weg zur Cabane nahm er sein Telefon aus der Hosentasche. Ein letzter Anruf für heute. Hugo nahm sofort ab.

»Ich würde dir gern den Titel ›Mitarbeiter des Jahres‹ verleihen, du Unermüdlicher – aber da Anouk deine Chefin ist, kann ich das leider nicht.« Er hörte den Capitaine am anderen Ende der Leitung lachen.

»Eigentlich bin ich nur noch hier, weil ich Angst habe, mich so hinters Steuer zu setzen. Ich will nämlich ungern auf der Rocade die Leitplanke austesten.«

»Dann hau dich lieber im Büro hin, *mon cher*. Wir treffen uns morgen schon um acht Uhr. Aber kannst du mir noch einen Gefallen tun, einen Allerletzten?«

»Jeden, *mon commissaire*.«

»Besorg die Akten von der CRS – alle Unglücke und Todesfälle am Strand und im Meer zwischen Lacanau und Hourtin in den Jahren 2007 bis 2009. Ich möchte es mir etwas großflächiger ansehen. Die sollen eine Nachtschicht einlegen, wenn's sein muss, und einen Kurier schicken. Ich will die Akten morgen früh im Büro haben. In Ordnung?«

»Sie werden morgen früh hier sein, ich rufe gleich an.«

»Du bist der Beste.«

Dann legte Luc auf. Es war ein Uhr dreißig. Er stellte den Wecker auf fünf Uhr. Dreieinhalb Stunden würden heute reichen müssen. Er sah, dass Anouk Aurélie zu ihnen ins große Bett geholt hatte. Ein Glück. Er hatte die Kleine so vermisst, und er liebte es, zum Klang ihres Atmens einzuschlafen, auch wenn sie sich nachts hundertmal im Schlaf drehte und er immer wieder ihre kleinen Füße im Gesicht oder in den Rippen hatte. Er schaffte es gerade noch, seinen beiden Lieblingsmenschen einen Kuss zu geben, dann fielen ihm schon die Augen zu.

Kapitel 36

»Wie geht es dir?« Luc sagte nur diese vier Worte, als er am nächsten Morgen das Krankenzimmer betrat. Es war sein erster Weg an diesem Tag. Anders als sonst war er nicht schon früh an den Strand gegangen, um die Wellen zu sehen. Als Allererstes musste er wissen, wie es Yacine ging. Deshalb war er früh aufgebrochen, hatte bei Gaston einen kleinen, starken Kaffee getrunken und war dann mit den Pendlern Richtung Bordeaux gefahren. Da August und damit Urlaubszeit war, hatte es keinen Stau gegeben. Nun stand er am Krankenbett in der sechsten Etage des Universitätsklinikums.

Yacine war bereits wach und hatte sich sichtlich gefreut, als Luc hereinkam, aber er wirkte immer noch blass und schwach.

»Besser, mein Lieber, besser«, antwortete er, und seine Stimme klang überraschend kräftig. »Ich fühl mich noch ziemlich Marmelade, aber du weißt ja: Unkraut vergeht nicht. Da, wo ich herkomme …«

»… da hast du schon Schlimmeres überstanden, ich weiß. Aber ehrlich, *mon cher,* das war richtig knapp.«

Yacine nickte und wandte den Blick ab, als müsste er sich sammeln. Der Commissaire sah, wie sich sein Adamsapfel auf- und abbewegte. Als Yacine sich wieder umdrehte, hatte er feuchte Augen.

»Boa, ehrlich …«, murmelte der junge Polizist, seine Stimme war tränenerstickt, »ich hab echt schon viel Scheiß erlebt, aber da draußen, da dachte ich, ich sterbe. Jetzt aber echt. Das war so krass. Alle Kraft war aufgebraucht, und der arme alte Mann, der hatte auch keine Kraft mehr, das war so furchtbar. Ich hab … Ich hab hyperventiliert, und danach weiß ich gar nichts mehr.« Er verstummte.

Luc wusste nicht, wann er Yacine das letzte Mal weinen gesehen hatte – oder ob es überhaupt schon einmal vorgekommen war.

»Als ich da draußen war, im Dunkeln … und gespürt hab, wie das Wasser an meinen Beinen zog, da dachte ich: *Jetzt ist es aus*. Das war so ein starker Sog, ich … Ich hab gedacht …« Er sah Luc an und lächelte auf einmal bitter. »Ich hab gedacht, ich hab noch nie New York gesehen, aber jetzt treibe ich wenigstens als Wasserleiche an der Freiheitsstatue vorbei … Das kann doch passieren, oder? Dass man nie wiedergefunden wird, weil der Golfstrom einen mitnimmt?«

Luc griff nach der Hand seines Freundes. »Ja, das kann passieren, mein Lieber. Ist es aber nicht. Und ich bin gottfroh darüber.«

»Na, frag mich mal.«

»Du bist rausgeschwommen, weil du ihn gesehen hattest?«

»Ja.« Yacine nickte. »Da war diese Bewegung, als alle zum Sonnenuntergang geguckt haben. Ich habe das gesehen und wusste, ich muss da raus. Dabei bin ich echt kein guter Schwimmer.«

»Du hast das Richtige gemacht. Ohne dich wäre der Mann jetzt tot. Du weißt noch nicht, wer er war, oder?«

»Nein, keine Ahnung. Ein alter Mann, der um die Uhrzeit schwimmen gegangen ist. Ein Verrückter offenbar. Er hat mir erzählt, jemand habe ihn nach unten gezogen.«

Luc atmete tief durch, dann nickte er.

»Was?« Yacine setzte sich im Bett auf und kratzte sich an der Stirn. »Echt jetzt? Den wollte jemand …«

»Er sollte das dritte Opfer sein. Unser drittes Opfer. Nach Benjamin Forestier auf der Fähre und der armen Lisa in ihrer Pariser Badewanne. Und auch er sollte …«

»… ertrinken«, beendete Yacine den Satz tonlos. »Aber warum?«

»Ich wollte dich anrufen, als wir drauf gekommen sind. Aber da warst du schon am Strand und hast dein Handy nicht mehr gehört. Und dann sind wir einfach losgefahren.«

»Ihr wart auf dem Weg zu mir?«

»Ich stand am Strand.« Lucs Stimme brach. Er ließ sich auf dem Bett nieder und berührte Yacine am Arm. »Anouk und ich standen am Strand und haben gesehen, wie der Arzt dich wiedergeholt hat.«

Yacine blickte ihn einige Augenblicke fassungslos an, und Luc sah, wie sich seine Augen wieder mit Tränen füllten. »Sie haben mir gesagt, dass ich eine Weile tot war«, sagte Yacine. »Aber dass du dabei zusehen musstest …«

»Der Mann, den du gerettet hast …«

»Hab ich nicht, ich wäre selbst fast draufgegangen und er auch …« Der junge Algerier setzte eine trotzige Miene auf.

»Nein, das stimmt nicht, Yacine«, erwiderte Luc fest, »ohne dich wäre Ugo ertrunken.«

»Ugo?«

»Das dritte Puzzleteil. Ugo, ein Rettungsschwimmer.«

»Der Mann ist Rettungsschwimmer?«, fragte Yacine ungläubig.

»Ja, seit vierzig Jahren. Deshalb ist er auch so gut in Form. Aber gegen diese Sache gestern Abend konnte nicht mal er etwas ausrichten.«

»Erzähl jetzt genau, was passiert ist.«

Luc wandte den Kopf zum Fenster und erzählte seinem jungen Kollegen und Freund ausführlich, was Ugo wiederum ihnen erzählt hatte: dass er rausgeschwommen war, ein Stück nur, aber dann wie in einem Klammergriff nach unten gezogen wurde, von einem Taucher, der mit Flossen und Flasche die Strömung genutzt hatte. Und dass er immer wieder unter Wasser gehalten wurde, um ihn schließlich dem Meer zu überlassen. Dass Yacine den Täter davon abgehalten habe, sein Werk zu vollenden und am Ende beide Männer fast gestorben seien.

»Nur weil du die Leute am Strand informiert hast, Yacine, konnten sie Hilfe holen und dich vor allem weiter beobachten. Das hat euch gerettet. Du hast euch gerettet.«

»Das ist …« Yacine konnte den Satz vor Erstaunen nicht beenden. »Und warum wollte jemand diesen Ugo umbringen?«

»Aus demselben Grund, weshalb Madame Dupuy und Monsieur Forestier nun tot sind. Leider wissen wir noch nicht, wer genau der Täter ist. Ugo hat, wie gesagt, fast vierzig Jahre bei der CRS auf dem Buckel. Eigentlich hat er in Arcachon in der Brigade nautique auf einem Boot gedient, aber immer in der Sommersaison hat er Dienst in Carcans Plage. Und nur in einem Jahr hatten alle drei zusammen Dienst auf der Station. Das war 2008.«

»Alle drei zusammen?«

»Ja. Auf einem Wachturm sind sie in der Sommersaison immer zu viert: zwei altgediente Beamte der Polizei und zwei junge Leute, Studenten, Aushilfskräfte. Sie müssen einen schwierigen Einstellungstest bestehen und dürfen dann gegen gutes Geld einen Sommer lang am Strand arbeiten und Leute retten. Lisa Dupuy hat dieses Talent dann sogar zum Beruf gemacht, im Molitor.«

»Mann, was für ein krasser Beruf. Nach der Nummer gestern habe ich tausendmal mehr Respekt vor denen als ohnehin schon.«

»Und jetzt …«, setzte Luc gerade an, als Yacine ebenfalls anfing zu sprechen.

»… müssen wir rausfinden, was 2008 Entscheidendes passiert ist, dass jemand so viele Jahre später alle Rettungsschwimmer des Turmes töten will.«

»Ich kann dir nichts mehr beibringen«, sagte Luc lächelnd.

»Habt ihr die Akten schon?«

»Hugo hat sie über Nacht von der CRS in Cenon angefordert. Ugo sagt, es gebe jeden Sommer tragische Unglücke – an 2008 erinnert er sich nur noch schwach.«

»Passiert echt so viel an diesen Stränden?«

»Jährlich sind es zwischen zwei- und dreihundert Menschen, die am Atlantik in Not geraten.«

»So viele?«

»Ja, in der Sommersaison sind es drei bis vier pro Tag. Es ist wirklich …« Luc hatte gewusst, dass es viele Opfer gab, aber wie viele, das hatte ihn bei ihrem Gespräch gestern doch erschüttert. »Wir wollen gleich die Akten durchgehen.«

»Warte.« Yacine riss die Augen auf. »Du hast gesagt, es seien immer vier Leute auf einem Wachturm. Wer war der vierte?«

Luc lächelte wieder. »Himmel, mein bester Ermittler … Der vierte ist Xavier Durand. Einer der erfahrensten Rettungsschwimmer der ganzen CRS. Eine Legende. Obwohl er so jung ist. Er war damals, 2008, ein wirklich junger Polizist, nun leitet er seit vielen Sommern den Turm in Carcans. Er war für drei Tage bei einer Familienfeier in Nizza, aber er wird heute zurückerwartet. Und dann geht er am Nationalfeiertag wieder auf den Turm.«

Yacine kniff die Augen zusammen. »Dein Blick, Luc, der spricht Bände ... Was hast du vor?«

»Ich weiß noch nicht. In jedem Fall müssen wir Ugo jetzt in Sicherheit bringen, auch wenn der sich mit Händen und Füßen wehrt. Aber ich will nicht noch ein Opfer, insbesondere keinen älteren Herren, der zwar sehr resilient ist, aber das Geschehen erst mal verarbeiten muss.«

»Aber Xavier Durand ...«

»Der ist Polizist. Er wird ganz und gar nicht erfreut darüber sein zu erfahren, dass jemand sein gesamtes altes Team umbringen will. Und gestern versucht hat, einen anderen Polizisten zu ermorden.«

»Also willst du ihn als Lockvogel?«

Luc ließ Yacines Worte in der Luft hängen und gab keine Antwort.

»Ich hab seit vier Uhr wach gelegen, keine Ahnung, warum«, sagte Yacine. »Die geben mir hier megakrasses Zeug, eigentlich bin ich hundemüde, aber mein Blut war in Wallung heute Morgen, kann ich dir sagen. Und weißt du, worüber ich da nachgedacht habe?«

Luc sah ihn aufmerksam an. Jetzt hatte Yacine wieder diesen anderen Ton, jenen, der Luc damals hatte aufhorchen und sich kurzerhand entscheiden lassen, den jungen Algerier in seine Einheit zu holen. Den Ton eines Bluthundes, eines Ermittlers, der nie aufgeben würde, bis er ein Rätsel gelöst hat.

»Pass auf, wir haben die alle befragt. Und ihr ja schon vorher alle, die auf dem Schiff waren. Und dann zusammen in Paris. Und hier haben wir das komplette Umfeld der Leute untersucht, die den Opfern nahe waren. Wir haben so viele Fragen gestellt, so viele Zeugen vernommen – aber alle scheinen normal und freundlich und über jeden Zweifel erhaben.«

Luc nickte, sagte aber nichts. Er ahnte, worauf Yacine hinauswollte, hörte seinem einstigen Schützling nun aber mit beinahe väterlichem Stolz gebannt zu. Der junge Mann atmete tief durch, offenbar strengten ihn die langen Sätze enorm an.

»Und es ist ja nun mal so, dass jemand darunter sein muss, der nicht die Wahrheit sagt. Der, der uns das angetan hat, ist ja wirklich nicht normal. Wer traut sich schon, einen Rettungsschwimmer ins Meer hinauszuziehen? Und dann zu riskieren, dass nicht nur das geplante Opfer, sondern auch ein weiterer Mensch einfach ertrinken? An einem öffentlichen Strand – und es war ja nicht mal besonders spät. Da ist jemand ein enormes Risiko eingegangen. Er ist nicht nur ein guter Schauspieler, sondern auch ein gefährlicher Psychopath, wenn er so weit geht. Hier geht es um etwas Großes, und deshalb … Deshalb dürfen wir nicht nur in der Gegenwart suchen. Wir müssen viel weiter zurückgehen.« Yacine tippte sich mit dem Finger auf die Brust. »Sieh mal, ich bin doch das beste Beispiel. Hättest du mich vor vierzehn Jahren kennengelernt, dann hättest du mir nicht über den Weg getraut. Ich war ein Ganove, ein echter Gauner, du hättest meine Taschen durchsucht, jede Menge Gras gefunden, sicher auch ein Messer – und dann hättest du mir Handschellen angelegt.«

Luc lächelte. »Hast du vergessen, dass ich dir tatsächlich einmal Handschellen angelegt habe? Bei unserer allerersten Begegnung?«

Yacine kratzte sich am Kopf. »Wahnsinn!«, rief er aus. »Ich habe das tatsächlich verdrängt. Stimmt, damals in Clichy, als ich deinen Kollegen angehen wollte. Aber du hast sie im Wagen gleich wieder abgemacht.«

»Ja, weil ich den Kollegen nicht leiden konnte – und er dich rassistisch beleidigt hatte.«

»Verdammt, ist das alles lange her«, murmelte Yacine, doch dann schüttelte er die Erinnerungen ab. »Na, siehst du, jedenfalls war ich damals ein ganz anderer Mensch als heute. Ich empfand so viel Wut und Machtlosigkeit, und gleichzeitig dachte ich, ich sei unzerstörbar. So bin ich dann durchs Leben gelaufen, bis du mich da rausgeholt hast. Und heute bin ich – na ja, sozusagen – ein ehrbares Mitglied der Gesellschaft und kämpfe gegen das Unrecht.« Yacine legte seine Hand wieder auf die Bettdecke und senkte seine Stimme – er kam zum Kern der Sache. »Nehmen wir mal an, diese Geschichte wäre genauso gelagert. Das Rätsel liegt viel weiter zurück. Bei jemandem, der früher ganz anders war. Vielleicht genau andersrum: ein ehrbares Mitglied der Gesellschaft – und dann ist etwas passiert, was sein Leben aus der Bahn geworfen hat, sodass der Mann nun zu so was fähig ist: drei Morden und einem versuchten Mord an einem Polizeibeamten.«

Luc ließ Yacines Worte noch ein wenig sacken, doch in seinem Kopf rasten schon die Gedanken. Der junge Polizist hatte wahrscheinlich recht, wieder einmal.

»Wir müssen alle Zeugen durchleuchten – und zwar ihre Vergangenheit. Wir müssen weiter zurück.«

»Wir müssen in ihr Vorleben. Gibt es Ungereimtheiten? Irgendwas, was sie aus der Bahn geworfen hat?«

»Sehr gut. Das Problem ist nur: Wir haben so viele Zeugen, im Médoc, in Paris, überall. Es wird Tage dauern. Vielleicht sogar Wochen. Und so viel Zeit haben wir nicht.«

»Warum trifft es Rettungsschwimmer?«, fragte Yacine in den Raum hinein. »Wir müssen Xavier fragen, vielleicht hat er eine Idee.«

»Und wir müssen seinen Schutz und den seiner Kollegen ausbauen.«

»Nein, nur seinen. Denn er war mit Ugo und den beiden Opfern in einer Einheit. Also wird es, wenn du Ugo aus dem Spiel nimmst, nur noch Xavier treffen.«

Luc schüttelte den Kopf. »So genau nimmt es der Täter nicht. Leider. Denn dich hat es auch getroffen.«

Yacine nickte. »Stimmt. Verdammt.«

»Aber weißt du was, mein Lieber?«, fragte Luc. »Du hast mit alldem recht, und ich werde mich sofort daranmachen und Akten wälzen – wenn es sein muss, den ganzen Tag und die ganze Nacht.« Er räusperte sich und setzte sich ein wenig aufrecht, weil er wollte, dass Yacine die entscheidende Bedeutung der folgenden Worte begriff.

»Nach alldem, was du mir gerade gesagt hast, *mon cher*, frage ich mich, wie ich dir irgendwie schmackhaft machen kann, mit mir zu arbeiten. Anouk ist jetzt Chefin, ich habe eine Stelle frei, und ich brauche genau dich – und niemand anders in diesem Land.«

»Ich … was?«, begann Yacine zu stottern, und vor Schreck vergaß er kurz den Mund zu schließen. »Ich … weiß nicht, was ich sagen soll.« Er wischte sich eine Träne der Rührung weg.

»Entscheid es nicht unter dem Einfluss schwerer Schmerzmittel, okay? Überleg's dir«, sagte Luc und stand auf. »Aber jetzt muss ich los. Ich werde gleich mit Xavier sprechen. Wir müssen in der Vergangenheit suchen – denn da liegt der Schlüssel zu allem.«

Kapitel 37

Luc musste an Yacines Worte denken, deshalb wählte er auf dem Weg ins Hôtel de Police die Nummer des jungen Journalisten. Nach sechsmaligem Klingeln meldete sich eine verschlafene Stimme.

»Dubois?«

»Robert, ich bin es, Luc.«

»Du rufst mich um Mitternacht an und zwingst mich, die Zeitung umzuwerfen – und nun weckst du mich um halb sieben? Herrgott, ich bin Journalist und kein Notarzt.«

»Du liebst es doch, mir zu helfen. Ist es nicht so?«

»Ich kann mir nichts Schöneres vorstellen.« Luc hörte das Grinsen des Reporters quasi durchs Telefon.

»Hast du alles unterbekommen?«

»Hast du es etwa noch nicht gelesen?«

»Ich kaufe mir dein Blättchen gleich, keine Sorge, wegen mir geht ihr nicht pleite.«

»Was willst du, Luc?«

»Du kennst doch Pauillac sehr gut, oder?«

»Ich war den ganzen Winter in der Redaktion dort, klar. Was brauchst du?«

»Können wir uns nachher treffen? So um halb zehn?«

»Ich fahre zu den Feierlichkeiten zum vierzehnten Juli an den Strand von Lacanau. Willst du mitkommen?«

»Ich muss nach Carcans Plage, aber dann kann ich dich in meinem Wagen mitnehmen, und wir reden. Ich hole dich in der Redaktion ab, einverstanden? *À tout à l'heure.*«

»Nicht in der Redaktion. Zu Hause. Ich muss noch ein bisschen schlafen. Bis gleich, Commissaire. Und bring Kaffee mit.«

Als Robert aufgelegt hatte, sah Luc auf die analoge Uhr im Armaturenbrett des alten Jaguars. Es war halb acht. Kaffee war eine gute Idee. Er hielt an der kleinen Bar Tabac ein paar Häuser neben dem Hôtel de Police. Am alten Zinktresen standen die Müllfahrer der Frühschicht und eine Putzfrau, die nach ihrer Nachtschicht im Commissariat gerade Feierabend machte. Luc grüßte alle, dann bestellte er bei der alten Wirtin einen Kaffee und griff nach der frischen Ausgabe der *Sud Ouest*. Wieder hatte Robert Wort gehalten und nach Lucs Anruf kurz nach Mitternacht all das getan, worum ihn der Polizist gebeten hatte. Auf der Titelseite prangte ein Foto von Pauillac mit einer großen Schlagzeile, doch der Artikel darunter war so kurz wie nichtssagend.

Der Tote aus dem Fluss – Polizei tappt im Dunkeln

Von Robert Dubois, Pauillac

Die ganze Weinhauptstadt des Médoc ist in Trauer – und die Frage bleibt: Warum stürzte Benjamin F. von der Gironde-Fähre? Der Malermeister war beliebt und geachtet – Feinde konnte die Polizei nach unseren Informationen nicht ausmachen.

So fehlen bis heute sämtliche Erklärungen, warum der 37-Jährige auf der zweiten Freitagsfähre von Lamarque nach Blaye über Bord ging – und wer für seinen Tod verantwortlich ist.

Offenbar wurden vorgestern Abend drei Verdächtige festgenommen. Doch die Polizei hält sich bedeckt, spricht offiziell nur von Zeugen. Sie sollen aus dem privaten Umfeld des Opfers stammen.

Sud Ouest fragt: Warum gibt die Polizei nicht mehr bekannt? Die Bürger, nicht nur in Pauillac, hoffen auf Antworten. Wir werden weiter über den Fall berichten.

Luc lächelte. Keine Spuren, keine echten Verdächtigen. So hatte er es Robert aufgetragen. Er blätterte weiter, suchte nach einem Artikel über den Vorfall des Abends. Doch erst auf Seite neun, im Lokalen, stand eine winzige Nachricht, die nur demjenigen auffallen würde, der danach suchte.

Zwischenfall am Strand

Unweit des Rettungsturms in Carcans Plage ist es gestern Abend zu einem Unglück gekommen. Ein Bewohner von Lacanau geriet beim abendlichen Schwimmen in Schwierigkeiten. Er konnte noch das Notsignal abgeben. Ein Mann am Strand sah den Schwimmer und begann mit der Bergung, dann folgten die Rettungsschwimmer, die zufällig noch in Strandnähe waren. Der Retter wurde mit Unterkühlungen von einem Helikopter ins Krankenhaus gebracht und dort behandelt. Die Unglücksursache ist – wie so oft an unseren Stränden – Selbstüberschätzung des Schwimmers. Die Polizei hat die Ermittlungen eingestellt und es bei einer Ermahnung des Schwimmers belassen.

Sehr gut. Luc bestellte noch eine zweite Tasse Kaffee. So würde der Täter sich keine Sorgen machen – und hätte zudem eine Erklärung, warum die Polizei am Tatort war.

Die Patronne stellte ihm die Tasse hin, er nahm sie und trank den starken Kaffee in einem Zug. Dann legte er zwei Euro auf den Tresen, wünschte der Putzfrau gute Nacht und ging über die Straße zum Hôtel de Police.

Es war ein Feiertag, die breite Rue d'Ordano, auf der sonst morgens der Berufsverkehr Richtung Innenstadt floss, war gähnend leer. Die Sonne lugte gerade hinter dem Dach des Commissariat hervor und wärmte ihn augenblicklich, was nach der kurzen Nacht wirklich guttat.

Luc spürte es: Heute war der Tag, um diesen Fall zu lösen.

Kapitel 38

Sie trafen alle ungefähr zur selben Zeit ein, es war Punkt acht Uhr. Nicht nur Lucs Müdigkeit war wie weggeblasen. Anouk war bei Aurélie geblieben, um die Kleine noch ein wenig schlafen zu lassen, als er Yacine besucht hatte. Jetzt hielt sie ihm schon einen Kaffee hin. Sie trug ein weißes Tanktop und Lederjacke, dazu die hellblaue Jeans – jenes Outfit, in dem er sie kennengelernt und sich augenblicklich in sie verliebt hatte.

»*Salut*, Hugo«, sagte Luc lächelnd, »dafür, dass du hier gepennt hast, siehst du überraschend gut aus.«

»Das Geheimnis ist die Dusche bei den Arrestzellen im Keller«, erwiderte der Capitaine.

»Echt? Die nutzt du?«

»Na, in der Not frisst der Teufel Fliegen – oder wie geht der Spruch noch mal?«

»Ich glaube, sie kommen …« Anouk hatte Schritte gehört, also öffnete sie die Tür, und gleich darauf traten zwei Männer ein: der schlanke Ugo und ein großer Mann mit dunklem Teint und kräftigen, buschigen Augenbrauen. Sein Haar hatte einen leichten Stich ins Graue, aber das ließ ihn nur noch attraktiver wirken. Er trug das T-Shirt der Compagnies Républicaines de

Sécurité, der CRS – die Aufschrift stand in blauen Lettern auf weißem Grund. Seine stämmigen Beine schauten aus einer dunkelblauen Badehose heraus. Offenbar trug er diese Kluft selbst zu Hause.

Luc machte etwas Platz, damit beide zum Konferenztisch durchgehen konnten, doch aus einem unerfindlichen Grund nahm niemand Platz, alle blieben stehen.

»*Cher* Ugo«, sagte Luc, »wie geht es Ihnen? Haben Sie sich von dem Schock erholt?«

»Mir geht es besser, ja, Commissaire«, erwiderte der alte Rettungsschwimmer, »vor allem interessiert mich: Wie geht es Ihrem Kollegen?«

»Ich konnte noch nicht mal den Kollegen berichten, aber Yacine ist wohlauf. Er wird sicher morgen entlassen. Sie sind also beide mit dem Schrecken davongekommen.«

»Ich werde mich bei ihm bedanken, da können Sie sicher sein.« Er wies auf den Mann an seiner Seite. »Das ist Xavier Durand, Chef der Rettungswache in Carcans Plage, mein Nachfolger und Freund.«

»*Bonjour,* Monsieur Durand.«

»Commissaire …«

»Das sind Anouk Filipetti, die Chefin der Brigade criminelle, und Capitaine Hugo Pannetier.«

Der Rettungsschwimmer nickte beiden zu.

»Hat Ugo Sie schon auf Stand gebracht?«

Wieder ein Nicken. Durand war offenbar kein Mann großer Worte.

»Wir suchen einen Mann, der zwei Ihrer Kollegen auf dem Gewissen hat und der gestern auch Ugo töten wollte.«

Ugo senkte den Kopf, aber Luc sah die Wut in seinen Augen. Eine Regung, die gestern Abend noch nicht da gewesen war. Da war es nur der Schock gewesen.

»Ich habe Sie heute hergebeten, um zwei Fragen zu klären«, fuhr Luc fort. »Erstens: Wer könnte diese Taten verübt haben und aus welchem Grund? Und zweitens: Wie gehen wir jetzt vor? Das Sicherste wäre: Wir Beamten der Police nationale werden den Wachturm an diesem vierzehnten Juli betreuen, und Sie beide bleiben aus der Schusslinie. Damit würden wir sicherstellen, dass Ihnen nichts passiert.«

»Vergessen Sie es, Commissaire.«

Es waren die ersten – zwar leise, aber deutlich – ausgesprochenen Worte von Xavier Durand. Er blickte Luc ruhig und entspannt an, aber seine Position war unmissverständlich. Nach einer Weile fuhr er fort: »Ich kenne Benjamin …« Er brach ab und korrigierte sich: »Ich kannte Benjamin als ganz jungen Mann, wir hatten großen Respekt voreinander. Ich habe manchmal noch auf ein Bier mit ihm zusammengesessen, wenn er an den Strand kam, und er hat meine Wohnung gemalert. Jemand hat ihn auf der Fähre über Bord geworfen, und ich war nicht da, um ihn zu retten. Ich habe zuerst nicht mal davon erfahren, weil es in Nizza nicht in der Zeitung stand. Erst Ugo hat es mir gesagt, als ich gestern aus dem Zug stieg. Und Lisa … Sie war so talentiert und lebensfroh. Ich habe die Nacht kein Auge zugemacht. Also, vergessen Sie es: Ich werde mich nicht verstecken. Ich bin selbst Polizist, genau wie Sie. Und ich werde dem Mistkerl, der das getan hat, in die Augen blicken.«

Luc nickte. Er hatte mit dieser Reaktion gerechnet und sie ehrlich gesagt auch erhofft. Denn darauf basierte sein Plan – wäre Xavier Durand ein Angsthase gewesen, hätte er erneut nachdenken müssen.

»In Ordnung. Sie wollen also nachher an den Strand?«

»Ich werde um zehn auf meinem Turm sitzen. Es sei denn, Sie verhaften mich.«

Luc schüttelte den Kopf. »Ich denke, das wird nicht nötig sein.« Er sah auf die Uhr. »Wir haben also noch eine Stunde. Bitte, setzen Sie sich.«

Die Männer und Anouk nahmen an dem großen Konferenztisch Platz, der in der Mitte des Büros stand.

Hugo trug einen großen Stapel Akten herein, die mit unverständlichen Zeichen- und Zahlenkombinationen beschriftet waren.

»Sind das alle Fälle der drei Jahre?«, fragte Anouk.

»Ja, das sind sie. Neunzehn Fälle von in Seenot Geratenen, acht Todesfälle allein am Strand von Carcans Plage. Die CRS hat die Akten heute Morgen um vier vorbeibringen lassen.«

»Gut. Ugo, Commandant Durand, können wir die Fälle zusammen durchgehen? Vielleicht erinnern Sie sich ja an …«

»Das ist nicht nötig«, sagte Durand. Er saß aufrecht, und in diesem Moment war es, als hätte jemand eine Waffe gezogen. Sie alle schauten ihn an, sogar Ugo schien bass erstaunt.

»Was meinen Sie, Commandant?«

Die grauen Augen des Mannes sahen aus wie der Ozean im Herbst, als er leise sagte:

»Ugo hat mir gestern alles gesagt, und da ich nicht schlafen konnte, hatte ich Zeit nachzudenken. Mir ist nur eine Sache eingefallen, die 2008 geschehen ist. Ich werde niemals das Gesicht des Kindes vergessen. Seine Augen, die immerzu aufs Meer starren. Ich bin diesen Blick nie mehr losgeworden.«

Kapitel 39

Anouk hatte sich nach ein paar Sekunden als Erste wieder gefangen. Sie mussten diese Worte alle erst einmal verdauen. Worte, die zwar noch nicht viel sagten – aber doch alles bedeuten konnten.

»Was ist damals passiert?«, fragte die Commissaire.

»Es war ein Tag spät im August, die Wellen waren hoch, und wir hatten massig zu tun. Zudem hatten viele Leute mit Kreislaufproblemen zu kämpfen, weil es so heiß war. Wir waren also richtig im Stress. Aber das Eigentliche geschah fünfhundert Meter südlich von unserem Strandabschnitt. Wir überwachen nicht so weit, nur bis zu den gelben Dreiecken, die auf den Dünen stehen. Dahinter ist jeder Badegast für sich selbst verantwortlich. Es gab damals am Strand kein Handynetz. Deshalb konnte auch niemand, der den Vorfall gesehen hatte, direkt um Hilfe rufen.« Seine Stimme war tonlos geworden, als wäre er gänzlich in die Szenen von damals abgetaucht. »Ich saß auf dem Turm. Ich habe einen älteren Herren gesehen, der aus Richtung Süden auf uns zugerannt kam. Na ja, gerannt – er hat es versucht, aber im Sand ist das beschwerlich. Ich wusste sofort, dass etwas passiert war. Ich bin runter vom Turm und habe mir Benjamin geschnappt. Lisa habe ich ins Auto geschickt, Ugo saß schon am Steuer. Dann bin ich auf den Mann zu. Er war völlig außer Atem, hat immer wieder gekeucht: *Eine Frau, da hinten ertrinkt eine Frau.* Wir haben den Mann in den Strandbuggy geladen und sind zu dem Abschnitt gerast. Dort stand seine Frau, sie zeigte immer wieder aufs Meer. *Da ist sie verschwunden!*, rief sie. Und dann habe ich den Jungen gesehen, der am Strand saß. Er machte gar nichts, er stand nicht auf, starrte nur aufs Wasser. Wir haben sofort die Wellen abgesucht. Aber da war nichts zu sehen. Niemand. Der alte Mann hatte sich die Stelle gemerkt. *Sie ist nur ein wenig geschwommen, im flachen Wasser* – ich höre seine panische Stimme noch –, *aber dann hat sie den Boden unter den Füßen verloren und die Arme hochgerissen, aber der Rückstrom war zu stark. Wir haben uns nicht reingetraut … Mein Gott, hätten wir uns doch reingetraut. Sie ist doch die Mutter des Jungen. Der arme Junge!*

Sie haben das richtig gemacht, habe ich zu ihm gesagt. Dann haben wir mit dem Prozedere begonnen, das in solchen Fällen vorgesehen ist. Normalerweise gehen die jungen Leute rein, und wir Älteren bleiben am Strand und überwachen. Aber an diesem Tag bin ich zusammen mit Lisa rein, Ugo hat die Rettungsleine abgewickelt, Benjamin hat das Surfboard genommen. Wir haben uns an der Leine befestigt, sonst haben auch wir dort draußen keine Chance. Und dann sind wir rausgeschwommen, Benjamin ist mit dem Brett gepaddelt.« Luc hörte dem Mann atemlos zu. Er war vielleicht wirklich kein Mann großer Worte. Man hörte seiner Stimme an, dass er sie nicht oft gebrauchte; er klang heiser, irgendwie eckig. Aber er war nun in seinem Element, dem Wasser, und der Commissaire sah die Szene genau vor sich: die Helfer, vor sich das aufgewühlte Meer, die Suche nach einer Frau, die in den Fluten verschwunden war – und er wusste, dass sie nun auf der richtigen Spur waren.

»Wir haben uns beeilt, aber die Wellen waren hoch. Wir mussten durchtauchen und wurden immer wieder zurückgespült. Benjamin war auch nicht schneller. Vom Ufer her riefen Ugo und das Ehepaar etwas, aber die Stimmen wurden vom Wind übertönt. Vom Strand aus sieht das alles ganz klar aus, es ist übersichtlich, aber wenn Sie da draußen sind und haben eine Welle vor sich und eine hinter sich, dann sehen Sie gar nichts mehr, da ist nur Wasser. Wir sind geschwommen wie die Wahnsinnigen. Es hat sicher fünf Minuten gedauert, bis wir draußen waren, aber ich habe gespürt, wie der Rückstrom an mir zerrte. Lisa sagte immer wieder: *Wer, verdammt, geht hier schwimmen …* Sie war in Form, sie konnte schwimmen und gleichzeitig reden, mein Atem ging schon schwer.« Er lächelte, als er daran dachte. Es rührte Luc. »Aber sie hatte recht: Niemand ging an diesem Abschnitt schwimmen. Er sah zwar ruhig aus. Aber das war ja das Problem. Die Leute von hier wissen das. Wo es so aussieht, ist die Ruhe trügerisch. Genau dort ist die Rückströmung einfach viel zu stark. Ein Sog, der dich unaufhaltsam rauszieht. Als wir im Line-up waren, also hinter der Stelle, an der die Wellen brechen, habe ich niemanden gesehen, Lisa auch nicht. Benjamin hatte sich aufs Brett gesetzt, aber auch er schüttelte den Kopf. *Tauchen!*, habe ich befohlen. Und Lisa ist getaucht. Und ich bin auch getaucht. Aber …« Xavier Durand sah nun aus dem Fenster, seine Augen blickten ganz ruhig, als würde er ein unsichtbares Ziel anvisieren. Er sprach nicht weiter, sehr lange sogar, aber gerade als Luc nachfragen wollte, hob er wieder an. »Sie haben die Frau zwei Tage später gefunden, am Nordstrand von Lacanau. Sie ist dort angespült worden. Wir wurden sofort informiert. Ich konnte es dem Jungen nicht mehr persönlich sagen, dabei wollte ich das unbedingt selbst machen. Aber er war schon aus dem Hôpital in Bordeaux, wo sie ihn aufgenommen hatten, abgeholt worden, von einem entfernten Verwandten. Sie hatten ihn zurückgebracht nach Lothringen, die beiden kamen aus der Nähe von Metz, glaube ich. Die Ärztin in Bordeaux hat mir erzählt, er habe kein einziges Wort gesagt, einen ganzen Tag lang kein einziges Wort. Er hat nur dagesessen und die Wand angestarrt. Sie wussten auch nicht, was sie tun sollten.«

Luc vergrub sein Gesicht in den Händen. Es war so furchtbar, dass ihm die Worte fehlten. Nach einer Weile sagte Anouk:

»Aber Sie erinnern sich an den Jungen, der am Strand saß, und an seinen Blick – und Sie sind sicher, dass es dieser Fall war, dem wir heute nachgehen müssen?«

»Als wir aus dem Wasser kamen ohne seine Mutter, da saß er einfach nur da und sah mich an. So als wüsste er schon alles. Aber er sagte nichts. Ugo hatte den Helikopter bestellt, der sollte aus der Luft weitersuchen. Aber wir kannten das alle schon: Auch drei Helis konnten nichts daran ändern, dass die Frau ertrunken war. Es gab keine Hoffnung. Es war Lisa, die sich zu dem Jungen setzte und ihm den Arm um die Schulter legte, während Ugo und Benjamin zu unserem Abschnitt zurückkehrten. Aber der Junge lehnte sich nicht an sie, er fing nicht an zu weinen. Er tat einfach gar nichts, starrte nur immer weiter vor sich hin. Ich setzte mich ebenfalls zu ihm. Wir fragten nach seinem Namen. Aber er antwortete nicht. Wir fragten, was geschehen sei. Keine Reaktion. Und dann sagte ich ihm leise, dass wir glaubten, seine Mutter sei ertrunken.«

»Und was machte der Junge?«

»Er blickte weiter auf die Stelle, an der er sie zum letzten Mal gesehen hatte. Es war so …«, er stockte, »es war so schlimm, ich weiß nicht, ob ich jemals einen leereren Blick gesehen habe. Wir saßen da bestimmt eine halbe Stunde. Ich habe es fast nicht ausgehalten. Diese Stille … Man hörte nur die Wellen und das Atmen des Jungen. Irgendwann kamen die Sanitäter, und er ließ sich von ihnen über die Düne führen. Ich habe ihn nie wiedergesehen.«

»Ich erinnere mich an alles«, sagte Ugo leise, »ich hatte es verdrängt. Weil es so schlimm war. Und weil ich nicht an der Seite des Jungen war, ich war am Funkgerät. Aber ich erinnere mich an seinen Blick. Ich war … Ich konnte nicht hinsehen. Es hat mich zu sehr angefasst.« Er räusperte sich und fuhr fort: »Die arme Lisa. Sie hat sich danach für drei Tage krankschreiben lassen. Im September kam sie zurück und hat kein Wort mehr darüber verloren. Kurz danach ist sie nach Paris gezogen.«

»Wie alt war der Junge?«

»Schwer zu sagen: vielleicht neun, vielleicht zwölf, ich kann das nicht genau sagen. Die Ermittlungen haben dann auch nicht wir übernommen, sondern die Police nationale, weil die Frau in Lacanau angespült wurde. Ich … Ich erinnere mich aber noch an den Namen.«

Sofort war es wieder still im Raum – würde es so leicht sein, den Fall zu lösen?

»Die Frau hieß Lorraine Masson.«

Luc sah Anouk an, die den Kopf schüttelte.

»Hatte der Junge einen anderen Nachnamen?«

»Nein, er hieß auch so, aber der Vorname …«

Das Telefon riss die Runde aus dem Gespräch. Das Klingeln war viel lauter, als Luc es in Erinnerung hatte. Hugo stand auf und nahm den Hörer ab.

»Brigade criminelle?«

Er lauschte. »Warten Sie, sagen Sie ihm das besser persönlich.« Luc stand sofort auf und ging zu Hugos Schreibtisch. Der hielt die Muschel zu und sagte: »Gerichtsmedizin.«

Luc nahm den Hörer: »Verlain?«

»Commissaire, ich bin es, Sie werden es nicht glauben …« Luc konnte den jungen Gerichtsmediziner aus vielerlei Gründen nicht leiden, aber heute klang seine Stimme so aufgeregt, dass der Commissaire sehr freundlich sagte: »Was haben Sie herausgefunden, Monsieur?«

»Die Muschel, die Rasiermessermuschel …«

»Ja?«

»Sie haben sie uns ja erst heute bringen lassen, spät in der Nacht, aber ich habe mich gleich darangemacht …« Hätte Luc eine Taste zum Vorspulen gehabt, er hätte sehr heftig draufgedrückt. Aber er kannte die Eitelkeit des Mannes zu gut, um ihn in seinem Redefluss nicht zu unterbrechen.

»Na ja, es war nicht so leicht, aber anders als bei der anderen Muschel – die erste, sie wissen schon – habe ich trotz des Salzwassers auf dieser eine schwache DNA-Spur feststellen können. Offenbar hat der Täter keine Handschuhe getragen. Nun ja, ich habe die Spur natürlich sofort durch die Datenbank laufen lassen – und jetzt halten Sie sich fest.«

Luc konnte gerade noch den bissigen Kommentar vermeiden, dass er auch ohne Festhalten ganz gut zuhören konnte, aber da redete der junge Gerichtsmediziner schon weiter: »Es gab einen Treffer, aber niemand Gerichtsbekannten oder so. Die DNA ist zu fünfzig Prozent identisch mit einem Todesopfer, das es 2008 zu beklagen gab. Ich sehe mal nach, es war eine gewisse …« Jetzt konnte Luc doch nicht mehr an sich halten: »… eine gewisse Lorraine Masson, oder?«

Am anderen Ende der Leitung war erst Totenstille, dann hörte Luc ein Schnaufen. »Sagen Sie mal, Commissaire, ich mache mir hier Arbeit am Feiertag, und dann kommen Sie und wissen schon alles? Was soll denn …«

»Mein lieber Kollege, ich danke Ihnen, Sie haben uns so sehr geholfen, Sie können sich gar nicht vorstellen, wie sehr. Wirklich. Ich werde dem Präfekten gegenüber Ihre Arbeit lobend erwähnen. Und nun wünsche ich Ihnen einen guten Tag.«

Der Mann stammelte etwas, gleich viel freundlicher. Präfekt, Kollege, all das kitzelte seine inneren Instinkte. Doch Luc legte rasch auf. Er ging zurück zum Tisch und sagte: »Es ist ein Treffer. Die Muschel hatte jemand in der Hand, der sich die DNA mit der ertrunkenen Frau teilt – zu fünfzig Prozent.«

Anouk und Hugo sagten im Chor: »Der Sohn.«

»Mit ziemlich hoher Wahrscheinlichkeit, ja.«

»Hugo, finde raus, wie der Sohn heißt. Wir müssen alles über ihn erfahren.« Der Capitaine ging sofort zu seinem Computer.

»Monsieur Durand«, Luc sah noch mal auf die Uhr, »haben Sie in der letzten Zeit Drohungen bekommen? Anonyme Briefe? Etwas in dieser Richtung?«

»Nein, das hätte ich doch gemeldet.«

Luc nickte. »Ich glaube, dass die Rache des Mannes nicht abgeschlossen ist. Sie waren der Leiter der Einheit – und wenn er so gut recherchiert hat, dass er sogar Lisa Dupuys neue Adresse ausfindig machen konnte, dann ist er wirklich ein Profi. Also, er wird weitermachen – und ich nehme an, dass er sich nicht mehr viel Zeit lassen wird. Sie müssen gleich los, aber vorher bitte ich Sie, sich die Akten der Fährpassagiere und Crewmitglieder anzugucken. Natürlich nur diejenigen, die ins Profil passen. Hugo?«

Der Capitaine holte einen Aktenstapel.

»Der Täter muss heute zwischen fünfundzwanzig und dreißig Jahre alt sein. Wer kommt also infrage?« Luc nahm die Akten und legte sofort alle beiseite, die Frauen betrafen. Dann sortierte er den Rentner aus, genau wie Enzo Pasquelli und einige andere. Es blieben drei schmale Hefte zurück. »Also, wir haben zwei Crewmitglieder, Cédric Biolay und Philippe Delattre, und dann noch einen Passagier: Guillaume Gérardin. Monsieur Durand, Ugo, würden Sie sich die Fotos ansehen?«

Die Rettungsschwimmer beugten sich über die Akten. Beide

kniffen die Augen zusammen, und Luc wagte nicht zu atmen. Er sah, wie Hugo mit den Fingern auf seinen Schreibtisch trommelte. Er schien immer noch zuzuhören. Es war nur ein leises Trommeln, verriet aber seine Anspannung.

Doch nach einer Weile sahen die beiden Männer wieder auf und schüttelten beinahe synchron den Kopf. »Sie sehen alle nicht so aus. Ich meine – der hier, der hat grüne Augen«, Durand wies auf Cédric Biolay, »und der hat blaue.« Philippe Delattre. »Der Junge hatte braune Augen, so wie er.« Guillaume Gérardin. »Aber er hat einen ganz anderen Blick. Keine Ahnung, wirklich, der Junge war noch ein Kind – und das sind alles erwachsene Männer.« Ugo hob bedauernd die Schultern.

Hugo schob etwas rabiat den Stuhl zurück und ging zum Fenster. Luc verstand ihn. Die Anspannung war so gewaltig, dass die Enttäuschung darüber, wieder nicht ganz am Ziel zu sein, raus musste.

»Gut. Dennoch wissen wir, dass der Täter auf der Fähre gewesen sein muss. Und wenn wir mal die winzige Möglichkeit außer Acht lassen, dass er sich irgendwie raufgeschmuggelt hat, dann kennen wir alle Verdächtigen. Der Täter muss am Vortag in Paris gewesen sein. Und gestern Abend im Meer vor Carcans Plage.« Alle am Tisch nickten bei Lucs Worten. »Und wenn ich an seiner Stelle wäre, würde ich den großen Schlag, den Höhepunkt, auf heute legen: den vierzehnten Juli, Tag der Franzosen. Und den Leiter der Einheit angreifen: Monsieur Durand.« Der Rettungsschwimmer sah Luc ernst an. »Sie machen sich jetzt auf zu Ihren Leuten. Alles läuft ganz normal. Sie observieren, beschützen die Badenden und lassen sich nichts anmerken. Wir wollen den Täter nicht vergraulen. Keine Sorge, wir schicken Beamte in Zivil, die den Strand absichern. Anouk und ich werden auch dorthin kommen, vorher muss ich aber noch etwas klären. Einverstanden?«

Die beiden Rettungsschwimmer nickten und standen auf. »Dann fahren wir jetzt nach Carcans Plage.«

»Wir sehen uns dort, Commandant. Ugo? Und: Ich danke Ihnen. Ihnen beiden.«

»Wir kriegen den, der das getan hat.«

»Das werden wir, Monsieur Durand. Das werden wir.«

Sie sahen den Männern nach.

»Ich habe den Sohn!«, rief Hugo von seinem Schreibtisch aus. Alle sahen ihn an. »Er heißt Sébastien Masson. Aber …« Er schüttelte den Kopf.

»Was ist los?«, fragte Luc.

»Er war nach dem Tod seiner Mutter in einem Heim in der Lorraine, zwei Jahre lang. Dann hat ihn eine Pflegefamilie aufgenommen, in einem Vorort von Nancy. Mit achtzehn ist er angeblich zum Studieren in die Bretagne gegangen. Dort verliert sich seine Spur.«

»Seine Spur verliert sich? Was heißt das?« Anouk zog ihre Stirn kraus.

»Er bricht jeden Kontakt zur Pflegefamilie ab, sogar jeden Kontakt zu seiner Freundin. Er verschwindet. Und die Uni in Rennes hat ihn nie gesehen. Er ist wie vom Erdboden verschluckt. Selbst seine Gesundheitskarte hat er nie wieder verwendet.«

»Weil er in eine andere Identität geschlüpft ist«, schlussfolgerte Anouk.

»Um Rache zu üben«, fuhr Hugo fort. »Rache für die tote Mutter«, sagte Hugo. »Unglaublich.«

»Eine Revanche«, sagte Luc leise. Dann wandte er sich Anouk zu. »Kannst du nach Carcans Plage nachkommen?«

»Wieso?«

»Du fährst nach Pauillac. Alle drei Männer wohnen da. Wer zu Hause ist, will heute niemanden umbringen. Das wäre doch schon mal eine Nachricht. Wer aber nicht zu Hause ist …«

Anouks Gesicht hellte sich auf. »… der kriegt auch nicht mit, wenn ich bei ihm zu Hause bin.«

»Geh in die Wohnungen, du bist die Chefin, du kannst dir die Sonderbefugnisse wegen Gefahr im Verzug ja selbst ausstellen. Und dann sieh nach, ob du irgendwas findest: Bahntickets nach Paris, Rasiermessermuscheln, was weiß ich.«

»Mach ich, Luc.«

»Nimmst du meinen Wagen? Ich fahre mit Robert Dubois. Hugo, besorg uns Leute. So viele, wie du auftreiben kannst. In Zivil. Mit Sonnenbrillen, Handtüchern, Sonnenschirmen. Die sollen von zu Hause Badesachen mitbringen. Ich will keine Polizeiwagen in Carcans Plage sehen. Keinen einzigen. Okay?«

»Verstanden, Luc. Ich trommele alles zusammen, was Beine hat und schwimmen kann.«

»Gut. Und Yacine hatte eine Idee: Geh noch mal die Akten der Verdächtigen durch. Und zwar bis in den Urschleim. Ich will alles wissen, je früher, desto besser.«

»Mach ich, Luc.«

»Danke, *mon cher*.«

Hugo stand auf, um sie zu verabschieden. Seine Stimme klang so besorgt, wie Luc sie selten zuvor gehört hatte.

»Bis nachher, Leute. Viel Glück. Und … passt auf euch auf.«

Als Luc im Erdgeschoss ankam, ging gerade ein Uniformierter über den Flur, neben ihm strebte Romain Tuillon in Richtung Ausgang.

»*Excusez-moi, Brigadier?*« Luc ging auf ihn zu.

»Commissaire, Hugo hat angerufen und gesagt, dass wir diesen Herrn freilassen können.«

Luc verzog das Gesicht. »Ich glaube, das war ein Missverständnis.«

Er wandte sich an Romain. »Monsieur Tuillon, es tut mir wirklich leid, aber Sie können noch nicht gehen. Ich weiß, dass

Sie nichts mit dem Mord an Monsieur Forestier zu tun haben – das verspreche ich Ihnen. Allerdings darf das niemand sonst wissen, nicht mal aus Versehen. Und da wir Sie achtundvierzig Stunden ohne Gründe festhalten dürfen, sind Sie noch für einige Stunden unser Gast. Wie gesagt: tut mir leid.«

Romain Tuillon sah verdutzt drein, genau wie der Polizeibeamte, doch Luc war schon wieder auf dem Weg. »Er muss nicht in eine Zelle!«, rief er zurück. »Machen Sie es ihm bequem, Brigadier, verstanden? Aber er darf nicht raus und nicht telefonieren. Bis Sie von mir Nachricht kriegen.«

»Wird gemacht, Commissaire.«

Kapitel 40

»Jetzt wäre ich so gern mal in deinem schnittigen Oldtimer mitgefahren, Luc, stattdessen rasen wir jetzt mit meiner Gurkenkiste gen Westen«, sagte Robert Dubois.

Der Commissaire hatte es bisher vermieden, den kleinen Peugeot 205 allzu genau zu inspizieren. Die Scheiben waren dreckig und voller Ungeziefer, der Aschenbecher quoll über, und es roch, als würde Robert Dubois täglich sehr große Hunde durch die Aquitaine kutschieren. »Es sieht hier genauso aus, wie man sich den Wagen eines Zeitungsreporters so vorstellt«, sagte Luc grinsend und zog eine Augenbraue hoch.

»Nächstes Mal putze ich, aber dafür musst du deinen hohen Besuch etwas früher ankündigen.«

»Tut mir leid, *mon cher,* Anouk nimmt meinen Wagen und fährt nach Pauillac, danach kommt sie nach Carcans Plage. Deshalb muss ich bei dir mitfahren.«

Sie durchfuhren gerade die westlichen Vororte von Bordeaux. Bruges und Eysines waren früher reine Arbeitersiedlungen mit Hochhäusern gewesen, hatten sich aber mittlerweile gemausert, weil die Kaufpreise in der Stadt durch die schnelle TGV-Anbindung nach Paris explodiert waren.

Luc schnaufte, weil der junge Journalist bereits bremste, als die Ampel auf Gelb umschaltete. Er hielt sich peinlich genau an die Verkehrsregeln. Der Commissaire sah auf die Uhr. Noch eine gute Stunde, bis der Rettungsturm seinen Betrieb aufnahm.

»Also, wer hat den Maler von der Fähre geworfen?«

»Wenn ich es rausbekommen habe, bist du der Zweite, der es erfährt.«

»Wer ist denn der Erste?«

»Aurélie. Weil die es – anders als du – nicht weitererzählt.«

Robert Dubois grinste ihn an, sah dann aber wieder nach vorne, bemerkte gerade noch rechtzeitig die nächste gelbe Ampel und bremste sofort ab. Luc verdrehte die Augen.

»Du fährst ja wie 'ne Oma.«

»Dann los, erzähl der Oma, was du zu erzählen hast.«

Der Commissaire kurbelte das Fenster herunter und streckte die Hand hinaus. Dann sagte er:

»Ich bin ganz ehrlich – aber du darfst es erst schreiben, wenn ich es dir freigebe, okay?«

»Luc – na klar.« Robert Dubois klang beinahe entrüstet, dass der Commissaire ihn noch darauf hinwies.

»Wir haben nun eine Ahnung, nach wem wir suchen. Aber es sind drei Männer, die in das Raster passen – und du kannst uns helfen herauszufinden, wer genau es ist.«

»Und alle drei sind aus Pauillac?«

»Ja, sind sie.«

»Schieß los.«

Luc sah, wie sich die Hände des Reporters um das Lenkrad krampften. Er war wirklich gespannt wie der sprichwörtliche Flitzebogen.

»Der Einzige, den wir bisher nur von einer Vernehmung kennen, ist ein gewisser Guillaume Gérardin. Siebenundzwanzig

Jahre alt. Er wohnt in Pauillac und studiert in Bordeaux. Er arbeitet auf einem Weingut als Erntehelfer, ist aber sonst nicht auffällig geworden.«

»Guillaume Gérardin.« Robert wiederholte den Namen, und Luc sah, wie es in seinem Kopf arbeitete. »Sagt mir nichts. Welches Château?«

»Léoville-Poyferré. In Saint-Julien.«

»Gut. Da kenne ich jemand und kann nachfragen.«

»Tu das, aber bitte unauffällig. Aus Pauillac kennst du ihn nicht?«

»Nee. Nie gehört, den Namen. Aber bei fünftausend Einwohnern kann ich …«

»… kannst du auch nicht jeden kennen, ich weiß.«

Sie hatten die Odyssee aus Bordeaux heraus geschafft und die vielen Kreisverkehre im Speckgürtel endlich hinter sich gelassen. Nun fuhren sie hinter Salaunes in den Wald Richtung Küste. Die Straße war gerade und übersichtlich, dennoch fuhr Robert genau achtzig, wie das Tempolimit es hier vorsah. Luc blickte wieder auf seine Uhr.

»Kannst du ein bisschen auf die Tube drücken? Bitte?«

»Aber die Straßenverkehrsordnung …«

»Wenn du so weiterfährst, werden wir von einem Traktor überholt, willst du das? Außerdem sitze ich mit ihm Auto – und ich verleihe dir hiermit Sonderrechte.«

»Okay. Aber wenn das nicht klappt, zahlst du das Knöllchen.«

Der Journalist trat aufs Gaspedal, aber nur ein wenig, sodass sie nun mit fünfundachtzig dahinfuhren.

»Der zweite Mann ist Cédric Biolay.«

»Cédric. Ja, den kenne ich. Wie wahrscheinlich jeder in Pauillac. Ein sehr netter Kerl und hilfsbereit. Wenn die Feuerwehr einen Einsatz hat, ist er zur Stelle. Ich glaube, er ist sogar stellvertretender Wehrleiter. Gibt mir auch immer Interviews, wenn was passiert. Die Feuerwehrleute und die anderen, die was zu sagen haben, mögen ihn total.«

»Er mischt bei allem mit, oder?«

»Feuerwehr, Weinsyndikat, Gemeinderat – ja, wirklich bei allem. Er ist einer, der die Dorfgemeinschaft zusammenhält. Du glaubst, der hat was damit zu tun?« Robert runzelte die Stirn. »Das kann ich mir jedenfalls nicht vorstellen. Der hält sich immer an Recht und Gesetz, wenn du mich fragst.«

»Ich hatte auch den Eindruck, dass er zwar locker, aber auch sehr genau ist. Und dann haben wir noch Philippe Delattre. Er ist einige Jahre jünger als Cédric Biolay …«

»… und arbeitet auch auf der Fähre, genau. Ja, Philippe kenne ich auch. Er ist in Pauillac ein bunter Hund.«

»Er war beim Verhör irgendwie … Ach, ich weiß auch nicht.«

»Was meinst du?«

»Er war merkwürdig.«

»Ja, er ist irgendwie sehr wendig. Ein echtes Schlitzohr. Und ein Frauenschwarm. Keine Ahnung, er schlängelt sich so durchs Leben. Der wird auch in zehn Jahren noch studieren, weil er dann nichts Richtiges arbeiten muss. Aber er hat mich mal auf der Fähre umsonst mitfahren lassen, ist einfach beim Ticketverkauf weitergegangen und hat mir zugezwinkert. Das muss ich ihm hoch anrechnen.«

»Ach, Enzo Pasquelli verkauft gar nicht immer die Tickets?«

»Die Kabine ist im Winter nicht geöffnet. Dann geht der Verkäufer von Auto zu Auto. Weil so wenig los ist.«

»Und das macht dann Philippe Delattre?«

»Ob er das immer macht, weiß ich nicht.«

Mittlerweile waren sie hinter Sainte-Hélène Richtung Carcans abgebogen und durchfuhren nun das kleine Örtchen Brach. Der spitze Turm der Kirche wurde von der Vormittagssonne in gleißendes Goldgelb getaucht.

»Mann, das wird ein heißer Tag«, murmelte Robert Dubois.

»Ja. Wird es. Aber ich hoffe, es wird auch der Tag, an dem wir unseren Täter fassen.« Luc atmete einmal tief durch. »Ich weiß, es ist eine blöde Frage: Aber würdest du einem der Männer solche Taten zutrauen?«

»Einem von den dreien? Na, einen kenne ich gar nicht, aber ich erkundige mich gleich. Und was die anderen beiden angeht: Cédric ist ein Heiliger in Uniform und Philippe ein Bruder Leichtfuß – aber ein Mord?«

»Zwei Morde.«

Robert Dubois schüttelte den Kopf. »Ich hoffe, du irrst dich, Luc, ich hoffe es wirklich. Vielleicht ist es ja der große Unbekannte.«

Luc schloss die Augen und streckte die Hand weiter aus dem Fenster. Der Fahrtwind kitzelte seine Handfläche. Leise murmelte er: »Der ist es leider nie.«

Kapitel 41

Luc wusste nicht, ob es daran lag, dass es heute noch heißer war als am Wochenende – oder daran, dass es an diesem wichtigsten aller Feiertage wohl keinen Franzosen gab, den es nicht zum Strand zog. Wahrscheinlich war es eine Mischung aus beidem. Jedenfalls war schon die Zufahrtstraße nach Carcans Plage voll mit abgestellten Autos, der Parkplatz auf der linken Seite war eine Blechwüste und der Dorfplatz voller Menschen, die vollgepackt mit Strandtaschen, Sonnenschirmen und Surfboards unterwegs zur Düne waren.

Ob beim Tabac-Presse, am winzigen Tante-Emma-Laden oder an der Eisdiele, überall hatten sich lange Schlangen gebildet. Und die Avenue de la Plage wimmelte vor Menschen.

»*Merci, mon ami.*« Luc umarmte den jungen Journalisten, der ihn bis zum südlichen Übergang der Düne gefahren hatte. »Pass auf dich auf«, sagte Robert Dubois, dann stieg der Commissaire aus.

Auch am Mascotte de l'Océan standen Dutzende Urlauber an, hier gab es Crêpes, Eiscreme und süße frittierte Stangen aus Schmalzgebäck, die sogenannten Churros. Luc schob sich an den Wartenden vorbei und nahm den Weg, der auf die Düne führte. Sandverwehungen hatten sich wie in jeder Nacht auf die Steine gelegt, und es sah aus, als hätte jemand Puderzucker über den Pfad gestreut. Es war der silberweiße Sand, der dieser Küste ihren Namen gab: Côte d'Argent – Silberküste.

Oben auf der Düne lag der Hubschrauberlandeplatz, von dem der Heli mit Yacine an Bord gestern Nacht abgehoben hatte. Links daneben parkten zwei Pick-ups, einer weiß mit dem rot-blau-grünen Dorfwappen auf der Tür, der andere ein Strandbuggy in leuchtendem Gelb mit der roten Aufschrift der Rettungsschwimmer – das Äquivalent zu den T-Shirts, die Luc auf den Fotos von Lisa Dupuy und Benjamin Forestier bemerkt hatte. Wiederum daneben befand sich die kleine, flache Hütte des *poste de secours*. Luc öffnete die hölzerne Pforte in dem Moment, als Xavier Durand aus der Tür trat. In der Hand hielt er einen Becher, aus dem es dampfte.

»Commissaire, gerade rechtzeitig zum letzten Kaffee des Tages.« Ugo folgte dem Leiter des Postens, auch er hielt eine Tasse in Händen. »Aber nicht, weil es unser letzter Becher ist«, sagte er fröhlich, »sondern weil Sie bei der Hitze gleich nur noch Wasser trinken wollen. *Bienvenue*, Commissaire.«

»Wollen Sie auch einen?«

Luc nickte, und wenig später fand er sich im Inneren des Bungalows wieder. Es gab mehrere Räume, durch die ihn die beiden Rettungsschwimmer führten: eine Umkleide mit Duschen und mehreren Spinden, daneben der Aufenthaltsraum mit den Dienstplänen, der Kaffeemaschine und einem Gaskocher, wiederum daneben das Büro des Leiters und der Raum mit den Funkgeräten. Hier piepste es ständig. Luc hörte die dumpfen Durchsagen. »Hier haben wir den Funk, über den die gesamte Küste der Médoc Aquitaine miteinander verbunden ist, von Soulac bis zum Cap Ferret. Auch die Helikopter der Küstenwache senden auf dieser Frequenz. Wenn es irgendwo einen Notfall gibt, erfahren wir es hier. Und können so auch zusätzliche Hilfe anfordern.«

Ugo goss Luc eine Tasse Kaffee ein, dann führten ihn die Rettungsschwimmer wieder hinaus. Vor der Hütte gab es einen überdachten Aussichtspunkt mit einer Holzbank. Er lag auf dem höchsten Punkt der Düne. Von hier oben, etwa dreißig Meter über dem Meeresspiegel, hatten sie den perfekten Rundumblick. Links und rechts zog sich die Düne, deren Gras in der Sonne leuchtete, hinter ihnen lagen der kleine Ort und der tiefgrüne Seekiefernwald, vor sich sahen sie den endlos langen breiten Strand und schließlich das Meer. Schon jetzt, zu dieser frühen Vormittagsstunde, war der Abschnitt voller Urlauber, die sich in der Sonne aalten, hier am Strandübergang lagen sie dicht an dicht. Luc konnte sich nicht erinnern, seinen Heimatstrand in letzter Zeit so bevölkert gesehen zu haben. Allerdings mied er als Einheimischer an Wochenenden und Feiertagen diesen Ort und kam lieber – wenn überhaupt – frühmorgens oder spätabends hierher.

»Tja, Sie sehen es selbst, Commissaire«, sagte Ugo, als hätte er Lucs Gedanken erraten, »das wird ein hektischer Tag für uns. Die Wellen sind zwar nicht so hoch, also ist die Strömung nicht so stark, aber bei so vielen Urlaubern und Gästen gibt es immer Zwischenfälle.«

»Dort unten«, ergänzte Xavier Durand, »steht der Rettungsturm. Dort sind wir immer mit vier Mann präsent. Zwei sitzen obendrauf und beobachten die Badezone vor sich, zwei sitzen im Wagen mit den Utensilien – Surfboards, Fangleinen und so weiter – und sind einsatzbereit.«

Luc sah weit unten die beiden Rettungsschwimmer auf dem Turm und das Mädchen vom Vortag, das am Steuer des Buggys saß. Die Badezone war durch zwei rote Fahnen begrenzt, die direkt an der Wasserkante standen. Zwischen den Fahnen lagen nur etwa fünfzig Meter. Deshalb drängten sich die Badenden innerhalb dieses Abschnitts.

»Es ist eine winzige Zone«, sagte Ugo, »aber allein sie zu kontrollieren lastet unsere vier Leute voll und ganz aus. Vor allem wenn so viel los ist wie heute. Wir müssen alle Badenden immer wieder im Blick haben.«

»Und wenn jemand außerhalb der roten Fahnen ins Wasser geht?«

»Den holen wir raus. Hier ist das Baden wirklich nur in der markierten Zone erlaubt. Wir wissen eben genau, wo es sicher ist und wo Strömungen lauern. Wir bauen die Zonen nur dort auf, wo es eine Sandbank gibt. Zwar sind da die Wellen höher, aber die Schwimmer laufen dann nicht Gefahr, in ein paar Tagen an New York vorbeizutreiben.«

Xavier Durand sagte das ganz trocken, und man hätte es für einen Witz halten können. Aber Luc sah an seinem Gesicht, dass er es ernst meinte. Der grauhaarige Mann trug noch dasselbe Shirt wie am Morgen. Aus den weißen Ärmeln ragten muskulöse Oberarme, deren Adern sich deutlich wölbten. Dieser Polizist war voll im Training.

»Wir bauen die Schwimmerzonen immer auf den Sandbänken auf. Dort hinten ist das Meer zwar viel ruhiger, und die Leute würden sofort reingehen, wenn sie dürften. Aber das wäre eben der Fehler. Denn hier auf der Sandbank kommen die großen Wellen an und brechen. Irgendwo muss das Wasser dann hin. Es fließt also rechts und links der Sandbank wieder zurück ins Meer – und genau so entsteht die fatale Rückströmung. Sehen Sie?«

Luc schaute in die Richtung, in die Durand zeigte. Als Surfer kannte er das Meer natürlich sehr gut, aber noch nie hatte er so genau auf die Strömung geachtet. Sie war tatsächlich zu sehen. Das Meer war etwa hundert Meter vom Strand entfernt viel dunkler. Luc sah eine feine Linie, wie ein Gekräusel, an der Stelle, wo die Strömung die Wassermassen nach draußen zog.

»Gut zu sehen, oder?«, fragte Ugo. »Auch deshalb herrscht außerhalb der ausgewiesenen Zonen absolutes Badeverbot.«

»Aber Sie können ja nicht den ganzen Strand bewachen und dafür sorgen, dass niemand ins Wasser geht. Von hier bis Lacanau – wie soll das gehen?«

»Nein, so ist es auch nicht«, erwiderte Ugo. »Wir sind aufgeteilt in zwei Gruppen: Die Retter dort unten bewachen nur die eine Zone, und wir hier oben haben den Überblick. Wir achten nicht auf die Badezone, sondern überwachen den ganzen Strand – zumindest das Gebiet zwischen den beiden gelben Dreiecken.« Diesmal zeigte er zur Düne. Und wirklich: Da standen, in etwa fünfhundert Metern Abstand, zwei gelbe Dreiecke.

»Sie begrenzen unseren Einsatzort. Wer auch nur einen Meter von den Dreiecken entfernt ins Wasser geht, den holen wir nicht raus. Schließlich steht es den Menschen frei zu baden, wo sie wollen. Auch wenn es noch so gefährlich ist.«

»Aber Sie würden sie rausholen, wenn sie in Seenot gerieten?«

»Natürlich«, erwiderte Durand. Er hatte sein Fernglas gehoben und beobachtete den Strand, schwenkte von links nach rechts und zurück und hielt immer wieder einige Sekunden inne. »Aber wir müssen es natürlich mitbekommen. Und wenn jemand außerhalb unseres Einsatzgebiets allein baden geht und Probleme bekommt – wie soll der uns informieren? Deshalb darf man im Atlantik niemals alleine baden. Es braucht immer jemand an Land – besser zwei –, der Hilfe holen kann.«

Luc nickte. Die alte Surferregel. Hier, wo das Handynetz oft nicht richtig funktionierte, brauchte es zwei Helfer. Einen, um Hilfe zu holen, notfalls zu Fuß und am Strand entlang, bis das

Handy wieder ging oder die Rettungsschwimmer kamen – und einen, der den Menschen im Wasser beobachtete. Wie schnell trieb man in dieser Strömung ab? Und wenn das geschah, käme jede Hilfe zu spät.

»Und die Frau, die dann ertrank: Passierte das außerhalb der Dreiecke?«

»Ja, das war von hier aus nicht zu sehen. Dort hinten …«, Durand wies in Richtung Süden, »etwa zwanzig Minuten zu Fuß von hier. Dort gibt es keine Badezone, aber Schwimmen ist natürlich nicht verboten, nur absolut nicht empfehlenswert. Wie überall außerhalb unserer Überwachung.«

»Was werden Sie jetzt tun? Ich meine …«, Ugo trat von einem Fuß auf den anderen, »… Was werden Sie tun, um uns zu schützen?«

Luc war davon überzeugt gewesen, dass Xavier Durand kein Wort dazu sagen oder fragen würde. Aber es war ja auch nicht er, sondern Ugo gewesen, der am Vortag fast gestorben wäre.

Luc wandte sich vom Strand ab und den beiden Männern zu. Durand ließ sein Fernglas sinken. »Wir haben überall Leute. Sollte sich der Täter Ihnen nähern, dann werden wir es mitkriegen – und ihn stoppen.«

»Meinen Sie, er ist bewaffnet?«

Luc hob die Arme.

»Ehrlich gesagt: Ich weiß es nicht. Nehmen wir die bisherigen Taten, dann hat er ein ausgeklügeltes System. Aber nach Ihrer Geschichte nehme ich an, dass er sehr wütend ist, weil die Rachlust schon so lange in ihm schwelt. Er wird sein Werk sicher vollenden wollen.« Luc atmete tief durch. »Es gehört viel Kaltblütigkeit dazu, eine Frau so lange unter Wasser zu drücken.«

Xavier Durand nickte. »Wir werden vorbereitet sein.«

»Was meinen Sie damit, Commandant?«

»Wir sind auch bewaffnet.«

»Am Strand?« Luc merkte, dass er sehr viel Zeit an diesem Strand verbracht, von den Details der Arbeit der Polizisten auf dem Rettungsturm aber nichts geahnt hatte.

»Seit 2015.« Xavier Durand brauchte nur die Jahreszahl zu sagen. Jeder Polizist kannte sie, weil das Jahr für die schlimmsten Terroranschläge stand, die Frankreich je erlebt hatte: *Charlie Hebdo*, Bataclan, der jüdische Supermarkt in Vincennes. Aber es hatte auch in Nordafrika ein Attentat gegeben, das Folgen für Europa hatte. »Damals hat der Typ in Tunesien am Strand das Feuer eröffnet auf wehrlose Urlauber – mit einem Maschinengewehr. Seitdem müssen wir am Strand Waffen tragen. Na ja, wir nehmen sie nicht mit auf den Rettungsturm. Aber wir dürften.« Xavier Durand zuckte die Achseln. Man spürte, er war nicht der Typ, der eine solche Aufrüstung gut fand, aber ihm war auch klar: Es war nötig geworden.

»Ich hoffe, wir werden ihn finden, bevor wir dazu …« Luc stockte, als er den Gang des Mannes erkannte, der zielstrebig auf dem Dünenpfad zum Strand ging. »Das kann doch nicht …«

Bereits im Gehen rief er den Rettungsschwimmern zu: »Bin gleich wieder da!« Dann öffnete er das Holzgatter und schrie: »Das ist nicht dein Ernst!«

Yacine drehte sich um. Er war immer noch blass, aber da war schon wieder dieses schelmische Grinsen, als er antwortete: »Du glaubst doch nicht, dass ich dich das hier allein machen lasse, oder?«

Luc baute sich vor ihm auf und versperrte ihm den Weg zum Strand. »Yacine, mal im Ernst: Du bist gestern fast ertrunken. Und heute sind fast vierzig Grad, und das wird ein nervenaufreibender Tag. Ich glaube nicht, dass das eine gute Idee ist.«

Sein junger Kollege stemmte die Hände in die Hüften. »Du kennst mich jetzt schon so lange, Luc, und wahrscheinlich sogar besser als meine Mutter. Meinst du, das würde mich abhalten? Und ganz ehrlich: Würdest du dich an meiner Stelle davon abhalten lassen, wenn dir das gestern geschehen wäre?«

Luc sagte einen Augenblick nichts und schüttelte dann den Kopf. Er trat ein Stück näher an Yacine heran und sagte leise: »Der Scheißkerl wollte Ugo töten und hätte fast dich erwischt. Ich merke, dass du wütend bist. Aber du wirst heute nicht um jeden Preis dein Ding durchziehen. Hast du mich verstanden?«

Yacine nickte und hielt Lucs Blick stand. »Das habe ich, Chef. Du kannst auf mich zählen.«

Luc legte den Kopf schief, hielt kurz inne, dann klopfte er seinem Freund und Partner auf die Schulter. »Okay, das reicht mir. Los, gehen wir.«

Kapitel 42

Beim ersten Läuten reagierte niemand, beim zweiten schlurfte eine alte Frau an die Tür des kleinen Hauses am Ortsausgang von Pauillac. Die Bahnschranke hundert Meter die Straße runter senkte sich gerade unter lautem Quietschen, dazu klingelte unaufhörlich das Warnsignal. Anouk konnte sich nicht vorstellen, wie man diesen Lärm jahrelang ertragen konnte.

»Ja?« Die Stimme der alten Frau klang viel freundlicher, als ihr Gesicht es vermuten ließ. Sie hatte graue, fahle Haut, und ihre Augen lagen tief in den Höhlen.

»Oh, *excusez-moi*, Madame, ist Ihr Sohn daheim?«

»Mein Sohn?«

Anouk wies auf das Klingelschild.

»Ah, nein, er ist nicht mein Sohn. Er mietet nur das Zimmer unterm Dach.«

»Und, ist er da?«

»Er ist an den Strand gefahren. Dieses Land feiert sich selbst, obwohl ja jeder sieht, dass es keinen Grund zum Feiern gibt. Ich hab jedenfalls kein Geld für 'ne Flasche Champagner – Sie etwa?«

»Verzeihen Sie das Missverständnis, Madame. Mein Name

ist Filipetti, ich bin Commissaire der Police nationale, und ich müsste mir einmal sein Zimmer anschauen.«

»Hm.« Die Stirn der Frau lag in tiefen Falten. »Brauchen Sie dafür nicht so 'n Schrieb von 'nem Richter? Sieht man doch immer im Krimi.«

»Ähm ... nein, eigentlich nicht. Denn das hier ist ja kein Krimi. Ich kann das als Leiterin der Police nationale selbst entscheiden.«

»Na ja, wenn das so ist – dann hopp, hopp, Madame. Treppe hoch, den Flur geradeaus.«

»An welchen Strand ist er denn gefahren?«

»Carcans Plage. Will da Freunde treffen. Immer unterwegs, diese jungen Leute.«

»Das stimmt.« Anouk nickte ihr aufmunternd zu. Dann stieg sie die Treppe empor, indem sie zwei Stufen auf einmal nahm. Links war das Bad, rechts eine winzige Küche, die nur mit einem Gaskocher und einer Mikrowelle ausgestattet war. Am Ende des Flurs war eine Tür. Sie klopfte einmal, für den Fall, dass die Frau sich geirrt hatte – Hausfriedensbruch war nicht einmal für eine leitende Commissaire ein Kavaliersdelikt. Als niemand antwortete, öffnete sie vorsichtig die Tür. Im Zimmer sah es ganz anders aus, als sie es sich vorgestellt hatte. Auf dem Schreibtisch lagen ordentlich gestapelte Papiere, das Bettzeug lag so fein gefaltet auf dem Bett, als hätte der Bewohner jahrelang beim Militär gedient. Und die Klamotten hingen derart akkurat im Schrank, dass sich manche Frau hier neidisch zum Kleiderfaltseminar angemeldet hätte. Der Boden war sauber gefegt und gewischt, kein Staubkorn flog durch die Luft. Keine Ahnung, was sie hier gesucht hatte – aber in puncto Penibilität war der Bewohner dieses Zimmers ganz sicher schuldig.

Anouk setzte sich an den Schreibtisch. Sie nahm die Papiere und blätterte sie vorsichtig durch. Doch da war nichts: kein Ticket nach Paris, kein Hinweis auf irgendeine Aktivität, die mit ihren Fällen in Verbindung stand. Zehn Minuten später wischte sie ihre Fingerabdrücke von den Möbeln – man konnte ja nie wissen –, ging die Treppe hinab und verabschiedete sich von der Besitzerin.

Fünf Minuten später klingelte sie an einer anderen Tür. Es war ein Wohnblock, nicht weit entfernt vom Carrefour-Supermarkt am ersten Kreisverkehr. Hier öffnete niemand. Sie klingelte noch mal und wartete diesmal eine halbe Minute. Wieder nichts. Sie ruckelte an der Tür. Besah sich das Schloss. Es sah stabil aus, sehr stabil. Die Menschen hier hatten Angst vor Einbrüchen. Gerade kurz vor der Weinlese waren viele Tagelöhner unterwegs, da ging manchmal einiges verloren.

Doch Anouk gab nicht auf. Stattdessen ging sie um das Haus herum und fand sich an der Rückseite auf einer kleinen Terrasse wieder. Die Tür war nur angelehnt. Volltreffer. Sie wand ihre schmale Hand hindurch und gab dem Riegel, der keine Sicherungsfunktion hatte, den entscheidenden Schubs. Die Tür glitt aus der Halterung, Anouk schob sich hindurch. Dann hakte sie die Tür wieder ein. Schon stand sie in einem Raum, der Wohn- und Schlafzimmer zugleich war, wie es schien. Sie sah eine Bettcouch und einen riesigen Fernseher, davor eine Spielkonsole und jede Menge Bierdosen, Chips, einen ausgelaufenen Joghurtbecher. Es roch nach billigem Deo und Testosteron. Das Gegenteil des Zimmers, das sie eine Viertelstunde vorher besucht hatte. Chaos, absolutes Chaos. Anouk begann nach Papieren zu suchen, nach Beweisen, doch es gab auch hier nichts. Nichts außer schmutziger Wäsche und Münzgeld, dazu im Kühlschrank ein abgelaufener Mozzarella, den der Bewohner sicher noch essen würde. Anouk ging zur Vordertür, die nicht abgeschlossen war, öffnete sie und ging hinaus. Hier brauchte sie nichts abzuwischen. Dieser junge

Mann würde nicht einmal merken, dass jemand hier gewesen war.

Haus Nummer drei lag in einer kleinen Gasse unweit der Kirche Saint-Martin, mitten in der maroden Altstadt. Die Tür war aus Holz, daran ein Schild mit dem Namen des Bewohners. Es gab keine Klingel, also klopfte Anouk. Sie wartete. Dann klopfte sie noch einmal. Sie betrachtete das Schloss und runzelte die Stirn. Ein Sicherheitsschloss. Nigelnagelneu und aus beschichtetem Messing. Sie erkannte den Anbohrschutz, der kein Standard war, sie hatte erst neulich bei einer Schulung davon gehört. Anouk befühlte das Schloss. Ihr Herz begann schneller zu schlagen.

Warum sollte jemand an dieser simplen Tür ein derartiges Schloss anbringen? Sie vermied es, sich hier Zugang zu verschaffen. Nicht dass es noch einen stillen Alarm gab. Stattdessen ging sie um die Ecke in den schmalen Durchgang zwischen diesem und dem Nachbarhaus. Das Fenster lag in anderthalb Metern Höhe, hatte einen Holzrahmen und einen simplen Riegel. Sie sah sich nach einem Mülleimer um, auf den sie klettern könnte, aber andere als die Tonnen, die sie am Anfang der Straße hatte stehen sehen, schien es nicht zu geben. Also griff sie mit beiden Händen das Fensterbrett, atmete einmal tief durch und zog sich dann nur mit der Kraft ihrer Arme nach oben. Es ging schnell und tat weh, aber kurz darauf stand sie wacklig auf dem dünnen Brett. Sie sah nach links zur Straße, dann hob sie den Ellbogen und schlug damit die Scheibe ein. Es gab einen Knall, der längst nicht so laut war, wie sie befürchtet hatte. Die Scherben klirrten auf dem Fußboden. Eine Sekunde später stand Anouk in einer modernen Küche, die vollständig ausgestattet und etwa so groß war wie beide Zimmer, die sie eben besucht hatte, zusammengenommen. Sie öffnete Schubladen und Schränke. Besteck, Töpfe, alles sah neu aus und nahezu unbenutzt. Anouk hörte, wie die Scherben unter ihren Schuhen knirschten. Sie schwitzte. Sie ging nach nebenan ins Wohnzimmer. Dort standen eine Couch und ein Sessel, der Beistelltisch war aus Glas, der Fernseher brandneu und riesig. An der Wand gegenüber dem Fernseher hing ein Gemälde. Es zeigte eine alte Kirche und passte so gut hierher wie eine tropische Landschaft. Anouk trat näher und runzelte die Stirn. Sie erkannte die Kirche. Es war eine Kathedrale, eine berühmte sogar. Als Wohnzimmerschmuck erschien sie ihr mehr als ungewöhnlich, aber … Vielleicht täuschte sie sich auch. Eine Tür weiter lag das Schlafzimmer. Hier stand zwar ein Doppelbett, aber nur eine Seite davon war bezogen und mit Kissen und Bettdecke bestückt. Anouk spürte, wie sich ihr die Haare auf den Armen aufstellten. Der Anblick dieses Einzelbettes war traurig, aber da war noch etwas anderes. Etwas, was sie alarmierte. Was ihr Angst machte. Angst? Ja. Sie musste es zugeben. Sie hatte Angst.

Sie griff in ihre Jacke, öffnete das Holster und nahm ihre Waffe. Sie hielt sie nach unten gerichtet und drehte sich langsam um. Im Wohnzimmer war niemand. Sie sah in den Flur. Er endete bei der Haustür. Sie besah sich das Schloss. Es war wirklich ein Sicherheitsschloss der neuesten Generation. Keine Alarmanlage, aber zwei Ketten. Warum sollte er sich diese Mühe machen wegen eines Fernsehers und einer voll ausgestatteten Küche? Hier konnte doch etwas nicht stimmen. Noch einmal durchschritt sie den Flur. Sah das Bücherregal an der Wand, das beinahe komplett leer war. Warum stellte jemand ein leeres Bücherregal hierher? Sie blickte noch einmal auf den Boden, besah sich das Parkett, dann sah sie die Kratzer. Es war eine innere Eingebung, die sie das Regal anheben und etwas zur Seite schieben ließ. Die Tür dahinter war geöffnet. Eine Tür, die hinabführte. Sie wusste, dass fast alle Häuser Pauillacs unterkellert waren. Es war die Hauptstadt des Weinbaus, das ergab Sinn. Sie hob die Waffe und ging langsam hinab, Stufe für Stufe, beinahe in Zeitlupe. Sie wollte keinesfalls ausrutschen, nicht jetzt. Und sie wollte auch nicht in eine Falle tappen.

Unten angekommen, fand sie den Lichtschalter auf der linken Seite und drückte ihn. Sie blieb stehen. Ihr Mund stand offen, weil sie im Licht der nackten Glühbirne sah, was sie niemals hatte sehen wollen.

Sie richtete die Waffe in alle Richtungen, aber hier war niemand.

Der junge Mann war woanders. Dort, wo er seinen Plan ausführen wollte.

Jetzt wusste sie, warum an der Wohnzimmerwand ein Bild der Kathedrale von Metz hing.

Kapitel 43

»Was machst du denn hier, Junge?« Ugos Ruf hallte über die Düne, kaum dass er Yacine gesehen hatte. Er ging auf ihn zu und breitete schon im Gehen die Arme aus. Dann griff er sich den jungen Polizisten und umarmte ihn fest. Luc konnte nicht hören, was er ihm leise zuflüsterte, es klang wie ein Mantra. Als sie sich voneinander lösten, hatten beide Männer, der junge und der alte, feuchte Augen.

»Na, dann sind wir ja vollzählig«, sagte Ugo, als er wieder bei Atem war. »Wie geht es jetzt weiter, Commissaire?«

Luc wies auf den Rettungsturm unten am Strand und wandte sich an Xavier. »Ich glaube, dass Sie das letzte Ziel des Täters sind, Commandant Durand.« Der Leiter der Rettungswache nickte, als wäre er so schicksalsergeben, dass auch das kein Problem für ihn darstellte. »Ich werde also mit Ihnen dort hinuntergehen, und wir werden auf dem Wachturm Stellung beziehen. So sind Sie hoffentlich ausreichend auf dem Präsentierteller.«

»Mit Waffe?«

»Sie nicht. Ich schon.«

»Okay. Aber was, wenn Sie erkannt werden?«

»Ich brauche das gelbe T-Shirt der Rettungsschwimmer, meine Badeshorts habe ich schon drunter. Dazu eine Basecap und eine große Sonnenbrille. Dann wird es schon gehen.«

»Und wir?« Yacine sah Luc fragend an.

»Auf dem Turm haben nur der Commandant und ich Platz«, erwiderte der Commissaire. »Ihr bleibt hier oben. Der Aussichtspunkt ist perfekt, um durch das Fernglas jede Bewegung dort unten wahrzunehmen. Ihr koordiniert also von hier den kompletten Einsatz, auch mit den Kollegen, die am Strand verteilt sind. Hugo müsste eine gemeinsame Funkfrequenz bestellt haben für alle, die gleich ankommen werden.«

»Okay. Wann greifen wir ein?«

»Ihr informiert mich per Funk über verdächtige Bewegungen. Ich befehle den Zugriff nach Gefahrenanalyse.«

»In Ordnung, Luc.«

Xavier räusperte sich und blickte Ugo ernst an. »Die jungen Rettungsschwimmer sind ziemlich durch den Wind, habe ich das Gefühl. Das Ding gestern … Das hat nicht nur die erschüttert, die dabei waren, es ging herum wie beim Stille-Post-Spiel. Deshalb ist es heute an uns. Bei aller Gefahr dürfen wir nicht vergessen, warum wir hier sind.« Er wies auf den Strand. »Hier wird heute niemand ertrinken, weil wir unseren Job nicht richtig machen. So weit klar?«

Ugo, Luc und Yacine sahen Xavier Durand mit ernsten Mienen an. »Natürlich«, sagte Luc. Sie waren zwar alle da, um die Leben der Rettungsschwimmer zu schützen. Aber es war der alte Hase Durand, der nun das Kommando hatte.

»*Merde,* der Planet brennt aber heute …«, sagte Yacine und stöhnte. Luc sah ihn besorgt an. Die Nacht hatte ihre Spuren hinterlassen. Sein Freund war blasser als sonst, das stand fest. Ugo trat aus der Hütte, in den Händen vier Coladosen, die beschlagen waren vor Kälte. Er reichte jedem eine, dann sagte er leise: »Auf diesen vierzehnten Juli – und darauf, dass wir heute Abend alle gemeinsam mit Bier anstoßen, und zwar gesund und munter.«

Sie stießen an, dann tranken sie, und Luc spürte, wie ihn die Eiseskälte der süßen Limonade augenblicklich erfrischte. Nach einer Weile, in der sie den Strand beobachtet hatten, der sich immer noch füllte, winkte Xavier Durand Luc wortlos nach drinnen und reichte ihm ein Rettungsschwimmershirt und eine Kappe. Luc kleidete sich um. Seine Waffe verstaute er im Holster, das er sich um die Schultern legte. Als er an sich herunterschaute, schüttelte er den Kopf. »Nein, das geht nicht. Es ist zu auffällig.« Er ging nach draußen und wollte die Waffe Yacine reichen, der ihn fragend ansah. »Du willst echt unbewaffnet da runter?«

»Ich will den Kerl kriegen, der das getan hat – und ihn nicht abschrecken. Also, nimm schon.«

Widerwillig nahm Yacine die Waffe. »Viel Glück«, sagte er leise.

»Behaltet uns im Auge«, erwiderte Luc. Dann nickte er Xavier Durand zu, und gemeinsam gingen sie die Düne hinab Richtung Strand. War es dort oben beim Aussichtspunkt ruhig und nur Wind und ferne Wellen zu hören gewesen, herrschte hier unten eine ganz andere Geräuschkulisse. Da kreischten Kinder, die sich gegenseitig im Sand eingruben, da unterhielten sich Erwachsene in vielen verschiedenen Sprachen – und da war der Ozean, der sich mit krachenden Wellen deutlich lauter bemerkbar machte.

Sie bahnten sich einen Weg durch die Armada aus Sonnenschirmen und Strandzelten. Anders als an der Côte d'Azur suchte man an den Atlantikstränden vergeblich nach abzockenden Vermietern von Liegen und Schirmen, sodass hier jeder Urlauber seinen halben Hausstand zum Strand tragen musste, um den Tag zu meistern. Schnurstracks gingen die beiden zur Wasserkante, weil der Sand dort fester war und es sich besser lief. Luc spürte, wie eine Welle nach ihm griff. Er atmete durch, glücklich über die kühle Frische an seinen Füßen. Wie merkwürdig das war: Sonst ging er jeden Tag auf die Düne und sah aufs Meer vor seinem Heimatdorf hinaus wie ein Tourist. Ein Sehnsüchtiger, ein Mann, der die Wellen einschätzte, um hier seinen Berufsstress wegzusurfen. Heute aber ging er als Polizist an diesen Strand, vom Schicksal hergeschickt, um Leben zu retten. Alles hing an diesem Tag, er hatte eigentlich keine Zeit, die Schönheit des Ozeans in sich aufzunehmen – und doch nahm ihn dieser Anblick sogleich gefangen.

Xavier nickte den jungen Rettungsschwimmern im Wagen zu, Luc gab ihnen die Hand.

»*Bonjour*«, sagte er, und zu der jungen Frau gewandt: »Wie geht es Ihnen?«

Sie nickte schüchtern. »Ganz gut. Bisschen aufgeregt.«

»Das wird schon«, sagte Luc leise. Dann trat er zu Xavier, der unten am Turm auf ihn wartete. »Wachablösung!«, rief der polizeiliche Rettungsschwimmer. Die jungen Leute, die auf dem Turm Dienst getan hatten, kletterten herab, und Xavier stieg sofort nach oben, damit die Badezone auch nicht für zehn Sekunden unbeobachtet blieb. Luc folgte ihm auf der dünnen Metallleiter. Von Stufe zu Stufe spürte er die Besonderheit dieses Augenblicks mehr: einmal hier oben zu sein und seinen Strand aus der Perspektive derer zu sehen, die über ihn wachten.

Gemeinsam nahmen sie auf den Holzbohlen Platz, legten die Funkgeräte auf die Ablage vor sich, die Sonnenbrillen tief ins Gesicht gezogen.

»Na, dann wollen wir mal«, sagte Xavier Durand und hob das Fernglas, um den Strand zu scannen.

Luc gestattete sich eine Pause. Er blickte umher, sog die Umgebung förmlich in sich auf. Es waren nur sieben Sprossen gewesen – und doch war der Blick von hier ein anderer, fast ein majestätischer. Die sich aalenden Urlauber auf ihren Handtüchern. Die Badenden, die Spaß suchten und die Kraft des Meeres zu spüren bekamen, wenn die Wellen wie eine Naturgewalt über sie hereinbrachen. Die Weite des Ozeans bis zum Horizont, angestrahlt von der Sonne, die genau über der Düne stand.

Er blickte kurz auf seine alte Breitling-Uhr, die halb zwölf anzeigte. Kurz vor der Mittagsstunde war es glühend heiß. Er griff nach der Sonnencreme, die unter der Bank parat lag für alle, die hier Dienst taten. Schließlich rettete es sich schwerer, wenn die eigene Haut brannte. Während er sich Arme und Gesicht eincremte, betrachtete er die Menschen im Wasser. Es waren Hunderte – und er verstand allmählich, warum die Badezone so klein war. Eine größere Menschenmenge wäre nicht zu überblicken – schon jetzt fühlte er sich hilflos angesichts all der Badenden, die er und Xavier gemeinsam zu bewachen hatten.

Da waren unzählige Kinder, Gott sei Dank nahe am Ufer, dann Jung und Alt, etwa fünfzig bis hundert Meter vom Ufer entfernt. Gerade kam wieder eine Welle. Sie riss einer Frau beinahe das Bikinioberteil weg und warf einen älteren Herrn um. Luc hörte lautes Juchzen, aber auch Schreie des Erschreckens. Einige Teenager hatten sich am weitesten rausgewagt, junge Leute, die sich von hohen Wellen überrollen ließen und manchmal so lange nicht wieder auftauchten, dass sich Luc Sorgen zu machen begann. Aber dann waren sie doch immer wieder zu sehen.

Der Commissaire ließ den Blick einmal den ganzen Strand entlangschweifen und hielt Ausschau nach denen, die er für die Verdächtigen hielt. Doch er konnte keinen von ihnen entdecken. Irgendwann ließ Xavier Durand das Fernglas sinken und sagte: »Das könnte ein herrlicher Tag sein.« Er räusperte sich, dann sagte er leise: »Verstehen Sie mich nicht falsch, Commissaire. Ich habe keine Angst. Aber ich muss zugeben, es sieht in mir weniger entspannt aus als sonst.«

»Sie haben generell wenig Angst, oder?«

»Na ja, eigentlich gar nicht mal so wenig. Und ich bin sehr angespannt, besonders hier oben auf dem Turm. Aber dank meiner äußeren Erscheinung sehen es mir die Leute nicht so an. Das ist ein Vorteil. Andererseits ist es auch ein Nachteil. Alle denken immer, ich sei so stark – dabei sehen sie nicht den Sturm, der in mir tobt.«

»Das kann ich gut verstehen.«

»Macht sich besonders im Privatleben bemerkbar. Die Frauen denken immer, ich sei Superman. Und dann wachen sie neben mir auf und merken: Ich bin auch nur ein weiterer Softie.« Er lachte ein kurzes, dunkles Lachen. Luc mochte ihn. Ohne Frage.

»Was machen Sie, wenn nicht Sommer ist?«, fragte er nach einer Weile.

»Dann mache ich, was die CRS so macht: Ich stehe mit voller Kampfmontur vor Demonstranten auf der Place de la Concorde in Paris, die den Staat und die Polizei ablehnen, ich schütze Fußballfans, die mich und meinesgleichen hassen – oder ich jage Raser auf der Autobahn, die mich auch nicht toll finden. Es ist … nun ja, ein eigentümliches Leben. Aber dafür freue ich mich jedes Jahr ungefähr ab März auf den ersten Juli, wenn ich wieder auf dieser Bank sitzen darf.«

»Die Polizei betreut die Türme nur im Hochsommer?«

»Herrje, ich würde ein Bein dafür geben, es von Mai bis Oktober tun zu dürfen, aber da hat der Innenminister was dagegen. Wir haben alle so viele Überstunden, dass die Politik seit

Jahren versucht, uns von den Türmen abzuziehen. Aber es geht einfach nicht. Niemand kennt die Strände und das Meer so gut wie wir. Wenn man nur private Firmen oder die jungen Leute ranlassen würde, dann gäbe es neue Rekorde an Todesfällen. Deshalb sind wir immer noch hier, zumindest in der Hochsaison.«

»Und sonst?«

»In den anderen Sommermonaten sind die Gemeinden verantwortlich. Jedes Jahr im Frühling gibt es eine Ausschreibung, da können sich Studenten bewerben und Dorfbewohner. Und dann gibt es eine Auswahl, mit Sport- und Schwimmtests und Theorie. Denn sie müssen alles über den Ozean wissen. Nur die Besten bestehen – und haben dann den besten Job des Sommers. Sie dürfen von Mai bis Oktober hier sitzen und verdienen in dieser Zeit ganz ordentlich, mehr jedenfalls, als wenn sie kellnern würden. Na ja, und sie tun auch noch was Sinnvolles. Und ich glaube, die Jungs in den gelben T-Shirts müssen nachts auch nur selten alleine schlafen …«

»Stimmt das Gerücht also?«

»Dass wir Rettungsschwimmer Schürzenjäger sind?«

»So in etwa …«

»Na ja, es ist schon so, dass sich abends, wenn wir oben an der Hütte am Apéro nippen, die Urlauberinnen am Zaun aalen, ganz zufällig … Und dann kann es schon passieren, dass man urplötzlich eine Begleitung für den Abend hat. Oder direkt für die ganze Nacht. Rettungsschwimmer sind irgendwie Teil bestimmter Phantasien, Commissaire. So wie Polizisten – ist es nicht so?«

»Ich hatte meine wilde Zeit in Paris. Hier bin ich ganz brav«, sagte Luc und musste lächeln. Es war nicht mal gelogen. Er war noch nie so treu gewesen wie hier in der Aquitaine – und bereute das Leben mit Anouk an keinem einzigen Tag.

Er beobachtete, wie eine besonders heftige Welle ein kleines Kind von den Füßen riss und herumwirbelte. Luc hielt den Atem an. Doch es tauchte wieder auf, strahlte, und sein Vater nahm es hoch, während es die ganze Zeit »Noch mal!« rief.

»Worauf achtet ihr bei den Badenden?«, fragte er.

»Auf alles, was ungewöhnlich ist. Plötzliche eckige Bewegungen zum Beispiel. Bei Kindern ist es leider ganz schwer zu erkennen. Weil sie nicht rumschreien und wild winken, während sie Probleme haben. Sie werden ganz still und bewegen sich fast gar nicht mehr. Und sie schaffen es nicht mehr, ihren Mund über Wasser zu bringen. Achten Sie auf den Mund, immer auf den Mund. Wenn Sie den nicht mehr sehen, dann ist es allerhöchste Zeit. Lieber schicke ich meine Retter einmal zu oft raus, als zu lange zu warten.« Auf einmal nahm er seine Pfeife in den Mund und ließ sie schrillen. Dann hob er die Arme und winkte nach links. »Die waren zu weit aus der Badezone raus«, sagte er und zeigte auf drei Schwimmer, die die mit Fahnen abgegrenzte Fläche verlassen hatten. Sofort machten die Schwimmer kehrt und bewegten sich ein Stück zurück.

»Es gibt ein offenes Geheimnis über diese Küste«, sagte Xavier Durand leise, »aber kein Rettungsschwimmer lässt sich damit gern zitieren.«

»Welches denn?«

»Ihr Vater ist von hier, er wird es Ihnen sicher erzählt haben. Früher, im Krieg, haben die Deutschen hier heftig gewütet. All die Bunker längs der Küste zeugen davon.«

»Der Atlantikwall«, sagte Luc. Jeder Mensch in der Gegend kannte die steinernen Monumente, die von der Wehrmacht an den Stränden errichtet worden waren, weil die Generäle fürchteten, die Alliierten würden hier anlanden. Doch wegen der hohen Wellen und der schwierigen Lage geschah das nie. Stattdessen wurde es die Normandie im Norden; der Rest der

Geschichte war bekannt. Doch die Bunker standen immer noch an der Küste, von Lacanau bis zum Cap Ferret. Heute aber waren sie bunt bemalte Kolosse, Graffitikünstler hatten sie quasi als ihre Leinwände entdeckt. Die bunten Bilder nahmen der dunklen Geschichte die Schwere.

»Nach dem Krieg kamen die Deutschen wieder als Urlauber an diese Küste, als wäre nichts geschehen«, fuhr Xavier Durand fort. »Irgendwann gab es mal eine Statistik über die Zahl der Ertrunkenen in jenen Sommern. Und siehe da: Die Zahl der toten Deutschen war um ein Vielfaches höher als die aller anderen Nationen.«

Luc zog eine Augenbraue hoch. »Wirklich? Wie erklärt sich das?« Diese Geschichte kannte er noch gar nicht.

»Ganz einfach. Wenn die Deutschen fragten, wo sie gefahrlos baden könnten, gaben ihnen die Bewohner von hier immer den Tipp, dort zu schwimmen, wo es keine Wellen gab. Und das …«

»… sind immer die gefährlichsten Stellen.«

»Genau.« Durand nickte. »Die Einheimischen waren der Meinung, dass – nun ja – Rache am besten kalt serviert wird.«

»Der perfekte Mord.«

»Die Touristenbüros haben irgendwann riesige Tafeln in deutscher Sprache aufgestellt, um die Urlauber zu informieren. Dadurch sanken die Todeszahlen.«

»Eine schreckliche Geschichte.«

»Aber eben auch das Ergebnis einer bewegten Geschichte – und vieler Verletzungen.«

Luc nickte und sagte leise: »Und heute geht es wieder um eine späte Rache.«

Kapitel 44

Ganz einsam war die Arbeit auf dem Turm nicht. Immer wieder kamen Urlauber und Einheimische, die etwas wissen wollten. »Wie warm ist das Wasser?«, fragte ein kleines Mädchen. Xavier Durand lächelte ihm freundlich zu. Sein ganzes Wesen wirkte verändert, als er sagte: »Heute sind es endlich zweiundzwanzig Grad, die letzten Tage war es viel kälter.« Sie freute sich und winkte, als sie von dannen zog. Luc stellte sich vor, wie Aurélie bald an diesem Strand spielen und baden würde.

Als Nächstes kam eine Frau, die auf ihrem Handtuch ein Stück Wassermelone gegessen hatte. Eine Wespe hatte sich unbemerkt dazugesellt, und sie hatte ihre Hand auf das Tier gelegt. Xavier behandelte den dicken roten Stich mit einer zehnprozentigen Ammoniaklösung, die er daraufträufelte.

Auch bei ihren Gesprächen blickte Xavier immer wieder zur Badezone, und während er die Frau behandelte, intensivierte Luc seine Beobachtung. Neben ihm hatte für die kurze Zeit die junge Frau Platz genommen und blickte durchs Fernglas. Als ihr die Surfer zu nah an die Badezone kamen, fluchte sie erst, dann pfiff sie durch die Finger wie eine Bauarbeiterin und winkte die Männer nach rechts, heraus aus der Gefahrenzone.

Luc sah sie bewundernd an. Sie hatte in jedem Fall den richtigen Studentenjob.

Kurz darauf kam ein Mann wegen eines vermissten Portemonnaies. »Es ist gestohlen worden!«, greinte er. »Sind Sie sicher?«, fragte Xavier. »Ja, es lag in der Strandtasche meiner Frau. Vorhin haben zwei Schwarze nach der Uhrzeit gefragt, und dann ist …« Luc sah die Frau mit dem Badeanzug schon von weitem. Sie rief etwas Unverständliches, und er folgte ihr mit den Augen. In der Hand wedelte sie mit … dem Portemonnaie. Als sie am Turm angekommen war, sagte sie laut: »Herrje, Franck, hier ist es doch. Du warst doch vorhin Churros kaufen, es war in deiner Jeans.« Der Mann wurde rot, und Xavier grinste. »Na, sehen Sie, war der ganze Ärger doch umsonst.« Der Mann grummelte noch etwas, dann verschwanden sie. Xavier lächelte Luc an. »So geht es hier im Sommer den ganzen Tag. Man ist Lebensretter, Touristenbüro und Dorfpolizist in einem.«

»Gibt es viele Diebstähle oder andere Straftaten?«

»Weniger, als man annehmen würde. Die Strände sind ziemlich sicher. Die gesellschaftliche Kontrolle funktioniert. Hier dröhnen sich die Leute auch nicht zu, wir sind ja nicht auf Mallorca. Wenn es richtig heiß ist, verlieren sie nur alles Mögliche. Besonders blöd: wenn sie den Autoschlüssel im Sand suchen müssen.«

Luc grinste, doch dann stockte er. Sein Blick wanderte zurück zu der Stelle, an der er kurz zuvor die Frau beobachtet hatte. Dort war ihm ein Gesicht aufgefallen, das er nicht sofort hatte zuordnen können, aber jetzt … Jetzt fiel es ihm wieder ein.

Er suchte nur kurz, dann entdeckte er sie wieder: Denise Malesquier. Die Postbotin. Durch eine dicke Sonnenbrille blickte sie aufs Meer. Sie hatte sich mit den Ellbogen auf ihrem Handtuch abgestützt und sprach leise mit einem Mann. Er lag neben ihr auf dem Bauch, den Kopf zur Seite. Auf der Decke lag ein Buch, daneben eine Flasche Cristaline-Wasser. Luc musterte den Mann. Konnte es sein, dass … Er spürte, wie sich sein Puls beschleunigte. Jetzt lachte Denise Malesquier laut auf und nahm ihre Sonnenbrille ab. Wie in Zeitlupe erhob sich der Mann neben ihr und lächelte sie an, doch sein Blick war unstet, als suchte er die Umgebung ab. Luc sah schnell weg und zog sich die Basecap ins Gesicht. Der kurze Moment aber hatte genügt, den Mann zu erkennen. Neben der Postbotin lag Guillaume Gérardin. Er schien sich köstlich über das zu amüsieren, was er eben von Denise gehört hatte. Luc sah, wie er ihren Oberarm streichelte. Ja, offensichtlich hatten sie etwas miteinander. Der Mann wirkte unruhig. Es verging keine Minute, in der er nicht seine Umgebung sondierte.

»Alles okay?« Xavier Durands Frage riss Luc aus seinen Gedanken. Fast hätte er geantwortet, dass einer der Verdächtigen am Strand sei, aber er konnte sich gerade noch beherrschen. Ein falscher Blick, und sie wären aufgeflogen. Außerdem war er nur für Xaviers Leben verantwortlich, während der auf alle anderen hier aufpassen musste. »Alles gut«, murmelte er. Xavier hatte wieder sein Fernglas gehoben und suchte den Strand ab. Deshalb konnte Luc unbeobachtet nach dem jungen Gérardin schauen.

»Commissaire?« Das Wort kam fast tonlos.

»Hmm?«

»Die waren auch auf der Fähre, oder? Die arbeiten doch da.«

Luc nahm das Fernglas, das Durand ihm hinhielt und sah hindurch. »Da, etwa hundert Meter nördlich.«

Unglaublich – konnte das alles Zufall sein? Da gingen Philippe Delattre und Cédric Biolay Richtung Wasser, beide hatten je ein Surfbrett unterm Arm. Der eine schlug dem anderen auf die Schulter, dann machten sie ihre Leinen an die Füße und gingen die ersten Schritte ins Meer. Gleich darauf paddelten sie hinaus. Lucs Blick folgte ihnen.

Er griff kurz an sein Ohr und sprach über Funk mit seinen Kollegen, leise, sodass der Rettungsschwimmer nichts mitbekam.

»Yacine für Luc.«

»Yacine hört.«

»Wie ist die Lage bei euch da oben?«

»Alles im Blick. Nichts Verdächtiges.«

»Alle drei Männer sind am Strand.«

»Was?«

»Alle drei Männer. Gérardin liegt hier und aalt sich in der Sonne. Biolay und Delattre sind eben surfen gegangen.«

»Was?«, wiederholte Yacine, immer noch ungläubig.

»Ich zeige euch die Positionen mit meinen Armen«, sagte Luc und wies in die jeweiligen Richtungen. »Die Zivilkollegen am Strand nähern sich unauffällig dem Verdächtigen am Strand. Yacine, du behältst alle im Blick.«

»Verstanden, Commissaire«, bestätigte einer der zivilen Kollegen.

»Verstanden, Luc.«

»*Merci*, Kollegen.«

Luc ließ den Knopf los, hob noch mal das Fernglas, aber senkte es gleich darauf wieder, weil er sich beobachtet fühlte. Sein Blick ging automatisch zurück an den Strand, zum Handtuch von Denise Malesquier. Er zuckte zusammen, als sein Blick den von Guillaume Gérardin traf, der ihn genau ansah. Als hätte er ihn erwartet. Er nickte einmal leicht, und der junge Mann hob die Hand, als begrüßte er ihn. Ein Lächeln umspielte seine Lippen.

Alle drei Verdächtigen waren am Strand. An seinem Strand. Luc spürte, wie sich großes Unbehagen in ihm ausbreitete.

Kapitel 45

Es war ein Schrein, ein Altar, aber ein gänzlich unchristlicher. Anouk wandte sich nach links und rechts, die Waffe vor sich, bereit abzudrücken, wenn sich ihr wer auch immer in den Weg stellen würde. Doch ihr Blick blieb auf die Wand gerichtet, über der sich an der Decke Schimmel gebildet hatte, es roch feucht und nach Moos.

Die Wand selbst war sauber, wie frisch gestrichen sogar, und dort waren sie feinsäuberlich aufgeklebt, mit doppelseitigem Klebeband, wie es schien. Das hatte Arbeit gemacht, viel Arbeit, Es sah aus wie die monatelange manische Arbeit eines Quartalsirren aus einem Horrorfilm: all die übereinandergeklebten Bilder, manche waren Zeitungsausschnitte, andere Paparazziaufnahmen, so stark herangezoomt, dass das Bild krisselig geworden war. Die Commissaire spürte, wie sich die Haare auf ihren Oberarmen aufstellten.

Kein Zweifel: Wer das hier gemacht hatte, per Kleinarbeit, die auf tiefe Verzweiflung hinwies, der war auch imstande zu morden. Und wer einmal mordete, der hatte kein Problem mehr, keine Scheu und keine Skrupel, es ein zweites Mal zu tun – oder ein drittes Mal.

Dreimal? Sie trat näher an die Fotos heran. Wollte sich schon losreißen und ihren Freund warnen – aber es ging noch nicht. Sie wollte es anschauen. Sicher sein, todsicher. Auch wenn es gar nicht nötig war.

Allein die Nahaufnahmen von Lisa Dupuy hätten ihr als Beweis gereicht. Anouk kannte die Place des Vosges gut, sehr gut sogar. Sie sah die Häuser mit ihren schönen Dächern und Fassaden und davor, sich unbeobachtet wähnend, die junge Frau, hübsch und frisch wie das strahlende Leben. Sie trug eine Sonnenbrille im Haar, dazu ein Businessoutfit aus Blazer und dunkler Hose. Sie lächelte an der Kamera vorbei, offenbar hatte sie jemanden auf dem Platz entdeckt, den sie kannte, oder sie war einfach nur lebensfroh und genoss die Pariser Luft.

Jedenfalls hatte der Fotograf noch einmal herangezoomt, in einem anderen Moment, da sah Lisa Dupuy eher zweifelnd drein, ein wenig verkniffen gar, es machte sie nicht weniger hübsch, nur authentisch und ehrlich. Er war dort gewesen, hatte sie beobachtet und fotografiert, bestimmt mehrere Tage lang, denn auf manchen Bildern trug sie andere Sachen, einmal ein T-Shirt, als würde sie joggen gehen, einmal ein Kleid, wie zum Ausgehen bereit.

Anouk zweifelte nicht eine Sekunde, dass der, der diese Bilder gemacht hatte, auch derjenige gewesen war, der in ihre Wohnung eingebrochen und ins Bad gegangen war. Sie sah den Schrecken auf den Zügen der jungen Frau richtiggehend vor sich, die Gewissheit, dass diese Qual ihre letzte sein würde. Die Commissaire war wütend, unsagbar wütend.

Als Nächstes entdeckte sie Benjamin Forestier. Neben ihm standen seine Frau und zwei der drei Kinder. Das Foto war auf einem Markt aufgenommen, sicherlich auf dem Marché de Pauillac. Direkt daneben hing eine ganz andere Aufnahme. Sie war durchs Fenster eines Restaurants fotografiert. Ein Restaurant in Bordeaux, das Anouk sogar kannte: das BIG, es lag in der Rue Saint-Rémi. Sie sah die Buchstaben in der doppelten Spiegelung der Scheibe. Da saßen Benjamin Forestier, vor sich ein Weinglas, und ihm gegenüber eine junge Frau. Sie lächelte ihn strahlend an. Anouk erkannte Deborah Galhaud, ohne Frage. Sie hielt seine Hand.

Der Täter hatte sie alle observiert, ihre Geheimnisse entlarvt. Alles, um ihre Schwachstellen zu finden.

Es gab sogar ein Foto von Benjamin Forestier, wie er auf dem Raucherdeck der Fähre stand, eine Zigarette in der Hand. Wo hatte der Scheißkerl ihn über Bord geworfen – und vor allem: wie?

Die Zeitungsartikel hingen in der linken Ecke der Wand. Es waren nur kleine Nachrichten, ausgeschnitten aus der *Sud Ouest* und aus der *Ouest-France. Urlauberin ertrunken* hieß es da. Anouk ging nah heran, um die vergilbten Buchstaben zu entziffern. Dort stand lediglich, die Frau sei an einem strahlenden Tag an einem verlassenen Strand in Seenot geraten; sie hinterlasse ihren Sohn, für den nun der Staat eine Unterbringung suchen müsse. Daneben hing ein längerer Artikel aus *Le Républicain Lorrain,* der Tageszeitung von Metz. Es war ein Nachruf auf die Frau; der Pfarrer ihrer Gemeinde hatte den Text geschrieben. Ein Schwarz-Weiß-Foto zeigte sie: eine junge Frau mit schüchternem Lächeln. Sie hatte in einer Klempnerfirma als Sekretärin gearbeitet, stand da, und hinterlasse einen Sohn, Sébastien. Für den nun hoffentlich bald eine Pflegefamilie gefunden werde, da der Vater nicht bekannt sei. Anouk spürte, wie sich eine Gänsehaut über ihren Rücken zog.

So viel Leid, so viel Schmerz, und alles wegen eines einzigen Urlaubstages und der Gewalt des Meeres.

Sie riss sich von den Zeitungsartikeln los und ging wieder zur Mitte der Wand.

Die nächsten Fotos zeigten Ugo, den alten Rettungsschwimmer, mit seiner Familie, auch mit seinen Enkeln. Und auf dem Weg zum Meer, die Sonne war kurz vorm Untergehen. Der Täter hatte gewusst, dass der alte Mann jeden Abend schwimmen ging. Sie sah sich um. Die Schränke an der Wand boten ausreichend Platz für eine Taucherausrüstung. Sie würde gleich nachsehen.

Doch ihr Blick war gefesselt von der Nahaufnahme von Xavier Durand. Er war mit einem Teleobjektiv herangeholt worden. Er stand mit Dreitagebart auf dem Aussichtspunkt von Carcans Plage. Über sein Foto war mit schwarzem Edding ein großes Ausrufezeichen gemalt worden.

Er war das Hauptziel. Der Leiter der Einheit.

Anouk zitterte, als sie zum Telefon griff.

Sie wählte Lucs Nummer. Hoffentlich war sie nicht zu spät. Warum hatte sie sich dieses Haus bis zum Schluss aufbewahrt?

Warum hatte sie nichts, aber auch gar nichts geahnt?

Sie hörte das Piepen, dann die Nachricht: *Die Person, die sie zu erreichen versuchen, ist …*

Sie legte sofort auf und schnaufte wütend, das verfluchte schwache Handynetz am Strand. Dann wählte sie Hugos Nummer. Sofort kam das Besetztzeichen. Verdammt.

Sie ging ins Verzeichnis und suchte die Nummer der CRS. Sie musste dringend die Station erreichen. Sehr dringend.

Kapitel 46

Luc spürte, wie seine Arme glühten. Sein ganzer Körper war heiß. Kein Wunder: Die Sonne brannte auf den Strand. Es war kurz vor dreizehn Uhr, und auch wenn er gut eingecremt war und alle drei Minuten Wasser trank, war der schattenlose Rettungsturm der reinste Glutofen. Und erst in zwei Stunden würde die Hitze am größten sein.

Auch dort unten im Sand hätten einige längst in den Schatten ihrer Zelte umziehen sollen. Der Commissaire sah viele verbrannte Rücken und Gesichter.

Aber er konnte sich nicht auf die Hochsommeratmosphäre zu seinen Füßen konzentrieren. Zu viele Fragen trieben ihn um: Sollte er einfach hier oben sitzen bleiben? Oder vom Turm steigen und Gérardin zur Rede stellen? Aber was hätte er sagen sollen: *Warum liegen Sie ausgerechnet hier am Strand herum?* Das war totaler Unfug. Verdammt. Aber er war so unruhig.

Xavier Durand schien seine Unruhe zu bemerken, doch er sah unbewegt aufs Meer hinaus, auf die Wellen, die unablässig brachen. Heute lagen sechs bis sieben Sekunden zwischen jeder einzelnen Welle. Luc zählte mit, um seine Atmung zu kontrollieren. Eben war der Tiefstand des Wassers erreicht worden;

nun lief es langsam wieder auf. Noch waren ein paar Surfer draußen, aber schon in wenigen Stunden, wenn die Flut ihren Höhepunkt hatte, wären sie alle wieder am Ufer, weil dann die Wellen beim *Shorebreak* viel zu nah am Ufer brechen würden, um lange darauf surfen zu können.

Wieder ging sein Blick zum Handtuch von Denise Malesquier und ihrem Liebhaber – oder Freund? Während die Postbotin eingeschlafen war, saß Guillaume Gérardin aufrecht da und beobachtete die Wellen.

Der Commissaire straffte sich. Er nahm seine Flasche und sagte: »Ich mach 'ne kleine Runde, Commandant.«

»Ist alles in Ordnung, Commissaire?« Xavier Durands ernste Miene zeigte Luc wieder einmal, dass man dem Rettungsschwimmer nichts vormachen konnte.

»Nicht nur die beiden Männer im Wasser sind verdächtig«, sagte Luc, »auch der Mann dort hinten am Strand.« Luc wies mit dem Kopf zu Gérardin.

»Dachte ich es mir doch, dass Sie nicht ohne Grund so herumwieseln. Gut, ich behalte ihn im Blick. Kollegin?« Er rief die junge Frau, die auf der Motorhaube des Strandbuggys saß. »Wir tauschen hier oben, kommst du?«

Sofort war sie an der Treppe und ließ Luc herunter, bevor sie seinen Platz einnahm.

Hier unten herrschte ein ganz anderer Lärmpegel: Das Jauchzen der Kinder, die von ihren Eltern in die Wellen gehoben wurden, wirkte ansteckend. Eine Welle erreichte ihn, er spürte die Kühle an seinen Füßen. Er ging über den harten Sand und folgte einem Gedanken, der eben aufgeploppt, aber gleich wieder verschwunden war. Ein Satz. Da war eine Information gewesen, vor einigen Tagen – aber sie war nicht zu greifen … Etwas, was ihm seltsam vorgekommen war. Wieder kam eine Welle, nun stand er bis zu den Oberschenkeln im

Wasser. Wegen seines gelben T-Shirts machten die Badegäste ihm Platz. Ihre Blicke folgten ihm, er spürte den Respekt, der den Rettungsschwimmern hier entgegengebracht wurde. Die Menschen vertrauten ihnen. Luc lächelte einem kleinen Jungen zu, der im nassen Sand saß und sich von den Ausläufern kleinerer Wellen umwerfen ließ.

Er hielt kurz inne. Am Strand: Was war ihm entgangen? Es war jemand am Strand, der sonst nie hier war. Philippe hatte es ihm doch gesagt: Cédric kommt nie an den Strand. Aber heute? Heute surfte er. Wo waren die beiden? Immerhin: Der dritte Verdächtige war hier, er war greifbar.

Und Luc hatte sich entschieden. Er würde den Mann ansprechen. Er wandte sich von der Wasserkante ab und ging schnurstracks Richtung Düne. Der Sand war glühend heiß und nur erträglich, weil seine Füße noch nass waren. Gérardins Blick begegnete seinem. Beide Männer sahen sich an, als wären sie Kontrahenten vor einem Showdown. Es waren nur noch wenige Schritte, aber in diesem Augenblick hörte Luc die Pfeife vom Rettungsturm. Und den Spruch in seiner Ohrmuschel.

»Alarm!«, rief Yacine, und Ugo: »Surfer in Seenot!«

Luc drehte sich ruckartig um. Was um Himmels willen …?

Er sah, dass Xavier Durand schon vom Turm heruntergeklettert war. Die Badegäste sahen alle zu ihm hin. Es war, als wäre eine Sirene losgegangen, dabei war es nur seine Pfeife gewesen. Luc musste sich zwingen, nicht ebenfalls innezuhalten, so aufsehenerregend war, was sich nun vor aller Augen abspielte: Der Rettungsschwimmer riss sich das T-Shirt vom muskulösen Oberkörper und rannte zum Strandbuggy. Er nahm einen Gurt und band ihn sich um. Die junge Frau war ihm gefolgt, mit Hilfe ihres Kollegen befestigte sie die Rettungsleine am Gurt des Polizisten. Dann griff sie nach dem Surfboard, das ihr draußen Auftrieb geben sollte, doch Xavier schüttelte den Kopf, wies aufs Wasser und sagte etwas zu ihr. Luc sah hinaus aufs Meer. Die Wellen waren hoch, sehr hoch, es war nicht zu erkennen, was da draußen vor sich ging. Er war schon am Rettungsturm, als er sein Handy hörte. Es piepte, als wären Nachrichten eingegangen. Kurz darauf klingelte es. Das verdammte Netz! Es war immer wieder verschwunden, als er oben gesessen hatte.

Er kletterte hinauf und beobachtete, wie Xavier Durand die ersten Schritte ins Wasser machte. Die junge Frau kletterte wieder auf den Turm und setzte sich neben Luc, während der andere Rettungsschwimmer am Auto die Rettungsleine abwickelte und den Polizisten sicherte.

»Was ist los?«, fragte er.

»Ein Surfer hat das Notsignal gegeben. Er ist zu weit draußen und kommt nicht wieder auf sein Brett. Wahrscheinlich Erschöpfung.«

»Ist er allein?«

»An dieser Stelle schon.« Sie wies nach Norden, den Strand hinauf. Tatsächlich, da war ein kleiner Fleck im Wasser, ein Brett, ein Kopf, die Hand nach oben gereckt.

»Ich komm da nicht raus mit meinem Board, die Strömung ist zu stark. Wenn es Xavier auch nicht schafft, dann muss der Heli aus Lacanau kommen. Wir haben noch eine Minute, das zu entscheiden.«

Luc nickte. Verdammt, auch das noch. Er griff nach seinem Telefon und sah die unbeantworteten Anrufe. Drei aus dem Büro, einer von Anouk. Er wählte zuerst Hugos Nummer. Der Capitaine nahm sofort ab.

»Herrgott, Luc, da bist du ja endlich, ich habe lange … krrrrrkkkk …«

»Das Netz ist hier so was von elend.« Auch jetzt hörte er vor allem sehr viel Rauschen. »Was ist los, Hugo? Hier ist gerade ein Notfall.«

»Hör zu, ich bin Yacines Idee gefolgt und habe in der Vergangenheit gesucht, im Urschleim, wie du gesagt hast. Bei Philippe Delattre ist alles in Ordnung, geboren hier im Département, Schule, ich habe seinen Klassenlehrer daheim angerufen, alles transparent und nachvollziehbar. Bei Guillaume Gérardin war es ein wenig verworrener, der war lange in … krrkkkk …« Luc fluchte, weil wieder nur noch Rauschen war. »Hugo? Hugo? Ich kann dich nicht hören.«

Nach Sekunden tauchte er wieder auf. »Ich habe die Familie erst nach langer Suche gefunden, sie lebt im Périgord … krrrkkk … mit seiner Mutter telefoniert.«

»Die Mutter von Guillaume lebt also?«

»Ich … Was hast du gefragt?«

»Die Mutter von Guillaume lebt?«

»Ja, das sage ich doch.«

»Und was ist …«

»Hör zu, du wirst es nicht glauben. Cédric Biolay, er … krrrrkkk … tot.«

»Was?«

»Was?«

»Was hast du gesagt, Hugo?«

»Herrgott, ich höre gar nichts. Hast du Funk?«

»Sprich einfach weiter.«

»Cédric Biolay, den gab es in einem Kinderheim in Metz, er hat dasselbe Geburtsdatum, das stimmt alles, aber er ist gestorben, ein Autounfall vor zwölf Jahren.«

Luc spürte, wie der Orkan in ihm losbrach.

»Und du bist dir sicher?«

»Es ist niemandem aufgefallen. Wie auch? Aber ich bin mir ganz sicher. Ich habe mir das Foto auf der *carte d'identité* angesehen. Sie sehen sich ähnlich – aber nie im Leben ist der Cédric Biolay aus dem Heim derselbe wie der aus Pauillac.«

Luc hörte das Klopfen in seinem Telefon. »Hugo, ich muss …« Er sah hinaus aufs Meer, versuchte den Surfer zu erkennen, aber der war viel zu weit draußen.

Kapitel 47

Bevor er nach dem Fernglas griff, drückte er den grünen Knopf auf dem Handydisplay. Anouks Stimme, atemlos. »Luc, endlich! Alles okay?«

»Eigentlich nicht. Was ist los?«

»Cédric ist es.« Drei kurze Worte. Seine Partnerin wusste, wie es ging.

»Was hast du gefunden?«

»Er hat alles gesammelt. Xavier Durand soll sein letztes Werk sein.«

»Und ich glaube, ich bin gerade live dabei. Komm her, schnell!«

Luc ließ das Telefon sinken und sagte zu der jungen Rettungsschwimmerin: »Funk ihn an.«

»Was?«

»Xavier, funk ihn an. Er soll umdrehen.«

»Aber … Das geht nicht … Er …«

Luc riss ihr das Fernglas aus der Hand und sah hindurch. Der Polizist schwamm schnell vorwärts, es waren nur noch wenige Meter. Schon griff er das Surfbrett und sicherte es. Man konnte sehen, wie schnell die Strömung sie nach links schob.

Sie waren weit draußen, bestimmt zweihundert Meter. Xavier Durand half dem Mann, der dort schwamm, den Kopf gesenkt, nach oben. Er schob ihn förmlich, dann wollte er ihm die Leine umlegen, aber der Mann legte sich aufs Brett und hob den Kopf. Luc hielt den Atem an, als er das Gesicht des Surfers sah. Cédric Biolay. Nein. Sébastien Masson. Sein Blick war teuflisch. »Das Funkgerät!«, blaffte er, und die junge Frau gab es ihm. »Xavier, Achtung!«, rief er hinein. Der Rettungsschwimmer wandte den Kopf zum Strand. Luc sah seine Verwirrung. Dann war da plötzlich ein Messer, es surrte durch die Luft. Der Commissaire sah die Klinge blitzen, dann schnitt der junge Mann das Rettungsseil durch. Und es war noch etwas anderes in seiner Hand, Luc erkannte das Gerät. Im selben Moment verpasste Cédric dem Polizisten mit dem Elektroschocker einen Stromstoß, der Blitz war zu sehen. Xavier Durand fiel zuckend und wie ein nasser Sack ins Wasser, sein Körper nur noch ein Spiel der Wellen, und Luc musste hilflos zusehen, wie er in Sekunden unterging.

»*Merde*«, flüsterte Luc. Dann sprach er wieder ins Funkgerät. »Xavier Durand ist in Seenot, er ist bewusstlos. Alle Einheiten: Zugriff, Cédric Biolay ist unser Mann. Er ist auf dem Surfbrett und wird versuchen zu entkommen. Sucht Philippe Delattre, vielleicht ist er auch auf dem Meer, aber vor allem: Holt den Helikopter, holt alle Hilfe, die wir kriegen können. Biolay darf nicht entkommen.«

Er kletterte vom Turm. Dabei sah er, dass oben am Aussichtspunkt die Rettungsschwimmer herumrannten wie emsige Ameisen. Sekunden später bretterten ihre Fahrzeuge los und wirbelten Sand auf. Aus dem Augenwinkel sah er, wie Philippe Delattre an der Wasserkante stand, das Brett unter dem Arm, und nach draußen starrte.

»Was ist hier los?«

»Sie sind in Sicherheit?« Luc hielt kurz inne.

»Cédric hat mich aus dem Wasser geschickt. Er wollte, dass ich schon mal Pizza bestelle, für unser Déjeuner.«

»Tja, Sie werden alleine essen«, entgegnete Luc und zog sein T-Shirt aus. Er riss dem Verdutzten das Surfbrett aus der Hand, dann rannte er los. Die junge Rettungsschwimmerin hinter ihm rief: »Das ist zu krass da draußen!«

»Aber sonst stirbt er!«, rief Luc zurück, dann war er im Wasser. Die Leine war ganz locker, er berührte sie und hätte sie einziehen können. Xavier Durand war nicht mehr mit dem Auto am Strand verbunden. Das konnte sein Todesurteil sein.

Das kalte Wasser umfing Luc. Er trug weder Neoprenanzug noch einen anderen Schutz. Er rannte weiter hinein, die Kälte nahm ihm fast den Atem. Die Badenden machten Platz und ließen ihn durch, sie bildeten eine Gasse, jeder hatte mitbekommen, dass da draußen etwas vor sich ging. Auf einmal war es ganz ruhig, es waren nur noch die Wellen zu hören. Als Luc bis zur Brust im Wasser stand, zog er sich aufs Brett und paddelte sofort los, so heftig, dass seine Arme nach Sekunden anfingen zu brennen. Er war nicht mehr durchtrainiert wie vor Aurélies Geburt, er hatte erst im Herbst wieder richtig anfangen wollen. Jetzt spürte er den Rückstand, aber er biss die Zähne zusammen und zog durch, grub seine Hände ins Wasser, Schlag für Schlag. Das Brett hatte viel Auftrieb, es glitt rasch vorwärts. Die Wellen waren hoch, aber Luc gelang es, die ersten drei noch zu übergleiten. Er hatte sich die Richtung gemerkt, in der er Xavier zuletzt gesehen hatte. Immer wieder drehte er sich zum Strand um, damit die Position einigermaßen stimmte. Er hoffte, dass die Strömung den Rettungsschwimmer nicht zu weit abgetrieben hatte.

Aus der Ferne hörte er das Rattern von Rotoren. Wann würde der Hubschrauber hier sein? Und würde er Xavier Durand von dort oben helfen können?

Die nächste Welle, sie war zu groß. Luc drückte die Nase des Bretts nach unten, dann schloss er die Augen, durchtauchte den Brecher, kam auf der anderen Seite wieder nach oben. Geschafft. Er blickte auf – wo war er? Weit vorne sah er das Surfbrett des anderen – des Mannes, der für all das hier verantwortlich war. Hoffentlich hatte Yacine den Täter im Blick … Luc musste sich erst um den Mann in Seenot kümmern.

Er zog vorwärts, seine Arme waren die reinsten Roboterarme, immer wieder hob er den Kopf. Das Wasser unter ihm war leuchtend blau, es sah fast paradiesisch aus, die Wärme von oben, die Frische und das Salz von unten, aber das Idyll täuschte: Die Wellen waren groß und stark, genau wie die Strömung, die ihn nach draußen schob, wenigstens etwas, was half. Wieder kam ein Kracher, wieder drückte er die Nase genau im richtigen Moment nach unten und tauchte ein. Der Wellentunnel war endlos. Die Sonne schien durchs Wasser hindurch, ein Glitzern und ein goldener Schein. Endlich sah er wieder den Himmel, und da, da vorne, war etwas im Wasser. Er kraulte mit letzter Kraft, bis er den Gurt sah, der an etwas hing – nein, nicht an etwas, an jemandem –, er griff danach und zog. Der Mann war schwer, er war ohne Bewusstsein, seine Muskeln waren erschlafft. Luc musste alle Kräfte mobilisieren. Es waren nicht mehr viele übrig, aber er schaffte es, hob Xavier Durand mit dem Oberkörper auf sein Brett, und dann war da das Geräusch, das immer lauter wurde, ein Flappen über ihm, bis der Hubschrauber endlich seinen Schatten über sie warf, den rettenden Schatten. Der Lärm war ohrenbetäubend.

Luc drehte das Gesicht des Rettungsschwimmers nach oben. Er fühlte den Puls, schwierig in der Nässe, aber er fand ihn, er war da, nicht einmal schwach. Und dann, ohne dass es einer Wiederbelebung bedurft hätte, schlug Xavier Durand die Augen auf, den Blick zum Helikopter gerichtet.

»*Merde*«, flüsterte er, bevor er zu husten begann und viel Wasser ausspuckte. »*Merde.* War das knapp.«

Dem ersten Hubschrauber folgte ein zweiter, der knapp über der Wasserfläche flog und dreihundert Meter nördlich von ihrer Position in der Luft kreiste. Klar und deutlich drang Yacines Stimme durchs Megafon zu ihnen: »Bleiben Sie auf dem Brett und bewegen Sie sich nicht weg. Wir holen Sie. Sie sind verhaftet.«

Kapitel 48

Der Hubschrauber hatte Xavier Durand hochgezogen, nachdem der Rettungsschwimmer sich die Schlinge selbst umgelegt hatte. Der zweite Heli hatte das Surfbrett mit Cédric Biolay zum Strand begleitet, wo schon Beamte auf ihn warteten. Luc hatte es sich nicht nehmen lassen, eine große grüne Welle anzupaddeln und sich mitnehmen zu lassen, aufzustehen und die Welle bis zum Strand zu surfen, in atemberaubender Geschwindigkeit, das ganze Panorama seines Heimatdorfes vor Augen.

Dann hatte er sich in Sichtweite zum Strand ins Meer fallen lassen. Es war kalt und ganz ruhig, er schloss die Augen und genoss die Stille einen kurzen Augenblick, denn was gleich käme, wäre in jedem Fall schlimm. Als er wieder auftauchte, standen sie da: Anouk und Yacine. Sie warteten auf ihn, so schien es. In ihrer Mitte stand Cédric Biolay, so wie Luc ihn in Erinnerung gehabt hatte. Sein Blick war nicht mehr teuflisch, sondern fast freundlich, jedenfalls jovial. Er lächelte den Commissaire an, als der sich das Wasser aus den Haaren strich und zu ihnen trat.

»Wir haben das hier bei ihm sichergestellt«, sagte Anouk und hob die drei Beweismitteltüten an. Darin befanden sich der Elektroschocker, das kurze Messer – und in der dritten eine Rasiermessermuschel.

»Sébastien Masson«, sagte Luc mit kühler Stimme, »meine Kollegen haben Sie schon über Ihre Rechte aufgeklärt?«

Der junge Mann lächelte immer noch. »Ja, das haben sie.«

»Dann verhafte ich Sie hiermit wegen Mordes in zwei Fällen und wegen versuchten Mordes in drei Fällen in Tateinheit mit Angriffen auf Beamte der Republik.«

»Ich bekenne mich schuldig«, erwiderte der junge Mann.

»Ich wäre ungern Ihr Anwalt«, sagte Luc. »Aber sagen Sie mir: Wo wollten Sie die Muschel bei Xavier Durand verstecken?«

»Ich habe geahnt, dass es eng werden würde«, erwiderte Sébastien, »ich hatte sie trotzdem mit, nur zur Sicherheit.«

»Wenn Sie einverstanden sind, würde ich Sie gern gleich vernehmen«, sagte Luc. »Wir würden Sie ins Commissariat …«

»Commissaire?« Der junge Mann unterbrach ihn. Immer noch waren seine Züge großmütig, fast wirkte er überlegen, als hätte er alles im Griff. »Ich weiß, dass ich für sehr lange Zeit nicht mehr hierherkommen werde. Können wir dort sprechen, wo alles begann?«

»Ich wusste nicht, ob ich Ihnen das zumuten sollte«, sagte Luc. »Aber wenn Sie es wollen …«

Also gingen sie den Strand entlang, genau an der Wasserkante, vorbei am Rettungsturm, vorbei an den Urlaubern, die sie anstarrten, die drei Polizisten und den Mann, der in der Mitte lief. Die Handschellen hatten sie weggelassen, zu dritt würden sie Sébastien Masson nicht entkommen lassen, keine Frage. Luc fühlte sich merkwürdig auf diesem Weg. Es war sein Strand, sein Zuhause. Heute aber hatte es sich von Anfang an anders angefühlt, hier zu sein – und jetzt verdüsterte sich alles noch einmal. Wegen eines Augenblicks. Eines schrecklichen Augenblicks eines fernen Jahres.

Sie gingen acht oder neun Minuten nach Süden, bis der junge Mann auf einmal sagte: »Hier, hier war es.« Er sagte es ruhig und selbstgewiss, als wäre er seitdem tagtäglich an diesen Ort zurückgekehrt.

»Hier saßen Sie damals? Und haben alles mitansehen müssen?«

»Ja. Dort oben.« Er zeigte auf eine Stelle fünfzig Meter von der Wasserkante. Sie gingen ein Stück bergauf, und Sébastien ließ sich als Erster in den heißen Sand fallen. »Hier habe ich gesessen und gespielt. Mit Muscheln, die ich vorher gesammelt hatte. Maman hat gelesen, und dann wollte sie sich abkühlen.«

Anouk setzte sich vis-à-vis dem jungen Mann. Yacine nahm an ihrer Seite Platz. Luc setzte sich neben Sébastien, den Blick aufs Meer gerichtet. Die drei Polizisten nickten einander leicht zu. Ein stilles Einverständnis, dass nicht sie es sein würden, die das Gespräch begannen.

Der Commissaire schloss die Augen und wartete. In sein Bewusstsein drangen nur das Rauschen der Wellen und das leichte Atmen des Mannes, den sie eben verhaftet hatten. Er konnte nicht sagen, wie lange er so dagesessen hatte, eingehüllt ins Dunkel seiner eigenen Gedanken, ehe Sébastien anfing zu erzählen:

»Es war ganz merkwürdig. Als sie ins Meer gegangen ist, habe ich mein Spiel unterbrochen. Es war wie eine Eingebung. Ich habe diese Szene seit Jahren jeden Tag durchgespielt. Ob ich damals was gespürt habe?« Luc öffnete die Augen, weil der junge Mann stockte. Er sah, wie Sébastien den Kopf schüttelte. »Ich habe keine Ahnung. Irgendwas muss da jedenfalls gewesen sein, weil ich immer für mich gespielt habe. Aber da habe ich aufgeblickt und ihr nachgesehen, als wäre das unser Abschied. Sie ist ins Wasser gegangen und rausgeschwommen, nicht weit, das nicht, gar nicht, sie war keine gute Schwimmerin. Daheim in Metz waren wir nur ganz selten am See. Ich habe ihr zugeschaut und habe gelächelt. Dann hat sich ihr Gesicht verzogen. Ihre Augen wurden auf einmal ganz groß. Und dann kam eine Welle und hat ihr die Beine weggezogen. Sie kam erst mal nicht wieder an die Oberfläche. Als ich sie dann das nächste Mal sah, war sie schon sehr weit draußen. Ich habe nur gerufen: *Maman!* Und dann sind die Leute hinter mir aufgestanden, und der alte Mann ist ans Wasser gerannt.« Er hielt einen Moment inne. Seine Stimme war so voller Timbre, dass Luc die Szene vor seinem inneren Auge sah. Der Mann war auch jetzt noch so, wie der Commissaire ihn kennengelernt hatte – als wollte er die Polizisten selbst bei der Erinnerung an die schreckliche Tragödie seines Lebens noch unterhalten. Es war bizarr. Luc beobachtete, wie Sébastien seine Füße in den Sand grub.

»Er ist losgelaufen, als Maman nicht mehr zu sehen war. Er ist gerannt, so schnell er konnte, glaube ich jedenfalls. Aber es kam ewig niemand. Ich habe … Ich habe die Muschel genommen und damit im Sand gegraben, bis ich gemerkt habe, dass es nicht der Sand war. Ich habe das Blut auf meinem Unterschenkel gesehen. Den hatte ich mir aufgeritzt mit der *couteau*, so scharf war sie, aber ich habe den Schmerz gar nicht gemerkt. Maman … Sie tauchte noch einmal kurz auf, ganz weit links von hier, aber es dauerte noch mal fünf Minuten oder so, bis jemand kam. Und dann … Dann haben die einfach nichts gemacht. Die sind kurz rein und gleich wieder raus – und dann kamen sie schon zu mir. Verstehen Sie? Die haben gar nichts versucht! Die wollten sie nicht finden.« Als Luc ihn anblickte, sah er Tränen. »Die haben meine Maman sterben lassen. In diesem beschissenen Ozean.«

Wieder stockte er. Luc konnte nicht mehr an sich halten:

»Die Rettungsschwimmer haben alles getan, um Ihre Mutter zu retten – können Sie das denn nicht erkennen?«

»Die waren kaum zehn Sekunden im Wasser.«

»Sie haben sie nicht gefunden. Sie brauchten den Helikopter. Aber da … Da war es doch längst zu spät.«

»Nein. Nein. Das war es nicht!« Sébastien war laut geworden. »Und dann setzen die sich neben mich und tun so, als wäre alles erledigt. Als müsste ich mich eben damit abfinden.«

»Und in Ihnen wuchs die Wut.« Lucs Stimme, von den Wellen übertönt. Er wusste, dass es eigentlich nicht möglich war, bei dieser Hitze – aber er hatte das Gefühl zu frösteln.

»*Non*, da noch nicht. Ich hab immer nur aufs Meer geschaut. Und als sie mich weggeführt haben, zum Polizeiauto, das mich nach Bordeaux gebracht hat, da hatte ich immer noch die Muschel in der Hand. Alles, was danach kam, würde ich gern vergessen.«

»Ihren Weg zurück in den Osten, nach Metz?«

Sébastien schüttelte den Kopf, sein Blick ging ins Ungefähre, zum Horizont.

»Diese unwürdige Suche nach einer Familie. Ich war im Heim. Verdammt, können Sie sich vorstellen, wie die anderen Kinder einen Neuankömmling behandeln, egal wie schlimm seine Geschichte ist? Und gerade als ich Freunde gefunden hatte, Cédric zum Beispiel, da musste ich wieder weg. Sie hatten eine Familie für mich gefunden. Aber ich wollte keine alten, reichen Eltern, die mich in einen goldenen Käfig sperren. Ich wollte Maman.«

»Sie haben sich mit dem echten Cédric Biolay angefreundet?«

»Ja. Wir blieben in Kontakt, auch als er wegzog, nachdem er volljährig wurde. Er war ein Jahr älter als ich. Und dann hatte er diesen Unfall. Ich habe zufällig davon erfahren. Inzwischen war beides gewachsen: meine Wut und mein Racheplan. Da habe ich die Chance genutzt – und habe Sébastien verlassen, um Cédric zu werden.«

»Mit dem festen Plan, Ihre Mutter zu rächen.«

»Sie hätte nicht sterben müssen, Commissaire. Ich bin mir damals sicher gewesen und bin es noch heute.«

»Sie haben begonnen, Ihren Plan umzusetzen. Sie haben sich unsichtbar gemacht.«

»Mir war klar, dass ich nur dann eine Chance habe, alle vier zu treffen und anschließend davonzukommen, wenn ich mich in die Dorfgemeinschaft integriere. Wenn ich unsichtbar werde, indem ich so sichtbar wie nur irgend möglich bin.«

»Sie wollten davonkommen?«

»Na klar, ich wollte unbedingt, mit allen Mitteln, glücklich werden. Eigentlich wollte ich die Morde begehen und dann weit wegreisen. Aber nach fünf Jahren in Pauillac habe ich festgestellt, dass ich mein Leben hier liebe. Dass ich echte Freunde habe und endlich eine Aufgabe – auch weil niemand wusste, was mir zugestoßen war. Deshalb wollte ich hierbleiben. Nur ans Meer …« Er stockte.

»Nur hierher an den Strand sind Sie nie gegangen; Philippe hat es mir erzählt. Er dachte, Sie hätten dafür zu viel zu tun. Aber Sie konnten es einfach nicht. Es ist mir etwas zu spät wieder eingefallen.«

»Ich habe mich nicht getraut. Aber jetzt merke ich, dass es mir sogar guttut, hier zu sitzen.«

»Sie haben damals Ihr Aussehen verändert?«

»Ja, für den Fall, dass jemand sich an diesen tragischen Tag erinnert. Aber es war gar nicht nötig: Ich war gewachsen und schlank, und mein Haar war glatt geworden. Nur meine Augenfarbe habe ich verändert, mit Kontaktlinsen.«

»Und dann begann Ihre Jagd auf die Rettungsschwimmer …«

»Ich habe mich bei der Feuerwehr und beim Fährbetrieb angemeldet und ehrenamtlich in der *mairie* gearbeitet. Und irgendwann bekam ich schließlich Zugang zum EDV-Netz des Départements. Es war also ein Leichtes rauszufinden, wer an diesem Tag Dienst hatte. Ich hatte innerhalb von zwei Tagen alle vier gefunden. Die Frau war nach Paris gezogen. Das bedeutete etwas mehr logistischen Aufwand. Deshalb habe ich mit ihr begonnen.«

»Sie haben angefangen, alle auszukundschaften.«

»Es hat zwei Jahre gedauert. Ich bin ihnen gefolgt, ich habe sie belauscht, sie fotografiert und alles über sie herausgefunden.«

»Und wann wussten Sie, dass nun die Zeit der Rache gekommen war?«

»Ich wollte es in diesem Sommer tun, um endlich damit abschließen zu können. Ich habe meine Wut doch selbst gehasst! Aber ich wusste, dass sie erst gehen würde, wenn … wenn alle weg waren.«

»… wenn sie das gleiche Schicksal ereilen würde wie Ihre Mutter? Deshalb wollten Sie alle ertränken.« Anouks Stimme klang brüchig, als sie das sagte.

»Lisa Dupuys Blick werde ich nie vergessen. Als ich sie nach unten gedrückt habe. Ich habe extra die Kontaktlinsen herausgenommen. Und ich habe in ihren Augen gesehen, dass sie kurz vor ihrem Tod erkannt hat, wer ich bin. Der Schreck war noch größer, aber dann … Dann war es, als würde sie einfach aufgeben. Sie hat sich nicht mehr gewehrt und …«

»Das reicht«, sagte Luc leise. Er wollte im Zuge eines Geständnisses immer die Wahrheit hören, aber hier war es genug. Es war einfach genug.

»Und Benjamin?«

»Ich hatte das über ein Jahr vorbereitet. Er hatte die Affäre mit Deborah beendet und war froh, wenn ich ihn zur Seite nahm, damit sie nicht die Möglichkeit hatte, ihn anzuquatschen und zu belabern, sich wieder mit ihr zu treffen. Immer wenn er mitfuhr, habe ich ihn nach hinten zum Maschinenraum mitgenommen, und dort haben wir zusammen eine geraucht. Philippe war eh abgelenkt, weil er lernen musste. Der hat das gar nicht gecheckt. Und an diesem Tag, einen Tag nach dem Mord an Lisa, war es wieder so. Ich wusste, dass Benjamin einen Auftrag drüben in Blaye hatte. Und dann …«

»Sie haben ihn ins Wasser geworfen.«

»Wir haben gequatscht und geraucht und uns den Sonnenaufgang angesehen. *Ist es nicht schön?*, hat er gesagt. Ich habe ihn plötzlich gefragt, ob er einen Menschen auf dem Gewissen habe. Und wissen Sie, was er da gesagt hat?«

Anouk, Luc und Yacine sahen ihn fragend an.

»Er hat gesagt, dass er mal Rettungsschwimmer war und sich noch immer Vorwürfe macht, dass er einmal zu spät gekommen sei. Dass er diesen Fall nicht vergessen kann …« Ich habe genickt und gesagt: *Das war meine Maman*. Und dann habe ich ihn von hinten mit der Eisenstange niedergestreckt. Er war sehr schwer, aber ich habe es geschafft, ihn anzuheben. Hinten beim Maschinenraum konnte uns niemand sehen. Und dann ist er über die Reling geglitten. Es machte nur ganz leise platsch.«

»Sie haben eine wehrlose Frau ermordet und einen wehrlosen Mann«, sagte Yacine leise. »Das ist so ehrlos.«

»Ich …« Sébastien schüttelte den Kopf. »Sie verstehen gar nichts.«

»Doch. Weil Sie mich auch fast auf dem Gewissen hätten.«

Das Gesicht des jungen Mannes verzog sich. »Sie waren es, der den Alten gerettet hat? Dabei hatte ich alles so gut geplant.«

»Sie sind zu ihm getaucht?«, fragte Luc.

»Genau, und habe ihn runtergezogen. Er konnte nicht kämpfen, weil er mich nicht hat kommen sehen. Und kurz bevor er aufgab, kam Ihr Kollege. Gegen zwei Leute hatte ich keine Chance. Aber ich dachte, sie seien zu weit draußen, als dass sie es zurück an Land schaffen würden.«

Er sagte es so ungerührt, dass die Polizisten erst mal nichts erwidern konnten. Nun sahen alle vier aufs Meer, versunken und aufgewühlt. Luc wusste, dass er lange brauchen würde, das alles einzuordnen und zu verarbeiten.

Sie schwiegen minutenlang, bis der Commissaire sagte:

»Sébastien, Sie waren ein Kind. Sie konnten dieses große Unglück nicht allein verarbeiten. Es ist so tragisch, dass ich nicht darüber nachdenken kann, ohne wahnsinnig wütend zu werden. Ich habe auch jemanden verloren, den ich liebte, da war ich aber viel älter als Sie, und es war nicht meine Mutter. Deshalb maße ich mir nicht an zu glauben, Ihre Gefühle zu verstehen. Sie hätten viel mehr Hilfe bekommen müssen. Stattdessen haben Sie begonnen, Ihr Leben der Rache zu widmen.«

»Es war mein einziger Sinn.«

»Aber Sie sind damit nicht davongekommen. Und Sie werden nun für sehr lange Zeit die Strafe für diesen Rachefeldzug tragen müssen.«

»Ich weiß, und ich fürchte mich davor. Weil ich mir ein anderes Leben ausgemalt hatte.«

»War es denn befriedigend, all diese Menschen zu töten?«, fragte Anouk. »Hat es ausgelöst, was Sie sich davon erhofft haben?«

Sébastien betrachtete sie eine Weile schweigend, bevor er antwortete:

»Das kann ich nicht sagen. Ich war ja noch nicht fertig.«

Kapitel 49

Nachdem die Gendarmerie Sébastien Masson abgeholt und ins Untersuchungsgefängnis nach Gradignan gebracht hatte, waren Anouk, Luc und Yacine zu den Rettungsschwimmern gegangen. Es war Abend geworden, und die jungen Frauen und Männer hatten sich mit Ugo in der Hütte oberhalb vom Strand getroffen. Luc hatte kurz die Motive des jungen Mannes umrissen, den sie verhaftet hatten. Sie hatten in die betroffenen Mienen derer geblickt, die dort versammelt waren und die Geschichte nicht glauben konnten. Nun saßen sie draußen auf dem Aussichtspunkt und schauten aufs Meer. Einige hielten Coladosen in der Hand, andere tranken ihr erstes Bier. Xavier Durand öffnete die Pforte und kam zu ihnen, der Gang so fest wie am Morgen, ein vorsichtiges Lächeln im Gesicht. Er umarmte Luc wortlos, dann trat er vor seine Untergebenen und sagte mit kräftiger Stimme:

»Ihr habt mich gerettet. Ich danke euch allen, auch Ihnen, Commissaire, und Ihrem Team. Ihr Kollege Hugo in Bordeaux hat mir erzählt, was hier geschehen ist, und ich bin genauso fassungslos wie ihr. Ich habe oft an diese arme Frau gedacht – so wie an jeden, der hier an meinem Abschnitt ertrunken ist.«

Er räusperte sich. »Ja, manchmal sind wir zu spät. Aber das ist nicht eure und nicht meine Schuld. Wir geben hier jeden Tag unser Bestes. Aber wir kämpfen gegen das Meer. Und das Meer ist kein fairer Gegner.« Er schluckte. Seine Augen waren feucht geworden. »Ich werde heute Abend für diese Frau beten und für ihren Sohn. Den Sohn, der er damals war.«

Er sagte nichts mehr, sondern ging zum Kühlschrank, nahm sich eine Dose Bier und setzte sich zwischen seine Leute. Luc und die Kollegen holten sich auch jeder ein Bier, dann gingen sie zum Rand der Düne und ließen sich in den noch sonnenwarmen Sand sinken.

Unten am Strand hatten sich Hunderte Menschen versammelt, manche noch in Bikinis und Badeshorts, andere trugen bereits Hoodies und Pullover. Ein leichter Wind war aufgekommen, aber die Luft war immer noch von einem warmen Flirren erfüllt. Es war der Abend des vierzehnten Juli, und jeder hier wusste, worauf er wartete.

Anouk, Yacine und Luc stießen miteinander an. Der Commissaire trank und spürte die malzige Note des kalten Bieres auf seiner Zunge. Er hatte gar nicht gemerkt, wie durstig er gewesen war. Nach einer Weile, die Sonne stand dicht überm Horizont, fragte Anouk:

»Und, Yacine, kannst du dir vorstellen, diesen Ausblick jetzt öfter zu genießen?«

Der junge Mann sah sie überrascht an.

»Hat Luc dir …«

»Ob er mir davon erzählt hat? Entschuldige mal, ich habe nicht nur ein Kind mit ihm, ich bin auch seine Chefin. Wir erzählen uns alles.« Sie mussten lachen.

»Du willst mich auch in deinem Team?« Noch immer klang Yacine ungläubig.

»Also, einen Polizisten, der am ersten Einsatztag in heldenhafter Ausübung seines Dienstes fast stirbt, den will doch jeder in seinem Team, oder?«

Wieder mussten sie lachen, Yacine aber mit einem Kloß im Hals. Nach einer Weile verschwand sein Lächeln, er sah sie fest an und sagte: »Madame le Commissaire, es wäre mir eine Ehre.«

»Na, dann reichen wir mal Ihr Versetzungsgesuch ein, mit Eilvermerk, versteht sich.«

Gerade als sie die letzten Worte gesprochen hatte, versank die Abendsonne im Meer. Dann gab es einen Knall, dann noch einen, und in der Ferne, in Lacanau-Océan, schossen Raketen in den Himmel, in Blau, Gelb und Rot. Ein gewaltiges Lichterflimmern, wie Tausende Sterne, die ans Firmament gesprenkelt wurden. Das Feuerwerk zum Nationalfeiertag hatte begonnen.

Minutenlang war der Ozean in bunte Farben getaucht. Die Raketen, Lichtblitze und Fontänen spiegelten sich in den Wellen.

Luc legte den Arm um die Schulter seines Freundes. »Ich hätte mir nicht mehr wünschen können«, sagte er leise.

»Geht mir genauso«, antwortete Yacine.

»Willkommen in Bordeaux, *mon cher*.«

FIN

Liebe Leserinnen und Leser,

ich hoffe, dass Ihnen dieses Buch gefallen hat, und danke Ihnen für Ihre Treue zu dieser Reihe und zu Commissaire Luc Verlain.

Der achte Fall erscheint im November 2024.

Wenn Sie erlauben, würde ich Ihnen gern noch kurz weitere Bücher aus meiner Feder empfehlen:

Da ist *Chez Luc,* das wunderbare Kochbuch des Commissaire Luc Verlain. Es ist ein einzigartiger Roadtrip durch die Aquitaine und eine Liebeserklärung an die schönste Landschaft Frankreichs. Das erkannten auch verschiedene Jurys – so wurde das Buch soeben mit dem World Cookbook Award als bestes seiner Art ausgezeichnet – und mit dem ITB Book Award als bestes Reisekochbuch. Was für eine Ehre, *merci beaucoup*!

Wenn Sie es gerne unblutig mögen: Die Liebesromane *Sonntags am Strand* und *Stille Nacht im Schnee* sind in diesem Jahr erschienen, Nachfolger meines Erfolgsromans *Mittwochs am Meer* – heiter, leicht und dennoch voller tiefer Gefühle.

Und: Frankreich ist meine zweite Heimat, deshalb spielen hier meine Krimis um Luc Verlain – und um den altmodischen Pariser Commissaire Lacroix, der auch hier im Buch eine wichtige Rolle spielt.

Doch mein Vater ist Zypriot – so gibt es im Hoffmann und Campe Verlag auch eine Krimireihe, die auf dieser herrlichen Mittelmeerinsel spielt: Begleiten Sie meine Ermittlerin Sofia Perikles bei ihren drei Fällen; im Frühjahr 2024 erscheint der Band *Zyprische Geheimnisse*.

Ich wünsche Ihnen eine spannende und genussvolle Lektüre.

Merci beaucoup

Bei Recherchen erleben wir Autoren viele Dinge, die spannend sind, einzigartig, unvergesslich. Doch diese Tage hoch oben auf dem Wachturm von Carcans Plage, die werde ich tatsächlich nie vergessen.

Ich habe dort so viel gelernt von den Polizisten der CRS und den jungen Rettungsschwimmern: wie das Meer aussieht, wenn es völlig ungefährlich ist, und wann man sich besser nicht hineintrauen sollte; auf welche menschlichen Regungen die Retter achten bei all den Leuten, die vor ihnen im Wasser planschen und anscheinend sorglos baden; wie viel Sonnenschutz man auftragen sollte, wenn man acht Stunden am Strand sitzt und aufs Meer schaut, und wie schwer ein Notfall sein muss, damit man den Heli aus Lacanau bestellt, der im Sommer ordentlich zu tun hat.

Dafür danke ich dem ganzen Team der *maître-nageur sauveteurs* von Carcans Plage, insbesondere ihrem langjährigen Chef, Commandant de Police Thierry Morel. Ein großer Dank für die unbürokratische Unterstützung geht auch an die Direction der CRS im Südwesten, dort besonders an Commandant de Police Loic le Guillou.

Die Fähre von Blaye nach Lamarque ist eine herrliche Urlaubseinstimmung. Verlassen Sie also doch einmal vor Bordeaux die A10 und sparen Sie sich die furchtbare Rocade – die Ferien beginnen so schon an Bord der Fähre. Vielen Dank an Anja Jahn und Markus Bassler, die mit mir diese Entdeckung gemacht haben, für eine sehr besondere Reise. Der Sonnenaufgang über Blaye wird mir für immer in Erinnerung bleiben.

Die Krevettenfarm, die aussieht, als läge sie im Wilden Westen, gibt es wirklich. Sie heißt La Petite Canau und liegt am Ufer der Gironde in Saint-Vivien-de-Médoc. Die Qualität der Meeresfrüchte ist einmalig. Gehen Sie dorthin essen, wenn Sie im nördlichen Médoc sind, aber bitte reservieren Sie! Die Einheimischen kennen und lieben den Laden, deshalb ist er immer voll.

Dies ist der siebte Band der Luc-Verlain-Reihe – und da die Sieben meine Glückszahl ist, möchte ich hier allen danken, dass wir so weit gekommen sind auf unserer literarischen Reise durch Frankreich. Zuallererst meiner Agentin Rebekka Göpfert, die mit mir die ersten Schritte ging, Daniel Kampa, der Luc Verlain ins Herz geschlossen hatte, dem ganzen Team von Hoffmann und Campe, das mit so viel Begeisterung für die Reihe arbeitet, damals wie heute. Dana Mayer, Julia Strack, Moritz Klein: Ohne euch gäbe es diesen großen Erfolg nicht. Tim Jung, Thomas Ganske: Dank euch freue ich mich, auch nach dem siebten Band wieder ein großes *merci beaucoup* loszuwerden.

Danke an Sebastian Ritscher und dem Team von Mohrbooks in Zürich, die sich um die Auslandsrechte kümmern, und an meine Filmagentur Studlar in München. Und den wunderbaren Leuten bei Saga und Audiobuch, die jedes Jahr pünktlich zum Erscheinungstermin ein tolles von Frank Arnold gelesenes Hörbuch fertig haben: Auch Ihnen und dir, lieber Frank, gebührt mein Dank.

Ihnen, liebe Buchhändlerinnen und Buchhändler, liebe Leserinnen und Leser, möchte ich ebenfalls von ganzem Herzen danken. Für Ihre Lust auf Frankreich, Ihre Liebe zu den Charakteren, für Ihre Nachrichten – und Ihre Treue. Ich werde niemals ganz in Worte fassen können, was diese jahrelange Zuneigung für mich bedeutet.

Zu guter Letzt: *Merci,* Scarlet. Für alles.

Sehr herzlich
Ihr Alexander Oetker

Alexander Oetkers Commissaire Luc Verlain im Hoffmann und Campe Verlag und bei Atlantik

Retour
Luc Verlains erster Fall
Ein Aquitaine-Krimi
Taschenbuch, 304 Seiten
ISBN 978-3-455-00349-9

Château Mort
Luc Verlains zweiter Fall
Ein Aquitaine-Krimi
Taschenbuch, 336 Seiten
ISBN 978-3-455-00596-7

Winteraustern
Luc Verlains dritter Fall
Ein Aquitaine-Krimi
Taschenbuch, 336 Seiten
ISBN 978-3-455-00937-8

Baskische Tragödie
Luc Verlains vierter Fall
Ein Aquitaine-Krimi
Taschenbuch, 288 Seiten
ISBN 978-3-455-01637-6

Rue de Paradis
Luc Verlains fünfter Fall
Ein Aquitaine-Krimi
Klappenbroschur, 288 Seiten
ISBN 978-3-455-01212-5

Sternenmeer
Luc Verlains delikatester Fall
Ein Aquitaine-Krimi
Klappenbroschur, 336 Seiten
ISBN 978-3-455-01486-0